CONTE *verlag*

ANTJE SIEVERS
Die Judenmadonna

HISTORISCHER ROMAN

CONTE

Bibliografische Information der Deutschen Nationalbibliothek
Die Deutsche Nationalbibliothek verzeichnet diese Publikation
in der Deutschen Nationalbibliografie; detaillierte bibliografische
Daten sind im Internet über http://dnb.d-nb.de abrufbar.

ISBN 978-3-95602-219-7

Das Werk einschließlich aller seiner Teile ist urheberrechtlich geschützt.
Jede Verwertung ist ohne Zustimmung des Verlags unzulässig.
Dies gilt insbesondere für Vervielfältigungen, Übersetzungen, Mikroverfilmungen
und die Einspeicherung und Verarbeitung in elektronischen Systemen.

© Conte Verlag, 2020
Am Rech 14
66386 St. Ingbert
Tel: (0 68 94) 1 66 41 63
Fax: (0 68 94) 1 66 41 64
E-Mail: info@conte-verlag.de
Verlagsinformationen im Internet unter www.conte-verlag.de

Satz: Markus Dawo
Umschlaggestaltung: Markus Dawo unter Verwendung des Gemäldes
»Madonna im Rosenhag von Martin Schongauer
Druck und Bindung: Conte, St. Ingbert

PROLOG

2019, Universität Bremen, Wintersemester

Ein voller Hörsaal sieht anders aus. Professor Michael Behnrath, Dozent für den Fachbereich spätmittelalterliche Kunst und Renaissancemalerei, ließ seinen Blick über die zwölf Studentinnen gleiten, die hier ihr Pflichtfach absaßen, um sich danach so schnell wie möglich Frida Kahlo und Paula Modersohn-Becker zuwenden zu können. Er unterdrückte ein Seufzen. Im Gegensatz zu seiner eigenen Studentenzeit, die mittlerweile über dreißig Jahre zurücklag, waren die Mädchen heute bedeutend hübscher. Leider auch bedeutend blöder. Mit einer Kommilitonin bei Freunden aufzukreuzen, die Taktik mit einem doppelten ck schrieb und nicht genau wusste, in welchem Jahrhundert der Erste Weltkrieg stattgefunden hatte, so was hätte er als Student nicht fertig gebracht.

Eine leider nicht ganz scharfe Wiedergabe der »Madonna im Rosenhag« wurde von dem Beamer an die Wand geworfen: ein Mädchen mit langem blondem Haar in einem blutroten Gewand vor Rosenhecken, in deren Zweigen Singvögel saßen. Goldauflage im Hintergrund, wie in der russischen Ikonenmalerei, Blumen überall, um sie und das Kind auf ihrem Schoß herum, neben ihr auf dem Rasen und zu ihren Füßen.

»Was sie hier sehen, ist eins der wenigen Ölgemälde von Martin Schongauer, das noch erhalten ist. Viele seiner Werke sind verschollen und, da es sich überwiegend um sakrale Motive gehandelt haben wird, sicher auch in dem Bildersturm während der Reformation zerstört worden. Dieses wird ihm zweifelsfrei zugeordnet und auch die Jahreszahl seiner Entstehung scheint festzustehen, 1473. Sehen Sie sich das Bild mal eine Minute in Ruhe an und sagen Sie dann, was Ihnen auffällt.«

»Weiß man denn, wen er da gemalt hat?«, fragte eine pausbäckige Blondine.

»Nun, die fahlweiße Haut, die Feinheit der Züge, die aristokratische Nase, das alles lässt auf eine Dame aus besserer Gesellschaft schließen, sehen Sie hier, das pelzgefütterte Gewand war aus Samt und Seide gefertigt. So etwas konnten sich damals nur die Frauen der sehr Begüterten leisten. Man kann mit ziemlicher Sicherheit davon ausgehen, dass es sich um eine Adlige aus einem Geschlecht am Oberrhein gehandelt haben könnte, oder die Tochter eines elsässischen Patriziers. So ähnlich wie bei Botticelli und der blonden Florentiner Schönheit Simonetta Vespucci, die er so oft gemalt haben soll.«

»Sie könnte doch aber vielleicht auch seine Frau gewesen sein!«, bemerkte die Schwarzhaarige, die links außen am Rand des Saales saß.

Behnrath lachte kurz und trocken auf. Seit er vor fast fünfundzwanzig Jahren seine Doktorarbeit über dieses Marienbild geschrieben hatte, galt er international als der führende Schongauer-Experte. Er reiste zu Fachtagungen und Museen, hielt Vorträge, in denen Begriffe wie »Impasto« und »Polyptychon« vorkamen. Vor einem Jahr hatte er in der Vierteljahrsschrift »artium« einen mehrseitigen, schlüssigen Beweis dafür erbracht, dass der Künstler für sein »Porträt einer jungen Frau im Goldschmuck« ein anderes Modell als bei der »Madonna im Rosenhag« gemalt haben musste, auch wenn es genügend Fachleute gab, die genau dies hartnäckig bestritten.

»Nein, es ist nichts darüber bekannt, dass Schongauer jemals verheiratet gewesen ist. Meiner Meinung spricht eher vieles dafür, dass der Maler homosexuell gewesen sein könnte, etwa wie Caravaggio. Da das damals als eine sehr schwere Sünde galt, haben die Betreffenden so was natürlich streng geheim gehalten. Es gibt daher so manches Unerklärliche und viele Ungereimtheiten in seinem Werk. Zum Beispiel das hier.«

Er wechselte zum nächsten Bild mit zwei nebeneinander angeordneten Kupferstichen – einer klugen und einer törichten Jungfrau.

»Was fällt Ihnen hier auf? Es ist ganz einfach, wie auf der Rätselseite: Finden Sie den Unterschied!«

»Er hat die Signatur geändert«, sagte eine Studentin. »Das M ist auf dem rechten Bild gerade und auf dem linken schräg.«

»Genau. Martin Schongauer war der erste Künstler, der seine Werke markant signiert hat, wie sie sehen. Aber so ab 1475 hat er plötzlich eine andere Signatur. Auch sein Œuvre veränderte sich stark, verlor plötzlich viel an Farbigkeit und Heiterkeit, wie man besonders an seiner Wandmalerei des Jüngsten Gerichts in Breisach sehen kann.«

Eine Studentin, die die letzten zehn Minuten ausschließlich auf ihr Handy gestarrt hatte, fragte mit ungeahntem Interesse: »Und warum war das so?«

Behnraths Hand hob sich vom Tisch und wedelte einmal vage durch die Luft. »Leider sagt uns die Forschung dazu gar nichts. Nach meiner Theorie kann es durchaus mit seiner persönlichen Lebenssituation als gesellschaftlicher Außenseiter zu tun haben, vielleicht spielte auch eine Erkrankung eine Rolle. Man kann darüber wirklich nur Spekulationen anstellen, was manche Kunsthistoriker auch schon getan haben, aber wissen kann es leider niemand.«

TEIL 1

November 1471, in den Auen des Oberrheins

Der Mann im Sattel, ein Tuchhändler aus Freiburg, war auf seinem ruhig und zuverlässig dahinschreitenden Braunen kurz eingenickt. Sein Kinn klappte herunter, die Zähne schlugen ihm schmerzhaft aufeinander, und augenblicklich war er wieder wach. Es dämmerte bereits. Ein Jüngling, sein Sohn, ritt neben ihm her und wirkte ganz und gar nicht, als wäre er die halbe Nacht durchgeritten. Der Tuchhändler zog fröstelnd die Schultern zusammen, gähnte laut und murmelte: »Dank dem Himmel, dass wir bald angekommen sind! Und diese elende Feuchtigkeit hier. Ich spüre kaum noch einen Knochen im Leibe nach diesem fürchterlichen Ritt.«

Der Junge antwortete ihm nicht. Er starrte schon seit geraumer Zeit angestrengt über den schmalen Weg hinweg zu einer Wiese hinüber, die sich bis zu den Stämmen des lichten Laubwaldes zog, der hier in den Rieden des Rheins vorherrschte.

»Vater!«, rief der Junge plötzlich, »sieh mal, dort drüben! Siehst du das?«

Der Mann kniff die unzuverlässig gewordenen Augen zusammen und gab sich Mühe, in der Richtung, die sein Sohn ihm mit der Hand wies, etwas Besonderes auszumachen.

»Wo denn, Stefan? Was meinst du?«

Der Junge lenkte sein Pferd kurzerhand auf die Wiese und ließ es in leichten Trab fallen. Dann sah der Vater ihn abrupt anhalten. Er stieg vom Pferd und bückte sich nach dem Boden.

»Stefan! Hörst du denn nicht!«

Einen Moment zögerte der Mann, dann ritt er widerwillig hinterher. »Also, was ist nun, Junge? Wir müssen weiter, wir haben wirklich nicht die geringste Zeit, uns mit irgendwelchen … Allmächtiger Gott!«

Das hübsche, von hellen Knabenlocken eingerahmte Gesicht war weiß wie Kreide geworden. Die beiden bekreuzigten sich mehrmals rasch hintereinander. Der Vater saß ab und näherte sich dem Fund des Jungen mit schreckgeweiteten Augen: Ein nackter Leib, der Körper einer jungen Frau mit langem blonden Haar war es, der mit merkwürdig verrenkten Gliedern, das Gesicht nach unten, dort im noch halbgefrorenen Gras lag. Sie war von Kopf bis Fuß mit Wunden bedeckt, der Leib wie überzogen mit dem eigenen Blut, und dort, wo ihre Schenkel endeten und ihre Scham begann, musste sie wahre Sturzbäche davon verloren haben.

»Oh, Jesus Christus!«, stammelte der Mann.

Er stieg beherzt über sie hinweg und drehte sie auf den Rücken, ihr rechter Arm fiel auf den Boden und ihr zerrissenes, blutiges Gewand klaffte auf über dem bloßen Körper. Ein sehr junges Mädchen war es, kaum mehr als vierzehn oder fünfzehn Jahre alt. Einen Augenblick starrte er nachdenklich auf das zerrissene blaue Wolltuch auf ihrem Leib, eine sehr gute, sorgsam gefärbte und gewalkte Qualität, wie der Tuchhändler erkannte. Die Dominikanerinnen im nahen Kloster ließen sich ihn liefern, um daraus ihre warmen, blauen Kukullen für den Winter zu verfertigen.

»Sieh her, Stefan! An einer unschuldigen Klosterfrau haben sie sich vergriffen. Was in Gottes Namen sind das nur für wilde Tiere, die so etwas Abscheuliches tun?«

Sein Sohn streckte ihm die Hand entgegen.

»Hier, Vater. Das lag dahinten.«

Der Kaufmann starrte einen Moment verblüfft auf den Fund, der auf den ersten Blick wie ein zerrissener Korb aussah. Er nahm ihn in die Hand und betrachtete ihn von allen Seiten. Plötzlich ließ er ihn mit einem Schrei des Abscheus zu Boden fallen. Und da sah er es: Der Kopf des Mädchens war zur Seite gefallen.

»Stefan!«, rief er schließlich, »ich glaube wahrhaftig, sie lebt noch! Der Herr stehe uns bei, sie atmet!«

Der Junge blickte unbehaglich auf den nackten Leib und stammelte leise: »Und was sollen wir jetzt tun? Wir müssen doch irgendwas tun!«

Der Mann kniete nieder, bedeckte mit dem zerrissenen Stoff, so gut es ging, ihre Blöße und rief seinem Sohn zu: »Komm schon, hilf mir. Wir müssen sie von hier fortbringen, so schnell wie möglich. Nun mach schon.«

Sein Sohn sprang vom Pferd und näherte sich zögerlich.

»Nun sei nicht so zimperlich, Junge. Los nimm ihre Füße und hilf mir, sie auf dein Pferd zu heben.«

Erst, als die Bewusstlose bäuchlings wie ein nasser Sack auf der braunroten Stute lag, fragte Stefan den Vater: »Wo wollen wir sie denn hinbringen? Etwa mitnehmen? Es ist doch kaum noch Leben in ihr.«

»Wir können sie doch nicht einfach hier im Wald krepieren lassen wie ein Vieh. Wir werden sie nach Gemar bringen. Dort soll es in der Nähe ein Kloster geben. Das ist doch das Mindeste, was wir tun können.«

»Aber Vater, das werden wir nicht schaffen. Niemals. Sie wird sterben, noch bevor wir da sind.«

Der Tuchhändler warf einen Blick auf das Mädchen und sprach: »Wenn sie stirbt, so ist es Gottes Wille. Wir haben es nicht in der Hand. Aber wenigstens können wir dafür sorgen, dass sie im Kreise ihrer Schwestern zur ewigen Ruhe gebettet wird. Tun wir unsere Christenpflicht.«

Der Kaufmann fasste die Zügel seines Pferdes und lenkte das Tier vorsichtig zurück zum Fußpfad. Er spuckte kräftig aus, murmelte »Pfui Teufel!« und bekreuzigte sich nochmals.

Stefan stieg auf sein Pferd und ritt im Schritttempo hinter dem Vater her.

»Warum hast du denn auf den Korb gespuckt, Vater?«

»Korb? Das war kein Korb, du Einfaltspinsel. Das war ein Judenhut.«

Bergheim, im Jahr zuvor

Dort, wo die dunkelgrünen Gipfel der Vogesen in sanften, von Burgen gekrönten Hängen zum Rhein hin auslaufen, wo sich die Weinberge mit Weiden, Wiesen und üppig tragenden Obstgärten mischen und kühle Bäche das Wasser aus den roten Sandsteinfelsen in das Tal führen, liegt das Städtchen Bergheim.

In der Morgensonne stieß ein Mädchen den schweren Fensterladen beiseite, dessen Aufschwingen von einem grellen Quietschen begleitet wurde. Das Fenster ging auf den Gemüsegarten des Hauses hinaus, Gräser, Veilchen und Akeleien wuchsen bis ins Fenster hinein. Das Geißblatt, das sich an der gesamten Rückseite des Hauses emporwand, summte trotz der frühen Stunde schon von Bienen. Die Luft roch nach Blüten, Staub und dem Mist, den die Bauern vor Wochen auf die noch gefrorenen Äcker gestreut hatten. Der Duft des Frühlings.

Das Mädchen lehnte sich auf das Fensterbrett, gähnte herzhaft und folgte mit Augen, aus denen der Schlaf noch nicht ganz gewichen war, einer großen Weinbergschnecke, die auf ihrer silbrigen Spur über den mit Steinen ausgelegten Steig glitt. Ihr Mund verzog sich langsam zu einem Lächeln, als sie das feine, zweifache Fühlerpaar und die Vollkommenheit des spiraligen Hauses betrachtete. Die Bauern und gerade die Armen verzehrten sie in Mengen mit wildem Knoblauch und sammelten sie, wo immer sie sie fanden. Aber auch, wenn Schnecken geschmeckt hätten wie mit Safran, Mandeln und Feigen gefüllte Täubchen, hätte das

Mädchen keinen Bissen hinunterbekommen, denn ihrem Volk waren manche Sorten Fleisch und Getier zum Genuss verboten, seit die Kinder Israels vor vielen tausend Jahren von Ägypten in das verheißene Land gezogen waren, wo Milch und Honig flossen.

Golda, gelegentlich Goldele, hatten die Eltern sie wegen ihres schönen blonden Haars genannt, dem Schmuck der Frauen, das sie schon bei ihrer Geburt besessen hatte. Sie streckte sich und gähnte, bevor sie mit raschen Bewegungen das Bett ordnete, um dann kurz nach Sonnenaufgang, wie jeden Morgen, in der Küche einen Becher warme Ziegenmilch in Empfang zu nehmen. Rahel, ihre Stiefmutter, stand schon beim Ofen in der niedrigen Küche, die erste Morgensonne schien durch die Fenster hinein und wärmte den großen, mit Steinplatten ausgelegten Raum, der die gesamte Breite des hinteren Hauses einnahm.

»Guten Morgen, meine Kleine. Hast du gut geschlafen?«

Rahel stieß mit dem Fuß den Schemel beiseite, um Platz zu machen, und stellte eine Schale mit heißer Milch und ein Bündel mit Ziegenkäse, harten Gerstenfladen und runzligen Äpfeln aus der Ernte des letzten Herbstes auf den Tisch.

»Wo ist Vater?«

»Trink erst und sprich dann! Dein Vater ist schon längst auf, zur Weide bei Rohrsweiler, um die zwei Schimmel zu holen.«

Golda erschrak. Der Jähzorn ihres Vaters war nicht nur in ihrer kleinen Familie bekannt.

»Ist er böse, weil ich so lange geschlafen habe?«

»Ist er nicht, wenn du dich jetzt beeilst. Es ist gut, dass du lang geschlafen hast, schließlich habt ihr einen weiten Weg.«

Golda schlürfte den Rest Milch aus der Tonschale. Fast schnurrte sie vor Behaglichkeit, so wie Grauchen, die Katze, die ihr unterm Tisch um die nackten Beine strich. Die Milch war heiß und gut und Rahels mit Asche bereiteter und in Weinblätter geschlagener Käse würde auf dem langen Weg köstlich genug schmecken. Schon hörte man vor der Tür das Getrappel von Hufen und die Stimme Jakob ben Josuas: »Goldele! Komm! Es wird Zeit!«

Sie sprang auf und griff nach dem Bündel und dem wollenen Tuch, in das sie ihren Proviant geknotet hatte.

»Hast du auch alles, Kind? Sieh dich vor, hörst du? Nimm abends das Tuch um und lass in den Gassen dein Haar nicht sehen. Und vergiss nicht die Besorgungen. Und grüße die Familie. Und pass auf, dass du dich in der Sonne nicht zu sehr erhitzt.«

»Ja, Mutter! Nein, Mutter!«, antwortete Golda und schmunzelte. Sie beugte sich zu Rahel herab und küsste sie auf beide Wangen, als mit einem Ruck die Tür aufgerissen wurde und der Vater zornrot hereingestürmt kam.

»Wo bleibst du, Mejdele? Zum Teufel, Weiber können nie beizeiten fertig werden.«

»Ist schon gut, Jakob«, murmelte Rahel beschwichtigend, »Es ist alles bereit, sie ist längst fertig. Hier sind auch noch ein paar Nüsse für euch.« Rahel legte ein kleines Beutelchen auf den Tisch.

»Was soll das? Bin ich ein Eichhörnchen?«, knurrte Jakob und zog die buschigen Augenbrauen hoch. Golda nahm es grinsend in Empfang.

Anfang des nächsten Monats Siwan war es dreizehn Jahre her, dass ihre leibliche Mutter, Rebekka bath Levi, die erste Frau von Jakob ben Josua, dem Rosshändler, das Kind unter drei Tage fortdauernden, schweren Qualen geboren hatte und am fünften Tag nach der Niederkunft am Kindbettfieber gestorben war.

Im Jahr darauf hatte er seine zweite Frau geheiratet, Rahel, die dritte Tochter des Josel von Türkheim. Sie war äußerlich von keinem großen Reiz, aber voll Klugheit und mütterlichem Verstand, als sie, fünfzehnjährig, dem um zwanzig Jahre älteren Gatten nach Bergheim folgte und sich gleich um sein Töchterchen kümmerte, als hätte sie nie etwas anderes getan. Golda wuchs heran und hatte keine andere Mutter als Rahel gekannt und Jakob hätte auch glücklich mit ihr werden können, wenn sie ihm nur endlich einen Sohn geschenkt hätte. Aber Rahel, mit ihren dicken, glänzenden Locken, den kräftigen Gliedern und der tiefen Stimme ein Abbild von Leben und Gesundheit, hatte sich bisher als unfähig erwiesen, eine Leibesfrucht auszutragen.

Die Kinder, wie zu Jakobs Hohn allesamt Knaben, die sie mit der Hilfe von Rivka, der Frau des Nachbarn Abraham, alle zwei Jahre zur Welt brachte, überlebten immer nur wenige Stunden, sofern sie nicht gleich tot zur Welt kamen.

»Hab ein Einsehen mit Deiner Frau, Jakob«, hatte Abrahams Frau ihn nach der letzten Geburt eines dieser lebensunfähigen Geschöpfe angefleht. »Ich fürchte allmählich, ein weiteres könnte sie nicht überleben.« Und Jakob hatte ein Einsehen. Es fiel ihm nicht schwer, denn er war ein alter Mann von bald fünfzig Jahren, aber dennoch – gab es denn einen größeren Fluch für eine Jüdin als Kinderlosigkeit?

Jakob stampfte mit dem Fuß auf, und schon drückte das Mädchen der Mutter einen hastigen Abschiedskuss auf die Wange, warf das kurze Leinenmäntelchen mit dem Judenfleck über die Schultern, ergriff das Bündel und zog die Tür hinter sich zu.

»Hier, nimm!«, herrschte der Vater sie an und drückte ihr die Zügel der Eselin in die Hand.

Und hinaus ging es aus der Judengasse, hin zur breiten Mittelgasse, die einmal der Länge nach durch das kleine Bauernstädtchen führte, und durch das Untertor. Die Bergheimer Bürger, die sich zu dieser frühen Morgenstunde sehen ließen, beachteten den Juden und seine Tochter nicht weiter, ja, so mancher entbot ihm sogar einen Gruß.

Jakob stülpte den spitzen Strohhut erst auf, als sie die Mauern der Stadt hinter sich gelassen hatten. In Bergheim selbst scherte es niemanden, ob die jüdischen Männer das alberne Ding auf dem Kopf trugen, aber das konnte außerhalb der Stadtmauern schon etwas anderes sein.

Bald überquerten sie den Bergenbach und schlugen den Weg nach Norden auf der alten Römerstraße ein. Kurz vor Schlettstadt näherte sich auf einem kleinen Esel eine Gestalt, an deren Hut schon von weitem ein Jude auszumachen war.

»Simeon!«, rief Jakob erfreut. »Das ist Simeon von Rufach.«

Der Jude auf dem Esel blinzelte kurzsichtig. Erst als Vater und Tochter auf seiner Höhe angeritten kamen, glitt der Anflug eines Lächelns über sein Gesicht.

»Schalom alejchem, Simeon. Wohin geht's denn?«

»Schalom, Jakob ben Josua! Wieder zurück nach Rufach. Ich habe in Schlettstadt zwei Wechsel eingelöst und mit einem weiteren will ich es in Rappoltsweiler versuchen, wenn ich kann. Zwei schöne Schimmel hast du da.«

»Oh ja, und viel Geld haben sie mich gekostet. Meine Tochter und ich, wir ziehen nach Rosheim. Und morgen geht es auf den Rossmarkt nach Straßburg, wo ich hoffentlich einen besseren Preis erziele als hier in der Gegend.«

»Könnte schon sein«, brummte Simeon. Sein Blick fiel auf Golda und er wiegte missmutig den Kopf.

»Du nimmst noch immer deine Tochter mit? Ist sie nicht langsam zu alt dafür? Sie ist doch längst eine heiratsfähige Jungfrau, wie ich sehe. Hat deine Frau dir noch immer keinen Sohn geboren?«

»Das liegt allein in der Hand des Erschaffenden, Simeon. Nun, ich kann es ja nicht ändern. Das Mädchen macht mir so viel Freude! Rechnen kann sie zweimal schneller als ich, und lesen und schreiben in Deutsch und Hebräisch, ja sogar ein wenig Latein. Ohne ihre Hilfe wäre längst nicht jedes Geschäft so vorteilhaft geworden, wie's am Ende geworden ist.«

Golda strahlte ihren Vater an und genoss dessen Stolz. Dabei war er damals sehr erzürnt gewesen, als er Rahel dabei erwischt hatte, wie sie das kleine Mädchen das Lesen in der Weiberschrift lehrte, einer einfachen hebräischen Schrift, die ein kluger Rabbiner, Shlomo ben Jizchak, ersonnen hatte, um den Frauen das Lesen und Schreiben zu erleichtern.

Bald schon hatte er seine Freude an der klugen Tochter gehabt, und wann immer sie laut die Worte las »Gott sprach zu Israel in den Träumen: Jakob! Jakob!«, rief der Vater in die Stube: »Hier bin ich!«, ganz so wie Jakob in der Tora. Oft hatte er ihre Fortschritte dann selbst überwacht und gedacht, dass sie eigentlich die Klugheit eines Sohnes hatte, den der Lenker der Welt ihm nun einmal verweigert hatte.

»Zeiten sind das, wo man den Frauen erlaubt, klüger als ein Mann zu sein und auch noch bei den Geschäften zugegen«, schimpfte Simeon, »stell dir vor, Jakob, in Straßburg, beim Ratsherren Reuchlin, geht seit neuem eine jüdische Geldwechslerin aus und ein, Sarah bath Maimon von Gugenheim heißt sie, und mit Perlen und Edelsteinen handelt sie obendrein. Eine Sünde ist das, gegen die weibliche Natur und ganz gegen jede menschliche Ordnung.«

»Sei nicht so streng, Simeon«, erwiderte Jakob, »wie man hört, ist diese Sarah eine anständige Frau und obendrein Mutter von drei prächtigen Söhnen, von denen der jüngste sie immer begleitet, wenn sie in Geschäften unterwegs ist. Es mag gegen die weibliche Natur sein, aber Schaden hat sie ihrer Familie bisher nicht gebracht. Sie ist Witwe und …«

»Eben!«, unterbrach ihn Simeon aufgebracht. »Sie ist Witwe, und eine Witwe sollte sich wiederverheiraten, an einen guten Mann, und dem die Geschäfte überlassen. Das sollte sie! Jetzt fangen schon die welschen Christen damit an, Geld gegen Zinsen zu verleihen. Wann hat man so was je gehört? Wovon soll unsereiner dann noch leben, wenn das so weitergeht?«

Jakob schmunzelte.

»Ach Simeon, wir leben doch in so ruhigen Zeiten, Baruch Ha

Schem, und wir leben nicht schlecht. Reg dich nicht auf über das Gerede eines alten Viehhändlers, sondern sag mir lieber, wie die Straßen nach Straßburg beschaffen sind.«

Der alte Jude nahm kurz den Hut ab, wischte sich über seine glänzende Stirn und antwortete: »Auf einer Meile bei Lingelsheim bleibt man fast stecken, und es stehen Pfützen dort, so groß, dass Enten drauf schwimmen und sich Schweine drin suhlen. Haltet euch auf den Äckern, dann kommt ihr besser durch, rate ich euch. Nichts für ungut, Jakob, aber ich muss weiter, wenn ich es noch zwei Stunden vor Sonnenuntergang durch die Tore von Rappoltsweiler schaffen will. Gute Weiterreise!«

Jakob sah dem Wechsler noch eine Weile hinterher, dann aber ermahnte er seine Tochter zur Eile: »Los, los weiter! Zu Mittag sollten wir das längste Stück geschafft haben. Bevor wir nicht hinter Barr sind, wird auf keinen Fall gerastet.«

Im Antoniterkloster zu Isenheim

Der Sandsteinbau der Klosterkirche, von außen bescheiden, ließ nicht vermuten, was für Schätze er in seinem Inneren barg: Kaum verblasste Wandmalereien, prächtig geschnitzte und vergoldete Altäre, meisterliche Bildnisse des Sankt Antonius, zu seinen Füßen das Schweinchen mit dem goldenen Glöckchen im Ohr, auf denen der Heilige von Dämonen und Ungeheuern geplagt wurde, Bilder der Mutter Gottes in jeder Nische mit hunderten von brennenden Lichtern davor. Es waren Herrlichkeiten, die im Laufe der Jahrhunderte durch die Gaben von Tausenden von Pilgern und Kranken angeschafft wurden, die sich hier die Heilung vom Antoniusfeuer erhofft hatten, das Ende von Lähmungen und Raserei, von brennenden Schmerzen und faulenden Gliedern.

Staunend sah Konrad von Dettighofen, der Abt des Benediktinerklosters zu Schaffhausen, sich um. Schließlich nickte er. Sein stummer Begleiter, ein magerer Mann in den Vierzigern, hielt den Blick seiner hellen, starren Augen zu Boden gerichtet. Die schwarze Kutte und die groben Sandalen an den nackten Füßen wiesen ihn als Bruder des Dominikanerordens aus.

Jean d'Orlier, der Generalpräzeptor der Antoniter zu Isenheim, redete schon seit geraumer Zeit wie ein Buch auf seine beiden Gäste ein. Das Spital von Isenheim und seine nicht unbeachtlichen Heilungserfolge hatten inzwischen einen hervorragenden Ruf, der wohl nicht zuletzt der Leidenschaft seines Vorstehers zu danken war.

»Ihr nehmt also als Grundlage für unseren bewährten Sankt Antonius-Balsam 4 Pfund Talg, 4 Pfund Schmalz, 4 Pfund Weißpech, dann 4 Unzen gelbes Wachs, 4 Unzen Terpentin und noch 2 Unzen Grünspan«, sprach Jean d'Orlier mit seinem weichen, fränkischen Akzent, »und dann natürlich die Kräuter, die sind das Wichtigste. Getrocknet und fein gestoßen, also Kohlblätter, Nussblätter, Erdbeerspinat, Lattich, Wegerich, beide Arten davon, Holunder, Löwenfuß, Huflattich … Oh, da wären wir!«

Jäh unterbrach Jean seinen Redefluss. Die drei Männer betraten die kleine Kapelle und standen einen Moment lang schweigend vor dem mit einigen Kerzen beschienenen Altarbild.

Schließlich lächelte Konrad zufrieden und sprach: »Nun, man hat mir nicht zu viel versprochen von Eurer Kirche. Es sind in der Tat wunderbare Werke, die ihr euer Eigen nennen dürft.«

Der Generalpräzeptor führte den Gast dicht an einen Altar mit einem großen Bildnis heran. Der Mönch mit den goldbraunen Fransen um seine Tonsur spitzte die Lippen wie ein Mädchen, hob die Brauen über seinen erstaunt blickenden Kinderaugen und wies stumm auf die heilige Barbara.

»Also, das ist das Gemälde, von dem ihr so geschwärmt habt in Euren Briefen? Wer, sagtet ihr, ist dieser Meister?«, fragte Konrad.

»Schongauer ist der Name, Martin Schongauer, aus Kolmar. Gewissermaßen ist es nicht nur sein Werk, sondern auch das seines Bruders. Sie führen ihre Werkstatt gemeinsam, und sie arbeiten auch zusammen. Ich spiele zurzeit mit dem Gedanken, einen Verkündigungsaltar bei ihnen in Auftrag zu geben.«

Der Abt strich sich über sein Kinn und sagte bedächtig: »Hm. Begabt, sehr begabt. Aber auch etwas ... nun, ich möchte sagen, gewagt, nicht wahr?«

Die beiden Mönche musterten die vollendeten Körperformen mit den lockenden Brüsten, die deutlich unter dem zarten Stoff des Gewandes hervortraten, die sinnlichen Lippen, die verspielt lächelten, und die goldblonden Haarfluten, die so sehr nach dem Leben geschaffen waren, dass man meinte, bei ihrer Berührung würden die Finger nicht auf Ölfarben und Holz, sondern auf seidige Flechten treffen.

Konrad von Dettighofen räusperte sich: »Nun, diese Heilige Barbara scheint mir ein wenig, nun ja, ein wenig zu sehr Frau und zu wenig Märtyrerin zu sein ... ihr Liebreiz, möchte ich sagen, ist fast schon ein wenig zu ausgeprägt für meinen Geschmack. Sagt, der Meister, der sie gemalt hat, ist noch recht jung, wie mir scheint?«

Jean d'Orlier schmunzelte.

»Das ist richtig, lieber Bruder, Martin Schongauer mag wohl erst wenig mehr als zwanzig Jahre alt sein. Und damit kann man ihm wohl verzeihen, meine ich, wenn er ein Weib, auch wenn es eine Heilige ist, recht liebreizend darstellen will.«

Konrad senkte nachdenklich den Kopf. Was den Liebreiz der Frauen anging, so war er für seine Person schon seit vielen Jahren über alle Zweifel und Versuchungen hinweg. Aber einem jungen Novizen mochte so ein ungehörig sinnliches Bildnis wohl schon eher zusetzen. Er wandte sich um zu seinem Begleiter und fragte: »Nun, was ist Eure Meinung, Bruder Heinrich?«

Der so Angeredete, Heinrich Kramer, wandte ihm das Gesicht zu, auf dessen bleicher Stirn sich kleine Schweißperlen gebildet hatten, und sagte betont gleichgültig: »Ich denke, meine Meinung ist in diesem Fall kaum ausschlaggebend, Bruder Konrad. Ich habe mich nur erboten, Euch hierher zu begleiten. Ihr habt schließlich diese Wahl zu treffen, nicht ich.«

Heinrich drehte sich abrupt um und schien in Betrachtung einer schweren goldenen und mit zahllosen bunten Edelsteinen besetzten Monstranz zu versinken, die auf der gegenüberliegenden Seite der kleinen Kapelle aufgestellt war. Es schien fast, als spüre er das Lächeln der Frau auf dem Bildnis wie durchdringende Hitze auf seinem nackten Hals. Sein für einen Mann seines Alters von zu vielen und zu tiefen Furchen durchzogenes Gesicht war fahl geworden.

Barr, am Nachmittag

Die Landschaft wurde flacher und die Straßen stiller, als Jakob und Golda sich an einem Bach unter einer großen Eiche niederließen und das Bündel öffneten, das Rahel ihnen gefüllt hatte. Eine halbe Stunde ruhten sie nach dem Mahl noch im kühlen Schatten des Baumes, um dann den Rest der Tagesetappe in Angriff zu nehmen. Das letzte Stück war schon gekommen, sie trotteten den staubigen Trampelpfad um die Bischofsheimer Mauern herum und langten endlich an den Mauern von Rosheim an.

Es war schon kurz vor der Wachablösung, als der Jude und sein hübsches Töchterchen auf ihren Eseln mit den zwei Schimmeln am Halfter auf das Tor zuritten. Plötzlich wurden die beiden muskulösen Hellebardiere hellwach. Klirrend versperrten ihre gekreuzten Waffen den Weg, als Jakob an die hölzerne Zugbrücke trat und höflich seinen Gruß entbot.

»Wohin willst du, Jude?«

»In die Judengasse, Herr, zu meiner Schwester und den ihren, nur für die eine Übernachtung.«

»Soso, für die eine Übernachtung. Und wie heißt sie, deine Schwester?«

»Lea, Herr. Lea bath Josua. Sie ist die Ehefrau des Pfandleihers Samuel von Speyer.«

Der rechte der nach zwei Wochen altem Schweiß stinkenden Kerle trat auf Golda zu und fasste nach ihrem Kinn. Es gab leider nichts, was Jakob dagegen hätte tun können, wenn ihm sein Leben lieb war.

»Sieh mal einer an, was haben wir denn hier für ein Vögelchen?«

Der andere hatte Jakob inzwischen barsch angewiesen, das Torgeld zu bezahlen. Der Wächter warf dem ersten die Münzen zu, der sie rasch durchzählte und dann in seinem Beutel verschwinden ließ. Er grinste und zischte Golda heiser zu: »Na, dann lauft mal! Ab in die Judengasse, zu dem fetten Pfandleiher. Wenn du von dem Judenpfennig was wiederhaben willst, Mädchen, dann weißt du ja, wo du mich finden kannst. Deinen Arsch würde ich mir schon was kosten lassen.« Jakob und die blutrot angelaufene Golda gaben sich die größte Mühe, das schallende Gelächter der beiden mit Würde zu überhören. Die lange Gasse, die das Städtchen von Ost nach West in zwei Hälften schnitt, war ruhig und friedvoll, niemand kümmerte sich um den jüdischen Rosshändler und seine Tochter.

»Oh, was für schöne Schimmel! Wenn man mal so einen hätte!«, rief einer der Gassenjungen, die sich vor dem wuchtigen Christentempel Peter und Paul mit Stöcken im Fechten übten.

»Was kosten die, Jude?«

»Leider mehr, viel mehr, als du dir leisten kannst, Kleiner«, entgegnete Jakob gutmütig.

»Warte nur, bis du groß bist und tüchtig Geld verdienst. Wenn du lange genug sparst, dann kannst du dir vielleicht auch mal so ein Prachttier kaufen.«

»Mein Vater ist nur Schuhmacher, Jude, der verdient nicht so viel Geld. Ich soll auch Schuhmacher werden. Da wird es wohl nichts damit.«

»Sag das nicht, Junge. Gib nie die Hoffnung auf bessere Zeiten auf.«

Golda warf einen Blick über die Schulter zurück nach dem Dach der Kirche. Sie hatte es eigentlich nicht tun wollen, und doch konnte sie es nicht lassen, sich nach der Figur umzudrehen, die dort auf dem Kirchendach saß, ein steinerner Jude mit spitzem Judenhut, mit gekreuzten Beinen und einem schweren Geldsack auf den Knien.

Als ob wir es nicht schon schwer genug hätten, dachte sie. Gleich hinter dem Tempel ging die Judengasse ab, mit dem Tor in seinen schweren Angeln, dessen Instandhaltung die knapp achtzig Menschen zählende Gemeinde von Rosheim selbst bezahlen musste. Aber es bot Schutz, dieses Tor, das nach Sonnenuntergang und an allen christlichen Feiertagen geschlossen blieb, und so hatte alles seine zwei Seiten.

Jakob klopfte an das Tor zum Hof des Pfandleihers, dessen roter Sandsteinbogen eingemeißelte hebräische Lettern trug: הבאים ברוכים

»Baruchim haba'im«, las Golda, und Jakob nickte dazu.

»Wir wollen doch hoffen, dass wir hier heute willkommen sind.«

Seine Fingerspitzen berührten kurz die Mesusa, die Hülse mit Versen aus der Tora, die an jeder Tür angebracht war, hinter der fromme Juden wohnten, und dann seine Lippen. Diese Worte waren halb im Ernst, halb im Scherz gesprochen, denn beim letzten Besuch hatten Jakob und sein Schwager Samuel eine Auseinandersetzung gehabt, die bis tief in die Nacht angedauert hatte. Seine Frau Lea hatte dem Lärm schließlich schimpfend ein Ende bereitet: Sie und die Kinder und Mägde gedächten, wenigstens noch eine Weile zu schlafen, bevor der nächste Tag begann!

Auf Jakobs Klopfen hin trottete die Magd, ein Mädchen mit

blauen Kulleraugen und ebenholzschwarzen Haaren, das auf den Namen Vögele hörte, über die Pflastersteine und schob den Riegel zurück. Lea kam die Außentreppe herab gerannt, die in das erste Stockwerk führte und fiel ihrem Bruder um den Hals.

»Jakob, Jakob, endlich! Wie schön, dich endlich mal wieder zu sehen! Wie geht es deiner Frau? Und hier unser Goldele, wie bist du groß geworden. So ein großes Mädchen. Komm lass dich mal ansehen! Was für ein hübsches Ding. Da muss der Schadchan wohl bald nach einem passenden Bräutigam für dich suchen, was?«

Lea legte den Kopf in den Nacken und rief zum Haus hinauf: »Schnell, Samuel, komm schnell! Sieh nur, wer da ist, endlich!«

Es dauerte einen Moment, bis die schwere Gestalt des Samuel von Speyer, des Pfandleihers von Rosheim, auf der Treppe erschien und gemächlich herab in den Hof zu steigen begann.

Die Torwächter hatten nicht gelogen, als sie Samuel als fett bezeichnet hatten. Schon sein Vater war es gewesen, und dass Lea eine so vorzügliche Köchin war, hatte zu seinem Zustand beigetragen. Er blieb vor dem Schwager stehen und betrachtete ihn einen Augenblick mit undurchdringlichem Mienenspiel, bevor sich der Mund in seinem dunklen Bart zu einem breiten Lächeln verzog und er sagte: »Komm, Schwagerleben, komm. Sei willkommen in meinem Haus. Es ist schön, dich wieder bei uns zu sehen!« Samuel öffnete die Arme und drückte den Schwager herzhaft an seine breite Brust. Jakob fühlte sich, als würde er in einem warmen Federbett versinken.

»Ich grüße dich, Samuel, und Friede sei mit dir.«

»Friede sei mit Euch, mein Guter. Oh, was für herrliche Schimmel hast du da! Ich werde sie und deine Esel in den Stall bringen lassen. Komisch genug werden sie da aussehen zwischen Moses' altem Klepper, den er längst hätte schlachten lassen sollen, und den Eseln und Maultieren. Wie zwei Prinzen im Armenspital, so werden deine Prachtpferde aussehen.«

Samuel warf den Kopf in den Nacken und lachte mit blitzend weißen Zähnen. Jakob stimmte erleichtert ein. Da kam auch endlich Jael, Goldas Kusine, die Treppe hinab. Unter Freudenschreien fielen die Mädchen sich um den Hals. Sie war ein gutes Jahr älter als Golda und in der Zwischenzeit zu einem ziemlich drallen Mädchen mit kupferfarbenem, lockigem Haar herangewachsen.

»Puh, wie bist du heiß und staubig. Komm, komm ins Haus. Lass dir ein Bad bereiten.«

»Ein Bad könnte nicht schaden nach dem langen Weg«, seufzte sie erleichtert.

»War es schlimm auf der Straße? Habt ihr Zores gehabt?«

»Nein, gar nicht, es war alles ruhig. Morgen kann es schon anders werden, wenn alles zum Markt will.«

»Wie bist du zu beneiden«, seufzte Jael. »Ich war erst einmal dort, und das ist auch schon wieder fast zwei Jahre her. Ach, Straßburg! So eine riesige Stadt. Dass du so viel herumkommst – als Mädchen!«

Jael und Vögele verschwanden hinunter in den Hof. Vorsichtig, weil sie schon Kleid und Mieder abgelegt hatte, sah Golda in den Hof hinunter, zu dem aus grauen Feldsteinen gemauerten Brunnen mit seinem von Sandsteinsäulen getragenen Dach, unter dem die Winde hing. Daneben, unter einem großen Birnbaum, standen noch immer Vater und Onkel, schon jetzt in ein lebhaftes Gespräch vertieft. Sie legte die Läden an und wartete im Hemd, als die Magd und Jael mit dem restlichen Badewasser herankeuchten.

Das Wasser in dem Zuber war so kalt, dass ihr einen Moment lang die Luft wegblieb. Sie stieß mit dem Fuß an etwas Kantiges und fand einen großen, graugrünen Klumpen. Verwundert schnupperte Golda an ihrem Fund: Olivenöl und Lorbeer. Seife, echte Seife von Aleppo war es. Der Onkel und die Tante lebten beinahe wie die Fürsten im Vergleich zu ihren bescheidenen Bergheimer Verhältnissen.

Als die Tante sie in die Stube rief, war schon der gesamte Hausstand versammelt: Außer Jael und dem Onkel noch die achtjährige Schwester Jaels, Chaya genannt, ebenso rothaarig wie die ältere Schwester, sowie der Stolz und Liebling der Familie, der dreijährige, flachsblonde David, der gerade mit seinem einnehmenden Kinderlachen laut krakeelend durch die Stube rannte, wo Jakob ihn mit offenen Armen auffing und brüllte: »Na komm, Bubele, komm zu deinem Onkel Jakob!«

Der Junge warf sich in Jakobs Arme und kreischte vor Vergnügen, als der Onkel ihn im Kreis herumwirbelte. Jael lachte und stellte Krüge mit Brunnenwasser und dem würzigen Weißen aus der Gegend von Oberehnheim auf den Tisch, der heute als besondere Gabe an die Gäste ausgeschenkt werden sollte, außerdem gab es feines Brot und eine Schüssel mit einem köstlich duftenden Voressen aus grünen Zwiebeln und Kalbfleisch. Lea war durchaus imstande, aus Abfall von Rinderherz, Milz und Lungen noch ein Mahl zu zaubern, das man notfalls einem König hätte vorsetzen können. Heute allerdings hatte sie edlere Zutaten zur Hand gehabt: Als zweiten Gang trug sie ein Gericht aus zarten Flussfischen mit Gemüse und Senf auf. Den Abschluss bildeten Mandelkuchen und in süßem Wein gekochte, gedörrte Birnen, die in dieser Gegend sehr beliebt waren und von jedem Hutzeln genannt wurden. Jakob langte, von Lea wieder und wieder genötigt, kräftig zu. Auch Golda aß mit Behagen die guten Dinge, die man ihnen zur Feier ihres Aufenthaltes aufgetischt hatte, denn solche Speisen gab es im Haus des Rosshändlers nur an hohen Feiertagen. Sie bemerkte erleichtert, dass ihr Vater das Mahl zu genießen schien, ohne, so wie beim letzten Mal, heimlich den Kopf zu schütteln über diese ungehörige Zurschaustellung der besseren Verhältnisse, in denen sein Schwager und dessen Familie nun einmal lebten.

Samuel wusste zu berichten, dass seine beiden jüngsten Brüder die Gemeinde von Speyer vor knapp einem Monat verlassen hatten und mit allem, was sie an Habseligkeiten besaßen, Hausrat, Tieren, Weibern und Kindern, auf dem Wege nach Krakau im polnischen Reich des Königs Kasimir waren.

»Ach, wenn man noch jünger wäre und besser zu Fuß, glaub mir Schwager, ich würde mich auch auf den Weg machen. Endlich heraus aus diesem verfluchten Loch!«, rief Samuel begeistert.

»Man hört, dass die Juden alle davon träumen, in den großen Städten zu wohnen«, antwortete Jakob skeptisch, »du weißt schon, Warschau, Krakau, Lublin. Und dann bleiben sie am Ende irgendwo in den riesigen Wäldern stecken, wo es Bären und Auerochsen gibt, und müssen ihre Dörfer mit hohen Palisaden schützen vor diesen Viechern. Und dazu noch vor den Wölfen.«

»Vor den Wölfen?«

»Ja, sicher, den Wölfen! Die hausen da nicht weit fort oben in den Bergen, so wie hier, nein, die treiben sich in Rudeln in den Wäldern und auf den Straßen herum.«

»Nun, und wenn schon. Dann gibt es da eben mehr Wölfe. Wenn das die einzige Sorge dort ist, die ein Jude hat, dann hat er schon viel gewonnen.«

Eine Weile war es still am Tisch.

Dann unterdrückte Jakob behaglich einen Rülpser und entgegnete ruhig: »Aber das ist nun mal nicht die einzige Sorge, Schwagerleben. Die Winter zum Beispiel, die sollen lang und streng sein. Und sehr, sehr kalt. Wein kann man deshalb auch nicht anbauen. Aber die Sommer sollen dennoch so heiß sein, dass die Ernten leicht verdorren. So ein Leben in einem jüdischen Dorf, da oben im polnischen Urwald, das wird auch nicht so leicht sein.«

Die Tante drehte sich unruhig nach ihrer Tochter um und rief, mit einem Kopfnicken in Goldas Richtung: »He, ihr Mädchen, bringt doch eben Chaya und David zu Bett. Tut mir die Liebe, ja?«

Folgsam standen die beiden Jungfrauen auf. Und während der kleine David sich mit dem Daumen im Mund schon satt und müde an die üppige Brust seiner Schwester schmiegte, protestierte Chaya, als die Kusine sie vom Tisch zu ziehen begann.

Im Handumdrehen lagen die Kinder Seite an Seite in ihrem Bettchen, und auch wenn Chaya ein paar Mal beteuerte, gar nicht müde zu sein, wobei sie schon zwei-, dreimal heftig gähnte, nützte ihr der Protest wenig. Als die Mädchen die Tür zuzogen, hörten sie schon die ruhigen Atemzüge der beiden Kinder.

»Wie gern hätte ich auch so eine kleine Schwester«, flüsterte Golda. »Du musst so glücklich sein!«

»Das bin ich doch auch«, entgegnete Jael. »Auch wenn sie und David manchmal furchtbar anstrengend sind. Und Schmutz und Unordnung machen sie, und um ihre Wäsche muss ich mich auch immer allein kümmern. Chaya hat ihren eigenen Kopf, glaub mir, einen ordentlichen Dickkopf hat die Kleine schon. Aber wie langweilig wäre es sonst hier. Ich hüte sie trotzdem gern, und wenn wir spielen, sind sie immer so lustig. Um sich krank zu lachen! Was rennst du denn nur so?«

Denn Golda hatte es sichtlich eilig, wieder in die Stube zu kommen.

»Mal sehen, wie lange es diesmal dauert, bis sie sich wieder streiten«, wisperte sie.

»Vielleicht haben wir es schon verpasst.«

»Das haben wir wohl kaum. Wenn sie sich streiten, dann hört es nämlich die ganze Gasse.«

Rot vor unterdrücktem Gelächter schoben sich die Mädchen durch die Tür.

»Auf dem Land hier geht es uns doch noch recht ordentlich«, hörten sie Jakob gerade sagen, »gut, wir sind nicht gerade beliebt, aber andererseits kräht auch kein Hahn danach, wenn ich mit Gottfried aus der Mehlgasse mal einen Humpen Bier trinke oder mein Goldele mit ihrem Klärchen oder Rahel mit den

Nachbarinnen am Brunnen schwatzt. Und wir in Bergheim haben sogar unsere eigenen Weingärten und Obstwiesen. Wo gibt es so was sonst noch für Juden?«

»Und damit gibst du dich zufrieden?«, schimpfte Samuel dazwischen.

Golda sah die Tante an und seufzte. Aber Leas Blick haftete unruhig an ihrem aufgebrachten Gatten, während Jakob weitersprach: »Ja, Samuel, damit bin ich zufrieden. Es könnte erheblich schlechter sein.«

Samuel griff nach seinem Becher, trank einen gewaltigen Schluck und entgegnete: »Nichts ist doch mehr so, wie es mal war. Es hat früher so viele gelehrte Juden gegeben, weißt du. Ärzte, Philosophen, große Rabbiner. Den Raschi von Troyes, Rabbi Mosche Ben Maimon, den Rokeach von Speyer, gepriesen sei er. In Mainz, während der Pest, da waren die Juden sogar noch wehrhaft, die Tapfersten von allen. Es haben sich alle heimlich bewaffnet. Zweihundert Judenschläger haben sie niedergemacht. Die Juden sind schon immer ein tapferes Volk gewesen. Denk nur an Juda Makkabi und Bar Kochba!«

Jakob senkte verlegen den Kopf und schwieg.

Samuel fing von neuem an: »Nein, ich sage dir, Krakau, da werden große Geschäfte gemacht, da blüht der Handel, eine Universität haben sie dort, älter als die von Basel oder Freiburg ...«

»Nun, und was nützt es dir? Einen Juden kann man nicht studieren lassen, außer in Padua«, entgegnete Jakob.

Samuel lehnte sich erschöpft zurück und wischte sich mit seinem Mundtuch über sein glänzendes Gesicht. Einen Moment war es ganz still in der Stube. Dann beugte er sich vor und sagte leise: »Ich will dir mal was sagen, Schwagerleben. Solange wir hier umherziehen oder nicht, wir Juden werden nie sicher leben in Aschkenas. Denk an meine Worte. Niemals. Man wird uns immer wieder an den Kragen gehen, mal mehr, mal weniger. Sicher werden wir erst sein, wenn wir wieder in unserem eigenen Land leben.«

»In unserem eigenen Land?«, fragte Jakob belustigt, »kannst du mir verraten, wo das sein soll?«

Samuel nahm einen tiefen Zug Wein und sagte bestimmt: »Das Land, aus dem man uns immer wieder vertrieben hat, unsere Männer versklavt, unsere Frauen geschändet und unsere Kinder ermordet. Das Land, in dem der Tempel Salomons stand, und den die Juden wieder errichten werden zu Ehren des Beherrschers der Welt.«

Jakob brach in schallendes Gelächter aus: »Du hast zu viel getrunken, Schwager!«

Samuel schüttelte ernst den Kopf. »Nein, Jakob. Ich weiß, wovon ich rede. Nicht umsonst beten wir an jedem Rosch Ha-Schana darum, das nächste Neujahr in Yeruschalayim feiern zu dürfen.«

Seine Frau ließ die Schultern fallen, die sie schon seit einer Weile angespannt emporgezogen hatte, und erhob sich, um dem Bruder auf der anderen Seite des Tisches noch Wein nachzuschenken. Aber Jakob drehte seinen Becher um und hob die Hand: »Genug, Schwester. Hab vielen Dank für das Mahl. Euer Wein und die vielen Köstlichkeiten hier haben schon des Guten genug getan. Wenn ich noch mehr trinke, schlafe ich unruhig, und morgen wird es ein harter Tag für uns. Und heiß, heiß wird's obendrein werden. Golda, geh jetzt zu Bett. Wir brechen morgen früh auf.«

Jakob erhob sich ein wenig abrupt. Samuel schritt majestätisch um die Tafel herum und klopfte dem Schwager mit seinen mächtigen Pratzen auf die Schultern.

»Verzeih mir, Schwager. Ich habe dich ermüdet. So gern ich dich sehe und in meinem Hause beherberge, aber in manchen Dingen sind wir eben wie Katz und Hund.«

Golda konnte nicht einschlafen. Zu viel und zu spät gegessen hatte sie, und die Worte des Onkels gingen ihr nicht mehr aus dem Kopf.

Gab es wirklich ein Land, wo die Juden frei und ohne Zwang leben durften? War so etwas auf der Welt möglich? Ihr kleines Dasein in Bergheim schien ihr plötzlich so zerbrechlich wie eine Eierschale zu sein. Was, wenn man die Juden auch dort eines Tages vertrieb, so wie es der Onkel gesagt hatte, auch aus Bergheim?

»Ach, Unfug!«, beruhigte sie sich endlich selbst, »die Juden lebten schon vor den Christen hier. Wir werden hier auch weiterhin leben.«

Dies war der Gedanke, mit dem sie einschlief.

Als Jael sie am anderen Morgen weckte, platzte Golda mit lautem Gelächter heraus, nur um fast im selben Moment verblüfft innezuhalten. Sie trug eine Haube, so wie jede Frau, das war nicht anders zu erwarten. Aber was für eine Haube – eine, die auf dem ersten Blick wie eine Narrenkappe aussah, aber auf den zweiten überraschend kleidsam schien.

»Ja, lach mich nur aus!«, sagte Jael, »aber so bindet man die Hauben jetzt in Straßburg. Du wirst sehen, kaum ein Mädchen läuft dort andersherum. Und da lassen sie sogar ihr Haar ein wenig sehen … so … siehst du…«, und sie zupfte ein paar Strähnen ihres kupferfarbenen Haares unter dem Tuch hervor, dass sie wie unabsichtlich in ihr Gesicht fielen.

»Das sieht hübsch aus!«, rief Golda begeistert.

Jael schob die Strähnen mit raschen Bewegungen wieder an Ort und Stelle.

»Ach, warum tust du das?«, fragte Golda.

»Nun, weil der Vater nicht erlaubt, dass ich mich so auf den Gassen zeige.«

»Du musst mir zeigen, wie das geht!«

»Aber gern. Wenn's dir so viel Freude macht. Wo ist dein Tuch?«

Golda gab ihr das weiße Haubentuch. Jael faltete es zum Dreieck und schlug es schnell und geschickt um Goldas Kopf, so dass ein Zipfel links, ein Zipfel rechts knapp über den Schultern hing. Sie nahm eine Nadel und steckte das Tuch in der Mitte über ihrer Stirn zusammen.

»Schön. Wie hübsch das aussieht!«, rief Golda aus und drehte ihr Gesicht hin und her.

»Hält das auch den ganzen Tag über?«

»Natürlich hält das. Wirf nur den Kopf nicht zurück und wild herum und bücke dich nicht zu tief, dann wird es schon gehen.«

Jakob warf beim Abschied von Schwester und Schwager nur einen schiefen Blick auf den Kopf seiner Tochter. Als sie die Mauern von Rosheim hinter sich gelassen hatten, fragte er plötzlich: »Sag mal, was ist das denn? Wie siehst du aus? Denkst du, ich ziehe mit einer Tochter umher, die sich wie eine Närrin kleidet? Setze sofort das Ding wieder richtig auf, wie zu Hause!«

»Aber Vater, so tragen die Straßburgerinnen jetzt ihre Hauben. Das hat mir Jael gesagt, und sie muss es wissen. Du sagst doch immer, eine Jüdin soll möglichst nicht auffallen in der Menge.« Schließlich musste Jakob lachen. »Du hast Recht, mein Kind. Möge der Himmel mir antworten, warum mir kein Sohn geboren wurde, ich aber dafür mit so einer klugen Tochter gesegnet bin!«

Bald gab es keine Möglichkeit mehr, den Weg nach Straßburg zu verfehlen. Von weitem ragte der hohe Turm des Münsters schwarz in den Frühlingshimmel wie ein drohend erhobener Zeigefinger. Vorbei an den in der Ebene gelegenen Dörfchen, die sich wie Perlen an der Schnur die Straße hinzogen, ging es auf der Landstraße, die nach der Stadt hin und mit steigender Sonne immer voller von Reisenden zu Fuß und zu Pferde, auf Eseln und Maultieren wurde, bis sie bei Lingelsheim tatsächlich die allmählich eintrocknenden Schlammmassen vorfanden, die Simeon von Rufach geschildert hatte. Sie mussten einen kleinen Umweg querfeldein einschlagen und dort kurz beiseite springen, als ein Zug von Edlen in scharfem Trab vorbeisprengte.

Jakob musterte mit Kennermiene und leuchtenden Augen die schlanken, braunen Wallache, deren Felle glänzten wie flüssiger Honig und die die herrlichsten Geschirre trugen, während Golda sich nicht satt sehen konnte an den schweren Seidenroben der Frauen, ihrem Schmuck und den juwelenbesetzten, mit bunt gefärbten Reiherfedern geschmückten Haarnetzen.

Um das Judentor zu erreichen, mussten sie einen Umweg, der sie beinahe eine halbe Stunde kostete, durch die Krautenau über Obstgärten und Kohlfelder machen, die riesige, mit spitzen Türmen bewehrte, von hohen Mauern mit kreuzförmigen Wehrschlitzen umgebene Stadt zu ihrer Linken. Schon sahen sie von nahem die Dächer mit den vielen Reihen der Dachgauben, die hohen Giebel der Straßburger Häuser, die Türme der Christentempel und der Klöster, in denen sich christliche Männer und Frauen einem Leben in Gebet und gotteslästerlicher Keuschheit hingaben, unbegreiflich für einen Juden. Hieß es nicht in der Tora, seid fruchtbar und mehret Euch und füllet die Erde?

Der Viehhandel auf dem Rossmarkt hatte längst begonnen, als sie endlich auf das Judentor zuritten. Sie stiegen von ihren Eseln und führten sie an den Zügeln hinter sich her. Über dem Vortor hingen hoch oben an Seilen seltsame Brocken, deren Herkunft schwer zu erkennen gewesen wäre, wäre da nicht das gierige Krächzen der Raben gewesen: ein Gevierteilter. Obwohl Golda nicht hinsehen wollte zu dem Gräuel, tat sie es schließlich doch und sah aus dem Augenwinkel noch deutlich, dass der Hingerichtete männlichen Geschlechts gewesen sein musste.

Jakob zahlte den Leibzoll für sich und Golda, alsdann je acht Schillinge für jedes Pferd, das Doppelte, was man einem Christen abverlangt hätte.

»Lass dir das als Warnung dienen. Jüdische Rosstäuscher, die hier ehrbare christliche Bürger übers Ohr zu hauen wagen, werden scharf gerichtet!«, riefen sie und wiesen grinsend hoch zu dem Leichnam.

Jakob behandelte sie so, wie es sich in seiner Erfahrung stets bewährt hatte: mit einer Mischung aus Humor und Gleichmut.

»Jaja«, sinnierte Jakob, als sie sich außer Hörweite der Brücke über die Ill näherten, die man den Judestej nannte und die für ihresgleichen den einzigen Weg hinein in die Stadt bedeutete, »Gojim naches! Wenn sie wüssten, dass unsere Parnassim denjenigen Juden aufs strengste bestrafen, der es wagt, einen Christen zu betrügen!« Er beugte sich zum Wasser hinab und spuckte wütend in den Fluss.

Unten im seichten, rasch dahinströmenden Wasser standen halbnackte Frauen mit hoch geschürzten Röcken und hieben klatschend ihre Wäsche auf die Steine.

»Schamlos, sowas«, murmelte Jakob, »wenn ich dich jemals so unter den Leuten sehen würde, ich schlüge dich tot!«

Golda versuchte, ihrem Vater zuzulächeln, aber es stieg eine zarte Röte in ihr Gesicht, so sehr sie sich auch bemühte, sie zu unterdrücken. Jakob blieb abrupt stehen und rief: »Was wirst du jetzt wieder so rot, verflucht noch mal? Du hast doch irgendwas?«

»Nein, gar nichts, Vater!«

»Los, los, raus damit, du führst doch was im Schilde. Ich kenne dich zu gut, Mejdele!«

»Vater, was denkst du nur? So würde ich mich doch niemals zeigen, mit nackten Schenkeln im Fluss.«

»Das will ich dir auch geraten haben«, brummte Jakob.

Sie war froh, dass ihr Gesicht wieder abgekühlt war. Denn sie führte wirklich etwas im Schilde. Aber lieber würde sie auf der Stelle vom Blitz erschlagen werden, als dass sie dem Vater etwas verraten hätte.

Es war bereits das dritte Mal, dass Golda mit ihm diese Stadt besuchte. Sie wusste durchaus, dass es noch größere Städte gab, Paris und Rom, Prag und Byzanz, aber wie konnten diese wirklich größer sein? Immer wieder war ihr so, als sei die Luft hier dichter, die Sonne dunkler, der Himmel ferner. Über dicken, steinernen Fundamenten, wie für die Ewigkeit gebaut, ragten die Häuser empor, dicht an dicht und Stockwerk über Stockwerk, eines immer noch weiter in die Gasse ragend als das andere, so dass die Leute unten auf der Straße kaum noch den Himmel sahen. Und schmutzig war es, ja, an regnerischen Tagen watete man durch Schlamm und Unrat, quiekende Schweine und Scharen von Federvieh liefen überall herum und verbreiteten Mist und Gestank. In Bergheim hielt man dagegen auf strenge Sauberkeit, schon um sich der Ratten zu erwehren, und jeder Bürger wurde dazu angehalten, das Gassenstück vor der eigenen Haustür täglich von Mist und Abfall zu befreien.

Am anderen Ufer der Ill hätten sie nun den kürzesten Weg zum Rossmarkt einschlagen können, indem sie schnell durch die Judengasse liefen. Aber das tat kein Jude. Es gab keinen einzigen Juden mehr in dieser Gasse, denn dort, wo einmal die Schul, die Synagoge, gestanden hatte, hatte man während der Pest ein Haus aus Holz errichtet, um dort tagelang tausende von Juden zu verbrennen. Abergläubische munkelten sogar, dass am St. Veltinstag, an dem dies geschehen war, an diesem Ort, den man noch immer die Brandgasse nannte, um Mitternacht manches Mal Schreie der geschundenen Seelen zu hören sein sollten.

So liefen sie am Ufer entlang bis zum Rossmarkt. Der riesige Platz beim Klarissenkloster war erfüllt vom Wiehern der Pferde, Muhen der Kühe, Blöken der Lämmer, Gänsegeschnatter und Entenquak, die tierischen Laute noch übertönt vom Geschrei der Händler.

Es stank infernalisch nach Mist, und ein paar Betrunkene lieferten sich bereits ein Maulgefecht, nicht, ohne von der johlenden Menge zu Handgreiflichkeiten angefeuert zu werden.

»Wird Zeit, dass du von hier fortkommst, Golda. Los, gib mir die Zügel.«

Jakob wusste, dass es auf den Viehmärkten in den großen Städten nicht immer fein zuging.

»Und bleib nicht zu lange weg, hörst du? Sonst komm ich dich holen, und dann kannst du was erleben!«

Zwei Gassen weiter, als sie das Getriebe des Rossmarktes hinter sich gelassen hatte, fand sie einen Durchschlupf zwischen zwei Häusern, wo kein Mensch mehr in Sicht war. Sie streifte mit einem Ruck den Mantel mit dem gelben Judenfleck von den Schultern und schlug ihn zusammen. Eine Magd kam plötzlich auf hölzernen Trippen laut die Gasse hinuntergeklappert, der lange, weiße Hals einer toten Gans baumelte unter ihrem Arm hervor. Aber sie hastete vorbei, ohne das Mädchen im Durchgang zu bemerken. Golda nahm ihren ganzen Mut zusammen und schob die Haube ein wenig aus der Stirn, dass der Haaransatz zu sehen war. Dann zupfte sie links und rechts ein paar Strähnen hervor, dass sie wie unabsichtlich in ihr erhitztes Gesicht fielen. Trunken von der eigenen Kühnheit löste sie noch das oberste Knöpfchen ihres engen Mieders, das ihre gerade aufgeschossenen Brüste stramm umschloss.

Nur kurz, kaum eine halbe Stunde, wollte Golda einmal ein Mädchen wie jedes andere sein. Danach, so schwor sie, würde sie so etwas nie wieder tun. Gott würde ihr schon verzeihen.

Und wirklich, als sie weiterging, glaubte sie zu träumen: Kein Bürger, kein Bauer spuckte vor ihr aus, kein dreister Gassenjunge versuchte, mit seinen schmutzigen Händen in ihre Schürzen zu langen. Vor niemandem musste sie die Augen niederschlagen, sie versuchte nicht mehr, sich unsichtbar zu machen, so wie sonst immer.

Bald war sie vor dem riesigen Münster angelangt, wo die vielen Stände des Marktes aufgebaut waren. Der erdig-würzige Duft des am frühen Morgen aus den Gärten geschnittenen Grünzeugs mischte sich mit dem milchigen der hoch aufgestapelten, goldenen, weißen und marmorierten Käselaibe, mit dem appetitanregenden Gerüchen bei den Zuckerbäckern und den Brotschrangen. Zum ersten Mal in ihrem Leben buhlten die Händler auch um ihre Gunst als Kundin, anstatt sie nur kurz und widerwillig zu bedienen und ihr dann den doppelten und dreifachen Preis für die Ware abzunehmen.

Eine Bäuerin, von den vielen Stunden unter freiem Himmel fast so braun wie eine Mohrin, bot ihr mit einem zahnlosen Lächeln eine Schote frischer Zuckererbsen an, ein Fischer ließ sie von seinen geräucherten Forellen kosten, ein junger Christenbursche mit blonden Locken und munteren blauen Augen schenkte ihr sogar eine getrocknete Dattel, die fast so schmeckte wie diese Himmelsspeise, die sich Marzipan nannte und die Golda nur ein einziges Mal in ihrem Leben auf einer großen Hochzeit in Hagenau gekostet hatte. Als sie, überwältigt von all der ungewohnten Güte um sie herum, ein paar Dankesworte stammelte, zwinkerte der Händler ihr zu und rief sogar: »Wer würde dir nicht gern eine kleine Freude machen?«

Endlich stand sie auch vor dem großen Tisch eines Kramhändlers, wo sie nicht lange suchen musste, um das zu finden, was Rahel ihr aufgetragen hatte: einen hübschen Fingerhut aus getriebenem Silber, einen breit gezahnten, kräftigen Hornkamm und ein halbes Dutzend Docken bunten Seidengarns.

»Was meint Ihr, Jungfer, wie prachtvoll Euch die Stickerei mit diesen herrlichen Farben gelingen wird. Seht nur dieses Rot, wie es leuchtet. Es wird sich nicht herauswaschen, nicht verblassen oder verfärben, da könnt Ihr beruhigt sein. Und der Fingerhut ist gerade gut genug für solche schlanken, zarten Fingerchen. Weil Ihr es seid, nur sechs Pfennige.«

Mit einem zufriedenen Lächeln steckte sie die Waren in ihren Beutel und sah sich seufzend um.

Golda mochte kaum den Blick abwenden von den mit aufwendigem Schnitzwerk verzierten Häusern, deren Fenster wie durch Zauberhand aus zartbunten, apfelgroßen Glasscheiben zusammengefügt waren, kunstvoll in Blei gefasst, und sie funkelten in der Sonne wie Edelsteine.

Und erst die Bewohner! Es war ein warmer Maientag, aber dennoch liefen manche Bürger in pelzverbrämten Mänteln mit goldgesäumten, geschlitzten Ärmeln umher, so lang, dass sie fast den Boden streiften, mit den sonderbarsten bunten Hüten auf dem Kopf, und junge Männer in Beinkleidern nach der neuesten Mode in zwei Farben, das eine rot, das andere grün, und so eng, dass sie auf die schamloseste Art und Weise ihre Männlichkeit zur Schau stellten. An den Füßen trug mancher Schnabelschuhe von solcher Länge, dass es unbegreiflich schien, wie man damit gehen konnte. Nein, dachte Golda, so bunt traten ja draußen auf dem Land nur die Gaukler, Spielleute und Narren in Erscheinung, wenn sie im Spätsommer zum Pfeifertag nach Rappoltsweiler zogen!

Unversehens trat sie zwischen den eng stehenden Ständen auf die Schmalseite des Marktes heraus, wo sich längsseits des Christentempels das Bettelvolk herumtrieb. Entsetzlich Entstellte sah man, ohne Füße und Beine, die sich qualvoll auf hölzerne Böckchen stützten und den Vorübergehenden die offene Hand hinhielten, Blinde, von mageren Kindern geführt, laut jammernde Greise, denen der Speichel das Kinn hinunterlief, so lungerten sie vor den Türen der Christentempel und der Klöster, um dort einmal am Tag ihre dünne Armensuppe in Empfang zu nehmen. Am schlimmsten war der Anblick der jüdischen Frauen, die zur Plage der Armut noch den Hohn der Christen ertragen mussten. Es sollte hier schon geschehen sein, dass die Menge achtlos an Jüdinnen vorüberging, die gestorben waren, und deren Brustkind noch in den Armen der Mutter hing und vor Hunger schrie.

Von dort oben blasen sie ihr Grüselhorn, damit die Juden abends ihre schöne Stadt verlassen, dachte Golda, als ihr Blick dem hohen Turm des Münsters folgte. Es sollte obendrein wie ein Schofar geformt sein, wie das Widderhorn, das der Rabbiner an Neujahr blies.

Sie war noch nie auf dieser Seite der Liebfrauenkirche gewesen. Dort war ein Portal, mit der Fülle von Figuren geschmückt, mit der die Christen ihre Tempel zu überladen pflegten. Von G'tt durfte sich der Mensch kein Abbild machen, es war von Übel für Juden, diese Figuren zu betrachten, dennoch blieb Goldas Blick an zwei Figuren hängen, zwei schlanken, hochgewachsenen Mädchengestalten aus mattrotem Sandstein.

Die eine stand, mit einer herrlichen Krone auf dem schön gelockten Kopf, einem langen Stab mit dem Christenkreuz und einem Weinkelch in der Hand und schaute triumphierend hinüber zu dem anderen Mädchen auf der gegenüberliegenden Seite, das ebenso schön war. Aber das andere Mädchen blickte traurig zu Boden, das heißt, es hätte zu Boden geblickt, wären die mandelförmigen Augen nicht durch eine dünne Binde geblendet gewesen. Alles hing herab an ihm, das kaum gewellte Haar, der edle Kopf, das Buch in seiner Hand, die zerbrochene Lanze, die es hielt und deren drei Teile jeden Augenblick herabzufallen drohten.

So stand Golda eine ganze Weile, ohne zu bemerken, dass ein Mann sie nahebei mit offenem Mund anstarrte.

»Schön sind sie, nicht wahr?«, sprach plötzlich eine sanfte, dunkle Männerstimme hinter ihr.

Zu Tode erschrocken fuhr Golda herum. Vor ihr stand ein junger Mann. Er war hochgewachsen, hatte kluge, ernst dreinblickende dunkle Augen und braunes, dichtes Haar. Sein Kopf trug ein grünes Barett, und er war vornehm gekleidet in ein schwarzes Wams und leuchtend rote Beinkleider. Verwundert ruhte sein Blick auf ihr, ganz ohne die mit Verachtung gemengte Geilheit, die sie sonst von christlichen Männern und Knaben gewohnt war. Ein leichtes Lächeln ließ seine weißen Zähne sehen. Golda bekam eine Gänsehaut am ganzen Körper. Allmählich wurde sein Blick ernst.

»Ja«, sagte der Mann nachdenklich und blicke sie so durchdringend an, dass sie spürte, wie ihr das Blut bis unter die Haube stieg, »Schönheit ist selten und kostbar. Glücklich diejenige, die sie hat. Und glücklich ist der, der sie vorfindet. Noch glücklicher kann der Meister sein, der sie abzubilden versteht. Der dort, der hat es gekonnt.«

Golda stand wie gelähmt. Der Fremde löste seinen Blick von ihr und versank ganz in Betrachtung der steinernen Mädchen.

»So berückend sind sie, und dann noch so voller Bedeutsamkeit. Sicher weißt du, schöne Jungfer, was sie darstellen?«

Das Mädchen errötete heftig und schüttelte schüchtern den Kopf. Schöne Jungfer? Sie war schön? Kein Mann hatte jemals so etwas zu ihr gesagt. Was war das hier? Was, wenn er sie nicht in Ruhe ließ? Ihr Herz klopfte so laut wie eine Trommel. Und es setzte einen Sprung aus, als sie verwirrt dachte: Er ist auch schön. Für einen Mann.

Er lächelte.

»Du bist wohl nicht aus Straßburg?«

Golda schüttelte abermals den Kopf.

»Nun, dann will ich es dir gern verraten. Die linke Schöne dort, das ist die Ecclesia, das Sinnbild unserer heiligen Mutter Kirche, lieblich wie die Heilige Jungfrau selbst. Und die rechte gegenüber, das ist die mit Blindheit geschlagene, machtlose Synagoga, zwar ebenso schön, aber eben doch Jüdin ... kennst du nicht die Worte aus dem Passionsspiel:
Zum Zeichen, dass Ihr all seid blind
Und dass ihr habt einen falschen Glauben
So tat ich dir verbinden die Augen
Und brach dir dein Banner entzwei.«

Als hätte sie ein Schlag in die Magengrube getroffen, knickte Golda in der Mitte zusammen und stöhnte auf. Hatte der Fremde sie erkannt? Ertappt? Oder war es nur ihr Gewissen, das sie schlagartig daran erinnerte, wer sie war und wohin sie gehörte?

»Was hast du? Ist dir nicht wohl?«, fragte der Fremde und musterte sie besorgt.

»Doch, doch ... nein ... ich ...«, stammelte sie hastig. »Verzeiht, mir ist ein wenig übel, ganz plötzlich.«

»Nun, dann solltest du dich vielleicht lieber setzen«, sagte der fremde Mann und wandte den Kopf suchend nach einem geeigneten Platz über die Schulter.

»Nein, nein, es geht nicht. Ich muss fort!«

Golda drehte sich um und rannte, so schnell sie ihre Beine trugen, zurück zum Markt. Sie hörte ihn noch rufen, als das Marktgedränge sie verschluckte.

Schlettstadt, in der Salzgasse

Die zwei Mönche auf ihren Pferden näherten sich langsam dem Dominikanerkloster, in dessen Mauern sie die Nacht zubringen wollten. Heinrich Kramer überfiel ein Gefühl dumpfer Beklommenheit, wann immer er an den Ort seiner Geburt zurückkehrte. Zu jedem Gässchen, jedem Haus, jeder Kirche hätte er eine Geschichte erzählen können. Es waren Geschichten, die niemand hören wollte. Am wenigsten er selbst.

Als sie durch die Salzgasse auf das Kloster zuritten, brachte Heinrich widerstrebend sein Pferd zum Stehen und zeigte auf ein neues, großes Gebäude, hinter dessen drei hohen Spitzbogenfenstern fernes Stimmengemurmel zu vernehmen war.

»Das ist die Schule, nach der Ihr mich gefragt habt. Die Lateinschule«, sagte er knapp.

Konrad von Dettighofen blinzelte gegen das Sonnenlicht und nickte anerkennend.

»Diese Schule hat, wie man hört, einen hervorragenden Ruf, bis weit über Eure Stadt hinaus. Welch ein Glück für Euch, dass auch Ihr sie besuchen durftet, Bruder Heinrich.«

Heinrich schwieg.

Langsam bereute er die elende Dienstfertigkeit, mit der er dem Schaffhausener Abt seine Hilfe angeboten hatte. Diese Reise in das Antoniterkloster zu Isenheim war wirklich ein Fehler gewesen. Das hatte er nun davon. Dieses Bildnis dort in der Kirche des Spitals hatte ihn schon schlimm genug getroffen. Es hatte ihn an *sie* erinnert, die schändliche Kreatur, diese Jüdin. Und nun noch dies.

Das letzte Jahr, das er bei den Eltern hatte zubringen müssen, war vor allem von einem geprägt gewesen: Geschrei. Er wachte morgens auf vom Brüllen seines Vaters, und wenn er nach Hause kam, gellte das schrille Gekeife seiner Mutter durch das Haus und immerzu ertönte das Geplärr einer der Säuglinge, die seine Mutter jährlich warf wie eine Zuchtstute. Und oft schlug sein Vater seine Mutter. Er schlug sie zu Recht, denn sie war ein böses Weib, das ihn, wie Heinrich später zu seinem Entsetzen erfahren sollte, vom Tag der Hochzeit an schamlos mit beinahe jedem Kerl betrogen hatte, der ihr in die Schürzen fasste. Und seine Mutter prügelte dafür Heinrich, das einzige Kind, das den Hunger und den Schmutz, der in der dunklen, feuchten Kammer herrschte, überlebt hatte.

In der Lateinschule war es dagegen fast so still gewesen wie in einem Kloster. Es gab den kleinen, reinlichen Schlafsaal für die wenigen Zöglinge, die nicht bei ihren Eltern wohnten. Es gab jeden Morgen Brei oder Suppe und jeden Abend Brot und Fleisch. Und es gab die Nächte, in denen Heinrich von seinem Magister geweckt wurde. Ludwig Dringenberg hatte alle paar Wochen, meist nach Mitternacht, an seinem Bett gestanden und ihm sanft über den braunen Lockenkopf gestreichelt. Dann wusste Heinrich, dass er ihn holen kam.

Wenn er dann hinterher wieder in seinem Bett lag und mit den Schmerzen und mit dem Brechreiz kämpfte, hatte er gelernt, sich abzufinden, dass alles im Leben seinen Preis hat. Wenn dies der

Preis war, den er zahlen musste, um dem Elend zu entkommen, dann zahlte er ihn. Der Magister sprach oft davon, ihn Theologie studieren zu lassen, auf seine Kosten, in Freiburg, und ihn danach ebenfalls als Lehrer an die Schule zu holen. Aber Heinrich hatte in seinem kurzen Leben gelernt, dass auf Versprechungen kein Verlass war. Er würde ins Kloster gehen müssen und ein reines, gottgeweihtes Dasein führen, wenn er es jemals schaffen wollte, sich reinzuwaschen von der Ungeheuerlichkeit dieser widernatürlichen Sünden.

Konrad von Dettighofen trieb sein Pferd an und murmelte beim Weiterreiten: »Dieser Magister Dringenberg muss ein bedeutender Mann sein. Von dem, was er mit dieser Institution geschaffen hat, wird nur Gutes für die Christenheit entstehen, davon bin ich überzeugt!«

Heinrich warf den Kopf in den Nacken und blickte Konrad einen Moment lang nachdenklich an. Dann sprach er: »Ich versichere Euch, dass ich wenigstens alles in meiner Macht stehende tun werde, um reichlich dazu beizutragen, Hochwürdigster Herr Abt!«

Straßburg, beim Münster Unserer Lieben Frau

Ihre Füße schlugen auf den Boden wie Trommelstöcke. Leute drängten sich Golda in den Weg, sie stieß mit einem dicken Bauern zusammen, murmelte eine Entschuldigung und rannte blindlings weiter. Sie drehte sich nach allen Richtungen herum, glitt auf Kohlblättern und Schlachtabfällen aus und lief schließlich aufs Geratewohl in ein dunkles Seitengässchen. Dort lehnte sie keuchend an einer Hauswand und versuchte, sich zu besinnen, in welche Richtung sie sich wenden musste, als plötzlich, hoch über ihrem Kopf, eine Magd das Fenster aufriss, »Habt Obacht!«

hinausschrie und ohne Weiteres schwungvoll ein Nachtgeschirr in die enge Gasse leerte. Golda sprang mit einem Schrei beiseite, rannte auf das Ende des Gässchens zu und stand plötzlich am Ufer des Flusses. Wenigstens wusste sie jetzt wieder, wo sie war.

Aber wo lag von hier aus nur dieser Rossmarkt? Da fiel es ihr wieder ein: die Strömung. Bei ihrem Eintreffen hatten die Wäscherinnen mit dem Rücken gegen die Strömung gestanden. Das musste ihre Richtung sein. Sie hastete das Ufer entlang. Sie würde so zwar ewig brauchen, aber von hier aus würde sie nie den Weg durch die engen, unbekannten Gassen finden. Gerade dachte sie noch, dass es vielleicht besser wäre, beim Laufen nicht hinunter zu sehen, als plötzlich ein Blitz einschlug und sie zu Boden warf.

Als sie sich mit Mühe aufrichtete, um zu erkennen, worüber sie gestolpert war, blickte sie direkt in das Gesicht Jakob ben Josuas, ihres Vaters. Seine Stirn war rotglühend und schweißüberströmt, und seine Augen funkelten unheilverkündend.

»So treibst du dich also herum, du Metze! Warte, ich werde dich lehren …!«

Zwei gewaltige Maulschellen trafen sie rechts und links, dass ihr Hören und Sehen verging.

Jakob zerrte sie an den Haaren, die unter der verrutschten Haube hervorquollen, hoch und schlug ihr die Faust ins Gesicht. Er hatte nicht sehr stark zugeschlagen, aber dennoch schoss ihr gleich das Blut aus der Nase. Golda schrie vor Schmerz auf. Kinder und Gassenjungen blieben stehen, Fensterluken öffneten sich, Hunde begannen zu kläffen und eine fröhliche Weiberstimme rief: »Komm rasch, Margrit, sieh nur, wie der Jude seine Tochter prügelt!«

Jakob, rot und verschwitzt, riss Goldas Bündel auf, zerrte das Mäntelchen mit dem Judenfleck hervor und warf es ihr ins Gesicht. »Da!«, zischte er ihr zu, »schnell, leg es um, bevor es jemand sieht. Und bevor ich dich umbringe!«

Es wurde eine traurige Heimreise.

Jakob hatte die beiden Prachtschimmel für einen sehr guten Preis an den Mann gebracht und überlegte, ob er Frau und Tochter zur Feier des Tages auf dem Hauptmarkt bei dem maurischen Juden, der eine große Auswahl von morgenländischen Köstlichkeiten anbot, etwas von dem teuren, mit Anissamen parfümiertem Zuckerwerk erstehen sollte, als er die Sonne schon im Westen stehen sah und ihm klar wurde, dass seine Tochter längst, ja schon vor einer Ewigkeit hätte zurückkehren müssen. Einer Jüdin konnte in einer fremden Stadt alles passieren.

Schwitzend und keuchend war er den Uferpfad entlang gerannt, als er in der Ferne seine Tochter heranhasten sah. Sie bemerkte den Vater gar nicht und sie lief so schnell, dass sie gegen ihn prallte und unsanft auf den Boden fiel. Die erste Maulschelle hatte er ihr aus purer Erleichterung gegeben, weil sie doch noch lebendig vor ihm stand, doch dann hatte seine Wut überhandgenommen.

Nun trotteten sie auf ihren Eseln schleunigst den Weg nach Rosheim zurück, auf dem sie gekommen waren, beide wortlos, Golda ab und an das Blut hoch schnaubend, das ihr noch immer aus der Nase lief. Stumm reichte Jakob ihr ein Tuch, das er stets einstecken hatte, und gab sich Mühe, nicht in ihr verschwollenes Gesicht zu sehen. Und doch, hatte er nicht das Recht, sie zu strafen? Nun, immerhin war sie tapfer und weinte nicht. Er hätte gern ein Wort mit ihr gesprochen, aber er wusste beim besten Willen nicht, wie er anfangen sollte. Golda war ein kluges Mädchen und in der Regel alles andere als leichtsinnig. Wenn sie halbnackt, mit gelöstem Haar und obendrein gänzlich ohne den gelben Judenring in einer großen Stadt wie Straßburg herumlief, dann musste ihr klar sein, welche Folgen das hätte haben können.

Es war bereits kurz vor Toresschluss, als sie endlich Rosheim erreichten, und Jakob hatte Mühe, die Wächter dazu zu bewegen, sie noch einzulassen.

»Alles deine Schuld«, brummte er wütend. Golda senkte den Blick und schluckte. Sie hätte ihrem Vater so gern gestanden, wie leid ihr ihre Verfehlung tat, oh, wie leid! Aber sie wusste genau, dass sie bei dem ersten Wort in Tränen ausbrechen würde. Nein, lieber wollte sie sterben. Als beide endlich wortkarg und erschöpft im Hof der Schwester eintrafen, warf Lea nur einen Blick auf Bruder und Nichte und ahnte, dass etwas vorgefallen sein musste.

»Goldele, um Himmels Willen! Wie siehst du nur aus? Was ist passiert? Bist du gefallen?«

»Nein, das ist sie nicht!«, knurrte Jakob unwirsch. »Eine Tracht Prügel hat sie bezogen von mir, das ist los.«

»Was? Jakob, du Grobian! Was fällt dir denn ein, dein Kind blutig zu schlagen?«

»Glaub mir, Schwester, wenn du wüsstest, was sie getan hat, hättest du's auch nicht anders gemacht. Und nun reden wir nicht mehr davon.«

»Aber was um alles in der Welt hat sie denn getan?«

»Vielleicht erzählt sie es dir ja. Ich werde es bestimmt nicht tun. Ich schäme mich viel zu sehr, ein so loses Frauenzimmer zur Tochter zu haben!« Sprach's und verschwand die Treppe hinauf.

Die Tür knallte hinter ihm zu. Lea schüttelte den Kopf. Da kam Jael herein und stieß einen leisen Schreckenslaut aus, als sie Goldas arg zugerichtetes Gesicht sah.

»Ich hole gleich kaltes Wasser«, sagte sie und verschwand in den Hof.

Die Tante indessen hob Goldas Kinn an und blickte ihr streng ins Gesicht: «Sag, was hast du getan, Mejdele, um deinen Vater so zu erzürnen? Nun?«

Über Goldas Schultern lief ein Zittern, und als sie die Augen zu ihrer Tante hob, standen sie voller Tränen. Augenblicklich schmolz Leas weiches Herz.

»Nun gut. Sag es mir ein andermal. Morgen früh, von mir aus.

Wollen mal sehen, dass wir dich fürs erste wieder ein wenig instand setzen. Jael, wo bleibst du denn mit dem Wasser?«

Jael keuchte schon mit einem Eimer Brunnenwasser die Treppe hoch. Lea holte ein Leinentuch, tauchte es in das kalte Wasser und legte es vorsichtig auf ihr geschwollenes Gesicht. Golda stöhnte laut auf. Die Kälte ließ den Schmerz erst richtig auflodern. Sie spürte, wie die Kusine ihr vorsichtig das Blut von Hals und Händen wusch, und sie war dankbar, dass niemand ihr mehr Fragen stellte.

Später, als sie neben Jael im Bett lag, hielt nicht nur ihr dröhnender Schädel sie wach. Unruhig warf sie sich hin und her. Jael, das war zu merken, schlief auch noch nicht. Eine lange, lange Weile lauschte Golda in die Stille hinein, um an Jaels Atem zu prüfen, ob sie schon schlief.

Da hörte sie plötzlich unvermutet Jaels Stimme: »Und?«

»Hast du mich erschreckt! Ich dachte, du schläfst schon längst.«

»Ja, und?«

»Und was?«

»Stell dich nicht so dumm! Was passiert ist, will ich wissen. Mir wirst du es doch sagen, das weiß ich.«

Golda seufzte.

»Also gut. Ich bin ohne den Judenfleck gegangen.«

So bedrückt sie auch war, sie musste plötzlich kichern, denn so etwas wie Stolz auf ihre Tollkühnheit machte sich breit in ihr. Und prompt ließ Jael sich anstecken.

»Scht, leise! Ja, ich bin ohne das Mäntelchen mit dem Fleck über den Markt gegangen, ganz ohne, so dass man ein wenig mehr von der Haut sehen konnte, so wie bei den anderen Mädchen in Straßburg. Glaub mir, viele gehen noch viel weiter ausgeschnitten und sind dennoch achtbare Bürgerinnen.«

»Ja, aber du bist schließlich Jüdin. Ojoj, wenn ich so was gemacht hätte, ich glaube, mein Vater hätte mich totgeschlagen.«

Von draußen drang eine Zeitlang nur das Geräusch der zirpenden Grillen zu den beiden hinein.

Dann war Jael wieder zu hören: »Und, wie war es?«

»Ach, es war so herrlich! Sie haben mich behandelt wie ihresgleichen. Ganz so wie jeden anderen auch. Und mich nicht ausgenommen bei jedem Geschäft. Und da war auch ...«

Abrupt hielt Golda inne. Nein, sie wollte nichts über den Fremden mit den schönen Augen und der sanften Stimme verraten, der sie angesprochen hatte. Das musste sie als ihr Geheimnis hüten, das spürte sie deutlich. Sie hatte mit einem Christen gesprochen, mit einem fremden Mann, und das war eine schreckliche Sünde. Und das Schlimmste war, dass es sie auf so seltsame Weise selig machte.

Straßburg, in der Laternengasse

»Herrgott, Martin, wo bleibst du denn nur?«

Der aufgebrachte junge Mann, der dort stand und gerade dabei war, zwei muntere Apfelschimmel loszubinden, war rot vor Zorn. Mit dem ansprechenden, bartlosen Knabengesicht und den aufgeworfenen Lippen sah er, Ludwig Schongauer, dem jüngeren Bruder fast zum Verwechseln ähnlich.

»Ich stehe schon eine halbe Ewigkeit hier und warte. Du wolltest doch längst zurück sein. Wenn wir hier für heute Nacht kein vernünftiges Obdach kriegen, bringe ich dich um!«

Der andere, der junge Mann, der vor einer Weile beim Münster *Unserer Lieben Frau* lange nach der unbekannten Jungfrau gesucht hatte, die er angesprochen und dann eben so schnell wieder aus den Augen verloren hatte, sah seinen Bruder an, als wäre er Luft.

»He, Mensch, wo bist du mit deinen Gedanken?«

»Verzeih Ludwig. Verzeih die Verspätung. Aber wenn du wüsstest, was mir vorhin am Liebfrauenmünster passiert ist ...«

»Ist mir gleich, was dir am Münster passiert ist. Alles, was ich will, ist eine Kammer für die Nacht finden, und zwar schnell. Am Markttag! Da muss man rechtzeitig Unterkunft suchen, sag ich dir. Keine Lust, die Nacht im Stall zu verbringen, mit besoffenen Viehhändlern, und womöglich noch ein Messer zwischen die Rippen zu kriegen. Hier, nimm deine Liese.«

Auf der Gasse herrschte ein solches Gedränge, dass sie bald hintereinander gehen mussten. Ludwig, der Ungeduldigere von beiden, sprach schließlich einen Knaben an, der, schon bevor der fremde Mann seine Frage geäußert hatte, auffordernd die Hand für den klingenden Dank ausstreckte.

»Das Gasthaus zum Hahnen? Na, hier immer geradeaus, dann rechts auf die Große Gasse, und dann weiter bis zur Hahnengasse links ab, da ist es.«

Ludwig murmelte einen Dank und ließ eine kleine Münze in die Hand des Jungen fallen, der sie unter seinem Hemd verschwinden ließ und schon Ausschau hielt nach dem nächsten Fremden. »Keinen Dank und kein Vergelt's Gott!«, schimpfte Ludwig. »Diese Straßburger! Leben könnt ich nie in dieser Stadt. Da lob ich mir Kolmar. Wollte Gott, wir wären schon wieder daheim.«

»Sind wir ja bald wieder, Ludwig.«

»Na, das hoffe ich. Kannst du dir etwa vorstellen, hier zu leben? Oder zu arbeiten?«

Martin zögerte einen Moment. »Leben, vielleicht ja. Aber arbeiten, nein, nie und nimmer. Diese Stadt kommt ja bei Tag und Nacht nicht zur Ruhe. Und meine Ruhe brauche ich beim Arbeiten, oder es wird nichts draus, wie du weißt.«

Ludwig nickte.

»Oh ja, ich weiß, ich weiß. Na, die werden wir sicher reichlich haben, wenn wir erstmal zusammen am Altar für die Antoniter arbeiten können.« Er brach ab und beobachtete Martin heimlich von der Seite. Er befürchtete ein wenig, dass sein Bruder es bei weitem vorgezogen hätte, diesen Auftrag ohne ihn auszuführen. Aber auf seinem Gesicht zeigte sich keine Regung.

»Und bald natürlich, hoffe ich. Kaum warst du drinnen im Kloster fertig, kam er schon mit dem nächsten Auftrag. Du bist wirklich zu beneiden. Und dieser Klostervorsteher von Isenheim scheint mir ein ungeduldiger Mann zu sein.«

Herrgott, ich bettele um seine Aufmerksamkeit wie ein Kind, das seinen hartherzigen Vater zu bewegen versucht, ihm einen Herzenswunsch zu erfüllen, dachte Ludwig verdrossen.

»Jean d'Orlier? Das ist er. Aber auch einer mit dem Verstand eines Malers und dem Säckel eines Krösus«, antwortete ihm der Bruder schließlich.

Schließlich nahm die Große Gasse von Straßburg ein Ende und sie bogen linkerhand in die bei weitem schmalere Hahnengasse ab und standen vor dem Gasthaus »Zum Hahnen«.

Martin hielt die Pferde, während Ludwig sich drinnen um eine Kammer bemühte. Im Nu war er wieder da.

»Wir haben Glück! Da war noch ein winziges Loch, mit nur einem Bett, aber wenigstens ist es unseres.«

Sie überließen ihre Pferde dem Knecht und trugen ihre Bündel eine schmale Treppe hinauf zu einer Kammer unter dem Dach, wo das Fensterchen der Hitze wegen schon weit offen stand.

Es gab wirklich nur eine Bettstatt, zum Glück nicht allzu schmal, einen dreibeinigen Schemel und einen leeren Tonkrug.

»Na, ich hoffe, du wäschst dich noch ordentlich, bevor du zu mir in die Federn kriechst!«, rief Martin seinem Bruder zu und verpasste ihm einen aufmunternden Stoß zwischen die Rippen.

Noch spät am Abend saßen sie unten in der Gaststube unter Bier trinkenden Bürgern, die aus allen Himmelsrichtungen nach Straßburg zum Markt gekommen waren, und verdauten einen zarten Lammschlegel und ein Gericht Flusskrebse.

»Noch mehr Bier, Frau Wirtin!«, verlangte Martin und hielt

seinen Humpen hoch. Die Wirtin, eine fröhliche Straßburgerin mit kugelrunden Brüsten im Mieder, kam herbeigelaufen und schenkte aus einem großen Tonkrug nach.

»Danke. Euer Bier schmeckt köstlich.«

»Dank den jungen Herren. Und unser Mahl, wie hat es Euch geschmeckt?«

»Prächtig, so gute Krebse habe ich noch nie gegessen, bestellt das in der Küche.«

Die Wirtin lächelte und warf kokett den Kopf in den Nacken. Darauf musste Ludwig der Frau wohl ein wenig zu begehrlich auf das Mieder gesehen haben, denn sie beugte sich vor und murmelte: »Na, den jungen Herrn steht der Sinn sicherlich auch noch nach anderen Genüssen, was?«

»Soso, solltest du dich damit meinen?«, antwortete Martin und zwickte ihr aufs Geratewohl irgendwo in die Röcke. Sie kreischte entzückt auf.

»Schämt Euch! Nein, nein, ich dachte nur, falls die Herren sich noch anderweitig vergnügen wollen, so wüsste ich schon für eine Silbermünze den richtigen Ort. Das beste Frauenhaus von Straßburg – eine Blüte schöner und verdorbener als die nächste!«

Die Brüder grinsten sich vielsagend an.

»Und für einen Viertel Gulden«, flüsterte sie, »könntet ihr heute Nacht vielleicht sogar meine Nichte dort haben. Ich werde ein gutes Wort für euch einlegen. Die kümmert sich gern um euch beide gleichzeitig, wenn's sein soll«, und wies mit dem Kinn in die Ecke, wo ein Mädchen mit langem, schlammbraunem Zopf und engem, blauen Mieder gerade eine Tafel neu deckte.

»Schäm dich, du Kupplerin!«, sagte Ludwig und zwinkerte ihr zu, »deine eigene Nichte verkaufst du hier? Nein, sag ich dir, mit solchen Geschäften wollen wir nichts zu tun haben. Bei den Schongauern wird nur anständig gevögelt. Aber hab Dank für den guten Rat. Hier!«

Er warf ihr eine Münze zu.

»Umsonst ist in Straßburg wirklich gar nichts zu haben«, seufzte Martin und genoss einen großen Schluck seines schaumigen Bieres.

»Umsonst ist der Tod, Bruder. Wenn du mich fragst, dann geh ich doch noch auf einen Sprung ins Hurenhaus.«

Martin schüttelte bei dem Gedanken nur unwillig den Kopf. Das sah seinem Bruder ähnlich. Wenn er getrunken hatte, wurde er lüstern.

»Jetzt bei Nacht noch durch die düstereren Gassen, in denen man sich verläuft und wo es vor Dreck und Gelichter und Beutelschneidern wimmelt? Nein, ohne mich. Sag mal, möchtest du denn gar nicht wissen, was mir vorhin beim Liebfrauenmünster begegnet ist?«

»Du erzählst ja nichts.«

»Du fragst ja auch nicht!«

»Was soll dir schon begegnet sein? Eine Hure, natürlich. War sie denn wenigstens gut?«

Martin stöhnte. »Kannst du auch noch an was anderes denken, du geiler Bock? Hör mir doch erstmal zu!«

Ludwig stellte seinen Humpen ab, setzte sich kerzengerade aufrecht, faltete die Hände auf dem Tisch und sagte: »Ich bin bereit, Bruder.«

»Ja, betrunken bist du vor allem. Nein, hör mir zu. Ich sah eine Jungfrau …«

»Wusste ich's doch!«

»… eine Jungfrau, schön wie die Himmelskönigin. Ach, Ludwig, wenn du sie nur gesehen hättest! Nie hätte ich gedacht, dass es irgendwo solch ein Wesen geben könnte. Diese Maße, und die Proportionen! Sie war wie von Gott geschaffen als Abbild für einen Maler.«

Ludwig schien schlagartig nüchtern zu werden: »War sie groß? Und schlank?«

»Groß! Wirklich groß für ein Mädchen. Und schlank auch.

Fast schon ein bisschen zu dünn. Ach, und so schön, einfach vollkommen. Ihre Augen waren groß und dunkel wie Umbra, zarte Haut hatte sie, so weiß wie Elfenbein, und einen ganz entzückenden Mund, wie eine Rosenknospe.«

»Und ihr Haar?«

»Wie geschmolzenes, altes Gold. Und einen herrlichen Körper, vollendet gewachsen, und die zartesten Fingerchen, die ich je gesehen habe. Und eine sehr hohe Stirn. Beinahe herzförmig.«

»Die war bestimmt geschoren.«

»Nein, nein, die war auf keinen Fall geschoren. Das hätte ich doch gesehen, ich stand nah vor ihr. Ihre Stirn war hoch und leicht gewölbt. Ludwig, ich schwöre dir, ich habe noch nie ein so schönes Mädchen gesehen.«

Martin fuhr sich mit der Hand über das Gesicht und ließ mutlos die Schultern fallen.

»Ich wüsste gar nicht, wo ich anfangen soll, sie zu suchen.«

Ludwig rieb sich nachdenklich das Kinn.

»Ja, schwierig. Zum Markt kommt immer der halbe Oberrhein nach Straßburg. Sie könnte von überall her sein. Die wirst du wohl nicht wiederfinden.«

Schlettstadt, im Frühjahr des folgenden Jahres

Die Frau verließ, fast über die eigenen Füße stolpernd, den Beichtstuhl. Ihre Schritte schlugen klatschend auf die steinernen Grabplatten auf, leiser und leiser. Manchmal war Bruder Heinrich unendlich müde nach solchen Geständnissen. Er blickte nachdenklich auf seine gefalteten, blassen Hände und seufzte. Da rannte sie nun, kopflos und schluchzend, heulend und zähneklappernd.

Er hörte die Angeln der Kirchentür quietschen, dann fiel sie ins Schloss, und der Knall hallte durch die leere Kirche. Es gab so viele Beichten, die er nie hatte hören wollen, und doch gehörte es zu seinen täglichen Pflichten als Seelsorger, die Schlettstädter Gemeinde zu führen und zu lenken, seinen Schäfchen die Beichte abzunehmen, ihren Sünden zu lauschen und ihnen die Absolution zu erteilen.

Sie hatte ihm mit viel Schlucken und Weinen eine viertel Stunde lang davon berichtet, wie der Ehegatte ihrer Schwester sich mehrfach und auf die abscheulichste Art und Weise an ihr vergangen haben sollte. Gegen ihren Willen, natürlich. Alle diese Weiber behaupteten stets und ständig, es sei gegen ihren Willen gewesen. Heinrich schüttelte den Kopf. Als ob sie irgendeinen Willen gehabt hätten, dem sie hätten gehorchen können. Kurz, sie hatte widerwärtigste Unzucht getrieben mit ihrem Schwager und kam dann heulend zur Beichte gerannt und verlangte Absolution für ihre Sünden. Es ist immer das Gleiche. Sie sind alle wie die Kinder, dachte Heinrich. Erst verschütten sie die Milch, zerbrechen den Krug und lachen dazu, und dann wundern sie sich noch, wenn die Strafe kommt.

»Du hast gegen Gottes sechstes Gebot verstoßen. Was erwartest du? Du bist nichts als eine schwache, elende Kreatur. Ein Stück Fleisch«, hatte Heinrich heiser durch das Gitter gezischt. »Ich habe nichts anzubieten, um dich zu trösten. Zittere vor der Rache des Herrn, denn sie wird über dich kommen! Sei der ewigen Höllenpein gewiss, die dich erwartet für die Sünden, die du in deiner verabscheuungswürdigen Gier auf dich geladen hast.«

Ihr tränenverschmiertes Kindergesicht hatte ihn durch das Gitter angestarrt, mit offenem Mund und großen, blauen Augen. Engelsaugen. Ein Engelsgesicht mit Haaren wie ungebleichtes Leinen und zartester Haut, weiß wie feines Elfenbein. Es gehörte zu den geschickten Schlichen Satans, sein abscheuliches Antlitz unter der Schönheit der Frauen zu verbergen.

Auch er selbst, Heinrich, war dagegen nicht sicher gefeit. Er verfluchte den Tag, an dem er diesem teuflischen Trugbild begegnet war, dass ihn genarrt hatte, dieser Jüdin, die ihn noch immer im Traum verfolgte, und oft genug noch im Wachen.

Im Antoniterkloster zu Isenheim, als er das Bildnis der heiligen Barbara erblickt hatte, hatte er wahrhaftig einen schrecklichen Moment lang geglaubt, er blicke in ihr Gesicht. Aber nein, es war ihr nur vage ähnlich gewesen: die gleiche zarte Blässe der Haut, der Glanz der dunklen Augen, die Fülle der goldenen Haarflechten. Was aber war all der Liebreiz, wenn man unter diese Oberfläche blickte? Äußerlichkeit, nur eine Schale, die dünne Hülle, die Blut, Gekröse und Gestank nach Verwesung überdeckte. Heinrich spürte einen Anflug von Übelkeit.

»Verschwinde endlich!«, fuhr Heinrich das Mädchen an.

Nun, dann sollte sie sich doch gleich in den Fluss stürzen. Es gab durchaus Brüder, auch hier unter den Dominikanern, die in solchen Fällen die Absolution erteilten. Aber sie legten den Sünderinnen strenge Strafen auf, die sich nicht nur in hunderten von Bußgebeten erschöpften, sondern auch in anderen Übungen. Es gab Brüder, die der Überzeugung frönten, die Vergebung sei erst zu erlangen durch die Kasteiung des versuchten Fleisches, vollzogen von der Hand des Beichtvaters. Bruder Heinrich hatte diese Buße nur ein einziges Mal erteilt, vor etlichen Jahren, und seitdem die Finger davon gelassen. Das Klatschen der Rute auf dem weißen, bloßen Hinterteil der Frau dort in der Kammer, die anschwellenden Striemen, das Gezappel und Geheul hatten den jungen Mönch derartig erregt, dass er die Übung letztlich schwer atmend abgebrochen und das Weib zum Teufel gejagt hatte.

Es nützte ja ohnehin nichts. Man hätte sie auch gleich alle totschlagen können.

Ein Weib bleibt immer ein Weib. Alles geschieht aus fleischlicher Begierde, die bei Frauen unersättlich ist, dachte Kramer. Dreierlei ist unersättlich und das vierte, das niemals spricht. Es ist genug, nämlich die Öffnung der Gebärmutter. Darum haben sie auch mit den Dämonen zu schaffen, um ihre Begierden zu stillen. Kein Wunder, wenn von der Ketzerei der Hexer mehr Weiber als Männer besudelt gefunden werden. Gepriesen sei der Höchste, der das männliche Geschlecht vor solcher Schändlichkeit bis heute so wohl bewahrte. Da er in demselben für uns geboren werden konnte und leiden wollte, hat er es deshalb auch so bevorzugt.

Schabbat, im Sommer 1471

Golda hatte Rahel bei den Vorbereitungen zum Schabbat, dem wöchentlichen Ruhetag, geholfen, sich anschließend mit kaltem Wasser gewaschen und saubere Kleider angezogen, und nun schwitzte sie prompt schon wieder, zumal sie die monatliche Unreinheit erlebte, mit der G'tt die Frauen geschlagen hatte. Das erste Mal lag nun fast sieben Monate zurück und Rahel hatte damals lachend Goldas Hoffnung zerschlagen, dass die Weiberzeit vielleicht nur einmal und dann nie wiederkommen würde. Immer würde sie danach, wenn sie erst verheiratet war, mehrere Tage lang ein weißes Kleid tragen müssen, damit sie ganz sicher sein konnte, rein zu sein. Und dann würde obendrein das eisige Wasser der Mikwe folgen, das rituelle Bad, dem die fromme Jüdin sich unterziehen musste.

Das Spinnen machte ihr zwar nichts aus, das war Frauenpflicht und nicht zu vermeiden, aber so ganz allein und obendrein bei dieser Gluthitze! Klara fehlte ihr, die Tochter des Kornhändlers beim Markt, ihr Klärchen. Es war zwar statthaft, wenn Golda am Tor zum Hof des Johannes Freiburger stand und den schweren Klopfer betätigte, damit die Freundin unten erschien, aber umgekehrt ging es nicht, dass die flachsblonde Tochter des Kornhändlers ihrerseits in die Judengasse kam. Was hätte sie nur darum gegeben, wenn sie irgendwo beim Markt mit ihr hätte sitzen und spinnen und ratschen können, so wie sonst auch. Am Schabbat durfte Golda nicht mehr aus dem Haus. Seit sie zur Frau gereift war, wurde sie streng behütet und die Reisen über Land mit dem Vater waren ihr nun verboten.

Ein Laut von oben ließ sie hoch sehen zum hölzernen Wehrgang der Stadtmauer, an die die Judengasse grenzte und auf der Tag und Nacht die Wächter hin und her patrouillierten. Sie konnte sie lachen hören und wie der eine herunterspuckte und dann zum anderen sagte: »Ach, lass doch die Judendirne …«

Wenn sie jetzt noch einmal zum Gang hinsah, würden Pfiffe und derbste Scherzworte zu hören sein, die einer Jungfrau die Schamröte ins Gesicht treiben mussten. Ohne noch weiter auf den Lärm von oben zu achten, drehte sie sich um und lief ins Haus.

»Ich habe solchen Durst, Mamale! Ich brauche kaltes Wasser, die Finger kleben mir so am Garn, dass es nicht zum Aushalten ist!«

Die Mutter nahm unwillig die Hand aus dem Abwaschbottich, zeigte in die Ecke und sagte: »Du weißt doch, wo der Kübel steht! Da, hol's dir, das müsste doch reichen.«

Golda musterte das laue Wasser, das Rahel vor Stunden vom Brunnen geholt hatte und erwiderte: »Ach, das ist doch viel zu wenig, Mutter. Und kalt ist es auch nicht mehr, es ist ja so warm wie meine Hand.«

Rahel schnaubte.

»Nun, dann kann ich es nicht ändern, ich kann jetzt nicht weg von hier, ich muss das Geschirr spülen und obendrein wollte Rivka gleich kommen.«

»Dann lass mich doch eben gehen«, warf Golda gleichgültig ein.

Rahel richtete sich auf und hielt sich stöhnend das schmerzende Kreuz.

»Oh nein, mein Kind, so haben wir nicht gewettet. Dein Vater hat's verboten, wie du weißt. Dachtest wohl, du kannst mich übertölpeln, was?«

Jakob liebte den wöchentlichen Feiertag. Er legte dann, wie jeder in der Judengasse, alle Arbeit beiseite. Er wusch sich gründlich, aber jetzt im Sommer nahm er stoisch ein Bad im eiskalten Bergenbach vor den Mauern. Dann zogen er, Rahel und Golda ihre besten Kleider an und empfingen den Schabbat wie der Bräutigam seine Braut. Auch wenn Golda missgestimmt war, so freute sie sich doch, wie jede Woche. Sie liebte die Stimmung, wenn alles zur Ruhe gekommen war; wenn sie oder Mutter Rahel den Segen sprachen und die Schabbatlichter entzündeten. Sie liebte es, wenn der Vater am Tisch den Kiddusch sprach und den Wein aus einer uralten, schwersilbernen Kanne in kleine Becher füllte und die Berches für seine Familie brach, mit etwas Salz bestreute und sie herumreichte.

Da klopfte es an die Tür, und kurz darauf trat Rivka ein und rief munter: »Schabbat Schalom!« Über ihrem besten, schneeweißen Hemd trug sie ein zimtbraunes, kaum geflicktes Kleid, eine sorgfältig gebundene Haube verbarg ihr Haar und an Hals und Ohren trug sie alten Schmuck aus Silber und winzigen Perlen.

»Schabbat Schalom, Rivka! Gut, dass du die Zeit für mich hast, es dauert ja auch nicht lang. Komm mit mir herüber in die Kammer. Goldele, geh und schau nach dem Essen. Auf der Tafel fehlen noch die Becher. Ich muss kurz mit Rivka reden. Sorge dafür, dass uns keiner stört, auch nicht dein Vater. Hast du gehört?«

»Ja, Mutter!«

Golda nahm den Deckel von dem großen Topf mit der Suppe und sog genießerisch ihren würzigen Duft durch die Nüstern. Dann sah sie nach der gefüllten Milz und schmeckte noch einmal die Brühe ab, die trotz der Hitze ihren Appetit anregte. Sie hörte die Frauen in der Kammer miteinander lachen, und schon traten Rivka und Rahel wieder heraus und wünschten sich gegenseitig einen schönen Feiertag. Rahels Gesicht war gerötet, und ihre dunklen Augen mit den langen Wimpern strahlten nur so vor guter Laune.

»Was hattet ihr beide denn noch zu besprechen?«, fragte Golda.

Rahel zögerte einen Moment: »Das erfährst du noch früh genug, Tochter. Wie weit ist es mit dem Braten?«

»Es ist alles fertig, Mutter. Fehlt nur noch Vater, dann können wir beginnen. Und Niklas ist heute bei uns.«

»Willst du die Broche sprechen, Goldele?«

Darauf hatte Golda nur gewartet. Sie öffnete die schwere Eichentruhe und nahm Becher, die beiden Leuchter und die Bienenwachslichter heraus und stellte sie feierlich auf. Mit einem Span entzündete sie die Dochte und strich mit der Hand über die Flammen. Dann bedeckte sie die Augen mit den Händen und murmelte leise die Worte, die zu dieser Stunde jede Jüdin in Aschkenas sprach: »Baruch atah adonai, elohenu melekh ha olam, ascher kidishanu b'mitz'votav ve tzivanu l'hadlik neir schel Schabbat.«

»Amen!«, fügte sie ernsthaft hinzu.

Da hörte sie draußen Stimmen und schwere Schritte sich dem Haus nähern. Die Männer kamen aus der Schul zurück. Und schon wurde die Tür aufgerissen und Jakob grüßte Golda mit einem freundlichen Grunzen, dann umarmte und küsste er seine Frau und wünschte einen friedlichen Schabbat.

»Wo ist denn der Goj, zum Teufel?«, polterte Jakob los, und da ertönte ein lautes Klopfen an der Tür.

»Hier bin ich, hier bin ich doch, Herr. Verzeiht mir, ich wurde aufgehalten auf dem Entenstrich.«

Und herein stolperte ein sonderbares Wesen. In Bergheim mied man ihn wie den Henker und den Hundeschläger, aber jedem Bewohner der Judengasse war der Anblick von Niklas, dem Schabbesgoj, lang vertraut. Er hätte recht groß sein können, wenn es ihm nur gelungen wäre, seine gänzlich verwachsene Gestalt aufzurichten. Niklas' zu großer, runder Schädel war mit schütterem rötlichem Haar bewachsen und sein rechter Fuß um etliches größer als der linke. Unter den Christenmenschen hatte er allerlei auszustehen, man hänselte ihn und schimpfte ihn Satansbrut und Teufelsfratze, Gassenjungen warfen ihm Hundekot nach und pissten ihn an, wenn sie ihn irgendwo schlafend fanden, und Arbeit und Brot gab man ihm nur selten. Man machte den Kindern Angst vor ihm, obwohl er die harmloseste aller Kreaturen war und keiner Fliege etwas zuleide tun konnte.

Es war fast zehn Jahre her, dass der Rabbiner, Meir ben Mendel, ihn an einem regnerischen Frühlingsabend weinend und blutend auf der Mehlgasse gefunden hatte, ein verängstigtes Bündel Elend von vielleicht zwölf Jahren. In der Stadt trieben sich mitunter seltsame Gestalten herum, die in den Bergheimer Mauern Zuflucht suchten. Es war nämlich ein altes Recht, dass die Stadt demjenigen Asyl gewähren durfte, der verzeihbare oder unbeabsichtigte Verbrechen begangen hatte. Von diesem Recht machten viele Gebrauch und so mancher hatte seinen Verfolgern am Obertor, wenn er sich schon in Sicherheit wähnte, noch eine lange Nase gedreht oder sogar den nackten Hintern gezeigt.

Wieder einmal war Niklas von seinesgleichen geprügelt und geschunden worden, wieder einmal hatte man versucht, die Missgeburt vor die Mauern zu werfen. Der Rabbi brachte es einfach nicht über sein Herz, ihn im strömenden Regen hilflos liegen zu lassen, und so schaffte er ihn mit Hilfe seiner Frau in sein Haus. Niklas glaubte, im Himmelreich angekommen zu sein: Man zog ihm die durchnässten, stinkenden Lumpen aus und trockene Kleider an, die Frau wusch ihm die Tränen von den Wangen und das Blut von den Wunden, der Jude mit dem langen Bart flößte ihm Wein und heiße Suppe ein, und dann wickelte man ihn in wollene Decken und ließ ihn schlafen. Nach einigen Tagen hatte der Junge sich ganz gut erholt, und es ergab sich, dass an einem stürmischen Freitagabend das Herdfeuer im Hause des Rabbiners plötzlich verlosch. Was unter anderen Umständen ein großes Ärgernis gewesen wäre, erwies sich nun als wahrer Glücksfall. Meir erklärte Niklas, was es damit auf sich hatte, dass fromme Juden an

Schabbat kein Feuer anzünden durften, und bat ihn, für Feuer im Ofen zu sorgen. Und so hatte die kleine Gemeinde ihren treuen Schabbesgoj, der sich bei allen Verrichtungen als äußerst anstellig erwiesen hatte. Außerdem war er eine zuverlässige Quelle für jedweden Klatsch und Tratsch, und nicht umsonst hieß es in der Bergheimer Mundart: »Ä Schawwesgoje isch de Dorfrätsch vun de Juddegass«.

»Gut Schabbes, gut Schabbes, alle miteinander!«, rief Niklas und setzte sich an seinen Platz neben den Herd, wo auf seinem Schemel schon Schale und Becher für ihn bereitstanden. Die Katze begrüßte ihn mit einem Maunzen und sprang auf seinen Schoß. Und während sie sich schnurrend zusammenrollte und sich Niklas' Hände in ihr Fell vergruben, glitt ein zufriedenes Lächeln über sein hässliches Gesicht.

Jakob rieb sich voller Vorfreude die Hände, als er die gedeckte Tafel in Augenschein nahm und die wunderbaren Düfte vom Herd schnupperte.

»Nun denn, lasst uns den Schabbat beginnen, meine Lieben.«

Die kleine Familie trat an den Tisch und Jakob begann, den Kiddusch zu sprechen: »Ve'hi erev ve'hi boker yom haschischi …«

Währenddessen saß der Goj selig lächelnd abseits. Er verstand zwar nichts von der fremden Sprache, in der der Jude betete, aber er hatte diese Worte schon so oft in der Judengasse vernommen, dass er sie lautlos mitmurmeln konnte, was er manches Mal sogar tat, obwohl er sich dunkel erinnerte, dass der Pfaffe in der Kirche einmal gepredigt hatte, dass die Juden in der Sprache des Teufels beten. Und dann kam der Moment, auf den Niklas sich die ganze Woche über freute. Die Juden wuschen sich die Hände in frischem Wasser, der Hausherr brach die Brote und das Mahl konnte beginnen. Genießerisch tunkte er Brot in die würzige Brühe und schlürfte den Rest aus der hölzernen Schüssel, als die Frau schon kam und ihm ein großes Stück des Milzbratens gab.

Golda nahm von den Berches, die Rahel am Mittag aus dem

kleinen Backhaus geholt hatte, so wie die anderen Frauen der Judengasse. Rivka, die Hebamme der Gemeinde, die mit ihrem Mann Abraham gleich gegenüber wohnte, Judith, die Rebezin, Frau des Rabbiners Meir ben Mendel, der als *magister judeorum* auch die Bergheimer Gemeinde gegenüber dem Magistrat vertrat, Gelle bath Levi, die fünfzehnjährige, gerade an den Schächter Menachem Verheiratete, Hannah, Taube, Margalit, Schönle, Süßele und wie sie alle hießen. Sie waren alle blutjung hierhergekommen, von Hagenau und Rosheim, von Mainz, Worms und Speyer, bis das Leben, die Männer, die Geburten und die Ehen sie zu glücklichen Frauen und Müttern, zu herrischen Megären oder zu fügsamen Ehefrauen gemacht hatte.

Rahel kicherte und flüsterte mit Jakob wie ein junges Mädchen. Ihre schwarzen Augen funkelten nur so vor Übermut. Schließlich lachte der Vater laut und zufrieden auf und wandte sich Golda zu.

»Ab dem Montag, Goldele, braucht deine Mutter deine Hilfe dringend beim Waschen und beim Beerenpflücken, wie sie mir gerade verraten hat!«, rief Jakob und drückte seinem Weib einen schmatzenden Kuss auf die Wange.

Golda lächelte zufrieden. Noch nie hatte sie sich so auf das mühsame Beerenpflücken gefreut, bei dem die winzig kleinen Erdbeeren über Stunden in der heißen Sonne an den Trockenmauern in den Weinbergen zusammengesucht werden mussten. G'ttlob, endlich hatte die Gefangenschaft ein Ende.

»Danke dir, Tate.«

»Jaja, schon gut. He, Niklas, lass das bleiben!«

Letzteres ging an den Goj, der die Katze mit einem Rest des Milzbratens füttern wollte.

»Das Vieh kriegt hier schon seinen gerechten Teil. Vergiss nicht, das gute Essen ist für dich allein da.«

Niklas kicherte durch seine wenigen Zähne: »Ich freu mich über jedes Wesen, das nicht schreiend vor mir davonläuft. Ob Mensch, ob Tier, das ist mir schon längst gleich.«

Jakob schmunzelte.

»Das wissen wir doch, Niklas. Für dich gibt es nichts mehr zu tun heute, der Ofen brennt, und das Licht wird auch noch reichen. Wo wirst du denn schlafen heute Nacht?«

Der Goj zuckte mit seinen gewaltigen Schultern.

»Werd sehen, Herr. Mal hier, mal dort. Irgendeinen Unterschlupf hab ich noch immer gefunden.«

»Gut, Niklas, ganz, wie du es wünschst.«

»Gut Schabbes!« rief Niklas noch einmal, bevor er den gastlichen Tisch verließ und sich seiner Wege trollte.

Golda blickte Rahel prüfend von der Seite an, während sie die Tafel abtrugen und Schüsseln und Becher zu säubern begannen. Ihre Mutter hatte ununterbrochen ein kleines Lächeln in den Mundwinkeln, und jetzt begann sie beim Spülen sogar, ein wenig vor sich hinzusummen.

»So guter Laune, Mutter? Das ist doch wohl nicht allein der Feiertag, oder?«

»Nein, nicht nur der.«

Rahel stellte die bunt glasierten Becher auf das Wandbrett zurück und seufzte: »Also gut. Du bist mein großes Mädchen und hättest es so oder so bald herausgefunden. Deine alte Mutter wird dir wohl endlich ein Brüderchen schenken!«

Golda erstarrte.

»Nun, was ist? Sollte dich das nicht freuen, Mejdele?«

»Nun ja«, begann Golda unschlüssig, um dann vorsichtig fortzufahren: »Gewiss, gewiss freue ich mich. Aber, Mutter, hat Rivka nicht beim letzten Mal schon gesagt, es möge nun genug sein?«

Golda wachte heute noch manchmal schweißgebadet auf, weil sie die Schreie der Mutter im Traum gehört hatte, das verzweifelte Schluchzen der zu Tode Erschöpften, das Weinen des Vaters, als er den tot geborenen Knaben in ein Tuch gewickelt hatte, um ihm anderntags auf dem kleinen Judenfriedhof vor dem Theinheimer Tor bei Kolmar zu begraben.

»Sie ist eine erfahrene Hebamme, die beste weit und breit. Sie hat mich gründlich untersucht und gesagt, diesmal spräche alles, wirklich alles dafür, dass ich einen gesunden Knaben zur Welt bringe. Sie hat jedes Merkmal dafür an meinem Leib gefunden. Ich habe jeden Tag meines Lebens, seit ich deinen Vater genommen habe, um ein gesundes Kind gebetet, und Ha Schem hat meine Gebete erhört.«

»Ach Mutter, ich wünsche es dir ja so sehr!«, rief Golda und fiel Rahel um den Hals. Das tat sie wirklich, aber tief im Innern blieb eine leise Angst. Der Vater sehnte sich so sehr nach einem Sohn, einem Mann im Haus, der nach ihm die Geschäfte übernahm. Nun, warum sollte es diesmal nicht doch gut gehen? Rivka hatte es bestätigt, das war nicht zu leugnen. Wenn jemand mit solchen Dingen Bescheid wusste, dann sie. Nun würde Rahel wieder vermeiden, sich viel in den Gassen der Stadt zu bewegen, damit ihr der Anblick von Schweinen und anderen unkoscheren christlichen Dingen erspart blieb, denn sie glaubte fest daran, dass sie so dem Ungeborenen Schaden bringen könnte. Nun, umso mehr würde Golda jetzt wieder vor die Tore der Judengasse kommen.

Die Nachtluft brachte kühle Linderung von den Bergen herunter, als sie die Fensterläden ihres Kämmerchens schloss. Grauchen sprang auf das Bett und begann, sich unter lautem Geschnurr zu putzen. Goldas Finger gruben sich in das weiche Fell und die Katze putzte mit ihrer rauen Zunge über die Finger ihrer Herrin. Sie liebte das Tier so sehr, seit Jakob vor etlichen Jahren verfroren zur Tür hereingestolpert war und ihr das winzige Fellbündel in den Schoß gelegt hatte. Er hatte es nicht gefunden, nein, es war ihm, wie er später immer erzählte, sozusagen zugeflogen. Als er durch die Wälder von Reichenweiher nach Bergheim zurückwanderte, ritt die Jagdgesellschaft derer von Rappoltstein scharf an ihm vorüber und einer der Treiber warf dem Juden als Schmähung etwas an den Kopf, von dem er erst meinte, es sei eine tote Ratte. Jakob hatte es nicht über sich gebracht, das kleine Ding, dessen Mutter wahrscheinlich von den Jägern getötet worden war, einfach seinem Schicksal zu überlassen und nahm es mit nach Hause als Spielzeug für seine Tochter. Golda fütterte es mit viel Geduld aus einem Lederschlauch mit warmer Ziegenmilch und Fleischbrühe und, kaum zu glauben, das Tier wuchs tatsächlich gesund heran und wurde so zahm wie jede andere Katze in der Nachbarschaft.

Der leichte Wind trieb ab und an die Klänge der Fiedeln, Sackpfeifen und Trommeln an ihr Ohr, mit denen draußen bei der dicken, uralten Linde vor dem Obertor der Dorfjugend zum Tanz aufgespielt wurde. Golda wusste von Klärchen, wie es zuging, dort draußen: Die Mädchen trugen ihre schönsten Kleider und putzten sich heraus mit Mohn, Kornblumen und Margariten, die Burschen trugen reine Hemden und bunte Beinkleider und wetteiferten miteinander in Zechgelagen. Die Mütter taten gut daran, die Töchter nicht aus den Augen zu lassen, denn wenn sie nicht aufpassten, wurden dort sogar schon Küsse und Schlimmeres getauscht. Klärchen hatte ihr hinter vorgehaltener Hand schon so manches erzählt, was Golda vor Scham und Wonne hatte erröten lassen. Und dann hatte Klara sich auch noch furchtbar vernarrt in einen Burschen, der von Rodern zum Tanz herübergeritten kam, und ihr ganze Stunden von ihm vorgeschwärmt, was er gesagt und was er getan hätte, wie schön seine blauen Augen und sein blondes Haar seien und wie gern sie ihn hatte.

Golda hatte sehr gelacht und die Freundin geneckt. Sie sei wie eine rollige Katze, ganz wie Grauchen, wenn sie ihre Zahmheit vergaß und sich mit wilden Katern tage- und nächtelang in den Wäldern herumtrieb. Sich dort im Tanz mit den Christenburschen zu drehen, hoch geschwungen zu werden, dass die Röcke flogen, im Reigen Hände zu drücken und Blicke zu tauschen, so wie Klara es tat, war für eine Jüdin wie sie vollends undenkbar.

Eine Sehnsucht kam in Golda auf, so stark, dass es ihr fast das Herz zerriss. Sie sah den fremden Christen von Straßburg Nacht für Nacht vor dem Einschlafen vor sich, sie meinte auch immer noch seine Worte zu vernehmen, wie er sie damals »schöne Jungfer« genannt hatte, und sie glaubte seine sanfte, dunkle Stimme zu hören, eine Stimme, die sie unter Tausenden wieder erkennen würde, ganz sicher. Golda warf sich herum, wacher als zuvor.

Kolmar, in der Schädelgasse

Martin Schongauer trat aus dem hellen Licht der Gasse, die mitten durch Kolmar führte und bei Tage von Hufgetrappel, dem Hämmern, Klopfen und Zischen der Werkstätten, dem Geschrei der Händler, dem Quieken der Schweine, Hundegebell, dem Gackern der Hühner und dem Kreischen der Kinder erfüllt war, in den dunklen Flur seiner Werkstatt und warf die Tür hinter sich ins Schloss.

»Ludwig? Ludwig, wo steckst du?«

Er erschrak ein wenig, als sein Bruder, lautlos, wie es seine Art war, aus dem Halbdunkel des großen Raumes, der immer nach Leim, Firnis und Farben roch, zu ihm herüber trat, schon im groben Überwurf, den er stets bei der Arbeit trug, um die Kleidung zu schonen.

»Ludwig, Allmächtiger! Hast du mich erschreckt!«

»Und, hast du's nun bekommen?«, fragte Ludwig nur ungeduldig.

Martin legte ein in Leder geschlagenes Bündel auf den groben Tisch an der Wand, auf dem in Mengen dicke und dünne Pinsel, Messer, Holzstäbchen, Tonschalen und Gläser mit zu feinem Pulver vermahlenen Pigmenten standen.

»Da, schau her!«

Vorsichtig wickelte er einen Gegenstand aus dem ledernen Päckchen, einen würfelförmigen, tiefblauen Stein. Ludwig nahm ihn neugierig in die Hand.

»Donnerwetter! Wie schön. War es denn sehr teuer?«

»Frag lieber nicht«, erwiderte Martin lächelnd und wickelte den Stein wieder in den Lederlappen. »Der Apotheker rollte mit den Augen, als ich nach der echten *indigofera tinctoria* fragte. Aber ich muss es haben, unbedingt. Färberwaid taugt nicht für diese Arbeit. Ich brauche was Besseres.«

Sein Bruder zuckte mit den Schultern. »Ich hätte für den Mantel der Jungfrau ja weit lieber ein schönes, kräftiges Rot gewählt, so wie das da«, sagte Ludwig und wies hinüber zu seinem Bild, das drüben auf seinem Gestell trocknete. Martin schmunzelte.

»Du liebst dieses Rot, nicht wahr? Überall setzt du es ein, so oft es geht. Ich kann später noch genug Jungfrauen in roten Mänteln malen. Für diesmal nehme ich jedenfalls echtes Indigo. Ich will ein kühles Blau. Und der Herr Präzeptor des Antoniterklosters hat im Auftrag klar und deutlich feinstes Gold und die allerbesten Ölfarben verlangt. Die Ausgaben dafür wird er schon in unserer Abrechnung wiederfinden.«

Ludwigs Blick lag eine Weile auf seinem Bild, der ›Beschneidung Christi‹, auf dem Joseph, die Jungfrau und der Beschneider in das helle Rot gekleidet waren, das bei den Auftraggebern zur Zeit so beliebt war, ein Rot aus Karmin, Krappwurzel und Mennige, das wie Feuer leuchtete.

Er war nicht wenig stolz auf sein Werk. Ja, es stimmte, er liebte dieses Rot. Es war ihm schleierhaft, warum Martin sich so auf dieses eher stumpfe Blau versteift hatte.

»He, Matthias! Matthias, komm hervor, du Lümmel«, rief Martin laut.

Von nebenan erschien ein zwölfjähriger Blondschopf, Matthias Schöplin, der Sohn eines Goldschmiedes aus der Nachbarschaft, dessen Talent als Zeichner sich erst kürzlich herausgestellt hatte. Der Vater hatte ihn eines Tages dabei erwischt, wie er ein schamlos hässliches und erstaunlich lebensnahes Abbild seines Erzeugers mit Ruß an die Wand gekritzelt hatte und man hatte zu dessen Glück beschlossen, ihn zu den Brüdern Schongauer in die Werkstatt zu schicken.

»Hier, pass gut darauf auf. Das sind vier Unzen Indigo, ein blauer Farbstoff, der von sehr weit her kommt. *Indigofera tinctoria* heißt er und ist sehr, sehr kostbar. Merk dir das, am besten, du schreibst es gleich auf. Zerschlag den Brocken in zwei Hälften und mahle eine in dem großen Mörser ganz fein, hast du verstanden?«

»Ja, Meister!«, sprach der Junge und verschwand mit dem Brocken in den hinteren Raum.

Die Brüder mochten den begabten Jungen. Das Pigment war bei ihm in den besten Händen.

Martin legte seine Kappe ab und sah sich zufrieden in der Werkstatt um. Vor einem Jahr erst hatte er den Erben des Werlin von Limperg für das halbe Haus in der Schädelgasse die stattliche Summe von sechzehn Solidos gezahlt, die andere Hälfte gehörte noch immer Herrn Muntbur, und die erste eigene Werkstatt dort eingerichtet. Sie war geräumig und hatte bei Tage gerade genug Sonnenlicht. Dort hinten lehnten hochkant an der Wand schon die vier großen Tannenholzplatten für den Altar des Antoniterklosters zu Isenheim, mehr als fünf Fuß hoch und nur zwei Fuß breit, mit fein geglättetem Malgrund aus Kreide und Ocker versehen. Hier und dort waren schon die blassen Linien der vier Figuren erkennbar.

Der Grund hatte mehr als einmal neu aufgetragen werden müssen, denn noch nie hatten die Brüder Schongauer mit einem solchen lächerlich länglichen Format gearbeitet. Ludwig und Martin waren bei diesen Entwürfen so heftig aneinandergeraten, dass Ludwig mehr als einmal türenknallend die Werkstatt verlassen hatte und auch nicht mehr am selben Tag wiederkam. Mal schien es, dass die Abgebildeten in dem hohen Rahmen wie eingekerkert aussahen, dann wieder gerieten sie zu klein und um sie herum war zu viel Hintergrund entstanden. Für diesen wollten sie nichts als einen edel und sanft schimmernden Goldgrund auflegen. Aber für Mariae Verkündigung war Martin ein anderer Einfall gekommen. Er war jetzt schon gespannt, was Ludwig davon halten würde, wenn beide Bildnisse, des Erzengels Gabriel und der heiligen Jungfrau, optisch durch ein großes Tuch aus rotgoldenem Brokat im Hintergrund miteinander verbunden wurden. Die Flügel des Erzengels Gabriel hatte Ludwig in einem puderigen Braunton ausführen wollen, so wie ihn die Flügel eines Eichelhähers aufwiesen. Aber Martin wollte die Engelsflügel gestalten wie die bunt schillernden Schwanzfedern eines Pfaus. So hatte es auch sein großes Vorbild, Meister Rogier von der Weyden, bei seiner Abbildung des Jüngsten Gerichts ausgeführt. Da er von vornherein mit dem Zorn des Bruders rechnete, der in seiner Arbeit eher vorsichtig zu Werke ging und ungern etwas Neues wagte, hatte er heimlich längst beschlossen, mit der Arbeit an den Flügeln zu beginnen, ohne erst Ludwigs Rat einzuholen.

Am anderen Morgen klopfte es früh an die Tür. Als Ludwig öffnete, stand draußen auf der Schädelgasse ein mageres junges Mädchen in einem graubraunen Mantel und einer weißen Tuchhaube.

»Was willst du denn hier?«

»Verzeiht, Herr. Eure Frau Mutter hat mich zu Euch geschickt, damit ich Euch Modell stehe für das Gemälde von der Verkündigung, das ihr plant. So sagte sie mir jedenfalls.«

Ludwig erstarrte. Das sah ihrer Mutter, der herrischen Gertrud Schongauerin, wirklich ähnlich.

Schon seit Wochen lag sie ihrem Mann damit in den Ohren, er möge ihr doch endlich dabei behilflich sein, einen ihrer Söhne mit Magdalene Böhmerin, der Tochter eines der reichsten Kaufleute Kolmars zu verkuppeln. Das wäre an und für sich nicht schlimm gewesen, aber dass die Mutter sogar die Stirn haben würde, diese magere Stute als Malerabbild zu ihnen zu schicken, war denn doch nicht zu erwarten gewesen.

»Komm herein, Magdalene Böhmerin«, sprach Ludwig und sah sich unruhig nach dem Bruder um. Ob Martin schon wusste von dieser fatalen Geschichte? Das Mädchen marschierte in die Werkstatt und blickte mit großen Augen neugierig um sich. Ludwig öffnete inzwischen alle Fensterläden.

»So, gleich wird's hell hier drinnen. Deinen Mantel und die Haube kannst du vielleicht hier ablegen.«

»Meine Haube soll ich ablegen?«, fragte das Mädchen unsicher.

»Ja, das sollst du!«, rief es von der Tür her. Martin stand grinsend im hellen Sonnenlicht, glänzender Laune und, wie es schien, trotz der frühen Stunde schon voller Tatendrang.

»Wünsche einen guten Morgen allerseits. Magdalene, nur keine Scheu. Es sieht dich ja keiner außer uns, und mehr als deine Haube aufbinden musst du auch nicht. Komm nur, hab keine Angst.«

Das Mädchen zögerte. Als es aber sah, das die Brüder nun wie alle ordentlichen Handwerker aus der Schädelgasse, ihre Werkzeuge zurechtrückten, nach den Gesellen riefen, dass sie ihnen zur Hand gehen mögen, sie zum Wasserholen schickten, Schemel und Tische heranrückten, wurde sie ruhig und begann, ihre Haube zu lösen. Ihre dicken Zöpfe, es waren drei an der Zahl, trug sie kompliziert um den kleinen Kopf gewunden und mit Nadeln festgesteckt. Martin bat sie, ihre Flechten zu lösen. Allmählich glaubte Ludwig zu begreifen, warum sein Bruder gar keine Einwände dagegen zu haben schien, die Unscheinbare als Modell zu verwenden. Sie hatte mit den kleinen Äuglein, der aufgestülpten Nase und den sehr schmalen Lippen zwar ein unschönes Gesicht, aber sie war auch langgliedrig und schlank.

»Sehr schön«, sagte Ludwig nun zufrieden. »Dein Haar ist prachtvoll!«

Martin trat hinzu mit einem perlengeschmückten Reif, schob dem Mädchen damit die Mähne aus dem Gesicht und drapierte sie lose um ihre Schultern. Er gab sich Mühe, die Nase nicht zu rümpfen. Das Haar war schon länger nicht mehr gewaschen worden. Also stimmten die Gerüchte über den argen Geiz der Familie Böhmer, die der ganzen Stadt so köstliche Unterhaltung boten. So hieß es, der Kaufmann ließe die Frauen seiner Familie keine guten Seifen oder duftende Salben benutzen und obendrein die alten Fetzen ihrer Großmütter auftragen, obwohl es ihm wirklich nicht an Reichtum mangelte. Vielleicht traf es sogar zu, dass man den kleinen Kindern dort gerade so viel zu essen gab, dass sie am Leben blieben, wie böse Zungen behaupteten. Magdalene hätte wohl sein Mitleid erregen können, hätte sie ihn nicht seit ihrem Eintreffen mit viel mehr Koketterie angestarrt, als es einer wohlerzogenen Jungfrau eigentlich anstand.

Inzwischen hatte Matthias im Hintergrund eine Leine von Wand zu Wand gespannt und einen herrlichen Überwurf aus rotem, goldgemustertem Brokat darüber drapiert.

»Was soll das denn jetzt, Martin?«, fragte Ludwig ungehalten. Die Geheimniskrämerei seines Bruders fiel ihm nicht zum ersten Mal auf die Nerven.

»Hier, stell dich davor, Magdalene. Ja, genau so. Bleib so stehen.«

Martin faltete einen weitgeschnittenen tiefblauen Frauenmantel auf und legte ihn seinem Modell über die Schultern.

»Also gut, langsam verstehe ich, was du vorhast«, sagte Ludwig seufzend, »Der blaue Mantel vor dem roten Hintergrund. Er hebt sich besser ab dadurch. Schön. Allerdings hättest du es mir auch gleich sagen können.«

Martin drückte Magdalene noch ein in rotes Leder gebundenes Büchlein in die linke Hand und gab sich äußerste Mühe, dabei nicht die Finger des Mädchens zu berühren, das ihn unverdrossen fixierte. Dann rief er nach Matthias und befahl ihm, den Topf mit der Lilie zu bringen. Der Knabe eilte herbei, mit einer großen, weißen Lilie in einem Faenzatopf.

»Stell sie dorthin, auf den Boden. Gut so.«

Martin, Ludwig und Matthias traten einige Schritte zurück und musterten das Bild, das sich ihnen bot, mit Kennermiene.

»Aber sie ist ja viel zu mager! Ich meine, die Jungfrau. Wenn ich den Engel Gabriel abgebe, werd ich aber nicht so dünn aussehen, Meister.«

Martin hatte den hübschen Jungen mit seinem blonden Lockenschopf vor einigen Tagen zu dessen Stolz dazu ausgewählt, ihm als Modell für den Erzengel zu dienen.

Martin gab Matthias eine leichte, wohlgemeinte Kopfnuss.

»Pfui, schäm dich, Matthias. Sie ist gar nicht zu mager, sie ist ein sehr gutes Malermodell.

Hol lieber die Töpfe mit den Farben von nebenan, die ich gestern bereitet habe, anstatt dummes Zeug zu schwatzen, von dem du noch nichts verstehst!«

Der Junge rannte nach nebenan.

»So, Magdalene, höre genau zu, was ich jetzt sage: Kreuze die Hände vor der Brust, nein, so, siehst du? Mit der Handfläche nach außen. Das linke Knie beugen, noch tiefer. Ja. Und nun senke den Kopf, aber grinse nicht so, vergiss nicht, du bist die Mutter Gottes und der Erzengel Gabriel verkündet dir, dass du den Heiland gebären wirst.«

»Und was soll die Lilie?«

»Die Lilie«, seufzte Ludwig, »die weiße Lilie besonders, ist das Abbild der Reinheit. Ein Zeichen dafür, dass du noch Jungfrau bist – was wir dir wohl einfach werden glauben müssen.«

Magdalene kicherte albern und ließ dabei eine große Zahnlücke im Oberkiefer sehen.

Großer Gott, dachte Ludwig. Als ob sich bisher irgendwer darum gerissen hätte, sie zu entehren! Er nahm Martin beiseite und flüsterte besorgt: »Sag mal, Bruder, bist du sicher, dass du weißt, was du da tust?«

»Welche Wahl bleibt mir denn? Glaub mir, Mutter hätte sonst nie Ruhe gegeben. Seit einer Ewigkeit liegt sie mir damit in den Ohren, mit diesem Mädchen, mit der reichen Familie, mit der großen Mitgift, die ihren Bräutigam erwartet.«

Ludwig betrachtete das Mädchen mit der rotgoldenen Haarflut über dem blauen Madonnengewand, wie es dort stand, und legte einen Augenblick lang grübelnd den Kopf schief.

»Naja, ein wenig zu mager ist sie schon. Aber du kannst sie ja herausfüttern«, erwiderte er schließlich grinsend.

»Herausfüttern? Ich? Was meinst du damit?«

»Nun, wenn sie erst einmal deine liebe Braut ist!«, sagte Ludwig schadenfroh.

»Großer Gott, nein! Ludwig, wo denkst du nur hin? Niemals. Da bleibe ich lieber für den Rest des Lebens unvermählt, das kannst du mit glauben.«

»Wieso denn, Martin? So schlimm ist sie ja nun auch wieder nicht. Und sie ist eine gute Partie, mit einer Mitgift, wie man hört, die alle Vorstellungen übersteigt. Wenn du sie heiratest, dann wirst du …«

»Sch, sei still, du Narr! Sie kann dich vielleicht hören. Nein, Gott steh mir bei, das werde ich bestimmt nicht. Es reicht mir schon, wenn ich sie malen muss, so schwierig es auch sein wird.

Was soll's. Sie steht uns ein paar Tage lang Modell, Mutter ist zufrieden und Friede sei mit ihnen beiden.«

Ludwig blickte auf das von Martin so sorgfältig zusammengestellte Bild, das sich ihnen nun bot, und schwieg. Martin hatte zweifellos wieder die besten Einfälle für die Komposition gehabt – wie immer. Es war nicht leicht mit seinem Bruder. Gott, der Herr, verteilte seine Gaben ganz so, wie es ihm gefiel. Glücklich war der, der sich damit zu bescheiden wusste.

Ludwig und Martin hatten beide in der Werkstatt des Vaters

über lange Jahre die Kunst des Goldschmiedens erlernt. Schon ihr Vater Caspar Schongauer war ein vielbeschäftigter Goldschmied von außerordentlicher Kunstfertigkeit, ein angesehener Bürger und einer der dreißig Ratsherren von Kolmar. Auch ihr Onkel Jos war Goldschmied, in Lemberg im Königreich Polen, und die drei anderen Brüder, Caspar, Paul und Jörg, waren gleichfalls Goldschmiede von größtem Ruf und guten Einkünften. Außerdem hielt Caspar Schongauer viel von Gelehrsamkeit, denn gleichzeitig hatten sie wohl oder übel die Lateinschule des Sankt Martinsstifts besuchen müssen. Sie priesen ihren Schöpfer, als sie endlich genug Latein gelernt hatten, dass es zu einem Studium reichte und sie den düsteren Saal und den übelriechenden Magister, der die Knaben bei jedem geringen Anlass mit einer dünnen Weidenrute züchtigte, endlich verlassen durften.

Allmählich aber war es nicht zu übersehen gewesen, dass beiden das Entwerfen und Gestalten von Bildwerken wesentlich mehr lag als die Goldschmiedekunst. Aber Ludwigs Fähigkeiten hatten von Anfang an nicht an die Martins herangereicht. Caspar Schongauer wäre es daher viel lieber gewesen, wenn auch Ludwig Goldschmied geworden wäre. Aber Ludwig hatte sich hartnäckig dagegen gesträubt. Er wollte nichts als malen. Als Ludwig nach seinen Wanderjahren nach Kolmar zurückkehrte, musste er zu seinem Ärger erfahren, dass man Martin inzwischen sogar versuchsweise zum Studium an die Universität von Leipzig gesandt hatte. Aber dort hatte Martin sich nicht lange aufgehalten, denn nach seinen Erzählungen zu urteilen, war er in dem Staub der Bücher, Bibliotheken und *auditorii* geradezu am Ersticken gewesen.

Martin rückte auf dem Tisch zu seiner Seite die Töpfe mit den Farben zurecht, die Matthias unter seiner Aufsicht sorgfältig angerührt hatte, und musterte sein Modell vor dem brokatenem Tuch eine Weile, dann griff er zu einem dicken Haarpinsel und trug versuchsweise ein paar Striche Indigoblau auf dem hellen Grund auf.

»Ja«, murmelte er kurz, »sehr schön! Matthias, das hier brauche ich noch einen Schatten dunkler, vielleicht auch zwei. Mach mir erst einmal eine Probemischung mit Ruß.«

Matthias verschwand, mit Gläsern und Töpfen beladen. Ludwig musste die mühselige und aufwändige Arbeit übernehmen, den Goldgrund um die Figuren der Maria und des heiligen Antonius aufzulegen. Die Tafeln waren an den markierten Stellen schon mit Ocker vorbereitet worden. Das Kistchen mit hauchdünn gewalztem Blattgold stand bereit, um auf der Leimmischung, deren Rezeptur die Brüder Schongauer streng hüteten, gleichmäßig aufgetragen zu werden. War die Goldfläche aufgelegt und der Leim durchgetrocknet, wurde sie mit einem Eberzahn gut poliert, eine Technik, bei der Matthias gleich lernen würde, aus wie viel eintöniger Knochenarbeit das Malerhandwerk bestehen konnte.

Ab und an schaute Ludwig mürrisch zu dem Bruder und seinem Modell hinüber, ohne dass Martin auch nur einmal seine Blicke erwiderte. Martin pflegte sich häufig so sehr in sein Werk zu vertiefen, dass er selbst auf dringenden Zuruf hin keine Antwort gab. Ludwig hatte gelegentlich die Angewohnheit, bei der Arbeit zu pfeifen oder gar zu singen, was der Bruder nie tat. Wenn Martin malte, dann malte er und nichts anderes.

Was Ludwig nicht sah, war, dass auf Martins Arbeitstisch eine nur handgroße Tintenzeichnung auf gelblichem Papier lag, darauf ein Mädchenkopf mit einer zipfeligen Tuchhaube, umrahmt von locker fallenden Haarsträhnen, ein Antlitz mit sehr dunklen Augen und einer schmalen, kühnen Nase. Er hatte die Skizze noch in Straßburg angefertigt, nur wenige Stunden, nachdem er die fremde Schöne auf dem Marktplatz entdeckt hatte. Er hatte nie vorgehabt, seiner Heiligen Jungfrau das Gesicht von Magdalene Böhmerin zu geben.

Oberehnheim, im Judengässel

Aaron ben Eliezer, der jüngste Sohn des Eliezer von Worms, des Arztes von Oberehnheim, trat sich mit müden Füßen den Dreck von den Stiefeln, bevor er das enge Judengässel seiner Heimatstadt betrat. Ein Regentropfen schlug ihm an die Stirn, als er gerade den Türklopfer am Hause seines Vaters betätigen wollte. Prüfend blickte Aaron zum Himmel hinauf. Dazu musste er den Kopf weit zurück in den Nacken legen, denn die Häuser in der Gasse standen so eng, dass vom Himmel nur noch ein schmales Stückchen zu sehen war.

Aaron wuchtete den schweren Sack mit den Instrumenten, Binden und Arzneien, den hölzernen Deckeldosen mit Pülverchen, den Phiolen mit Essenzen und Tinkturen von der wund geriebenen Schulter und stöhnte.

So war auch dieser Tag endlich geschafft. Wenigstens einträglich war er gewesen. Eine Frau hatte nach ihm geschickt, deren Mann beim Dachdecken ausgerutscht und schlimm heruntergefallen war. Es hatte Wunden zu nähen und kaputte Knochen zu richten gegeben, dazu war das laute Wehgeschrei des Patienten und das Gejammer der Frau zu ertragen. Dabei hatte ihm Aaron gleich zu Beginn eine ordentliche Dosis *tinctura opii* verabreicht, viel mehr, als sein Vater jemals einem so leicht Verwundeten gegönnt hätte. Aber Aaron konnte die Schmerzensschreie nur schwer ertragen, und was noch viel schlimmer war: Er konnte sein ganzes Handwerk nicht ertragen.

Aber er hatte keine Wahl gehabt. Es war leider nicht viel Geld damit zu verdienen, im Hause in der Stube zu hocken und die Schriften von Tora und Talmud zu studieren, denn dies wäre viel eher nach seinem Geschmack gewesen und er hatte immer gehofft, dass der Vater keine Einwände erheben würde, wenn er die sieben Jahre ins Beit-Ha-Midrasch, das jüdische Lehrhaus, ging. Aber Eliezer hatte andere Pläne mit seinem Jüngsten gehabt, der als einziger noch nicht aus den beengten Verhältnissen der Oberehnheimer Judengasse ausgezogen war, so wie seine älteren Brüder. Und so hatte er Aaron zu seinem Nachfolger ausgebildet und in die Kunst des Aderlasses und Knochensägens, der Klistiere und der Wundnäherei unterwiesen. Das war eine ziemliche Plackerei gewesen, sowohl für den Vater, der ein ums andere Mal die Weichheit des zarten Sohnes verfluchte, als auch für den jungen Aaron, der sich des Öfteren beim Anblick von Blut und Wunden hatte übergeben müssen. Erstaunlich genug, dass er diese unselige Schwäche endlich überwunden hatte.

Schließlich betätigte Aaron den Klopfer und bald hörte er die Magd Malchele herbeischlurfen. Sie öffnete mit einiger Mühe die schwere Tür und musterte ihn mit einer Gleichgültigkeit, die einer schroffen Ablehnung äußerst nahekam.

»Ach, der junge Herr! Nu, auch schon wieder da?«

Aaron erwiderte nichts darauf. Vertrocknete alte Hexe, dachte er. Würdest du doch endlich tot umfallen! Er war ihre Unverschämtheiten gewohnt, seit sie ihm als Knaben wegen nichts und wieder nichts beinahe täglich den Hintern versohlt hatte. Seine schwache Mutter, die schon vor Jahren verstorben war, hatte nie gewagt, sich gegen die herrische Magd aufzulehnen, die schon seit der Kindheit des Vaters im Haus diente und diesen genauso regelmäßig verdroschen hatte wie den Sohn. Im Gegensatz zu ihm schien dem Vater die grobe Behandlung nie viel ausgemacht zu haben. Eliezer war der Einzige weit und breit, der mit der Magd umzugehen verstand. Aaron nahm Malchele stumm hin, so wie er alles hinnahm.

Die Alte musterte ihn von Kopf bis Fuß und stieß ein verächtliches Brummen aus. Seit er damit begonnen hatte, immer öfter anstelle seines Vaters über die vielen Weiler und Städtchen zu wandern und seine ärztliche Kunst auszuüben, hatte Malchele dem Vater gegenüber die Hoffnung ausgesprochen, der Sohn möge wohl durch die viele körperliche Arbeit endlich zum kräftigen und schlanken jungen Mann werden. Aber Aaron Ben Eliezer sah beinahe aus wie eine Birne auf Beinen, und da er eher klein geraten war, war die Ähnlichkeit mit der bauchigen Frucht noch größer. Wenn er die Judengasse verließ und sich auf eines der beiden Stadttore zubewegte, rannte ihm oft eine Schar von Kot werfenden Kindern mit dem Schmähruf »Hutzeljud! Hutzeljud!« hinterher. Und meist beließen sie es nicht bei Abfall und Hundedreck, der eine oder andere Lausbub griff auch zu Kieselsteinen, damit der Hutzeljud zu rennen anfing, weil es zu lustig aussah, wenn das birnenförmige Männchen mit seinen kurzen Beinen durch die Gassen lief wie ein Wiesel. Dann hätte Aaron wer weiß was darum gegeben, wenn man ihn den »Saujud« geschimpft hätte, so wie alle anderen.

Aaron legte Mantel und Hut ab und trat in die freundlich erleuchtete Stube, wo er zu seinem Erstaunen noch zu dieser späten Stunde einen fremden Gast erblickte.

»Ah, Aaron, endlich!«, rief Eliezer aufgeräumt, sein mageres Greisengesicht schon gerötet vom Wein. »Da bist du ja, mein Sohn. Zurück von Barr? Und hast du dich gleich bezahlen lassen, in Silber, so wie ich es dir befohlen habe?«

»Ja, Vater«, murmelte Aaron. Dann fiel sein Blick auf den fremden Juden, der mit dem blonden Bart und dem üppigen Haupthaar einem Löwen glich und gerade mit Anzeichen großen Behagens einen Schluck Wein trank. Ein ungutes Gefühl breitete sich aus in seiner Brust.

»Schalom, lieber Junge. Komm, setz dich zu uns. Wir haben etwas Wichtiges mit dir zu besprechen.« Eliezer rief zur Küchentür nach der Magd: »Malchele! Bring noch Wein und Brot und von dem Krautgericht für den Jungen. Aber rasch!«

Ein missmutiges Brummen aus der Küche nebenan war zu hören, auch wie die Alte leise murmelte: »So schnell verhungert der uns schon nicht.«

Aber schließlich trat sie doch ein mit Roggenbrot und einer duftenden Schüssel mit Kraut und Pökelfleisch.

»Wein kommt gleich«, brummte sie und schlurfte hinaus.

»Vertrocknete alte Kröte! Hüte gefälligst deine Zunge vor unserem Gast!«, fuhr Eliezer sie scharf an. »Verzeiht das Benehmen der Alten«, sprach Eliezer nun zu dem Gast am Tisch. »Sie war schon immer so, unsere Magd, solang ich nur denken kann. Ändern werden wir sie nicht mehr. Eher kommt noch der Meschiach.«

Zwi Hirsch, der Schadchan, der sich als Heiratsvermittler im weiten Umkreis nach möglichen Bräuten umsah, grinste. Er war sich seines Erfolges in diesem Hause schon so gut wie gewiss. Die heiratsfähigen jüdischen Jungfrauen waren im Land nicht gerade zahlreich. Jeder wusste das. Ohne ihn wären etliche Verbindungen zwischen den jungen Leuten nie zustande gekommen.

Eliezer kam ohne Umschweife zur Sache: »Also, mein Sohn, höre mir gut zu. Aaron, das ist der Schadchan, Zwi Hirsch von Hagenau. Es gibt großartige Neuigkeiten: Er weiß ein passendes Mädchen für dich, eine prächtige Braut. Es ist ohnehin schon viel zu lang, dass du unverheiratet herumläufst – ein erwachsener Mann von dreiundzwanzig Jahren. Heute ist dein Glückstag, mein guter Junge!«

Aaron hörte auf zu kauen vor Schreck. Er sollte heiraten? Ein fremdes Mädchen? Nun ja, wen denn auch sonst. Alle Töchter aus dem heimischen Judengässel, die überhaupt nur in Frage gekommen wären, waren ja längst vermählt. Aaron hatte irgendwie die schwache Hoffnung gehegt, einer Verheiratung so lange wie möglich aus dem Wege gehen zu können. Schließlich nahm er seinen ganzen Mut zusammen und fragte: »Ach, Vater, ich weiß wirklich nicht … muss es denn sein?«

Die beiden Alten wechselten einen verblüfften Blick und brachen dann in schallendes Gelächter aus.

»Ojojoj!«, hörte man es dumpf von drüben in der Küche.

»Ja, es muss sein, du Schafskopf!«, polterte Eliezer los. »Was glaubst du wohl, wie lange ich noch leben werde? Deine Brüder sind auch schon längst verheiratet und über alle Berge, acht Enkelkinder habe ich schon! Worauf willst du denn noch warten, Junge? Heiraten musst du so oder so einmal. Besser früher als später. Du hast deine Kunst ordentlich gelernt, du hast ein Haus, in das du deine Braut heimführen kannst. Was willst du denn noch mehr?«

»Ja, aber … Vater … ich kenne sie doch gar nicht. Habe sie nie gesehen. Was, wenn sie mich nicht leiden kann?« Aaron verstummte unglücklich. Die wenigen jüdischen Jungfrauen, die er in seinem Leben zu Gesicht bekommen hatte, in den Tanzhäusern auf großen Hochzeiten, hatten sämtlich große Mühe gehabt, bei seinem Anblick vor Heiterkeit nicht die Fassung zu verlieren.

Der Schadchan schmunzelte listig und sprach: »Nun, du sollst sie dir ja zunächst einmal nur ansehen. Aber es müsste wirklich nicht mit rechten Dingen zugehen, wenn diese dir nicht gefällt. Sie kommt aus dem Schlettstädter Land, aus Bergheim, und sie ist schön wie die Königin von Saba. Es heißt, dass man eine solche Schönheit lange suchen kann!«

»Und aus einer guten Familie kommt sie auch«, unterbrach Eliezer den Schadchan ungeduldig. »Kein großes Geld, aber sie stehen recht gut da. Der Vater ist Rosshändler, sehr ordentliche Leute. Ich wünsche, dass, wenn wir in zwei Wochen nach Kolmar reisen, wir auf dem Rückweg über Bergheim fahren, damit du sie kennenlernst. Du wirst ihr schon gefallen, Sohn. Welches Mädchen hat wohl nicht gern einen bekannten und vielbeschäftigten Arzt zum Mann. Ja, sie könnte die Richtige für dich sein, da habe ich keine Zweifel. Sei einfach mal guten Mutes.«

Eliezer ben Menachem von Worms hatte dem Schadchan verschwiegen, dass Aaron, so lange er denken konnte, nie den Wunsch geäußert hatte, sich zu vermählen, ja, dass er sich nie auch nur nach einem hübschen Mädchen umgedreht hatte, wie jeder junge Bursche es für gewöhnlich tat. In seinen düstersten

Stunden hatte sich Eliezer schon gefragt, ob sein jüngster Sohn am Ende der Sünde der Sodomie anheimgefallen sein könnte, so wenig wie er sich aus Frauenzimmern zu machen schien. Dergleichen Abscheulichkeiten waren hier und dort schon vorgekommen, wie man hörte. Und dazu noch, was der H'rr verhüten möge, in den Lehrhäusern unter den Talmud-Studenten, den Jeschiwe-Bochrim. Nun, war es denn ein Wunder? Zehn, zwölf halbwüchsige Knaben mit ihren unreifen, unordentlichen Trieben auf Jahre zusammen in einer Stube, ohne je ein Weib zu Gesicht zu bekommen? In seiner Not hatte er sogar erwogen, Aaron auf verschwiegenen Wegen mit einer Hure zusammenzubringen, was ein Vermögen gekostet haben würde, ohne Frage. Gold ebnete viele Wege. Bestimmt würde sich eine schamlose Dirne finden lassen, die es auch mit einem Juden trieb. Nun, dafür war es nun ein bisschen zu spät. Es wäre das Beste, den Jungen endlich ins kalte Wasser zu werfen.

Zwi Hirsch hatte es seinerseits vorgezogen, dem Arzt nichts darüber zu berichten, dass die Familie der Braut nicht mit Fruchtbarkeit gesegnet war. Nicht einmal Söhne hatte er, dieser Jakob ben Josua, und Töchter auch nicht, außer dieser einen. Das war das eine Problem. Das andere war, dass das Mädchen die Kunst des Lesens und des Schreibens erlernt hatte, was ihm der Vater mit stolzgeschwellter Brust berichtet hatte. Das kam bei Jüdinnen zwar häufiger vor als bei den Christinnen, aber es gab nicht wenige Brautwerber, die so etwas abschreckte. Nicht jeder Mann wünschte sich so eine kluge Gattin im Haus, die am Ende selbst rechnete und überall herumschnüffelte und alles bestimmte. Nun gut, als Frau eines Arztes mochten diese Fähigkeiten wohl am Ende doch von Nutzen sein. Vielleicht zum Aufschreiben von Rezepturen? Zwi Hirsch hüllte sich in diesem Punkt lieber in Schweigen.

Dieser Rosshändler, der ihn neulich auf dem Marktplatz von Reichenweier um die Vermittlung eines Ehemannes für seine Tochter angesprochen hatte, hatte ihm das Mädchen nur von weitem gezeigt. Selbst mit diesem Abstand, mit verhülltem Haar und schäbigen Kleidern, war auch für einen Blinden zu erkennen gewesen, dass dieses Mädchen schön wie das Morgenlicht war. Selbst er, der Schadchan, hatte in seinem Leben noch keine schönere jüdische Jungfrau gesehen.

»As der Potz stajt, gajt der Saichel in die Erd«, pflegten die Männer untereinander zu sagen. Wenn der künftige Bräutigam erst dieses Mädchen zu Gesicht bekam, würde er zweifellos keine Einwände mehr erheben. Schließlich hatte er Augen im Kopf. Und er war auch nur ein Mann.

Zwi Hirsch leerte zuversichtlich seinen Becher.

Bergheim, zwei Wochen später

Als Rahel Golda bat, ihr schönstes Gewand anzulegen, ein Kleid aus frühlingsgrünem, mit wildem Safran gefärbtem Leinen, mit in monatelanger Geduldsarbeit bunt gestickten Borten, darunter ihr bestes Hemd mit den weiten Ärmeln, fragte sie endlich ungeduldig: »Aber wozu denn nur der Aufwand, Mutter? Ist irgendetwas Besonderes heute?«

»Allerdings, Kind«, lächelte Rahel geheimnisvoll. Wir haben heute Gäste hier, feine Leute!

Ein Arzt aus Oberehnheim und sein Sohn werden mit uns speisen. Dein Vater ist schon mit ihnen drüben in der Schul. Gib dir also Mühe mit dem Essen. Ich will, dass alles besonders gut ist. Unseren Gästen soll es an nichts fehlen, hörst du?«

Golda seufzte. Als ob sie jemals faul und untätig in der Ecke auf ihrem Toches gesessen hätte!

Sie hatte schon seit Wochen, seit der Leib der Mutter schwer und schwerer geworden war und sie unter geschwollenen Beinen und Übelkeit zu leiden hatte, mehr als genug zu tun. Der Tisch war schon gerichtet, die Kerzen standen in ihren Haltern, das zugedeckte Brot lag dort auf seinem Brett, der Wein stand bereit. Heute gab es der Gäste wegen nicht den Tscholent, den am Schabbat üblichen Eintopf aus Graupen, Bohnen, Zwiebeln und fettem Fleisch, den die Männer so sehr liebten, es gab stattdessen eine kräftig mit Pfeffer gewürzte Pastete mit zartem Hühnerfleisch und gefüllte Forellen, die Jakob selbst gefangen hatte. Man würde sich also nicht zu beklagen haben. Plötzlich klopfte es sehr laut an die Tür, so unerwartet, dass Golda vor Schreck zusammenfuhr. Sie stand einen Moment wie angewurzelt, bis sie von nebenan Rahels Stimme hörte: »Nun, was ist? Geh schon öffnen, Goldele!«

Golda schob den Riegel hoch und öffnete die Tür vorsichtig einen Spalt. Nichts hätte sie auf den seltsamen Anblick vorbereiten können, der sich ihr dort draußen bot: Zwei Juden standen dort, der eine alt, der andere jung, neben ihrem ein wenig verlegen lächelnden Vater. Der alte Jude trug ein gutes schwarzes Gewand, den leuchtend weißen Bart darüber, und er wirkte so dünn und kraftlos, dass er Golda an die Spinnen erinnerte, die hinten im Stall nach allen Richtungen stoben, sobald das Tageslicht auf sie fiel. Hinter dem Alten gab sich der Junge große Mühe, sich zu verbergen, so gut es ging. Als ob das irgendjemandem hinter diesem dürren Leib möglich gewesen wäre! Sein nicht gerade hässlicher Kopf, der mit den glatten schwarzen Haaren, den staunenden Augen und dem gänzlich haarlosen Kinn aussah, wie der eines Kindes, ruhte auf einem dünnen Hals über schmalen Schultern. Aber je weiter man an ihm herabsah, desto breiter wurde dieser Mensch, ja, er lief, je tiefer es zu seinen Knien herab ging, geradezu wie ein Fass auseinander. Auch er war in gutes, schweres Tuch gekleidet, trug einen schönen brokatenen Mantel, aber das machte die Sache nicht besser. Jakob drängte sich an den beiden vorbei ins Haus und hielt seinen Gästen die Tür auf. Da kam auch schon Rahel herbei mit ihrem schweren Leib und hieß die Gäste auf das Herzlichste willkommen: »Schabbat Schalom! Kommt nur, kommt ins Haus, Eliezer von Worms. Wie schön, dass wir Euch und Euren Sohn bei uns in Bergheim begrüßen dürfen!«

»Schabbat Schalom. Die Ehre, in Eurem Haus empfangen zu werden, ist ganz auf unserer Seite. Seid mir gegrüßt! Das ist mein Sohn Aaron, ein angesehener Arzt in der Ehnheimer Gegend. Er wird demnächst wohl voll und ganz meine Geschäfte übernehmen können. Jaja, er ist ein tüchtiger Junge.«

Dann wandte er sich an seinen Sohn und sprach zu ihm wie zu einem Kind: »Komm, Aaron, begrüße deine gütige Wirtin!«

Der Jüngere, der es bis dahin nicht über sich gebracht hatte, Golda ins Gesicht zu sehen, fasste sich ein Herz und schlug die Augen zu ihr hoch – denn er war wohl eine gute Handbreit kleiner als Golda – und murmelte einen kaum hörbaren Gruß in die Runde. Dann sah er in rascher Folge reihum seinen Vater, Jakob und Rahel an, um nur eiligst wieder den Kopf zu senken und zutiefst zu erröten.

»Nun denn«, sprach Jakob, »seid willkommen in unserem Haus und bei unserem Schabbatmahl. Mein Weib Rahel hat euch schon begrüßt. Und das ist meine Tochter Golda, mein einziges Kind.«

Ben Eliezer stutzte bei diesen Worten und drehte sich unruhig zu seinem Sohn herum. Er hob bedeutsam die Augenbrauen, ganz so, als wollte er sagen: einziges Kind! Hast du das gehört, Aaron, mein Sohn? Aber Aaron stierte nur weiterhin mit rotem Kopf zu Boden. Der alte Arzt blickte zurück zu der Mutter des Mädchens und bemerkte plötzlich mit erheblicher Erleichterung, dass diese, obwohl nicht mehr ganz jung, doch ersichtlich guter Hoffnung war. Nun, das war immerhin ein gutes Zeichen.

»Komm, Goldele, lass dich ansehen«, fuhr Jakob begeistert fort, »seht her, ist sie nicht eine Schönheit? Wie Milch und Blut. Kaum zu glauben, bei diesem Vater!«

Er, Eliezer und Rahel brachen in herzliches Gelächter aus, während der junge Aaron noch immer nicht zu ihr aufzublicken wagte. Und da plötzlich ahnte Golda nichts Gutes.

Nein, dachte sie, das ist nicht wahr. Das kann nicht wahr sein, niemals!

Später, als sie miteinander an der Tafel saßen und kräftig zulangten, gab Golda sich die größte Mühe, die verstohlenen Blicke des jungen ben Eliezer zu übersehen. Rahel merkte, dass Golda keinen Bissen herunterbekam und dachte bei sich, dass es an ihrer jungfräulichen Scham und der Aufregung liegen musste. Dabei ahnte sie nicht, dass Golda kochte vor Wut. Was um alles in der Welt hatte sich der Vater dabei gedacht, ihr diesen Mann ins Haus zu bringen? So sehr sie auch versuchte, es zu vermeiden, in diesem Moment tauchte stärker als je zuvor der fremde Mann aus Straßburg vor ihr auf, seine schönen, braunen Augen, die sie so durchdringend angeblickt hatten, dass sie noch immer meinte, sie genau vor sich zu sehen und seine samtene Stimme zu hören.

Golda schreckte hoch, als die Mutter sie aus ihren Träumen riss und sie bat, mehr Wein zu holen. Erleichtert sprang sie auf und rannte einen Augenblick zur Tür hinaus. Bloß weg vom Tisch und von diesem scheußlichen Menschen! Sie atmete in tiefen Zügen die frische Abendluft ein, denn es war ihr, als sei sie kurz vor dem Ersticken.

Als sie kurze Zeit drauf wieder in die Stube trat, wich sie dem aufmerksamen Blick des Alten mit aus. Dieser Eliezer von Worms sollte sich nichts einbilden. Er sollte eher schwarz werden, bis sie ihm und seinem Sohn auch nur einen Fußbreit entgegenkam. Gerade ließ er sich darüber aus, was für ein wunderbares Wohnen für die Juden es sei im Judengässel von Oberehnheim, wie man mit den christlichen Nachbarn auskam und wie gut bestellt sein Haus sei. Vier Räume, ein großer Keller und eine tüchtige

Magd. Golda bemühte sich, die Lobpreisungen der Verhältnisse, in die sie kommen sollte, zu überhören. Rahel und Jakob lauschten umso gespannter. Sie war heilfroh, als die Unterhaltung sich nach und nach anderen Dingen zuwandte und Jakob schließlich auch die alte Geschichte von dem verschwundenen Gerber hervorkramte, die er jedem seiner Gäste erzählte, denn sie hing den Juden von Bergheim bis zum heutigen Tage nach. Er hätte bei einem Bergheimer Bürger übernachtet, und darauf hätten ihn die Juden unter irgendeinem Vorwand in die Gasse gelockt und ihn erschlagen und geschächtet und dann in den Rhein geworfen.

»In den Rhein?«, fragte Eliezer. »Der ist aber doch fast eine Tagesreise entfernt von hier.«

»Ja, eben! Die Geschichte war natürlich frei erfunden. Je unwahrscheinlicher die Gräuelmärchen, desto sicherer werden sie geglaubt. Man munkelt bis zum heutigen Tag, dass in der Judengasse zu Bergheim einmal ein armer Lederer verschwunden sei, und man hätte nie wieder etwas von ihm gehört. Und dann macht man den Kindern Angst mit so was, damit sie sich ja nicht zu den Juden hineinwagen.«

»Nun, solche schlimmen Geschichten kennt man bei uns in Oberehnheim zum Glück nicht, glaubt mir. Ha Schem sei gelobt! Aber einen eigenen Weinberg haben wir dort leider nicht, so wie ihr Bergheimer. Aber dafür haben wir einen gepachtet, für gutes Geld, in der Nähe vom Schenkenberg. Es sind vortreffliche Böden dort, und im letzten Jahr hatten wir eine Fülle von Trauben. Reben, wie sie wohl zuletzt von Josua und Kaleb zu Moses gebracht wurden. Wir wussten kaum noch, wohin mit der Kelter. Und der Most war von einem herrlichen Goldton und duftete so süß wie Honig.«

Eliezer lachte herzhaft und nahm einen tiefen Zug aus seinem Becher, um sich lobend über das feine Aroma des eben gekosteten Gewächses auszulassen. Die Männer begannen sich nun lange über den Weinbau zu unterhalten, eine Leidenschaft, die Christen und Juden landauf und landab gleichermaßen teilten. Golda war wie erlöst, als Rahel sie endlich bat, das Mahl abzutragen. Dieser Aaron ben Eliezer saß die ganze Zeit stumm wie ein Fisch dabei. Nicht einmal hatte er während des ganzen Abends den Mund aufgemacht, außer zum Essen und Trinken. Was für ein Tropf. Nein, bloß weg von hier. Und doch war es fast zum Lachen: Was für ein Ehemann sollte der wohl werden? Rahel stand in der Küche bei den Abwaschkübeln, als Golda mit den Geschirren, hereinkam und drehte sich mit einem erwartungsvollen Lächeln nach ihr um.

»Nun, wie gefällt er dir?«

»Ist das dein Ernst, Mutter? Wie gefällt mir wer? Die alte Spinne oder der stumme Karpfen?«

Rahel holte tief Luft.

»Pfui, Goldele, schäm dich! So spricht man nicht über seine Gäste. Und der junge Mann hat sich gut betragen. Nun gut, er ist ein bisschen ruhig ...«

»Ein bisschen ruhig? Mutter, er ist ein Langweiler. Und er ist wie ein Kind. Er wagt ja kaum, irgendwen anzusehen, und mich schon gar nicht! Was denkst du dir nur dabei? Würdest du etwa so einen Bräutigam haben wollen? Und wie sollten wohl die Kinder aussehen bei einem solchen Vater?«

»Für sein Aussehen kann er nichts. Und die Kinder würden ja auch nach dir kommen, vergiss das nicht. Er ist ein sehr ordentlicher Mensch und er ist Arzt. Er kann jedenfalls nicht gar so auf den Kopf gefallen sein.«

»Aber auf den Mund!«, fuhr Golda wütend dazwischen.

»Er kommt viel herum und verdient gut. Das ist doch das Wichtigste. Ich würde doch mein Mejdele keinem groben Klotz zum Weibe geben.«

»Aber einem Schwächling! Er tut ja alles, was der Vater ihm sagt, wie ein kleiner Junge.«

Golda brach jäh ab, denn prompt schossen ihr die Tränen in die Augen. Rahel strich ihr begütigend über den Kopf.

»Glaub mir, Kind, wir meinen es nur gut. Wir wollen dein Bestes, und wir wollen dich gut versorgt wissen. Dein Vater ist nicht mehr der Allerjüngste, wie du wohl weißt. Und über Reichtümer verfügen wir nun einmal nicht. Glaub deiner Mutter, du wirst dich rasch an die Ehe gewöhnen. Zu Anfang ist es manchmal schwer, gewiss.« Rahel sah nachdenklich vor sich hin und fuhr fort: »Aber später dann, wenn die Kinder kommen … glaub mir, es …«

»Schmonzes, Mutter. Ich werde ihn nicht heiraten, diesen Aaron Ben Eliezer! Niemals!«

Die letzten Worte hatte Golda nur wütend gezischt, damit man sie drinnen in der Stube nicht verstehen konnte. Sie funkelte die Mutter zornig an und warf die Tür zu ihrer kleinen Kammer hinter sich zu. Rahel seufzte. Nach einer Weile schlich sich ein Lächeln in ihre Miene. Genauso war es bei ihr damals auch gewesen, als die Eltern ihr zuhause in Türkheim diesen ältlichen Witwer zuführten, der nun ihr Mann war.

Schlettstadt, im Hexenturm am Niedertor

»Wir, Rupert von Simmern, durch die göttliche Barmherzigkeit Bischof der Stadt Straßburg und Richter in der Hoheit des Rates, in Beachtung, dass du nach sorgfältiger Prüfung der Werte des von uns gegen dich, Anna Guntherin von Kintzheim, und der Diözese Straßburg angestrengtem Prozesses in deinen Geständnissen verschieden bist und nichtsdestoweniger viele Indizien vorhanden sind, welche ausreichen, dich den peinlichen Verhören und Folterungen auszusetzen, erklären, urteilen und entscheiden wir deshalb, damit wir die Wahrheit aus deinem eigenem Mund bekommen werden und du die Ohren der Richter in der Folge nicht mehr mit Zwischenreden beleidigst, dass du am gegenwärtigen Tage, und zwar nach der Mittagsstunde, den peinlichen Verhören und Folterungen unterworfen werden sollst. Gefällt wurde dieses Urteil durch das Gericht der Stadt Schlettstadt. Wenn die peinlich zu Verhörende in all ihren Geständnissen verschieden befunden wird und zugleich andere, zum peinlichen Verhör ausreichende Indizien vorhanden sind, werde beides in das Urteil gesetzt, wie wir ...«

Heinrich Kramer lauschte dem Urteil nur mit halbem Ohr. Er war ganz damit beschäftigt, aus den Augenwinkeln den neben ihm sitzenden Bruder zu beobachten, ohne diesem den Kopf zuzuwenden. Johannes Haenlein war klein von Statur und außerordentlich massig, sein runder, kahler Kopf schien in einem weißlichen Ring von Fett zu ruhen und halslos in seine breiten Schultern überzugehen. Als sich Heinrich vor einem Monat dazu überreden ließ, mit ihm zusammen als Beisitzer bei diesem Prozess zugegen sein zu dürfen, hatte sich sofort sein Misstrauen geregt. Die feuchten Lippen des Dominikanerbruders begannen prompt, sich beim Anblick der jungen Hexe zu einem lüsternen Lächeln zu verziehen. Heinrich verschränkte die Arme vor der Brust und zwang sich, wieder nach vorn zum Tisch des Richters zu blicken, der mit schleppender Greisenstimme das Urteil verlas.

Die Angeklagte, mit den schlecht verheilten Schnitten eines schartigen Rasiermessers auf dem Schädel, die einundzwanzigjährige Anna Guntherin, war vor einem dreiviertel Jahr noch eine rundliche Weibsperson mit langen, aschenfarbenen Locken und Lachgrübchen in den Wangen gewesen, bevor man sie in Haft nahm. Die Nachbarin hatte sie angezeigt, ihren Mann verzaubert oder verhext zu haben, so dass er sich von seiner Gattin, der er seit mehr als zehn Jahren in Liebe herzlich zugetan sein sollte, abgewandt habe und obendrein seiner Manneskraft beraubt worden sei. Außerdem beschuldigte man sie, sie habe das Glied dieses Mannes verhext, so dass ihm des Nachts Flügel wuchsen und es zum Schornstein hinausgeflogen sei, die Nacht in einem

Krähennest oben in einer hohen Pappel beim Hause verbracht habe und des anderen Morgens wieder an seinem Besitzer gehangen habe.

Dass sie selbst, Anna Guntherin nämlich, nächtliche Besuche eines »schwarzen Gesellen mit Ziegenhörnern und Hufen« empfangen hätte, und die Nachbarin wollte obendrein selbst gesehen haben, wie Anna mit dem selbigen – und hierbei bekreuzigten sich alle Anwesenden mehrmals hastig hintereinander – der doch wohl niemand als der Leibhaftige selbst gewesen sein könne, auf einer Ofengabel zum Himmel hinaufgeritten war.

Nun war die Beschuldigte beinahe bis auf die Knochen abgemagert, einige Zähne waren ihr herausgefallen oder ausgeschlagen worden, und einer ihrer Arme, weit länger als der andere, hing noch immer mit verrenkter Schulter kraftlos an ihrer Seite herab, weil die Knechte ihn nach der Streckfolter nicht wieder hatten einrenken können.

Wie schnell doch schwindet, was Schönheit heißt, dachte Heinrich. Schneidet man ihnen die blonden Haare ab, und müssen sie mal ein wenig hungern, was bleibt dann noch übrig? Nichts, aber auch gar nichts. Offenbar hatte die Frau niemanden, der ihre Bewacher dafür bezahlte, ihr hin und wieder eine anständige Mahlzeit zu beschaffen. Das war nicht gut. Ein rasches Dahinsiechen barg stets die Gefahr des Ablebens, bevor die Sünden ans Licht kommen konnten, die Hexe den Allmächtigen um Vergebung anflehen durfte und man sie dem weltlichen Arme der Gerechtigkeit übergab, auf dass die reinigenden Flammen des Scheiterhaufens sie lauter werden ließen. Eine Hexe sollst du nicht am Leben lassen, so stand es in der Heiligen Schrift.

Die Angeklagte verzog keine Miene. So gerade, wie es ihr mit ihrem geschundenen Leib möglich war, stand sie vor ihrem Richter, nicht einmal ihr Kinn zitterte, und weinen tat sie auch nicht, als nun die Knechte erschienen, um sie hinauszubringen. Alle fuhren zusammen, als sie plötzlich in kreischendes Gelächter ausbrach und keifte: »Ja, tut das nur, ihr tut Recht daran, denn das ist alles, was ihr könnt, ihr gemeinen Pfaffen! Ihr haltet euch für die Gerechten und die großen Herren der Welt, wenn ihr ein unschuldiges Weib auf die Folter schickt, damit sie euch Gräueltaten gesteht, die sie nie begangen hat, nur damit ihr euren Spaß haben könnt mit ihr!«

Wütend riss sie ihren gesunden Arm aus der Hand des überraschten Büttels und zeigte nach hinten, dort, wo Johannes Haenleins träges Fleisch über der Sitzbank hing, und rief: »Der da, dieses fette Schwein, auch der hat sich an mir vergangen und fällt jetzt nicht vor Scham tot um, wenn er hier über mich zu Gericht sitzt. Ihr seid nichts weiter als eine gottlose, schamlose, verlogene Brut von Mördern und Verbrechern und auch ihr werdet noch in der Hölle schmoren ...«

Der Knecht schlug der Angeklagten mit dem Handrücken hart über den Mund und rief: »Halts Maul, du! Versteh einer diese Frauenzimmer – wenn sie reden sollen, reden sie nicht, und wenn ihnen zu schweigen geboten ist, dann fangen sie an zu schwatzen.«

Sie stießen die Angeklagte hinaus, und während ihr Gezeter leiser und leiser wurde, ruhten die Augen Bischof Ruperts einen Augenblick lang nachdenklich auf Johannes Haenlein. Dieser hob bedauernd die Schultern und sagte seelenruhig: »Um Vergebung, Eure Gnaden. Die Hexe redet irr, wie ihr gehört habt, es ist der gräuliche Dämon, der aus ihrem Munde spricht. Auch beim ersten peinlichen Verhör wurden wir wiederholt Zeugen der verabscheuungswürdigen Künste Satans, dem jedes Mittel und jede Lüge recht ist, um jene zu verleumden und zu verunglimpfen, die die heilige Pflicht haben, sein Wirken zu bekämpfen.«

Der Bischof zögerte und seine buschigen Augenbrauen hoben sich einen Moment lang fragend, dann aber gab sein leerer Magen und die Aussicht auf den mittäglichen Entenbraten den

Ausschlag. Er schloss abrupt die Sitzung und erhob sich zum Gehen. Haenlein konnte nicht verhindern, dass seiner Brust ein kaum hörbares Aufseufzen entfuhr.

Heinrich betrachtet den Bruder neben sich mit kaltem Abscheu. Er hatte gelogen. Er wusste es genau. Nicht nur die Knechte pflegten sich regelmäßig an den weiblichen Angeklagten zu vergehen, auch die Ankläger waren gegen die Verlockungen und Schliche der bösen Weiber nicht immer gefeit. Die Hexe hatte ausnahmsweise einmal die Wahrheit gesagt. Er hatte von Anfang an vermutet, dass Haenlein nur zur Teilnahme an diesem Prozess gedrängt hatte, um ein junges Weib nackt auf der Folter zu erleben und sich an diesem Anblick zu weiden.

Irgendwann werde ich es geschafft haben, dachte Heinrich und hob energisch sein Kinn. Wenn ich erst ermächtigt bin, selbst als Inquisitor einem Gericht vorzustehen, werde ich bei Gott dafür zu sorgen wissen, dass man sich fernhält von den verdächtigen Frauenzimmern.

Johannes Haenlein indessen ahnte, welche Gedanken hinter der in tiefe Falten gezogenen Stirn des Bruders vor sich gingen. Das böse Erwachen war ihm gleich nach dem ersten Prozesstag gekommen, als er der schier endlosen Anklageschrift zu lauschen hatte und sich dabei die größte Mühe geben musste, nicht lachend herauszuplatzen. Seiner Ansicht nach war die Anklage ohne jede Bedeutung, die vorgeworfenen Verbrechen ein Unfug, es war doch wohl für jeden, der halbwegs bei Verstand war, klar wie die Morgensonne, dass diese überlaunige Nachbarin ein Verhältnis zwischen ihrem Mann und der jungen, hübschen Anna vermutete und sich nun ihrer auf unschöne Art zu entledigen versuchte. Nun, für ihre üblen Verleumdungen würde sie sich einst vor Gottes Thron verantworten müssen.

Schadenszauber, Wettermacherinnen, Hexerei. Im tiefsten Innern wusste er, dass all das Ammenmärchen sein mussten. Denn dies war die erste allgemeingültige Wahrheit. Kein Wesen kann einem anderen Schaden zufügen oder irgendeine tatsächliche Wirkung nach außen hervorbringen, es sei denn durch den Willen Gottes. Umso unangenehmer hatte es ihn angerührt, als ihm klar geworden war, dass Bruder Heinrich Kramer von ganzem Herzen und ganzer Seele daran glaubte.

Wenn er es sich lieber ab und an mal von einer guten Hure besorgen ließe, dann wäre er wohl kaum derartig wirr im Geiste, dachte Haenlein und verzog den Mund.

Kolmar, in der Werkstatt Meister Martins

Der feine Grabstichel, den Martin präzise über die Kupferplatte führte, grub sich fließend und leicht in die rötlich glänzende Metallfläche. Martin trug ganz die zufriedene Miene zur Schau, die er immer aufsetzte, wenn ihm eine Arbeit gut gelang. Er liebte das feine Werk des Kupferreißens, mitunter, so wie jetzt, beinahe mehr als die so viel aufwendigere Arbeit des Malens. Er musste an die vielen Stunden denken, die er als Junge in der Werkstatt seines Vaters damit zugebracht hatte, die Metalle für die Arbeit des Vaters und der Lehrlinge vorzubereiten, wie er die Platten sorgfältig und mit unermüdlicher Geduld gehämmert, geschliffen und mit Bimsstein poliert hatte, das Gleiche also, was ihm zur Seite Matthias gerade versuchte. Natürlich hätten seine Schüler allesamt nichts lieber getan, als sich von morgens bis abends im Malen, Zeichnen und Entwerfen zu üben, aber vor den Erfolg, pflegte Martin sie stets zu lehren, hatte Gott nun einmal die Arbeit gesetzt. Er selbst hatte auch, seit er ein Knabe war, mit unermüdlichem Fleiß die Kunst der Metallbearbeitung, das Kopieren von Vorlagen, das Ziselieren und das Anfertigen feinster Filigranarbeiten erlernt.

Die Kupferplatte, die drehbar auf ihrem weichen Polster ruhte, hielt und bewegte er mit der Linken, während die rechte Hand geübt den hölzernen Griff des Stichels führte. Der größte Moment war der, wenn die Platte, geschwärzt und ausgewischt, mit der schweren Presse zum allerersten Mal auf das angefeuchtete Papier gedrückt wurde und vor den Augen des Künstlers das Bild entstand. Und wie zart und lebendig waren Figuren und Linien, Licht und Schatten im Gegensatz zum starren Bild des Holzschnitts!

Martin hatte das Kupferstechen von Beginn an geliebt, aber der Vater hatte darauf bestanden, dass der jüngste Sohn auch das Malerhandwerk ordentlich erlernen sollte, und ihn auf den Weg zur Universität von Leipzig zu dem Nürnberger Malermeister Hanns Pleydenwurff gesandt, der schon etliche Schüler ausgebildet hatte. In seiner Werkstatt in der steilen Gasse, die auf die Kaiserburg zulief, hatte Martin stundenlang die Werke des Meisters nach seiner Weisung mit Silberstiften, Tintenfedern, feinen Haarpinseln und Wasserfarben kopiert. Es fehlte ihm, wie Meister Pleydenwurff ihn bald lehren sollte, noch viel an Wissen und Fertigkeiten in der Herstellung und im Umgang mit Ölfarben.

»Wenn du anständig malen lernen willst, dann geh auch nach Holland, nach Flandern, nach Gent und Brüssel«, hatte Meister Pleydenwurff zu seinem unermüdlich arbeitenden Schüler gesagt. »Es wird sich lohnen, denn du bist wirklich außerordentlich begabt, mein guter Junge. Lerne, was Meister Dierick Bouts malt und was Meister Rogier, den man von der Weyden nennt, geschaffen hat. So wirst du diese Kunst erst richtig erfahren! Ich kann dir auch nur als der Meisterschüler dieser beiden meine Unterweisung anbieten.«

Martin war nach den kurzweiligen Monaten in Meister Pleydenwurffs Werkstatt unwillig im Oktober 1465 weitergezogen in die enge sächsische Gelehrtenstadt. Er zahlte die Einschreibegebühr von einem halben rheinischen Gulden, wie es die Universität zu Leipzig verlangte und wurde nun wirklich Student. Aber weiter als zu einem Jahr Unterweisung im *trivium* der *septem artes liberales*, der Rhetorik, Grammatik und Logik, hatte Martin es nicht bringen können. Es war zu wenig nach seinem Geschmack, über Büchern zu brüten, neben laut schnarchenden Kommilitonen im Paulinenkolleg und im Roten Kolleg zu hocken und mit halbem Ohr dem Magister zu lauschen, während er aus purer Langeweile die jungen Männer ringsum abkonterfeite und zuweilen überrascht aufsah, weil er zwischenzeitlich zur Gänze vergessen hatte, wo er sich befand. Das einzige Fach, das ihn bei seinem Studium an der Universität von Leipzig ein wenig zu fesseln vermocht hatte, war die gänzlich neue Disziplin der Lehre vom Sichtbaren, die *optike* gewesen, und er hatte höchst interessiert jeder Vorlesung des einen Magisters gelauscht, der sich auf diese Wissenschaft verstand. So hatte er staunend zum ersten Mal von den Theorien und Erkenntnissen des Euklid, des Ptolemäus, des Muselmanen Al Hazen und des *doctor mirabilis* Roger Bacon erfahren. Die Lichtstrahlenlehre, die Brechung von Licht im Regenbogen und die Reflexion, all das hatte er mit großem Eifer schnell erfasst. Er hatte Unterweisung in der Lehre der Farben genossen, die Geheimnisse des *complementums* erlernt, in dem sich Farbenpaare ergänzten und, miteinander gemischt, in einem Grauton aufhoben: Blau und Orangenfarben, Gelb und Violett, und, ein Farbenpaar, dessen Kontrast Martin besonders liebte, das kühle Grün und das feurige Rot. Nach einem knappen Jahr hatte er das langweilige Studium in der Stadt mit dem im seltsamen Dialekt ihrer Bewohner gänzlich unaussprechlichen Namen fahren gelassen und war weitergezogen. Zunächst in die Heilige Stadt Köln, wo in der Kapelle von Sankt Columba der Dreikönigsaltar des Meisters von der Weyden stand und bei jedermann große Bewunderung hervorrief. Der Verkündigungsflügel hatte ihn berührt, wie kein Werk es je zuvor getan hatte. Nach diesem Vorbild hatte er auch den Altar für Jean d'Orlier in Isenheim gestaltet und die Madonna in einem leuchtend blauen Mantel gehüllt.

In Brüssel allerdings hatte er Meister Rogier von der Weyden selbst zu seiner maßlosen Enttäuschung nicht mehr angetroffen, denn er war im Sommer des Jahres 1464 verschieden, und Martin konnte ihm nur an seinem Grab in der Sankt Gudula-Kapelle die letzte Ehre erweisen. Aber er hatte das Glück, dass seine Söhne den jungen Schüler von Kolmar freundlich und hilfsbereit einluden, dessen Werke in seinem Hause zu studieren und nach bestem Können zu kopieren. Er wollte alles an Gemälden von Meister von der Weyden sehen, was es nur gab und ihm zugänglich war, und so beschloss er, die Wanderschaft seiner Lehrzeit als Maler erst zu beenden, wenn er auch in Burgund gewesen war, bevor er in sein Vaterhaus nach Kolmar zurückkehrte.

Und so zog er zu Beginn des Herbstes nach Burgund, in die kleine Stadt Beaune, wo er im großen Krankensaal des Spitals Zum Heiligen Geist Wochen und Monate damit zubrachte, Meister von der Weydens »Jüngstes Gericht« zu kopieren, stundenlang vertieft in die Arbeit und gänzlich ungestört von den Siechen und Armen, die um ihn herum vor dem Altar knieten und betend um Erlösung von ihren Leiden flehten.

Die Figur des Herrn Jesus Christus als Weltenrichter und die des Erzengels Michael mit der Waage in der Hand, wie er die armen Seelen wog und sie teilte in jene, die leichten Herzens waren und jene, die Sünden in schwerer Menge auf sich geladen, hatten es ihm besonders angetan.

Es war genau wie im Evangelium des Heiligen Matthäus: Was ihr mir getan, das habt ihr auch dem geringsten meiner Brüder getan – die Ungerechten und Verfluchten aber hinab in das ewige Feuer der Hölle und zu ihren Heerscharen.

Beide zeichnete er mit größter Sorgfalt mit Tinte und Feder ab, kehrte abends mit Skizzen beladen in die bescheidene Kammer zurück, die er bewohnte, nahm ein wenig Brot und Käse und burgundischen roten Wein zu sich, um dann erschöpft in tiefen Schlaf zu sinken.

Seine Tage waren vollkommen ausgefüllt und er begehrte nichts anderes. Wie faul war dagegen sein Leipziger Studentenleben gewesen! Und wie faul erst das der anderen Studenten. Wie waren viele junge Burschen, vierzehn- oder fünfzehnjährig, völlig außer Rand und Band geraten, wenn sie einmal der Fessel des Elternhauses entronnen waren. Gesoffen wurde da ohne Maß und Verstand, krakeelend randaliert, brave Bürger belästigt und deren Töchter verführt. Nicht etwa, dass Martin ein Verächter weiblicher Verlockungen gewesen wäre. Auch ihn hatte als heranreifenden Knaben, kaum dass seine Stimme brach, die Geilheit wie ein unheilbares Leiden überfallen. Auch er hatte in Leipzig gelegentlich die Hurenhäuser aufgesucht, so wie alle Studenten, die sich das Vergnügen leisten konnten. Aber er war heilfroh, dass in Beaune jedwede Zerstreuung fehlte, die ihn von ernsthafter Arbeit abhielt.

Es war ein Tag im April, als er, von Mühlhausen kommend, auf der sonnenhellen Landstraße mit langen Schritten zurück nach Kolmar wanderte. Wie blühten all die Kirsch- und Apfelbäume schon so herrlich, wie verbreitete der violette Flieder seinen Duft! Am Weg blühten Blumen in allen Farben und überall summte es von Hummeln, Bienen und Wespen, flatterte es bunt von Schmetterlingen.

Bei einer Bäuerin vor Ensisheim hatte er mittags einen goldgelben Käselaib und einige Brotfladen erstanden. Er saß am Ufer der still und rasch dahinplätschernden Ill und ließ sich das Mahl schmecken. Martin hatte in der Hitze den geflochtenen Strohhut mit dem breiten Rand aufgesetzt, der ihn auf der Wanderschaft vor Sonnenstrahlen und Regenschauern geschützt hatte und schon das erste Loch aufwies, und aus seinem Sack den letzten Zipfel der burgundischen Hartwurst hervorgeholt, die ihm wochenlang als äußerst haltbare, wenngleich duftende Wegzehrung gedient hatte. Sie war mit reichlich Knoblauch zubereitet, so wie die Burgunder es liebten. Wie die Frauen es dort nur fertigbrachten, die Männer zu küssen!

So lehrreich und abenteuerlich es in der Ferne gewesen war, nichts war vergleichbar mit den heimatlichen Genüssen. Wie sehr hatte er sich schon in Flandern wieder auf die Fleischgerichte und Pasteten gefreut, die seine Mutter so wunderbar zuzubereiten verstand. Und erst einmal die guten Weine von Kolmar, die der Stadt Ruhm und Reichtum eingetragen hatten, wo die Winzer den Wein so sorgsam behandelten wie die eigenen Kinder und im Frühjahr zwischen den Reben in großen Kesseln Pech entzündeten, sobald noch einmal der Frost einsetzte, um nur ja mit dem Rauch die Ranken vor dem Erfrieren zu schützen.

Ein Schmetterling mit leuchtend goldenen Flügelspitzen hatte sich auf seinem Bündel niedergelassen und sanft die Luft gefächelt. Was für ein herrlicher Goldton, hatte Martin sofort gedacht. Er entdeckte täglich neue Töne und Schattierungen, und manchmal meinte er sogar, er wäre nur zum Maler geworden, weil er die unüberschaubare Vielfalt der Farben so liebte. Um eine solche Farbe zu mischen, brauchte man Safran und Zinnober oder Bleimennige. In Meister Pleydenwurffs Werkstatt hatte er das Zubereiten der Pigmente und das Mischen von Öl- und Wasserfarben erlernt und die vielen Rezepturen und Mischverhältnisse aufgezeichnet für die eigene Verwendung.

Gleich morgen würde er sich darin versuchen, einen solchen Aurorafalter zu malen. Meister Pleydenwurff und später auch Meister Bouts in Flandern hatten ihn nicht selten gescholten, wenn er sich stundenlang bemühte, einen Zweig mit Himbeeren oder eine tote Blaumeise so exakt wiederzugeben, dass es selbst seine Lehrherren in Erstaunen versetzt hatte. Besonders Meister Pleydenwurff hielt Martins Eifer für Spielerei und nutzlose Zeitverschwendung. Er solle sich mit demselben Eifer lieber dem Studium der Physiognomie seiner Modelle widmen oder der Wiedergabe des Faltenwurfs der Gewänder. Aber mit solchen Aufgaben hatte Martin, wie sie wohl oder übel einsehen mussten, nicht die geringsten Probleme. Warum auch sollte er keine Schmetterlinge malen dürfen, keine Vögel oder keine Blumen? Die Gänseblümchen im Gras mit ihrer leuchtend gelben Mitte, den zarten weißen Blütenblättchen mit den rosenfarbenen Spitzen und die winzigen, violetten Veilchen – die herrliche Vollkommenheit wiederzugeben, die Gott seinen Geschöpfen verliehen hatte, dies würde eine Aufgabe sein, der er sich immer stellen würde.

Beim kleinen Weiler Regisheim erbarmte sich ein Fischer mit seinem Boot und fuhr ihn das ganze Stück flussaufwärts. Das letzte kleine Stück einer Reise kommt einem doch immer als das Weiteste vor. Wenn ich die Beine in die Hand nehme, sprach Martin sich Kraft zu, dann bin ich noch zum Abendmahl bei den Eltern in Kolmar. Bei Sonnenuntergang war Martin endlich an der Krautenau angelangt und schaffte es noch knapp durch das Tor. Er strebte über die Lauchbrücke der Schädelgasse zu und stand bald vor dem alten Haus des Waffenschmiedes Fritsch Benfelt, das Caspar Schongauer seit etlichen Jahren bewohnte, und wunderte sich, dass alles noch genauso aussah, wie er es in Erinnerung hatte – und doch wieder ganz anders. Vor allem so viel kleiner. Aber als dann seine Mutter ihm schreiend vor Freude um den Hals gefallen war, der Vater und die Brüder aus der Werkstatt kamen und die Nachbarn zusammenliefen, um zu sehen, was es gäbe und ringsum auch die Hunde anfingen zu bellen, wusste Martin: Es ist alles, wie es war.

Nach dem jüdischen Neujahr

Es war schon nach Jom Kippur, als Jakob sich dringend nach guten Maultieren umsehen musste. Außerdem hatte sein alter Esel erst unlängst das Zeitliche gesegnet. Bis er guten Ersatz gefunden hatte, würde er alle weiteren Wege vorerst zu Fuß machen müssen. Rahel war nun hochschwanger. Auf geschwollenen Füßen schleppte sie sich durch die Judengasse, und Golda war Tag und Nacht auf den Beinen, um alles in Haus und Garten so gut wie möglich zu besorgen. Es war eine ziemliche Last für ein dünnes Mädchen von vierzehn Jahren. Als Jakob nun erwähnte, dass er zum Markt nach Schlettstadt wollte, musste Golda sich sehr zurückhalten, um ihn nicht anzuflehen, ihn begleiten zu dürfen. Zu ihrer Erleichterung war es aber Rahel selbst, die ihr die Arbeit abnahm: »Nimm nur das Mädchen wieder mit, sie arbeitet so schwer, Jakob, und einen Gang in die Stadt hat sie sich wirklich verdient. Ist ja seit Wochen nicht mehr aus dem Haus gekommen. Was, Goldele? Willst du mit?«

»Oh Mutter, ich weiß nicht, ob das geht ... du bist doch schon so weit ... ich kann dich doch nicht gut allein lassen hier.«

»Unsinn, Mejdele. Rivka hat gesagt, nicht vor Ende Oktober, das sind noch Wochen bis dahin. Sei nicht dumm. Geh ruhig und hilf dem Vater, wie du's gewohnt bist. Bis zum Abend seid ihr doch längst wieder da.«

Golda sprang auf und holte Mantel, Schnürstiefel und ihr wollenes Umschlagtuch, denn es blies heute schon ein recht kalter Wind. Die Weinlese hatte begonnen und bald würde Bergheim wieder herrlich aus jedem Keller nach der Kelter duften. In allen Städten und Dörfern, die sich durch die sorgsam bestellten und behüteten, von festen Mauern umgebenen Weinberge zogen, verschloss man nun Morgen für Morgen die Stadttore, damit Kinder und Tunichtgute nicht von den kostbaren Trauben naschen konnten. Jakob und Golda taten gut daran, noch rechtzeitig mit den Winzern durch das Untertor zu schlüpfen. Jetzt würden sich die Frauen von Bergheim, Christinnen wie Jüdinnen, auch bald wieder aufmachen auf den Weg nach Keschteholz, wo dem Namen nach, viele Bäume mit Esskastanien standen, die dann in große Körbe gesammelt und den langen Weg zurück nach

Bergheim getragen wurden, immer von zweien zusammen, köstlichen Früchten, die ein willkommenes Zubrot zur täglichen Kost bildeten.

Der Weg nach Schlettstadt war nicht einmal so lang wie der nach Keschteholz und nur ein größerer Spaziergang. Golda blinzelte selig ins helle Sonnenlicht und wandte den Blick nach Westen, zu den Bergen hinüber, wo weit oben die Ruine der Hohen Königsburg in der goldenen Herbstsonne stand. Wie gut tat es, endlich einmal wieder die frische Landluft zu atmen und den Blick über Felder, Burgen und Weinberge schweifen zu lassen.

»Bald werde ich mal nach Freiburg müssen«, murmelte Jakob. »Das wird ein langer Weg. Am besten, ich hole vorher Erkundigungen ein, wer mit mir ziehen kann und werde mich denen anschließen. Das wird sicherer sein, denke ich.«

»Nach Freiburg? Ach Vater, bitte, bitte lass mich doch mit!« Jakob lachte.

»Schmonzes! Viel zu weit, viel zu gefährlich. Und Freiburg ist keine schöne Stadt, das lass dir gesagt sein. Dort hat man die Juden für immer vertrieben, und auch auf dem Markt sieht man sie nur selten. Niemand kann einen Juden leiden in Freiburg. Und ich werde obendrein auf dem Weg wohl irgendwo in den Rheinauen übernachten müssen, unter freiem Himmel. Nein, das ist nichts für Weiber. Bis dahin, Tochter, bist du hoffentlich lang aus dem Haus, und, so G'tt will, Aarons Frau!«

Golda gab sich Mühe, nicht laut aufzustöhnen. Nie, niemals würde sie diesen Aaron Ben Eliezer heiraten können. Bei dem Gedanken, ihn zu küssen oder gar, ihm beizuliegen, wie sie es als seine Frau nun einmal würde tun müssen, drehte sich ihr der Magen um. Wie, um alles in der Welt, hatten andere Bräute sich gefühlt? War Mutter Rahel etwa zu ihrer Zeit entzückt gewesen, als man sie einem zwanzig Jahre älteren Witwer zur Frau gab? Viele Bräute, wusste Golda, weinten sich die Augen aus, wenn der

Prunk der Hochzeitsfeierlichkeit verblasst war und sie ihr Elternhaus verlassen mussten, viele Mädchen weinten noch Tage und Wochen im Haus des Mannes, wenn sie an seiner Seite aufwachten und begriffen, wo sie hingeraten waren.

Und doch, es war nun mal das Schicksal der Frauen, ein Kind musste Vater und Mutter ehren und den Mann ehelichen, dem sie zugeführt wurde. Und Aaron ben Eliezer war keine schlechte Wahl, so jung und dennoch schon ein angesehener Arzt. Sie würde nie Mangel leiden an seiner Seite, da hatten die Eltern recht. Aber trotzdem, warum war er nur so hässlich und merkwürdig und klein geraten? Wenn sie erst in seinem Haus in Oberehnheim lebte, würde er sich seinem Vater völlig unterordnen müssen. Und sie selbst würde dort auch nichts zu befehlen haben. Sie würde ein Kind nach dem anderen bekommen und nebenher noch den alten Mann pflegen müssen. Nein, Golda konnte sich ebenso wenig vorstellen, mit ihm unter die Chuppa zu treten, wie sie sich vorstellen konnte, Schweineschmalz zu verzehren. Und sie wünschte sich wohl zum hundertsten Mal, nie dem schönen Fremden zu Straßburg begegnet zu sein. Ob er wohl jemals wieder an mich gedacht hat, fragte sie sich oft. Ob er je von mir geträumt hat, so wie ich von ihm? Ach, niemals. So ein vornehmer Herr, wie er gewesen ist, verschwendet keinen zweiten Blick an irgendein armes Mädchen. Zumal an eine Jüdin. Und hätte ich an dem Tag den Judenfleck getragen, dann hätte er mich angespuckt.

Meister Martin, allein

Er strich noch einmal glättend über das feine Papier, das er für die Zeichnung ausgewählt hatte, prüfte die Spitze der Gänsefeder und starrte einen Moment über den Tisch hinweg in seine Stube. Dann stieß Martin den Kiel in das Tintenfass und setzte den ersten Strich an. Er zeichnete zunächst ein zartes Oval mit einem kleinen Kinn, die feine, gerade Nase und dann die Augen, die sie die ganze Zeit während ihrer kurzen Begegnung so schüchtern niedergeschlagen hatte, und die schmalen Brauen wie zwei feine Halbmonde darüber. Nachdenklich betrachtete er das Ergebnis. Nicht schlecht. Ihre Stirn war wunderbar hoch gewesen, der Haaransatz bestimmt nicht zurückgeschoren, so wie Ludwig vermutet hatte, und darüber hatte sie eine nachlässig geschlungene Haube getragen, unter der sich ihre Locken von der Farbe rötlichen Goldes geringelt hatten. Dann beschloss er, die Haube zur Gänze fortzulassen und ihren Kopf unbedeckt zu zeichnen, so wie wohl jeder Mann, der halbwegs bei Verstand war, ihn gern gesehen hätte: mit einer Flut von langen Locken, die um ihre Schultern brandeten und weit bis über ihre Taille herabfielen. Dann kleidete er sie anstelle des engen Mieders und des geflickten Kleides, das sie getragen hatte, in ein Gewand mit reichem Faltenwurf, würdig einer Edlen oder einer Heiligen. Ich werde eine Sankt Agnes aus ihr machen, dachte er plötzlich, eine Jungfrau als Märtyrerin, das müsste schon zu ihr passen. Also gab er ihr mit raschen Strichen noch den Zweig der Märtyrerpalme in die Hand und ein Buch in die andere. Zu ihren Füßen ließ er ein Lämmchen als *agnus dei* ruhen, und zum Schluss setze er ihr noch einen Myrtenkranz als Zeichen ihrer Unschuld auf.

Martin spitzte die Lippen, blies auf die feuchte Tinte und bewegte das Blättchen fächelnd hin und her. Schließlich stellte er es aufrecht gegen das Tintenfass und betrachtete es lange mit wachsendem Wohlgefallen. Ja, das war sie, ohne Zweifel. Es gelang ihm beinahe mit jedem Mal besser.

Was für ein Mädchen. Eine Nymphe, wie eine ungepflückte Rosenblüte, so frisch und unberührt war sie gewesen. Sicher war eine solche Schönheit längst mit irgendeinem glücklichen Mann vermählt. Es war so lange her, dass er ihr begegnet war, und sie war schon damals auf dem Jahrmarkt in Straßburg eine heiratsfähige Jungfer gewesen. Ein solches Mädchen blieb niemals allein in der Stube sitzen.

Martin hielt sich selbst mühsam davon ab, sich Träumereien hinzugeben, wann immer er an sie dachte. Er wusste nicht, woher der Gedanke kam, aber es war ihm, als würde er die Erinnerung an ihr Gesicht und den herrlichen Leib zerstören, wenn er sich vorstellte, ihren Körper zu besitzen. Wenn er bei einer Hure lag, was in letzter Zeit häufig geschah, oder wenn er sich, mit den größten Gewissensbissen, dem Laster der Selbstbefleckung hingab, das, wie jeder Mann vom Knabenalter an wusste, auf die Dauer zu Lahmheit, Schwachsinn und Erblindung führte, wenn man es nicht sein lassen konnte, so bemühte er sich in dem einem wie in dem anderen Fall darum, von jeder anderen Frau als gerade ihr zu träumen.

Schlettstadt

Sie näherten sich bereits den Schlettstädter Mauern, als Jakob auffiel, dass seine Tochter fast den ganzen Weg über geschwiegen hatte. Nun, sie würde bald verheiratet und sicher eine gute Mutter sein. Die Mutterschaft söhnte die Frauen mit vielem aus. Nur, seine Tochter fort in Oberehnheim zu wissen, das schmerzte ihn. Aber sie war ja nicht aus der Welt, man würde sich fraglos ab und an wiedersehen. Golda würde einem guten Mann gegeben werden. Und bald kam neues Leben in sein Haus. Jakob hatte Grund genug, zufrieden und glücklich zu sein.

Es ging lebhaft zu auf der Straße nach Schlettstadt, ebenso voll war die ruhig dahinfließende Ill, denn jeder, der Richtung Norden Lasten mit sich führte, fuhr mit dem Floß oder auf flachen Barken. Man entlud die Boote und stapelte aufs Neue die Waren auf sie, bis sie tief im Wasser lagen, und ruderte weiter nach Straßburg oder nach Süden in Richtung Kolmar. In Schlettstadt wurde reger Handel getrieben, weshalb auch einige jüdische

Geldverleiher mit ihren Familien in der Stadt geduldet wurden, die in bedrängten Verhältnissen in ihrer Judengasse lebten, angefeindet und verachtet von den vielen frommen Christen, den Kirchenmännern, Mönchen, Klosterfrauen und Pfaffen.

Der Markt war ruhig an diesem klaren Herbsttag. Während Jakob sich nach Maultieren umsah, ließ Golda sich müßig treiben. Misstrauische Blicke trafen sie, außer dort abseits, wo ein paar jüdische Händler ihre Ware feilbieten durften, geschächtetes Kalb- und Rindfleisch, Milch und Käse. Eine Jüdin saß dort mit ihren Töchtern, die mit wirbelnd-flinken Fingern aus buntem Garn sehr schöne Bänder in verschlungenen Mustern knüpften und den vorübergehenden Frauen anpriesen, ihre Kleider mit den kleinen Kunstwerken zu verzieren. Sie wechselte ein paar freundliche Worte mit ihnen und hätte ihnen gern etwas abgekauft – aber ohne Rahels Wissen und ganz ohne Geld?

Golda hatte dem Vater versprochen, sich nicht vom Markt wegzurühren, aber nun verspürte sie schon seit einer ganzen Weile das dringende Bedürfnis, sich zu erleichtern. Es nützte alles nichts, sie brauchte schnell ein verschwiegenes Örtchen, um das Wasser abzuschlagen. Schließlich fand sich zwei Gässchen weiter ein Misthaufen, auf dem sie sich nieder hockte und erleichtert die Röcke hob. Es schien eine halbe Ewigkeit zu dauern. Sie verließ mit raschen Schritten den stillen Hof. Als sie um die Ecke zum Marktplatz rannte, hörte sie es plötzlich reißen. Ein Band von ihrem Hemd oben am Hals war verschwunden und ihr Ausschnitt klaffte unanständig weit auf. Golda sah sich um und richtig, dort hinten lag es auf der Gasse. Sie hastete zurück, bückte sich nach dem Band und suchte in der Gürteltasche, ob sie eine Nadel zum Befestigen mit sich führte.

Da traf sie plötzlich ein warmer Schwall Rotz mitten auf die Wange. Zu Tode erschrocken fuhr Golda zurück. Ein Mönch in der schwarzen Kutte der Dominikaner stand dort vor ihr und starrte ihr voller Argwohn auf die entblößte Brust. Struppige sandblonde Haare umstanden unordentlich seine Tonsur, die Mundwinkel in seinem Bart waren mit einem seltsamen Mischausdruck von Wut, Geilheit und – ja, auch Angst – nach unten gezogen.

»Geh mir aus dem Weg! Du jüdische Hexe!«

Das hässliche, spitze Wort scholl laut durch die Gassen. Golda wandte entsetzt den Kopf herum. Die Vorübergehenden starrten sie an und hasteten sogleich mit niedergeschlagenen Augen weiter, ganz so, als hätten sie nichts sehen und hören wollen. Golda fühlte, wie ihr die Knie weich wurden. Mit zitternden Beinen und Händen hastete sie über den Markt auf das erste beste Haus zu. Angewidert wischte sie sich den Rotz von der Wange. Da drang eine leise Stimme an ihr Ohr: »He Du! Judenmädchen!«

Golda lehnte totenblass an der Hauswand. Ihre Augen suchten die Person, die zu der Frauenstimme gehörte. Ein Gesicht lugte um die Ecke des schmalen Gässchens, eine vornehme Schlettstädter Bürgerin war es, im samtenen, goldgestickten Mantel mit flammenroter Hörnerhaube und pelzverbrämten Stiefelchen, dicke, goldene Ringe tanzten an ihren Ohren. Die Frau spähte unruhig in die Richtung, in die der Mönch verschwunden war, dann gab sie Golda einen deutlichen Wink, ihr zu folgen. Zögernd huschte sie um die Ecke, hinter der noblen Dame her in das dunkle Gässchen.

Sie hatte Mühe, im Dämmerlicht ihr Gesicht zu erkennen.

»Du bist nicht aus der Stadt, Jüdin? Ich habe dich hier noch nie gesehen.«

Golda schüttelte den Kopf. Der Hals war ihr noch immer wie zugeschnürt.

»Gut, dann sei klug und halte dich fern. Halte dich fern von dem. Dieser Mönch, der hat dich schneller im Hexenturm, als du dein letztes Gebet sprechen kannst!«

Endlich fand Golda die Sprache wieder: »Aber ich habe ihm

doch nichts getan, gar nichts! Seht, ich habe hier von meinem Mieder das Band verloren und wollte nur ...«

»Scht, törichtes Ding! Willst du wohl still sein! Schrei nicht so!«

Die Frau sah unruhig nach der Einmündung des dunklen Gässchens hin und horchte.

»Nichts getan, sagst du? Das hat die Tochter meiner ehemaligen Nachbarin auch geglaubt, Anna Guntherin, und dann hat der behauptet, dieser Höllenfurz, dieser Folterknecht, sie sei nachts vor den Mauern am Fluss bei Neumond in Gesellschaft zweier schwarzer Katzen gesehen worden, beide so groß wie ein Pferd. Und sie soll mit beiden gesprochen und Unzucht getrieben haben. Jetzt wird ihr der Prozess gemacht wegen schwarzer Kunst und Hexerei. Wegen Buhlerei mit dem Teufel! Bei Christus und allen Heiligen, hüte dich, wenn dir dein Leben lieb ist, vor diesem Kramermönch.«

»Kramermönch?«, fragte Golda verwundert.

»Er war der Sohn des Kramers in der großen Fleischhauergasse, und Heinrich hieß er, bevor er zu den Dominikanern ging. Mein Vater kannte ihn noch, wie er sich im Dreck der Gassen suhlte, zusammen mit den Ziegen und Schweinen, und kaum ein richtiges Wort herausbrachte. Jetzt ist er ein großer Herr, der sich Henricus Institoris nennt, und meint, er sei der Richter Gottes auf Erden. Um Christi Willen, sieh zu, dass du wegkommst von hier!«

Die Unbekannte schlug das Christenkreuz über ihrer Brust und huschte davon. Verwirrt murmelte Golda einen Dank. Sie griff mit zitternden Fingern nach ihrem Ausschnitt, so dass sich der Stoff über ihrem Busen notdürftig schloss, und rannte keuchend zurück auf den Markt. Zu ihrer grenzenlosen Erleichterung sah sie dort schon den Vater, ein großes Maultier am Halfter haltend, ungeduldig wartend mit dem Fuß aufstampfen. Als er sie herbeihasten sah, drehte Jakob sich wortlos um und schritt auf den Neuen Turm zu.

Im Dominikanerkloster zu Schlettstadt

»Es wird auch von Gulielmus bemerkt, dass die Incubi mehr solche Frauen und Mädchen zu beunruhigen scheinen, welche schönes Haar haben, darum, weil sie der Besorgung oder dem Schmuck derartiger Haare obliegen«, schrieb Heinrich Kramer, der sich nun Institoris nannte, so rasch, dass seine Schrift ihm davonzulaufen schienen. Sein Blick glitt kurz nachdenklich zur Seite, und dann fuhr er fort: »... oder weil sie durch das Haar die Männer zu entflammen wünschen oder gewohnt sind; oder weil sie sich dessen in eitler Weise rühmen; oder weil die himmlische Güte das zulässt, damit die Weiber abgeschreckt werden, die Männer dadurch zu entflammen, wodurch auch die Dämonen die Männer entflammt wissen wollen.«

Er ließ die Feder auf sein Pult fallen und stützte erschöpft die schweißnasse Stirn in seine Hand. Es brachte nicht immer die Erleichterung, die er sich davon erhofft hatte, systematisch und mit der Akribie eines Alchimisten das Wesen der Magie und Hexerei zu ergründen, zu einem Gegenstand von genauester Untersuchung und Wissenschaft zu machen. Dieses Wissen sollte seine Gottesmauer sein, sein Bollwerk gegen die verderbten Einflüsse und Mächte. Heinrich erbleichte noch immer vor Scham, wenn er an den Tag zurückdachte, an dem er den Entschluss gefasst hatte, dieses Schreibwerk zu beginnen. An jenem Tag war er der Kreatur zum ersten Mal begegnet. An einem Markttag war es, und die Stadt war voller Getriebe gewesen.

In der Forellengasse, auf einem kleinen Esel kam sie ihm entgegengeritten, neben sich einen alten Bärtigen. Sie war fast noch ein Kind. Solch unschuldige Anmut hatte zuletzt allein die Heilige Muttergottes besessen, da der Erzengel Gabriel sie aufsuchte, um ihr die Botschaft zu verkünden: Fürchte dich nicht, Maria, du hast Gnade bei Gott gefunden. Siehe, du wirst schwanger werden und einen Sohn gebären, und du sollst ihm den Namen Jesus geben.

Seine Welt hatte stillgestanden. Von leichten Engelsflügeln wurde er empor getragen, seine sonst immer fest zusammengepressten Lippen lösten sich, ein seliges Lächeln floss über sein Gesicht und ließ es aufblühen und sich gleichsam verjüngen. Es wurde immer seliger, je näher ihm die süße Erscheinung mit dem langen, blonden Haar, der schneeigen Haut und dem Rosenmündchen gekommen war. Es hätte nicht viel gefehlt und er wäre mit gefalteten Händen auf die Knie gesunken, mitten hinein in den Kot der Gasse und hätte gerufen: Gegrüßt seiest du, Maria voller Gnade, der Herr ist mit dir, du bist gebenedeit unter den Weibern.

Und dann hatte er das Zeichen gesehen. Er sah den gelben Ring auf ihrem geflickten Mantel, den Schandfleck, das Judenmal, und stürzte von seiner Wolke mystischer Erleuchtung jäh zu Boden. Teufelswerk war es nur gewesen, dämonische, jüdische Gaukelei, wie auch immer sie es vollbracht haben mochte. Sie war nichts weiter als eine arme Jüdin, und Joseph war nur ein alter bärtiger Jude mit dem Käppchen auf dem Hinterkopf, in einem schäbigen, geflickten Gewand, dessen Saum von Kuhdung besudelt war.

Sie war es wieder gewesen, gestern, dort beim Markt, er hatte sie sofort erkannt. Ein wenig gereifter, und, der Himmel möge ihm beistehen, ein wenig mehr Weib als Kind, aber zweifellos dieselbe. Wer war sie? Woher kam sie? Sie musste eine Fremde sein, denn es gab ein paar Judenweiber in der Schlettstadt, aber sie waren alle schwarzhaarig und hässlich, dass Gott erbarm'.

Aber diese. Die goldenen Strähnen, die unter ihrer Haube hervorsahen, ihre Taubenaugen, in denen die Furcht gestanden hatte, der Blick der ihn ins Herz getroffen hatte, und der Herr möge ihm verzeihen, ihre weiße Brust, wie die Zwillinge einer Gazelle, die in den Lilien weiden. Alles an dir ist schön, meine Freundin. Kein Makel haftet an dir.

Sein gequältes Seufzen wurde mehr und mehr zu einem verzweifelten Schluchzen, als er mit glasigen Augen in die unruhig flackernde Flamme seiner Lampe starrte, als erwarte er jeden Moment, aus ihr den Dämon auffahren zu sehen. Sind wir vor dem Herrn nicht alle nur elende Sünder, dachte Heinrich verzweifelt. Er wusste, ihr Geist war schon da. Und er hatte Macht über die Männer, ungeheure Macht. Er spürte sie schon, die Versucherin, die goldhaarige Tochter Israels, die Gespielin des Satans, schon ganz nah, er meinte, ihren rosenduftenden Atem zu riechen, ihr langes Haar und ihren herrlichen, weißen Leib zu sehen, nackt wie der Liliths, des Weibes, das des Nachts den Schlaf der Männer aufstörte, um ihnen den Samen zu rauben, er roch den lockenden, elend lockenden, teuflisch lockenden Duft ihres heißen, geilen Leibes, ihre süße Stimme meinte er zu hören, wie sie ihn neckte: Komm, komm zu mir, Heinrich! Süßester! Dir will ich gehören!

Verzweifelt sah er herab an seiner Kutte, und sah das, was er wieder und wieder verflucht hatte, sein schwaches, von widerwärtigen Gelüsten erregtes Fleisch, das sich dort unten gegen seinen Willen erhob.

»Oh Herr! Hilf mir, um Christi Willen! Du jüdische Hexe! Ich verfluche dich!«, wimmerte Heinrich.

Der Mönch fuhr wild auf und griff nach dem einzigen Mittel, das ihm jetzt noch Linderung verschaffen konnte. Er riss sich mit einem wütenden Ruck die Kutte herunter und langte nach der Geißel an seinem Gürtel, die ihm in schweren Stunden wie dieser das alleinige Mittel zur Rettung von seinen Qualen zu sein schien.

Heinrich holte tief Luft und schlug mit aller Härte zu. Die Lederriemen mit den winzigen, eisernen Widerhaken gruben sich mit unbarmherzigem Biss in seine Haut. Er gab keinen Laut von sich. Er schlug zu, wieder und wieder, bis ihm sein Blut bis auf die Füße tropfte und er dankbar spürte, dass die Teufelin von ihm abgelassen hatte. Heinrich Institoris zog mit einem gewaltigen Triumphgefühl die Kutte wieder über seine blutigen Schultern und stöhnte auf von dem Schmerz des rauen Stoffes auf seinem offenen, sündigen Fleisch. Auch seine Hände waren voller Blut. Er ging hinüber zu dem Wasserkrug und spülte es herunter.

Wasser, dachte er zufrieden. Klares, kühles, freundliches Element! Er trocknete seine Hände sorgfältig ab. Schließlich trat er wieder an sein Pult, stieß den Gänsekiel zornig in die Tinte und ließ die Feder über das Pergament kratzen:

»Was ist denn das Weib anderes als eine Vernichtung der Freundschaft, eine unentfliehbare Strafe, ein notwendiges Unglück, eine natürliche Versuchung, ein begehrenswertes Unheil, eine häusliche Gefahr, ein reizvoller Schädling, ein Weltübel, mit schöner Farbe bestrichen?«

Heinrich las seinen letzten Satz noch einige Male. Er legte voller Genugtuung die Feder auf das Pult und schob die Hände in die Wärme seiner wollenen Ärmel. Wenn er ihr je wieder begegnen sollte, dann Gnade ihr Gott.

Bergheim, im Herbst

Rahel war jetzt schon eine Woche über dem Zeitpunkt, den Rivka für die Niederkunft berechnet hatte, aber die Hebamme, die jeden Tag vorbeischaute, war guten Mutes. Das Kind lebte und bewegte sich, und sein Herzchen schlug regelmäßig und stark.

»Wie ein Elefant fühle ich mich!«, rief Rahel immer wieder aus, wenn sie jede Viertelstunde Wasser abschlagen musste und sich von Stuhl zu Stuhl schleppte, mit beiden Armen den schweren Leib haltend. Dann endlich, am Morgen des achten Tages, setzten die Wehen ein.

»Es ist so weit, Goldele. Es geht los. Baruch Ha Schem, endlich! Los, hol Rivka herüber!«

Golda schlug schon die Haustür hinter sich zu und lief die paar Schritte zum Haus von Abraham hinüber. Sie schlug mit der Faust an die Tür und rief laut: »Rivka, Rivka, komm schnell! Es geht los, es geht los!« Da öffnete sich auch schon die Tür und Abraham ben Gerschon blickte sie ungerührt an, während er auf einem Stück Brot herumkaute.

»Gewalt, was hast du hier zu brüllen wie ein Stier, Goldele bath Jakob? Brennt's irgendwo?«

»Lass sie nur, Bram«, beschwichtigte Rivka aus dem Hintergrund. »Ich komme ja schon, Goldele! So, dann ist es endlich so weit, was? Lang genug gewartet haben wir ja! Sag, freust du dich schon?«

Golda wünschte sich mehr als alles andere, dass es ihr gegeben wäre, den Augenblick mit solcher Seelenruhe zu erleben, aber sie bebte vor Aufregung. Rivka rief nach hinten in die Stube nach ihrer Schwiegertochter und bat sie, ihr bei der bevorstehenden Geburt zur Hand zu gehen. Die Frau ihres Sohnes, die auf den Namen Hannah hörte, versprach, bald zum Haus des Rosshändlers nachzukommen.

»Es geht schon los, Rivka. Die Wehen haben eingesetzt. Nun komm doch!«, rief Golda unruhig.

Rivka lächelte und schulterte den schweren Beutel, den sie stets mit sich führte, wenn sie ein Kind zu entbinden hatte und schloss die Tür hinter dem brummenden Gatten. Sie musterte das erhitzte Gesicht des Mädchens von der Seite und sagte schließlich: »Ruhig, Kind. Was nützt die Erregung? Gar nichts. Es geht alles seinen Gang. Außerdem brauche ich gleich deine Hilfe, wie du wohl weißt, vermutlich über Stunden. Wo ist dein Vater?«

»Er ist gestern nach Dambach gezogen, in Geschäften.«

»Gut«, murmelte Rivka, »da steht er uns wenigstens nicht im Wege herum und stört!«

Als die beiden in Jakobs Haus traten, hockte Rahel gekrümmt auf einem Schemel und keuchte.

»Oh, gut, dass du kommst Rivka. Sei gesegnet!«

»Oh nein, du darfst dich nicht hinsetzen! Komm, steh auf und mach ein paar Schritte. Du kannst dich auf mich stützen dabei. Deine Tochter wird ja zu tun haben inzwischen.«

Das hatte Golda allerdings. Sie schleppte kübelweise Wasser vom Brunnen heran und legte im Ofen Holz nach. Sie war heilfroh, dass sie vor lauter Arbeit nicht zum Nachdenken kam. Das Angstgefühl, das ihr die Kehle zugeschnürt hatte, begann, sich langsam zu lösen. Sie suchte Rüben, Zwiebeln, Knoblauch und Kräuter zusammen und spähte durch den dichten Regen, der eingesetzt hatte, durchs Fenster nach dem kleinen Hühnerstall hinüber. Jetzt noch ein Huhn niederzumachen, kam gar nicht in Frage.

»Ich gehe rasch zu Gelle hinüber, und frage sie, ob sie mir ein Huhn borgt. Ich bin gleich wieder da!«

Am Ende der Judengasse, wo es zum Pulverturm hinausging, wohnte Menachem, der Schächter, mit seiner hübschen jungen Frau. Gelle war ebenfalls hochschwanger. Sehr häufig hatte sie mit Golda nichts zu tun, obwohl sie sich dem Alter nach nahestanden, denn ganze Welten trennten den Alltag einer Jungfrau von dem einer Ehefrau.

»Schalom alejchem, Gelle! Meine Mutter Rahel liegt in den Wehen und ich habe kein Huhn für die Suppe. Sag, könntet ihr mir eines geben? Ich bezahl's euch morgen, oder ihr sucht euch eines aus von unserem Stall?«

Gelle blickte sich fragend nach ihrem Mann, dem kräftigen Menachem um. Der nickte. »Ja, natürlich. Gib ihr ein Huhn, Gelle, das, welches im Stall oben neben den Täubchen hängt.«

»Danke. Ich danke euch sehr!«

»Schon gut. Wie geht's denn der Mutter?«

»Rivka sagt, ich solle mir keine Sorgen machen, es sei alles, wie es sein soll.«

Da kam Gelle schon wieder, ein großes Huhn in ein Tuch geschlagen.

»Hier, nimm! Und mach eine gute Suppe davon.«

Golda dankte und eilte durch den Regen nach Hause zurück. Rivka und Rahel liefen noch immer zusammen durch die warme Stube, hin und her. Sie wuchtete den Badezuber mit Hannahs Hilfe nach nebenan, wo das große Bett stand. Das Wasser im Kessel war inzwischen heiß geworden. Rivka stellte ihren Sack auf den Tisch und entnahm ihm ein Röhrchen mit duftender Essenz, die sie in das warme Wasser träufelte. Bald breitete sich der feine Duft von Lindenblüten und Kamillen in der Stube aus. Rivka half der Gebärenden, sich bis auf das Hemd zu entkleiden und sich in den Zuber zu setzen. »Oh, das tut gut!«, stöhnte Rahel. »Oh, diese Wärme!«

Unterdessen brachte Hannah die bekannten Utensilien zutage, deren Anblick Golda schon fürchten gelernt hatte: eine Flasche aus Ton, das Kupferbecken mit Kamm und Pinsel, die Nähkassette und das Fläschchen mit dem Olivenöl. Es gab noch Phiolen mit Essenzen und Stärkungsweinen, auch Döschen mit Pulvern wie der Nieswurz, mit dem man die Gebärende kurz vor der Geburt zum Niesen reizte, um so die Austreibung zu beschleunigen. Dazu reine Streifen weißen Leintuchs und auch kleine Leinenläppchen.

Golda wickelte das Huhn aus seinem Tuch. Rasch weidete sie den Vogel aus, brühte Hals und Krallen ab und legte Magen, Herz, Leber und Milz beiseite, das Beste am ganzen Tier, welche erst zum Schluss in die Brühe kamen und dem ganzen erst die rechte Kraft geben sollten. Sie warf das Huhn mit dem Gemüse in den Kessel und sah erleichtert zu, dass der Topf rasch zu kochen begann. Ihr Vater würde wohl erst spät von Dambach zurückkehren, aber sich dann umso mehr über die gute, goldene Hühnersuppe freuen, diesen Trost der Judenheit an kalten Tagen.

Als sie einen Blick in die Stube warf, lag ihre Mutter schon im Hemd auf dem Bett und ließ sich von der Hebamme den Leib abtasten. Rivka legte die Hände mal hierhin, mal dorthin. Dann legte sie ein Ohr auf Rahels Leib und lauschte mit nachdenklichem Gesicht.

»Lebt es, Rivka? Sag schon, schlägt sein Herz?«, fragte Rahel unruhig.

»Aber ja, deutlich und laut.«

Dennoch, irgendetwas schien Rivka Sorgen zu bereiten. Golda sah es sofort.

»Verschwinde! Du sollst in der Küche bleiben, bis ich dich rufe, hörst du?«

»Ich fürchte, das Kind hat sich noch nicht gedreht. Komisch«, hörte sie Rivkas Stimme von nebenan. »Aber hab keine Furcht, ich werde es mit den Händen in die richtige Lage drehen. Ich habe das schon hundert Mal gemacht, es ist wirklich nichts dabei!«

Als die Suppe endlich fertig war, zerteilte Golda das Huhn und legte drei, vier große Stücke von dem schieren Fleisch in die Schüssel, dazu Brühe und die Leber, die Rahel besonders schätzte. Aber als sie mit der dampfenden Schüssel, deren Duft einem Hungrigen den Verstand rauben konnte, vor der Mutter stand, drehte Rahel nur den Kopf weg.

»Ich kann jetzt nichts essen. Nimm es bloß fort, mir wird übel davon!«

Rivka musterte die Wöchnerin. »Unsinn, nimm wenigstens ein paar Löffel Brühe, sei vernünftig! Los, Goldele, schütte die Brühe in einen Becher, damit sie sie trinken kann. Den Rest kann sie später verzehren. Und dann mach, dass du wieder rauskommst.«

Sie setzte sich auf den Schemel beim Ofen und rief aus alter Gewohnheit nach ihrer Katze. Aber das Tier kam nicht. Golda erschrak. Jetzt fiel ihr wieder ein, dass das Tier auch gestern schon nirgends zu finden gewesen war. Wo mochte sie nur stecken, in diesem erbärmlichen Wetter?

Es war schon längst dunkel. Eine Zeit lang schien es, als würden die Wehen kaum stärker werden, dann aber brachen sie mit aller Macht über Rahels schweren Leib herein. Es war der Hebamme gelungen, den Körper des Kindes mit Geduld und geschickten Handgriffen so zu wenden, dass der Kopf nach unten zu liegen kam, und danach wirkte sie so erschöpft, dass Golda sie bat, sich einen Moment in der Küche zu erholen und ein wenig starken Wein und Hühnersuppe zu sich zu nehmen.

»Der H'rr der Welt stehe mir bei, das Kind hat einen riesigen Kopf. Das wird nicht leicht werden für deine Mutter.«

Goldas Herz sank.

»Es tut mir leid, Mejdele, aber ich kann's dir nicht ersparen. Lange wird es schon nicht mehr dauern, sie ist kurz davor. Es ist keinesfalls ratsam, dass sie wieder versucht, sich hinzulegen wie eine Stute, so wie beim letzten Mal. Je tiefer das Kind liegt, desto besser. Und bring etwas von dem Wein. Dann spürt sie's weniger.«

»Oh Adonai, lass es zu Ende sein, ich flehe dich an. Lass es endlich enden, Herr!«, schluchzte Rahel. Und dann begann sie zu schreien, so laut, das Golda das Blut in den Adern gefror.

Gleich kam die nächste Wehe, und wie eine Unglückliche auf der Tortur, die man mit glühenden Zangen folterte, schrie Rahel sich die Seele aus dem Leib. Schließlich erlitt sie ohne Pause Wehen. Man konnte nicht mehr sagen, wann die eine aufhörte und die nächste begann. Sie schrie zum Steinerweichen. Golda biss die Zähne zusammen und hielt tapfer die Tränen zurück. Waren es jetzt schon acht Stunden oder zehn? Rivka hatte längst aufgehört, ihr dann und wann von der Stubentür aus beruhigend zuzublinzeln. Als die Hebamme einmal kurz um Wasser zum Trinken bat, stand ihr die nackte Angst in das Gesicht geschrieben. Rahel war inzwischen ganz heiser geworden. Die stummen, kratzenden Schreie, die durch das Haus tönten, waren schlimmer als alles zuvor.

»Hol mir da aus der blauen Büchse die Nieswurz. Mach rasch!«
Sie wusste, dass es nun nicht mehr weit sein konnte, bis das Kind endlich seinen Weg in diese Welt fand.

»Der Kopf! Der Kopf ist zu sehen. Du hast es gleich geschafft, Rahel. Halt aus! Eine Wehe noch, und das Kind ist da. Los, komm, Hannah, hilf mir, sie hochzuheben.«

»Ich kann nicht mehr, Mutter! Ich habe keine Kraft mehr. Ich kann die Arme nicht mehr heben«, hörte sie Hannah schluchzen.

»Ach ... zum Teufel!«, schrie die Hebamme. Da ertönte ein ersticktes Gurgeln aus Rahels Kehle, so als hätte ein Dämon sie beim Hals gepackt und schnüre ihr den Atem ab. Ein dumpfes Poltern wie von einem gefällten Baum erdröhnte. Golda hielt es nicht länger auf ihrem Schemel. Mit zitternden Beinen stand sie auf und riss die Tür zur Schlafkammer auf. Sie sah ihre Mutter tot auf dem Boden liegen. Zwischen ihren weißen Schenkeln, in einer riesigen Blutlache, ragte ein Kopf hervor, so groß wie der eines Kalbes.

Die Schiwa

Wann immer Golda die Erinnerung an die Nacht wieder ins Gedächtnis kam, in der Rahel am Schlagfluss gestorben war und die Missgeburt mit ihr, dankte sie dem Beherrscher der Welt auf Knien, dass ihr Vater erst am nächsten Morgen nach Hause gekommen war und der grausige Anblick, der sich in ihre Seele gebrannt hatte, wenigstens ihm erspart geblieben war.

Als er von Dambach zurückkehrte und erschöpft in die Stube stolperte und dort seine Tochter mit verschwollenem Gesicht in ihrem zerrissenen Kleid sitzen sah, den kleinen metallenen Spiegel schwarz verhängt und die Nachbarn und ihre Frauen samt Kindern wortlos und mit verstörten Mienen in seinem Haus versammelt vorfand, passierte das, was jeder, der Jakob kannte, hätte vorhersagen können: Er war auf Rivka losgefahren und hatte ihr eine gewaltige Ohrfeige verpasst, hatte sie Schlächterin, böses Weib, Dämon und Hexe geschimpft und war dann weinend vor Golda auf die Knie gesunken. Dort heulte er über Stunden wie ein Wolf, durch nichts und niemanden, auch durch Golda nicht, auch nur ein wenig zu beruhigen.

So seltsam es war, aber sein übergroßer Schmerz half der Tochter ein wenig dabei, den ihren zu betäuben. Sie konnte es sich nicht leisten, sich so in Trauer zu verlieren, wie der Vater es tat, denn von jetzt an musste sie die Herrin im Haus sein. Sie war nun diejenige, die für den Vater sorgen und ihm beistehen musste. Dieser Gedanke gab ihr die Kraft, die bitteren Tage zu überstehen. Von den Männern der Bergheimer Judengasse gestützt, zog Jakob am Mittag des folgenden Tages mit gänzlich verschwollenem Gesicht los nach Kolmar, um Rahels in einfaches weißes Tuch gehüllten Leichnam und ihre Missgeburt vor dem Theinheimer Tor auf dem jüdischen Friedhof zu begraben. Daheim bereitete Golda mit der Hilfe der Nachbarinnen das traditionelle Totenmahl für die Männer zu, das ihnen gegeben werden sollte, wenn sie vom Friedhof zurückkehrten. Alle hatten als Gabe ein oder zwei Hühnereier gebracht, Symbole des Lebens, die Golda im Kessel hart kochte, während die Frauen sich um alles andere kümmerten.

Während der langen Tage des Schiwa Sitzens, in denen das Haus mit von allen Seiten gebrachten Wachskerzen hell und warm erleuchtet war, waren Jakob und seine Tochter denn auch nicht eine Stunde allein. Die Nachbarn kamen zu jeder Stunde, die Frauen brachten Suppe und Tscholent, man nahm den beiden jede Art von Arbeit und Mühe von den Schultern, während Vater und Tochter ungewaschen, ungekämmt, ungeschoren auf ihren niedrigen Schemeln saßen und versuchten, das Unfassbare zu begreifen. Der Rabbiner brachte dreimal am Tag die Thorarollen aus der Schul und versammelte zehn erwachsene Männer für das Kaddisch. Es war im kleinen Haus des Viehhändlers ein tagelanges, ununterbrochenes Kommen und Gehen. Golda für ihren Teil war schon allein von den ungewohnten Umtrieben ein klein wenig getröstet. Ihrem Vater allerdings ging es schlecht. Als Jakob sich nach den vorgeschriebenen sieben Tagen der tiefen Trauer erhob, ging er gebeugt wie ein uralter Mann. Sein Haupthaar, das, anders als der Bart, immer noch rabenschwarz wie in seiner Jugend gewesen war, war eisgrau geworden.

Bergheim, Ende November

In der Morgendämmerung standen flatternd und rüttelnd die Falken über den kahlen Weinbergen, mit ihren scharfen Raubvogelaugen auf der Suche nach schutzloser Mäusebrut.

Noch im Dunkeln tappte Jakob ben Josua in die Küche und brauchte eine ganze Weile, bis er endlich das Licht entzündet hatte. Vor noch gar nicht langer Zeit war es immer Rahel gewesen, die Licht gemacht und das Feuer wieder in Gang gebracht hatte, die Milch gewärmt und die Wegzehrung bereitet. Und Grauchen, das gute Tier, war morgens in der Küche gewesen, schnurrend auf seinem Platz beim Herdfeuer oder bei der Frau auf dem Schoß. Jetzt war die Frau nicht mehr da und die Katze auch nicht.

Schließlich weckte Jakob seine Tochter für den Weg nach Freiburg. Er rüttelte sanft an ihrer Schulter und rief ihren Namen, und Golda erwachte nur mit Mühe.

»Los, steh auf, Mejdele. Und das hier nimmst du mit, für später.«

Er legte ein großes, weißes Bündel auf den Schemel neben dem Bett. Verwundert rieb sich Golda den Schlaf aus den Augen. Es war schon mancherlei vorgekommen, aber noch nie, dass der Vater ihr selbst die Kleider für den Tag an das Bett gebracht hätte.

»Was ist denn das?«

»Das ist das Gewand einer Klosterfrau. Stell jetzt keine Fragen. Ich erkläre es dir nachher.«

Sie rieb sich den Schlaf aus den Augen. Ein Nonnengewand? Sie hätte nicht verwunderter sein können, wenn der Vater ihr einen geräucherten Schinken in die Hand gedrückt hätte.

Seit dem Tod der Mutter kam ihr der Vater so manches Mal wunderlich vor. Er tat Dinge, die er früher nie getan hatte, wie das Pfeifen, wenn er in Hof und Stall beschäftigt war, oder das undeutliche Gemurmel mit sich selbst, wenn er glaubte, allein zu sein.

Ein leichter Nebel lag nah über den Feldern und den morgenstillen Weinbergen und kündigte den Winter an. Fröstelnd zog Golda ihren Mantel enger um die Schultern. Bald lag das Städtchen Rappoltsweiler mit der Burg derer zu Rappoltstein vor ihnen, welches man in der elsässischen Mundart nur rasch und obenhin Rappschwihr nannte. Kurz vor den Mauern entdeckte sie zu ihrer Verblüffung, dass ein Trampelpfad querfeldein direkt auf das Stadttor zulief, den Golda, so meinte sie, noch nie gesehen hatte.

»Vater, warum gehen wir nie diesen geraden Weg hier nach Rappoltsweiler? Immer gehen wir hinten durch den Wald. Das ist doch fast doppelt so lang.«

Jakob schwieg. Er schritt weiter aus und setzte seinen Weg zu Goldas Erstaunen nach Osten hin fort.

»Wozu dieser Umweg, Vater?«

»Nun, ganz einfach. Ich bin nicht mehr der Jüngste und will einen Teil des Weges sparen. Wir fahren von Gemar die Fecht hinunter bis Illhäusern und dann bis nach Sundhofen. Bis Breisach ist es immer noch lang genug des Weges.«

»Auf einem Boot, Tate? Wie soll das gehen?«

Jakob lachte sein besonderes Lachen, das er seit dem Tod seiner Frau nur selten genug hatte hören lassen, und erwiderte: »Ja, wie das wohl gehen soll? Nun, du kennst deinen alten Vater noch nicht. Du hast hoffentlich das Gewand gut verstaut, das ich dir vorhin gegeben habe?«

»Das habe ich. Aber ich verstehe noch immer nicht, wozu ich es gebrauchen soll.«

»Ganz einfach«, sprach Jakob«, »Wir fahren nicht als Juden. Das Gewand ist genauso gearbeitet wie das einer dominikanischen Nonne. Und das wirst du anziehen!«

»Aber Vater! Wie kommst du dazu? Wer hat es dir beschafft?«

»Unsere Nachbarin, Sarah bath Mendel. Sie trug es, als sie als Braut von Bamberg kam, um sicherer zu sein auf der Reise. Und jetzt wird es dir zu dem gleichen Zweck dienlich sein.«

Golda dachte an den verhängnisvollen Nachmittag zurück, als ihr Vater sie in Straßburg auf der Gasse vor aller Augen gezüchtigt hatte, weil sie wie eine Christin gekleidet ging. Der Unglückstag, an dem sie dem schönen Fremden mit der wohlklingenden Stimme begegnet war.

»Ich weiß, was du denkst, Kind. Nein, es ist nicht koscher, aber es ist in bestimmten Lebenslagen, wo es um Leben und Tod geht, gestattet, so wie auch das Reiten an Schabbat, wenn ein Jude nicht anders aus höchster Not zu retten ist. Im Sefer Chassidim des Juda Ben Samuel heißt es, dass es einer Jüdin gestattet sei, das Gewand einer Klosterfrau anzulegen, um nicht von Wüstlingen geschändet zu werden. Ich habe in der letzten Zeit so manches gehört, schlimme Dinge über Strauchdiebe und schändliche, verlotterte Raubritter, die sich in den Auwäldern herumtreiben sollen. Ich weiß nicht, ob das alles wirklich stimmt, aber … nein, nein, so bist du sicherer. Und ich selbst werde Hut und Mantel fortlassen und erst wieder anlegen, nachdem wir über den Rhein gesetzt haben.«

Nach einer Weile fing Golda behutsam wieder an: »Sag doch, warum gehen wir nie diesen Bauernpfad nach Rappoltsweiler?«

Jakob runzelte nachdenklich die Stirn. Nach einer Weile antwortete er bedächtig: »Ich wollte nie, dass du in der Furcht aufwächst, die die Juden ein Leben lang begleitet. Deswegen habe ich dir viele Dinge verschwiegen, die sich hier einmal abgespielt haben, schon vor etlichen Menschenaltern.«

»Was denn?«

»Nun, der Weg dort nach Rappoltsweiler, der führt über eine Stelle, die sie Brandstatt nennen.«

»Ich weiß, was du meinst, Vater. Ich bin doch kein Kind mehr. Das wird so ein Ort sein wie in Straßburg die Brandgasse. Oder bei Kolmar das Judenloch. Wie die Judenmatt bei Rufach!«

Jakob nickte seufzend.

»Das war noch einige Jahre vor dem Schwarzen Tod. Damals zog man aus allen Ecken über unser Land, unter der Führung eines mörderischen Schankwirts, der Hans Zimberlin hieß, der sich aber Rex Armleder nannte, weil er ein Leder statt eines eisernen Harnischs trug. Er soll eine Fahne mit dem Kreuz vor sich hergetragen haben, und eine mit der Heiligen Jungfrau, und hat allerorten üble Hetzreden gehalten, dass die Juden den Heiland der Christen gekreuzigt hätten, eine Lüge, die sie immer wieder ausgraben, wenn es ihnen gerade passt. Ein Edler von Dorlisheim war auch dabei, Umbehoven hieß er. Und sie zogen über das Land und erschlugen überall Juden, in Ensisheim, in Türkheim, in Rufach auf der Judenmatt…«

»Und auch hier?«

»Ja, auch hier. Auch hier haben sie einen großen Scheiterhaufen errichtet und die Juden vor der Stadt verbrannt. Die wenigen, die fliehen konnten, brachten sich nach Kolmar in Sicherheit, wo brave Bürger die Auslieferung an diese Mörderbanden verhinderten. Bald darauf gebot der Bischof von Straßburg dem Treiben ein Ende. Und danach sollte kein Jude mehr leben in Rappoltsweiler.«

Schweigend wanderten sie lange nebeneinander her. Kurz vor Illhäusern verschwand Golda hinter dichten Schlehenhecken und legte das Nonnengewand an. Darüber kam ein warmer blauer

Mantel, den Jakob Kukulle nannte. Es war nicht einfach, die weißen Schleier wie eine Klosterfrau zu binden, so dass das Gesicht ganz von ihnen umschlossen und kein Härchen mehr zu sehen war. Aber so schlecht konnte es ihr nicht gelungen sein, denn Jakob erschrak regelrecht, als er die Tochter so verkleidet vor sich stehen sah.

»Unglaublich, Kind«, sagte er kopfschüttelnd, »man sollte nicht meinen, was das für einen Unterschied macht. Und, wie sieht dein alter Vater aus?«

Golda zuckte die Schultern. Der Vater trug weder den spitzen Hut noch den Mantel mit dem gelben Fleck und sah augenblicklich aus wie jeder andere Händler.

»So wie immer, Tate!«

»Dann lass uns gehen. Wir wollen zeitig nach Sundhofen kommen.«

Gemar war nur ein bescheidener Weiler am Fluss. Bauern und Kaufleute nutzten diesen Weg, um ihre Waren schnell und ohne große Mühe zu den Märkten in den Städten zu bringen, und die meisten Flussschiffer nahmen gegen gutes Geld auch Reisende mit. Es war kurz vor Mittag, als Jakob und Golda am Steg warteten und Zeichen gaben, dass sie auf eine Mitfahrt nach Süden hofften. Bald kam auch ein bis oben hin mit Kohl, Rettich und Zwiebeln beladener Lastkahn herangeglitten.

»Du sagst am besten kein Wort«, zischte ihr Jakob zu. Dann rief er dem Schiffer zu: »Fahrt Ihr nach dem Süden?«

»Wie viel?«, brüllte der Schiffer schon von weitem anstelle einer Antwort.

»Ich gebe euch einen Schilling, wenn ihr mich und meine Tochter mitnehmt bis Kolmar, und, so G'tt will, bis Sundhofen!«

»Nun, dann springt herauf, aber schnell!«

Der Kahn legte mit gehörigem Abstand an und beide mussten einen ordentlichen Sprung tun. Jakob zahlte dem Mann das

Fährgeld. »Habt Dank, dass ihr uns eine Strecke mitnehmt auf dem Weg!«, murmelte Jakob, während er den Geldbeutel wieder an seinem Gürtel befestigte.

»Gern geschehen«, brummte der Schiffer und musterte mit gerunzelten Brauen, wie der Kahn von den kräftigen Armen der Bootsleute gerudert wurde. Es war eine lange und ruhige Fahrt, bis in der Ferne der dicke Turm des Kolmarer Münsters von Sankt Martin in Sicht kam. Und schon fuhr man vorbei an dem Aussätzigenhaus, bei dessen Anblick der Schiffer sich bekreuzigte, was Jakob ihm augenblicklich nachtat und er auch Golda still bedeutete, es ihm gleichzutun. Am östlichen Ufer stand schon die Horburg, kleine Dörfer hier und dort lagen am Fluss in der blassen Mittagssonne. Am Nachmittag kam man in Sundhofen an. Golda und Jakob ließen sich am östlichen Flussufer absetzen und waren sogleich in Bewegung auf den Rhein zu.

»Gute drei Stunden werden wir wohl noch wandern müssen, vielleicht auch vier.«

Jakob schritt rüstig aus, aber es war für seine Tochter nicht zu übersehen, dass der Vater in kürzester Zeit stark gealtert war und seine Kräfte nachgelassen hatten. Noch vor einem Jahr konnte er schneller und behänder wandern als mancher junge Mann und war kräftig und gesund gewesen wie nur irgendeiner. Jetzt wirkte er in manchen Augenblicken beinahe so hilflos wie ein Kind, selbst seine früheren Anfälle von grobem Jähzorn vermisste Golda mitunter. Sie schämte sich schrecklich, aber sie war froh, dass seit Rahels Tod gar keine Rede mehr davon sein durfte, dass sie den Vater verließ und nach Oberehnheim zog, um die Frau von Aaron Ben Eliezer zu werden. Jakob ben Josua hatte mit dem Tod seiner Frau das Alleinsein fürchten gelernt, er hasste es schon, sich in seinem leeren, stillen Haus aufzuhalten, wenn Golda zum Waschen am Fluss oder auf dem Markt war.

Es wurde schon dunkel, als sie endlich die Rheinauen erreichten. Erschöpft ließ Jakob sich zur Erde fallen. Golda musterte ihn besorgt, aber er rappelte sich schon bald wieder auf und begann, etwas dürres Reisig zu sammeln. »Wir werden auf keinen Fall ein hell brennendes Feuer anzünden. Viel zu gefährlich, so etwas ist meilenweit zu sehen. Gerade so lang, dass wir uns und die Brühe dran wärmen können, das muss reichen.«

Bald knisterten ein paar Flammen und Golda erhitzte die Hammelbrühe in ihrer irdenen Flasche. Oh, wie das wärmte! Jakob schlürfte laut vor Behagen, zog die buschigen Brauen zusammen und murmelte ein ums andere Mal: »Gut. Sehr gut. Du kochst schon bald wie deine Mutter seligen Angedenkens. Was täte ich nur ohne dich, mein liebes Kind!«

Die Nebel stiegen aus den weiten Auwiesen, in denen im Sommer Scharen von Störchen und Fischreihern umherstelzten. Jetzt waren sie kahl und leer. Da und dort stand nur die armselige Hütte eines Vogelstellers oder Fischers. Hinter ihnen knackte es laut im Unterholz. Golda fuhr zusammen und gab einen Schreckenslaut von sich. Bei Tageslicht und hellem Sonnenschein, ja, da liebte sie die lichten Rheinauen und die große Riede mit ihrem nach Bärlauch und Maiglöckchen duftendem Unterholz, den Sonnenstrahlen, die von schlanken Birken und Buchenstämmen geteilt wurden. Aber es ging auf den Winter zu und es war früh dunkel. Ein großer Marder huschte zu ihrem Schrecken raschelnd vorbei, auch ein Fuchs ließ sich kurz darauf sehen und starrte sie für einen kurzen Moment mit großen Augen an, um dann wieder im Dunkel zu verschwinden.

»Die Kreaturen der Nacht braucht ein Jude nicht zu fürchten«, schmunzelte Jakob und wickelte sich fest in seine Decke. »Im Gegenteil, jeder, der uns bei Nacht überhaupt sehen kann, muss erst einmal die Augen dazu haben – Eule, Katze, Marder, Füchse. Sie sind harmlos und tun uns nichts. Und Bären und Wölfe, die uns an den Kragen wollen, gibt es hier sowieso nicht. Schlaf nur gut,

Goldele, mein Kind. Bei Tagesanbruch werden wir nach Freiburg weiterziehen, du wirst schon sehen.«

Golda rollte sich in ihrem weiten, warmen Nonnenmantel zusammen, so wie Grauchen, die Katze, es immer getan hatte, und starrte in das sterbende Feuer. Ungewohnt und aufregend war es, unter dem freien Himmel zu schlafen, aber schön war es auch. Die Luft roch so ganz anders als bei Tage, und es war so still. Beim Einschlafen, wie so oft, in dem Zwischenreich zwischen Schlaf und Wachheit, glaubte sie wieder, seine samtene Stimme zu hören: Schöne Jungfer …

»Schlaf gut!«, murmelte sie schläfrig.

»Ja, schlaf gut, Kind! Ich werde Wache halten, bis du eingeschlafen bist. Versprochen!«

Jakob fühlte sich im Gegensatz zu seiner Tochter im Freien stets wohl. Er meinte, nur unter G'ttes Himmel, den er am Anfang geschaffen und über Christen und Juden, Fromme und Unfromme, Gute und Böse gebreitet hatte, ein freier Mann zu sein, und sei es nur für den Moment. Er musste dann oft an ein Abenteuer in der Jugend denken, das nun schon so lange zurücklag und dessen Erinnerung ihn immer wieder mit Stolz erfüllte.

Ein einziges Mal nur hatte Jakob in seinem Leben das Gefühl vollkommener Freiheit genossen. Er war ein Knabe von dreizehn Jahren, kurz nach seiner Bar-Mizwa, als er mit seinem Vater, Josua ben David, einige Tage in Lautenbach an der Lauch verbrachte, um ein paar Milchkühe zu erhandeln. Nach einem endlosen Tag auf dem Viehmarkt verließen er und sein Vater mit den drei Kühen das befestigte Dorf, um außerhalb an den Mauern zu nächtigen. Während sie sich ihre Mahlzeit, Brot, Käse und den leichten Wein von Gebweiler, schmecken ließen, bewunderte Jakob den Sonnenuntergang hinter dem großen Belchen und fühlte sich angesichts der Schönheit der Welt um ihn herum noch machtloser als jemals zuvor.

Er musste an all die Wunderdinge denken, die er vom Zauber der Bergwelt gehört hatte, und während sein Vater die Reste des Mahles in ein Tuch schlug, reifte ein Entschluss in ihm, dessen Kühnheit ihn selbst ein wenig erschreckte. Er holte tief Luft und sagte: »Morgen gehe ich ins Gebirge. Ich steige auf den kleinen Belchen und schaue auf das Lauchtal hinab!«

Josua hob die Augenbrauen und brach in schallendes Gelächter aus.

»Was für eine Narretei, Junge! Ein Jude steigt nicht auf Berge, Meschuggener. Zu was soll das gut sein?«

»Ich will es nur einmal tun. Sehen, wie es dort oben ist, in den Wolken, dem Himmel so nah. Der Schmied heute hat mir den Weg genannt. Es ist ganz einfach zu finden, man muss nur hinaufsteigen, bis es nicht mehr weitergeht. Es ist nicht verboten für Juden. In zwei Tagen bin ich wieder hier, das verspreche ich dir.«

Josua stieß ein ärgerliches Schnaufen aus. Er kannte die Bockbeinigkeit seines Jungen zur Genüge. Würde er ihm diese Wanderschaft verbieten, würde der Junge sie zweifellos ohne seine Erlaubnis unternehmen.

»Gut, dann geh. Geh nur! Du wirst dir den Hals brechen, das wird dabei herauskommen. Oder ein Bein. Lass dich von den Wölfen fressen, wenn es dir gefällt. Aber wenn du übermorgen nicht wieder da bist, dann gehe ich ohne dich zurück, verlass dich drauf.«

Nach wenigen Stunden Schlaf, kaum dass der erste Sonnenstrahl in das Tal gefallen war, brach Jakob auf. Es war noch fast dunkel, aber er marschierte guten Mutes voran. Der kleine Sack auf dem Rücken mit Äpfeln und Gerstenbrot drückte ihn nicht, die Schuhe hatte er fest gebunden und ein Tuch gegen die Sonnenhitze um seinen Kopf geschlungen.

Zunächst ging es kaum merklich hinauf in das Lauchtal, das mancher auch das Blumental nannte, am Rand des dichten Waldes und an dem rasch dahin strömenden Flüsschen entlang. Kurz vor dem Lindental, wo Jakob auf einer Lichtung ein Reh mit seinem weißgetüpfelten Kitz beim Äsen überraschte, so dass die Tiere in anmutigen Sprüngen davonhuschten, bog ein Weg scharf rechter Hand hinauf in den Wald ab, genau wie der Hufschmied es beschrieben hatte.

Nun wurde es wirklich steil.

Gegen Mittag erreichte Jakob den letzten Bauernhof des Lindentals, eine karge Holzhütte. Auf den Hängen ringsum grasten Ziegen und Schafe. Dann ging es auf immer felsiger werdenden Wegen hoch hinan, über Bergwiesen, die bunt gesprenkelt waren mit Glockenblumen und Akeleien, Margeriten und Butterblumen, Arnika und Knabenkraut. Es waren die Weiden der herrlich fetten Kühe, die hier den Sommer über blieben, bis sie im Herbst wieder in tiefere Gebiete getrieben wurden. Jakob dachte an die unansehnlichen Milchrinder, die er und sein Vater für viel Geld erworben hatten, und seufzte. Solche Kühe, die jeden Tag ihre zehn oder zwölf Maß fette Milch geben, müsste man besitzen, dachte er.

Durch einen lichten Bergwald hoch oben über dem Tal stolperte er am Nachmittag über knorrige Wurzeln, trank lange von einer Quelle auf der Alm und, da keine Menschenseele sich weit und breit blicken ließ, riss er sich rasch die Kleider vom verschwitzten Leib und nahm ein hastiges Bad in den eisigen Wassern. Dann lief er erquickt weiter, lief und lief, von Tausenden bunter Schmetterlinge umgaukelt, während Eidechsen vor seinen Füßen davonhuschten, Nattern und Vipern, die sich auf den Felsen sonnten, ihn aus schwarzen Perlenaugen träge betrachteten und Bussarde über ihm kreisten.

Und dann war er oben.

Vor ihm lag nichts als der grasbewachsene Gipfel des kleinen Belchens. Obwohl ihm schon die Knie schmerzten und sein Atem schwer ging, lief er das letzte Stück auf den Gipfel hinauf und ließ sich keuchend ins Gras fallen. Der Wind trocknete ihm den Schweiß auf Stirn und Wangen. Er war oben, er hatte es geschafft. Das, was er dort vor sich sah, machte ihn still vor Staunen. So groß war die Welt und so weit! Nicht begrenzt und befestigt von Mauern, Festen, Türmen, Toren, Schlössern, Riegeln, Judengassen, nein, sie war frei und weit. Dort drüben lagen die schwarzen Berge, der Feldberg, der Kaiserstuhl, zum Greifen nah. Vor ihm, wie auf einer Landkarte, das Lauchtal, hinter ihm das Münstertal, wie nur Adler und Falken es sahen. Die Städtchen, von ihren Mauerringen umgeben, sahen von hier oben nur mehr aus wie Salznäpfchen auf einer riesigen Tafel. Und dort, ganz hinten lagen Mülhausen und Basel, an diesem klaren Tag ganz deutlich zu erkennen.

Überwältigt streckte Jakob sich auf dem Gras aus. Er schloss die Augen und es war ihm, als würde sich die Erde unter ihm drehen. Nahebei erscholl der jubelnde Gesang einer Lerche. Während er so dalag und in den Himmel träumte, verfiel er nach der großen Anstrengung prompt in einen kurzen Schlummer. Als er plötzlich hochschreckte, war die Sonne gerade dabei, unterzugehen. Er suchte seine Sachen zusammen und machte sich bereit für den Aufbruch zurück ins Tal. Die Nacht, so hatte er sich vorgenommen, würde er in dem Wald nahe bei der Quelle verbringen und bei Tagesanbruch zurück nach Lautenbach marschieren, was bergab ohne Zweifel bedeutend schneller gehen würde. Noch einmal blickte Jakob ringsum in die Zauberwelt und dachte: Wie gut, dass ich hier hinaufgestiegen bin. Um wie vieles ärmer wäre ich gewesen, wenn ich all dies nie gesehen hätte. Vater weiß nicht, was er versäumt.

Dann riss er sich die rasch zusammengeknotete Bedeckung vom Kopf und rannte, das Tuch wie ein buntes Banner schwenkend und schreiend vor Glück, den kleinen Belchen hinab. Frei, dachte er, ich bin frei wie ein Vogel. Niemand ist bei mir außer G'tt.

Mit einem seligen Lächeln schloss Jakob die Augen und suchte die bequemste Stelle auf seinem Sack. Er für seinen Teil würde wunderbar schlafen in dieser Nacht.

In der Morgendämmerung

Golda erwachte mit einem Ruck. Im ersten Augenblick hatte sie Mühe zu erkennen, wo sie sich befand. Dann wusste sie es wieder: Sie war im Wald, im Ried am Rhein. Sie und ihr Vater zogen nach Freiburg. Die Morgendämmerung zog schon herauf. Sie war ganz benommen vom Schlaf, die Glieder steif von der Nacht. Sie blinzelte mühsam und rieb sich den Schlaf aus den Augen.

Sie sah die Reiter im selben Moment, als sie den Vater an seinem Bart hoch zerrten und ihm den blitzenden Dolch an die Kehle setzten. Es mochten zwölf oder mehr sein, auf kräftigen Pferden, ihre Kleidung hatte die braungrüne Farbe derer, die oft im Freien schlafen und sich nie waschen. Ihre Gesichter mit den zottigen Bärten zeigten hier und dort Spuren von Säbelhieben. Da hörte sie den Vater schreien. Und er schrie nicht um Hilfe, er schrie nicht nach seiner Tochter, nein, er schrie sein Gebet in den frühen Morgen hinaus.

»Schma jisroel adonai elohenu adonai echad!«, und dann erstarben seine Worte in einem entsetzlichen Gurgeln, als der Räuber ihm mit einem Streich die Kehle durchschnitt.

Da drehte Golda sich um und rannte blindlings drauflos, rannte, wie man in Träumen läuft und läuft und nicht vom Fleck kommt, über Wurzeln stolpernd und an Dornen hängend, behindert durch das elende Nonnengewand, hinfallend und sich wieder aufrappelnd, und da waren sie auch schon bei ihr. Einer der Räuber beugte sich zu ihr herab und riss an ihrem Schleier, der sich löste und ihre blonden Zöpfe freigab, warf ihn mit

Triumphgeschrei ins Gebüsch und saß ab, als die anderen sie schon eingekreist hatten wie die Treiber das Wild.

»Und wen haben wir denn hier, hä? Wolltest uns wohl weglaufen, hübsches Kindchen? Dachtest, du könntest uns entwischen, was? Zu Fuß?«

Die Männer brachen in dröhnendes Gelächter aus. Da ertönte Gebrüll von hinten, dort, wo ihr Vater seinen Tod gefunden hatte und der Mörder, der die Säcke vom Esel geholt und geleert hatte, Jakobs alten, verbeulten Judenhut hochhielt.

»Seht nur, seht, was er gefunden hat!«, brüllte einer der Männer, »Ein Jude, mit einer Nonne, was? Was hat das zu bedeuten? Los, antworte!«

Golda brachte keinen Laut hervor. Seine Faust traf sie aufs Auge, mit der Wucht eines Schmiedehammers. Golda hatte durchaus das eine oder andere Mal in ihrem Leben Prügel bezogen, sogar heftige Prügel, aber ihr war nicht klar gewesen, dass irgendwer derartig zuschlagen konnte. Blut sprudelte von ihrer Braue, sie ging zu Boden. Einer der Schurken zerrte sie am Kleid hoch, seine Hand griff schmerzhaft nach ihren Brüsten. Ein anderer Kerl hielt ihre Arme so fest, dass sie aufschrie, und der erste, ein einäugiger Mensch mit fettigen, schmutzig blonden Haaren, spuckte ihr ins Gesicht.

»Was ist los mit dir? Hat's dir die Sprache verschlagen, he? Was tust du hier mit dem alten Juden zusammen?«

Ihr Kinn hob sich, ihre blutigen Lippen bewegten sich wie von allein, als sie sagte: »Er ist mein Vater. Ihr habt meinen Vater erschlagen. In der Hölle werdet ihr schmoren! Und dich schmutziges Mörderschwein soll der Satan schänden!«

Einen Moment war die Schar stumm vor Verblüffung, dann aber schienen alle gleichzeitig durcheinander zu reden. Der Hüne packte sie mit seiner Riesenhand am Kinn.

»Soso, eine Judenmetze bist du also!« Er wurde rot vor Wut und keuchte: »Wir werden sehen, wer hier wen schändet!«

Er riss mit einem Ruck den Ausschnitt des Gewandes entzwei, dann das Hemd, das sie darunter trug, so dass ihre weißen Brüste zu sehen waren, von der Meute gierig bejubelt. Golda wurde sterbensübel vor Scham und Angst. Der Einäugige griff ihr mit seinen dreckigen Pfoten schmerzhaft zwischen die Schenkel, die sie verzweifelt zusammenzupressen versuchte.

Er klatschte ihr mit der flachen Hand ins Gesicht, so heftig, dass sie abermals zu Boden ging. Die Männer wussten sich vor Heiterkeit kaum noch zu lassen. Einer von ihnen saß ab, sprang auf sie zu und riss sich direkt vor ihr schamlos den prallen Hosenlatz auf. Golda wandte angstvoll die Augen ab, aber der Mann zog ihr den Kopf an den Haaren herum und rief: »Ja, sieh's dir nur an, Jüdin, so was hast du noch nie zu sehen bekommen! Und Weib ist gleich Weib für mich, da ist kein verfluchter Unterschied«, und die Männer grölten dazu.

»Los, worauf wartest du noch? Ich will heute auch noch drankommen, verflucht noch mal!«, brüllte ein vierschrötiger Kerl von hinten und drängte sich durch den Ring der gaffenden Männer, Speichel am Kinn, in den Augen wilde Gier.

Die Welt um Golda begann sich langsam und stetig zu drehen. Sie kniff die Augen zu und begann zu beten. Der Kerl über ihr, keuchend und stöhnend, versuchte, das grässliche, geschwollene Ding mit aller Kraft in ihren jungfräulichen Schoß zu bohren. Ein Schmerz wie Höllenfeuer fuhr ihr durch den Leib. Ein hoher, hoher Ton in ihren Ohren betäubte bald ihre eigenen Schreie, dann jedes andere Geräusch um sie herum. Mit Todesangst spürte sie, dass sie ihre Glieder nicht mehr zu bewegen vermochte.

Das letzte, was Golda bath Jakob sah, bevor ihr die Sinne schwanden, war, hinter der Schulter ihres Peinigers, einer der Männer, der sich Jakobs Judenhut übergestülpt hatte und sich mit der Hand grinsend ein Büschel blutiger Haare an das Kinn hob: Der Rest dessen, was einmal der Bart ihres Vaters Jakob Ben Josua gewesen war.

In der Bürgerstube des Rates von Schlettstadt

»Es gibt doch in jeder Stadt ein paar Juden!«

Der Kaufmann Eberhard Mauler, einer der Ministerialen der freien Reichsstadt Schlettstadt und eines der einflussreichsten Mitglieder der Kaufmannschaft, musterte den hageren Mönch am Tisch gegenüber gelassen und zuckte mit den Schultern.

»Solange man sie gut in Schach hält und dafür sorgt, dass sie mehr nützen als schaden, sehe ich keinen Grund, sie über Gebühr zu bekämpfen. Und hier in unserer Stadt scheinen sie doch gerade bestens gebraucht zu werden, meine ich.« Er runzelte kurz die Stirn und fuhr dann fort: »Ausweisen kann man sie immer noch, aber dazu bedarf es grundsätzlich eines Erlasses des Bischofs. Und solange sie keinen übermäßigen Wucher betreiben …«

Heinrich Institoris hatte die größte Mühe, beherrscht zu bleiben: »Nichts für ungut, aber der Jude an und für sich ist bereits der Schaden, egal wie hoch die Zinsen sind, die er fordern mag. Er ist immer von Übel, und er zieht alles Übel der Welt nach sich.«

»Nun gut, sicher, da sind wir uns einig. Im Grunde will keiner dieses Pack, und kein anständiger Bürger duldet sie in seinem Haus. Aber unsere Stadt hat nicht nur erhebliche Steuereinnahmen von den sechs Judenfamilien, die hier wohnen, wir brauchen sie auch für den Geldhandel«, antwortete Mauler und lehnte sich bequem zurück.

Er griff zu seinem Becher und sprach: »Schlettstadt gehört zur Dekapolis, wie Ihr wisst, und ist als Handelsplatz so gut gestellt wie nie zuvor. Aller Warenverkehr nach dem Norden geht doch hier bei uns durch. Unsere Zolleinnahmen dadurch sind erheblich! Und oft genug kommen ausländische Kaufleute hierher, die mit fremder Währung zahlen, Gold- und Silbermünzen darunter, die kein Mensch je zu Gesicht bekommen hat und von denen keiner genau weiß, wie hoch ihr Wert ist. Ohne die jüdischen Wechsler würde das alles nicht gehen. Außerdem stehen etliche unserer Großhändler langfristig und hochverzinslich in ihrer Schuld. Nach meiner Auffassung und auch der des Rates wäre eine Ausweisung der Juden, gar ein Marktverbot, ein Schritt in die falsche Richtung. Damit schneiden wir uns doch nur ins eigene Fleisch.«

Eberhard Mauler stand auf und wollte dem Mönch Wein nachschenken, aber Heinrich lehnte schroff ab. Seine blassblauen Augen folgten dem Ratsherren, als er antwortete: »Das mag vielleicht Eure Auffassung sein, Meister Mauler. Aber gewiss nicht die meine.«

»Seht, Bruder Heinrich, es sind doch nur so zwischen dreißig oder vierzig Menschen, mit Weibern und Kindern. Sie leben strikt getrennt von den christlichen Bürgern in ihrer Judengasse, und ihre Judenschule wurde auch schon vor einigen Jahren abgerissen. Sie werden noch irgendwo einen kleinen Betsaal haben. Wen interessiert's. So oder so, es ist kaum etwas zu bemerken von ihnen.«

»Ich bin ein Mann Gottes, Meister Mauler, und kein Kaufmann, so wie Ihr. Hat nicht selbst unser Herr Jesus Christus die Wechsler mit einer Geißel aus dem Tempel vertrieben? Rief er nicht, »Schafft das weg von hier! Macht das Haus meines Vaters nicht zu einem Kaufhause!« So steht es jedenfalls geschrieben in der Heilsbotschaft des Johannes. Euer Verlangen nach Wohlstand sollte nicht größer sein als Eure Gottesfurcht!«

»Wer sagt denn, zum Henker, dass es mir nur um meinen persönlichen Wohlstand geht?«

Eberhard fuhr sich wütend mit dem Ärmel über die Stirn. Sie war feucht geworden. Sein langjähriger Freund, der Ratsherr Friedelin Becker, hatte ihn heute Morgen aus gutem Grund gewarnt: Nimm dich in Acht vor diesem Institoris, wenn er dich heute um diese Unterredung ersucht. Es heißt, dass selbst die meisten seiner Brüder ihm lieber aus dem Weg gehen. Sieh dir nur mal seine Augen an. Sie sind scharf und kalt wie die eines Raubvogels.

»Es ist nicht nur mein Reichtum, sondern der unserer Stadt und unserer Gemeinde«, fuhr Mauler mühsam beherrscht fort. »Als Ratsherr habe ich das Wohl aller zu bedenken, bei allem, was ich hier in meinem Amt geschehen lasse. Geht es erst den Schlettstädter Kaufleuten gut, so geht es doch letztlich allen Bürgern gut. Wir bauen Häuser für die Waisen, Spitäler und Witwenheime, und so gute Brunnen wie hier gibt es weit und breit nicht wieder.«

»Es geht mir nicht um Brunnen und Spitäler, Herr Mauler, sondern um das Wohl der Seele«, rief Heinrich Institoris durchaus lauter als nötig. »Das Wohl unserer Seelen, der Seelen jedes christlichen Mannes, Weibes und Kindes. Denn wenn wir dereinst am Jüngsten Tag vor unserem Schöpfer stehen, dann Gnade uns, wenn wir unser irdisches Sein damit vergeudet haben sollten, saubere Brunnen und Aussätzigenhäuser geschaffen zu haben, während wir zuließen, dass es die Juden waren, mit deren Mammon wir sie bauen konnten. Ein Jude ist und bleibt immer ein Jude. Die Männer sind ausnahmslos verlogen, habgierig und tückisch. Man kann ihnen nicht über den Weg trauen.«

Heinrich hatte die letzten Worte so hastig hervorgestoßen, dass er eine Pause einlegen musste, um tief Luft zu holen. Was ging hier vor sich? Er hatte sich die ganze Sache viel einfacher vorgestellt. Ein eindringliches Gesuch bei dem ihm seit Jahren bekannten Ratsherren, eine kurze Debatte des Stadtrates, dann die Abstimmung über eine Resolution. Die Zustimmung des Bischofs von Straßburg wäre danach nur noch eine Formsache gewesen. Eberhard Mauler wusste das, davon war Heinrich überzeugt. Ich bin ein Dummkopf, dachte er. Ich hätte mich gleich an Bischof Rupert wenden sollen. Gerade vor vier Wochen war ich am Bischofshof zu Zabern. Er hätte der Judenaustreibung aus

Schlettstadt, Kolmar und Rufach zugestimmt, ohne Frage. Hier vergeude ich ja doch nur meine Zeit.

»Und wenn es nur die Männer wären!«, fuhr er nach einer Pause fort, »aber die Judenweiber sind von noch viel größerem Übel!«, und eine kurze Vision von ihrer schneeigen Haut, dem Goldhaar und ihrer halb entblößten Brust huschte durch sein Gehirn. »Sie sind sündig, sie sind viehisch verderbt, sie trachten danach, jeden mit ihren trügerischen Reizen zu versuchen. Einem rechtgläubigen christlichen Mann müssen sie ein Gräuel sein, das er meiden sollte wie den Aussatz.«

Eberhard Maulers Mundwinkel zuckten kurz. Es war etwas Wahres dran, an dem, was dieser starrsinnige Eiferer da sagte. Diese Jüdinnen, mit ihren Haaren so schwarz wie Rabenflügel, rot wie Feuerbrand, mit ihren lockenden, schimmernden Augen, diese stolzen, fremdartigen Gestalten, in denen sich die Einflüsse tausendjähriger Wanderung durch die bekannte Welt zu den reizvollsten Kontrasten vermischt hatten, stellten wahrhaftig eine große Versuchung dar.

Er wäre der Letzte gewesen, dies zu leugnen: In Rom war es gewesen, wo Eberhard als junger Bursche drei Lehrjahre beim hochgeehrten Signore Giovanni da Reggio hatte absolvieren dürfen. Die warme Luft über dem Largo di Torre Argentina war erfüllt gewesen von Eulenschreien, vom Duft welkender Rosen, die Grillen hatten so laut gesungen, dass man meinte, die Erde keuchen zu hören. Hatte er nicht zusammen mit den anderen Gesellen diese denkwürdige Nacht genießen dürfen, bei diesem Weib, einer Bathseba, einer Schulamith, schön wie die Sünde selbst, deren saftiger Schoß den unerfahrenen Fünfzehnjährigen bald um den Verstand gebracht hatte? Bei Gott, dieses Erlebnis jagte ihm Wonneschauer über den Rücken, wann immer er sich daran erinnerte. Es gelang ihm nur mit Mühe, sich wieder auf Heinrich Institoris zu konzentrieren.

»Wenn einer den Herrn Jesus Christus nicht liebt, so soll er verflucht sein, heißt es! Schon Johannes Chrysostomos predigte, die Juden leben für ihre Bäuche, sie streben nach den Gütern dieser Welt. In Schamlosigkeit und Gier übertreffen sie noch die Schweine und Ziegen, so sagte er. Sie sind von Dämonen besessen, sie sind unreinen Geistern überantwortet. Anstatt sie zu begrüßen und auch nur mit einem Wort anzusprechen, solltet ihr euch von ihnen abwenden wie von der Pest und einer Geißel der Menschheit!«

Der Ratsherr erhob sich ächzend aus seinem Lehnstuhl. Im Stehen schüttete er rasch seinen Becher Wein hinunter.

»Verzeiht, Bruder Heinrich, aber meine Zeit ist gemessen und heute erwartet mich noch viel Arbeit. Ich muss gleich eine ganze Abordnung böhmischer und ungarischer Händler empfangen, zwei oder drei Dutzend Leute. Wolle Gott, dass sie halbwegs unsere Sprache verstehen. Seid versichert, dass ich Euer Anliegen zu gegebener Zeit dem Stadtrat vortragen werde. Es liegt schließlich nicht allein in meiner Hand. Ihr versteht. Und, wie ich bereits sagte, eine Judenaustreibung kann nur vom Bischof von Straßburg beschlossen werden. Weder ich noch Ihr könnt in dieser Sache entscheiden.«

Er drehte sich um und verließ grußlos die Stube. Heinrich Institoris war entlassen. Er starrte in ohnmächtiger Wut auf die Tür, die sich hinter dem Ratsherrn schloss. Er würde einen anderen Weg beschreiten müssen. Den der heiligen Inquisition.

TEIL 2

Im Kloster Sub Tilia zu Kolmar, im Dezember 1471

Als die Fremde aufwachte, sah sie eine Mauer, kaum ein paar Handbreit von ihrem Kopf entfernt. Sie schloss sofort wieder die Augen, weil das Tageslicht ihr unerträglich wehtat. Alles tat ihr weh, ihr Körper schien an jeder nur denkbaren Stelle zu schmerzen. Es kostete sie große Mühe, die Augen offen zu halten, und noch mehr, den Kopf ein wenig zu wenden. Als sie das getan hatte, brauchte sie wieder geraume Zeit, bis sie den Mut fand, sie erneut zu öffnen. Das zweite, was sie sah, war ein Mädchen in der strengen Tracht der Dominikanerinnen. Es saß auf einem Schemel am Fuße ihres Bettes und wirkte mit einer verwirrenden Menge von hölzernen Nadeln an einem feinen Strumpf. Der große Wollknäuel zu ihren Füßen drehte sich dabei. Eine Weile sah die Fremde staunend zu und wünschte, sie könnte so etwas auch. Dann aber begann sie sich zu fragen, warum eine fremde Klosterfrau bei ihrem Bett saß.

Nach einer Weile schienen ihre Schmerzen noch zuzunehmen. Und sie verspürte heftigen Durst. Sie machte einen verzweifelten Versuch zu sprechen, aber ihre Zunge weigerte sich, ihr zu gehorchen, nicht einmal ihre Lippen wollten sich öffnen. Mit Mühe entrang sich ihrer Kehle schließlich ein dumpfes, halberstickes Stöhnen. Das Mädchen auf dem Schemel erschrak so sehr, dass es den Strickstrumpf fallen ließ. Dann glitt ein Lächeln über sein Gesicht und es schlug das Kreuz über seiner Brust und murmelte: »Gelobt sei Jesus Christus!«

Das Mädchen trat an das Bett heran und legte seine kühle Hand auf die Stirn der Fremden.

»Und kein Fieber mehr! Es ist ein Wunder geschehen. Ich hole rasch die Mutter Priorin.«

Das Mädchen verschwand fast lautlos. Die Fremde begann mühsam, den Kopf zur anderen Seite zu drehen und erblickte in der kleinen Stube noch weitere Betten, alle unbenutzt.

Da traten auch schon die beiden Frauen ein. Eine kleine, ein wenig füllige Frau von wohl fünfzig Jahren mit einem runden, blassen Gesicht und gütigen grauen Augen. Dicht hinter ihr folgte das Mädchen. Auch die Ältere bekreuzigte sich und sagte erleichtert: »Gelobt sei Jesus Christus! Gelobt sei unser Herr, unser gütiger und allmächtiger Gott, der unsere Gebete erhört hat. Du bist sogar schon ohne Fieber, sagte mir Schwester Anna.«

Die Hand, die kurz ihre Stirn berührte, war warm wie frisch gebackenes Brot.

»Wirklich, kein Fieber mehr. Gottes Segen, mein liebes Kind!«

Die Fremde schluckte. Es tat so weh, dass ihr Tränen in die Augen traten.

Sie wollte sprechen, aber es schien ihr die Stimme verschlagen zu haben. Die Frau, die das Mädchen die Mutter Priorin genannt hatte, legte ihr beruhigend die Hand auf die Schulter.

»Nein, nicht sprechen. Sprich nicht, solange der Herr dir noch nicht die Kraft dazu gegeben hat. Aber du wirst durstig sein, nicht wahr? Rasch, Schwester Anna, geh und hole mir einen Krug Wasser. Aber nicht aus dem Fluss, sondern vom Brunnen.«

Die Frau löste einen ledernen Beutel, den sie am Gürtel trug, und entnahm ihm eine winzige Phiole mit einer dunklen Flüssigkeit. Sie stellte sie auf den Schemel und wandte ungeduldig den Kopf nach der Tür. Aber da trat auch schon Schwester Anna mit einem Geschirr in der Hand ein, auf dem ein Tonkrug, ein Becher, Löffel und leinene Tücher lagen und stellte alles auf dem Schemel ab.

»So doch nicht, Kind«, sagte die Priorin tadelnd, aber freundlich, »nimm es wieder hoch. Wir stellen den Schemel erst neben das Bett. So.«

Sie füllte den Becher mit Wasser, nahm den Löffel, tunkte ihn in den Krug und strich damit über die Lippen der Fremden. Erleichtert leckte sie die kühle Feuchtigkeit auf, und die Priorin strich ihr ein ums andere Mal mit dem Löffel Wasser auf die rissigen Lippen.

»Glaubst du, dass du trinken kannst, wenn man dich stützt? Wir werden es versuchen müssen.«

Das Mädchen trat heran und fasste mit geübtem Griff ihre Schultern, wobei ihr Kopf leicht gestützt wurde, während die Priorin versuchte, ihr Wasser aus dem Becher einzuflößen. Ein Teil floss auf das Betttuch, aber mit dem Schlucken ging es ein wenig besser. Mit dem kalten Wasser schien ein wenig Leben zurück in ihren Körper zu strömen. Erschöpft sank die Fremde auf das Kissen zurück und schloss die Augen.

»Morgen wird es schon besser gehen«, sagte die Priorin. Dann wurde ihr Kopf wieder angehoben, der Becher erneut an ihre Lippen gesetzt. Das Wasser hatte einen bitteren Geschmack.

»Keine Sorge. Das ist ein bewährtes Schmerz- und Schlafmittel. Du wirst wunderbar schlafen. Ruhe ist jetzt das beste Heilmittel für dich. Und alles Weitere liegt in der Hand unseres gnädigen Herren. Schwester Anna wird hier bei dir bleiben und gut über dich wachen.«

Das letzte, was die Fremde sah, als sie langsam in den schmerzlosen Dämmer hinüberglitt, war der sich drehende Wollknäuel.

»Sie weiß nicht, wer und wo sie ist, noch, wie sie heißt, ehrwürdige Mutter Elisabeth.«

Fragend sah die junge Anna von Sessenheim zur Älteren empor. Die Priorin schenkte der schlafenden Fremden einen nachdenklichen Blick.

»Ja, so etwas kann es geben. Die Ärzte nennen es *amnesia*, es soll schon im Altertum beschrieben worden sein. Der Herr breitet in seiner Güte einen Schleier des Vergessens über das Böse, was der Kranke erlitten hat. Ein wahrer Segen also, wenn man es so betrachtet.«

Sie setzte sich an die Seite der Fremden und nahm ihre Hand. Die Fremde drehte ihr blasses Gesicht in das Kissen.

»Nun, aber ab heute weißt du wenigstens wieder, wo du bist. Du bist im Kloster Sub Tilia der Dominikanerinnen zu Kolmar. Du bist vor einiger Zeit bei Breisach am Rhein unter die Räuber gefallen und durch Gottes Fügung in unser Spital gebracht worden. Wir alle haben für deine Heilung und dein Seelenheil gebetet. Und der Herr hat unser Flehen erhört.«

Die Fremde schluckte. Unter die Räuber gefallen? Sie? Bei Breisach? Wie war sie dort hingekommen? Was hatte sie dort gewollt? Es fiel ihr nicht ein, so sehr sie sich auch besinnen mochte. Als sie die Augen schloss, quollen die Tränen unter den Lidern hervor. Sie drehte den Kopf zur Wand und schluchzte laut auf.

»Aber nicht doch, liebes Kind! Noch ist nicht aller Tage Abend. Dein Gedächtnis, das dich verlassen hat, es wird schon noch wiederkommen. Eines Tages wirst du dich wieder erinnern können. Wenn das aber nicht der Fall sein sollte, solltest du deinem Schöpfer danken, dass er dir dein Leid in seiner Weisheit erspart hat. Unser Herr Jesus Christus liebt dich und spendet dir Trost. Hat er nicht gesagt, kommet alle zu mir, die ihr mühselig und beladen seid, ich will euch erquicken? Vertraue auf Gott, mein Kind. Und bis zu deiner Genesung, vertraue auf die Schwestern hier.«

Die Priorin nickte ihr noch einmal aufmunternd zu und verließ die Krankenstube. Die Nonne, die Schwester Anna hieß, nahm den Platz auf der Bettkante ein.

»So, nun weine nicht länger. Du bist knapp dem Tod entronnen und dafür solltest du dankbar sein. Du bist bei deinen Schwestern in den besten Händen. Und bis du wieder in dein altes Kloster zurückkannst, wirst du bei uns bleiben, und wir werden dich ebenso sehr lieben wie eine von uns.«

»Ich war im Kloster?«, fragte die Fremde heiser.

»Aber natürlich!«, antwortete Schwester Anna mit einem Lächeln. »Die ehrwürdige Mutter Priorin hat bereits Erkundigungen begonnen, in welchem Haus wohl eine Schwester vermisst wird. Du kommst wohl von weit her?«

Die Fremde zog unbehaglich die Schultern hoch und antwortete: »Ich weiß es nicht.«

Schwester Anna nahm wieder auf ihrem Schemel Platz und griff zum Strickzeug. Und während die Nadeln in ihren Händen lustig zu klappern begannen, nahm die Fremde allen Mut zusammen und fragte: »Ist das wirklich wahr? Ich bin unter die Räuber gefallen?«

Schwester Anna ließ das Strickzeug sinken und seufzte.

»Ja, das ist wahr. Kaufleute, die von Freiburg kamen, haben dich auf dem Weg gefunden, kalt und die Kleider ganz zerrissen. Und im Blute badend, Gott behüte! Sie dachten zuerst, du seiest tot. Man hat dich gleich nach Gemar geschafft, und weil sie keinen Platz für dich hatten, im Spital oder sonst wo, hat man dich zu uns nach Kolmar gebracht. Auf dem Fluss, in einem Kahn. Dass du das überlebt hast, geschunden, wie du warst! Man hätte dich gar nicht so weit transportieren dürfen, wie sie es in ihrem Unverstand getan haben. Du hattest ein Bein gebrochen, die Schulter war ausgerenkt und am ganzen Leib blutende Wunden wie der Heilige Sebastian. Und ein Zahn war lose, den hat Schwester Innozenzia dir herausgebrochen, als du noch tief schliefst. Nun, aber dein Leben ist dir gerade noch geblieben. Dort allein im Wald wärest du sicher zugrunde gegangen.«

Die Fremde suchte mit der Zungenspitze nach der Zahnlücke, richtig, dort unten seitlich im Kiefer, da war sie.

Die Mutter Priorin hatte in ihrer klaren Schrift mit allen zweiten und dritten Orden des *Ordo praedicatorum* korrespondiert. Von den Äbtissinnen aus Heilig Kreuz zu Regensburg und dem Sankt Magdalenen Konvent in Speyer war auch nach einigen Wochen noch keine Antwort eingetroffen.

Lediglich von Heilig Grab zu Bamberg und der Zoffinger Klausur zu Konstanz hatte es bisher Antwort gegeben, aber keine ermutigende. Nirgendwo wurde eine Schwester vermisst. Dann traf eine Nachricht vom Kloster Sankt Ursula zu Augsburg ein. Die Äbtissin Klara schrieb, in der Tat wurde dort ein Mädchen vermisst, das angeblich über Nacht spurlos verschwunden sein sollte. Allerdings war die Schwester älter gewesen, als die Fremde sein musste. Um nichts unversucht zu lassen, fragte die Mutter Priorin dennoch, ob sie sich vielleicht an die Schwestern des Dominikanerinnenhauses zu Augsburg erinnere, oder an die gnädige Mutter Äbtissin namens Klara. Die Fremde hatte diesen Namen eine Weile vor sich hingemurmelt, die Stirn in Falten gelegt, und dann gesagt, ja, Klara, der Name sei ihr von irgendwoher vertraut, nur wisse sie nicht mehr, wer so geheißen habe.

Die fremde Dominikanerin blieb vorerst so namenlos wie sie gekommen war. Etwas Unheimliches lag über diesem seltsamen Wesen, das niemand vermisste und das in dieser Welt gänzlich verloren zu sein schien. Indessen, Mutter Elisabeth glaubte nicht daran, dass der Herr seine Kinder verlässt, und dieses Menschenkind war gewiss nicht von Gott aufgegeben. Im Gegenteil, er hatte es in den Schoß des Klosters Unter den Linden gebracht, und das konnte kein Zufall sein. Wer immer das Mädchen war. Stark und tapfer war sie. Nach drei Wochen hatte die Fremde das Krankenlager schon für einige Stunden verlassen.

Trotz großer Schmerzen übte sie sich im Gehen, zunächst von Anna und einer weiteren Schwester links und rechts gestützt, dann mehr und mehr mit Hilfe zweier starker, hölzerner Krücken. Bei ihrem ersten Gehversuch war die Genesende noch vor

Schmerzen in Ohnmacht gefallen. Aber sie ließ sich selbst davon nicht abhalten. Jetzt, da das Frühjahr kam, hinkte die Fremde nur noch leicht, hatte kaum Schmerzen und auch ordentlich an Gewicht zugenommen. Nur ihr Gedächtnis war bisher nicht zurückgekehrt. Die Priorin ahnte, wie sehr die Fremde darunter litt und hatte ihr Demut und Geduld empfohlen, denn wenn es der Ratschluss des Herrn sein sollte, ihre Erinnerung zu verdunkeln, dann sollte sie besser lernen, sich in das Unvermeidliche zu fügen.

Müßiggang war der Feind der Seele, und so, wie sich die Hände der Schwestern ständig rührten, wenn sie weder sangen noch beteten, weder schliefen noch aßen, so regten sich nach und nach auch die Hände der Fremden. Die Zeit schien von Tag zu Tag bedeutungsloser zu werden, bis sie im immer gleichen Rhythmus der hundertfünfzig Psalmen, die jeden Tag aus dutzenden Kehlen zum Lobe Gottes erklangen, stillzustehen schien.

Die Fremde erhob sich schon früh zusammen mit den anderen Mägden, bis auf die paar Standhaften hinter den Klostermauern, die den Herrn schon mit der Matutin mitten in der dunklen Nacht priesen, und bis zu den Andachten ging die Zeit in Garten und Küche wie im Flug vorbei. Nach Nona wurde von den meisten ein schlichtes Mahl, bestehend aus Milch, Obst oder Brei, genommen, Stunden später versammelten sich sämtliche Schwestern im großen Refektorium zu einer reichhaltigen Vespermahlzeit mit vielerlei Fleisch und Fischen. Zahlreiche Gaben aus dem Garten kamen auf den Tisch, während die Schwestern schweigend aßen und Bier und dünnen Wein dazu tranken und die Tischleserin, jeden Tag eine andere, mit monotoner Stimme dazu vortrug.

Die Fremde, die man inzwischen Gertrud nannte, da es nun einmal nicht statthaft war, eine Klosterfrau ohne Namen anzureden, schien sich nach und nach in ihr trauriges Schicksal ergeben zu haben. Die fünfundsechzig Schwestern, allen voran die Mutter

Priorin selbst, hatten sie in stillem Einvernehmen als Magd und Laienschwester in ihren Kreis aufgenommen. Bald war Schwester Gertrud in ihrer fügsamen und bienenfleißigen Art allseits beliebt. Sie schien weit weniger mit dem Laster aller Frauen, der Schwatzhaftigkeit, behaftet zu sein. Auch verstand sie sich auf Gartenarbeit und den Umgang mit Kräutern und Gemüsen, sie konnte hervorragenden Käse aus Kuh- und Ziegenmilch bereiten, feine Stickereien anfertigen und ausgezeichnet spinnen. Auf ihren eigenen Wunsch brachte ihr Schwester Anna von Sessenheim, mit der sie sich vom ersten Tag an verbunden fühlte, auch das Gewirke mit den fünf Nadeln bei, was sie schnell erlernte und für ganze Tage kaum davon lassen mochte.

Mutter Elisabeth, einst eine geborene Kempf, war eine überaus gebildete Frau, die sehr auf die große Bibliothek des Klosters Sub Tilia und die Arbeit der Kopistinnen und Übersetzerinnen hielt. Sie selbst beschäftigte sich seit geraumer Zeit mit der Übersetzung des klösterlichen Schwesternbuches ins Deutsche, das vor Jahren von Schwester Katharina von Gebersweiler in lateinischer Sprache verfasst worden war. Sie massierte gerade die verkrampften Finger, als Schwester Gertrud mit einem großen Krug eintrat und begann, reihum die Becher der Schreiberinnen mit frischem Wasser zu füllen. Als Gertrud beim Pult der Priorin angelangt war, stellte sie den Krug auf dem Boden ab und trat näher an das Pult heran, auf dem das Schwesternbuch und das straff aufgespannte, halb beschriebene Pergament mit der übersetzten Arbeit der Priorin lag. Schwester Gertrud blickte einen Moment unschlüssig auf die Schreibarbeit der Priorin und dann sah Mutter Elisabeth zu ihrem Erstaunen, wie die Schwester lesend die Lippen bewegte: »*Etliche die kestgeten sich mit vil niederknvwende erbietende mit sölicher übung vnd anbettende die mayestat des harren. Etlich woren so zerflossen von dem fvr göttlicher liebi, da si sich von dem weinen Not mochten enthalten me. Die Sonnentag vnd die hochzitlichen tag verzerten sie mit empzigen übung der andacht.«*

Die Priorin hob die Brauen und fragte leise: »Du kannst ja lesen, Schwester Gertrud? Sogar recht flüssig, wie es scheint. Nun, das ist eine Neuigkeit! Hast du es eben erst herausgefunden?«

Schwester Gertrud runzelte die Stirn. Sie erbleichte ein wenig und sagte: »Es ist so, wie alles andere, was ich kann, ehrwürdige Mutter, ich denke nicht mehr darüber nach. Ich habe es versucht, immer wieder, aber es fällt mir einfach nicht ein.«

»Nun, kannst du am Ende vielleicht auch Latein lesen? Versuch es ruhig einmal!«

Sie schlug das Schwesternbuch auf und ließ Schwester Gertrud hineinblicken.

»*Vitae primarum Sororum de Subtilia in Columbaria*«, las das Mädchen, ohne zu stocken.

Die Nonnen fuhren zusammen, als Mutter Elisabeth vor Freude in die Hände klatschte.

»Seht und hört, liebe Schwestern, was Schwester Gertrud kann! Sie kann lesen, und sogar auf Latein. Vielleicht stammt sie aus einem edlen Elternhause, wer weiß? Eine so gute Ausbildung, so jung, wie sie ist?« Gertrud wurde rot bis unter den Schleier.

»Nun, die Bescheidenheit ist eine Zier und Tugend, aber in diesem Fall, Schwester Gertrud, hast du keinen Grund dazu. Und wer so gut lesen kann, kann sicher auch schreiben.«

Die Priorin tunkte die Gänsefeder in das Tintenfass und rückte ein Stückchen Pergament heran.

»Nun, zeig einmal, was du kannst … hier, schreib es auf: *Vitae primarum Sororum …*«

Schwester Gertrud schrieb. Sie schrieb unbeholfen und mit immer noch steifem Handgelenk, aber sie schrieb. Mutter Elisabeth nickte zufrieden.

»Sehr gut. Von heute an übst du dich täglich ein oder zwei

Stündchen im Schreiben. Wollen doch mal sehen, ob du uns nicht im Skriptorium nützlicher sein kannst als im Kräutergarten.«

Gertrud senkte den Kopf und schwieg. Von der seltsamen Beklemmung in den Klostermauern, die sie seit einiger Zeit jeden Tag heftiger empfand, spürte sie noch am wenigsten, wenn sie sich draußen im Freien aufhielt. Sie hatte sich auch zur Gewohnheit gemacht, jeden Tag für eine Weile den Kreuzgang zu umrunden, wo das Sonnenlicht durch die geschwungenen, spitzen Bögen und die schlanken Säulen fiel und das Lärmen der Spatzen erscholl, die den Hof bevölkerten. Bei dem Gedanken, immer nur hier im düstereren Schreibsaal eingesperrt zu sein, war ihr gar nicht wohl. Die Klostermauern wurden ihr in letzter Zeit mit jedem Tag mehr zum Gefängnis, ohne, dass sie wusste, warum.

Im Frühling

Zur Vesperstunde an einem der ersten warmen Tage brach Schwester Gertrud das Weizenbrot neben ihrem Teller und nahm hungrig von dem mit schmackhaften Kräutern gefüllten Salm. Sie trank einen Schluck mit Wasser vermischten Weines, als sie plötzlich die Worte der Vorleserin aufschreckten. Was hatte sie da gesagt? Schwester Gertrud zwang ihr Gedächtnis, das eben gehörte wieder abzuspulen: »So brach Israel auf mit allem, was ihm gehörte. Er kam nach Be'er Sheva und brachte dem Gott seines Vaters Isaak Opfer dar. Gott sprach zu Israel in den Träumen: Jakob! Jakob! Er erwiderte: Hier bin ich! Dann fuhr er fort: Ich bin der Gott, der Gott deines Vaters. Hab keine Furcht, nach Ägypten zu ziehen, denn zu einem großen Volke werde ich dich dort machen!«

Von gegenüber beobachtete Schwester Anna sie unruhig. Was war nur mit dieser seltsamen Gestalt, die da drüben mit aufgerissenen Augen vor sich hinstarrte? Und plötzlich sah sie Schwester

Gertrud bleich werden. Sie fuhr hoch von ihrer Bank und zitterte und keuchte.

»Vater! Mein Vater!«, schrie Gertrud. Dann brach sie zusammen und fiel polternd, Kopf und Schultern voran, nach vorn auf die Tafel.

Ihre Tischnachbarin, Schwester Barbara von Heilbronn, ein einfältiges Mädchen, das schon seit seinem vierten Lebensjahr im Kloster Sub Tilia lebte, starrte sie mit großen Augen an und rief: »Seht! Seht nur, Schwestern! Sie hatte eine Vision! Sie sieht Unsere Liebe Frau! Sie kann unseren Herrn und Heiland sehen!«

»Scht, sei still, du törichtes Ding! Verlasse das Refektorium, aber sofort!«

Priorin Elisabeth war herbeigeeilt und stand beherrscht, aber hochroten Gesichts vor dem Geschehen. Die kleine Barbara sah sie aus ihren blauen Augen an und zwinkerte vor Schreck.

»Hast du nicht gehört, was ich gesagt habe, Schwester? Ich muss dich doch nicht etwa an deine Pflicht zum Gehorsam gegenüber deiner Priorin erinnern, oder?«

Aufschluchzend rannte das Mädchen zur Tür hinaus.

»Schwester Edelgard, Schwester Griseldis und Schwester Anna, helft der Schwester auf und tragt sie in ihre Zelle. Legt ihr die Beine hoch und einen kalten Lappen auf die Stirn. Nun, was starrt ihr noch? Los, beeilt euch!«

Die Schwestern waren aufgesprungen und umstanden aufgeregt schwatzend das Geschehen. Die Priorin beobachtete, wie die Ohnmächtige hinausgetragen wurde und rief entschieden: »Ruhe, liebe Schwestern, bewahrt Ruhe, ich bitte euch! Es ist vorbei. Schwester Gertrud leidet unter Erschöpfung, das ist alles. Wir kümmern uns gut um sie, habt keine Furcht. Bitte fahrt mit eurem Mahl fort. Es gibt keinen Grund zur Aufregung oder gar zu Besorgnis. Schwester Innozenzia, bitte, lies weiter!«

Die Vorleserin blickte erschrocken auf die Priorin. Sie suchte eiligst die Stelle, an der sie aufgehört hatte. Bald hallten ihre

Worte wieder monoton durch das Refektorium. Die Priorin blickte stumm auf die gebeugten Gestalten um die gewaltige eichene Tafel und seufzte kaum hörbar auf.

»Sie ist wieder bei uns, ehrwürdige Mutter Priorin!«

Schwester Anna trat mit bleichem Gesicht vom Lager der Kranken zurück, um Mutter Elisabeth herantreten zu lassen. Sie öffnete das Fenster der Zelle, und der zarte Honigduft der blühenden Linden, die dem Haus seinen Namen gegeben hatten, drang in die kleine Kammer.

»Gelobt sei unser Herr Jesus Christus! Wie geht es dir, liebe Schwester?«

Die aus der Ohnmacht Erwachte war bleich wie das Laken, auf dem sie lag. Ihre Lippen bebten. Sie schluckte mit einiger Mühe und flüsterte dann kaum vernehmbar: »Gut. Es geht mir recht gut, Mutter Elisabeth.«

»Du warst heute zu viel im Garten, fast von Sonnenaufgang bis Nona ... du solltest jetzt ruhen, liebes Kind. Möglicherweise hast du einen Sonnenstich bekommen. Hast du Fieber? Oder Schmerzen? Kopfschmerzen?«

»Nein, ehrwürdige Mutter. Aber ich fühle mich matt, und ich bin müde, entsetzlich müde.«

Die Priorin drehte sich um zu Schwester Anna und befahl: »Gehe zu deinen Schwestern ins Refektorium zurück und beende deine Mahlzeit.«

Es sah beinahe so aus, als würde Schwester Anna sich weigern, dem Befehl der Priorin Folge zu leisten, aber dann beugte sie anmutig den Oberkörper und verschwand. Mutter Elisabeth zog Gertruds wollene Decke bis zu ihren Schultern hoch und nickte zufrieden.

»Schlaf wohl, liebes Kind. Wir werden sehen, wie es dir morgen geht«, sprach sie, schlug das Kreuz über ihr und schloss die Kammertür hinter sich. Erleichtert eilte die Priorin den Gang hinunter. Das, was dort eben geschehen war, würde bald vergessen sein. Visionen hatte eine Klosterfrau besser nicht mehr zu haben. Die heilige Katherina von Siena hatte dem Orden durch ihre Visionen von ihren wunderbaren Begegnungen mit dem Erlöser großen Ruhm gebracht, aber das waren andere Zeiten gewesen. Und bessere. Wurde dieser Tage ruchbar, dass in Frauenklöstern die strahlend lichte Gestalt der Muttergottes erschienen war, oder dass eine Nonne gehört haben wollte, wie Jesus Christus zu ihr sprach, mit leiser Stimme und sanften Worten, oder eine Schwester auf ihrem Klosterbett, auf dem bei so mancher zur ständigen Kasteiung und Übung außerordentlicher Demut ein Stein anstelle eines Kopfkissens lag, des Nachts erwacht war von einem süßen Duft nach Weihrauch und Honig und gesehen hatte, wie zwei Engel mit goldenen Flügeln über ihrem Lager schwebten und sie mit himmlisch schönem Gesang erfreuten – drang so etwas über die Klostermauern hinaus, dann konnte es durchaus sein, dass diese Fälle geprüft wurden. Welches Kloster rühmte sich nicht gern einer Schwester, die in dem Ruf der Heiligkeit stand? Aber solche Vorkommnisse in den Frauenklöstern waren in den letzten Jahrzehnten mehr und mehr in die Aufmerksamkeit der Inquisitoren geraten, und wo man früher mystische Visionen vermutete, entstand heute nur allzu leicht der Ruch der Hexerei. Die Priorin würde schon dafür sorgen, dass solcherlei Gerüchte gar nicht erst aufkamen.

Die Fremde lag auf ihrem Lager und blickte starr an die Decke. War sie wahnsinnig geworden? Ihr Geist verwirrt? Sie war einmal selbst an einem Narrenhaus vorbeigekommen, das wusste sie, aus dem tierische Laute zu hören gewesen waren, die aber von menschlichen Wesen hervorgebracht worden waren, und das war das eigentlich Entsetzliche.

Sie löste die schweren Glieder und spürte, wie sehr sie fror. Sie war dort gewesen, mit ihrem Vater, und ihr Vater hatte Jakob geheißen. Wie hatte sie das nur je vergessen können? Wie war das möglich? Sie hatte den eigenen Vater vergessen. Ihren Vater, der Jakob hieß, so wie der Mann in der Geschichte aus der Bibel. Die Fremde hob den Kopf von dem flachen Polster, das ihr als Kissen diente, und erstarrte. Aber hatte ihr Vater, der Jakob hieß, jemals aus der Bibel vorgelesen?

Und jetzt fiel es ihr wieder ein, als wäre es gestern gewesen. Er war sehr zornig geworden, als er erfuhr, dass die Tochter das Lesen erlernt hatte, dazu noch mit der Heiligen Schrift, aber bald fand er doch, es könnte nicht schaden, und wann immer sie den Satz gelesen hatte, »G'tt sprach zu Israel in den Träumen: Jakob! Jakob!«, hatte der Vater im Scherz geantwortet »Hier bin ich!«, und er hatte gelacht dazu. Es war nicht die Bibel gewesen, sondern eine Abschrift der ersten fünf Bücher Mose. Der Vater hatte in der Mischna und der Gemara gelesen. Im Talmud. Und nicht in der Bibel. Gertrud brach der Schweiß aus allen Poren. Ihr Vater, der Jakob hieß, war kein Christ gewesen. Er war Jude. Und sein Name lautete Jakob ben Josua.

Und es war ihr mit einem Mal, als ergösse sich eine Flut von Erinnerungen über sie und spülte alles fort, was in den letzten Monaten ihr Leben ausgemacht hatte. Ihr Vater, Jakob ben Josua … wo war er geblieben? Sie fuhr von ihrem Lager auf: Plötzlich wusste sie es ganz sicher: Er war tot. Er war erschlagen worden, erstochen, dort am Ufer des Rheins, und sie war dabei gewesen und hatte es gesehen.

Da kamen sie wieder hervor, mit grausamer Macht, die Bilder, die so lange im Dunkel geruht hatten. Wie der Räuber dem betenden Vater die Kehle durchgeschnitten hatte, sein Blut über den Mantel spritzte, und wie er zu Boden gefallen war wie ein Haufen Lumpen. Und dort musste auch sein Leichnam geblieben sein, ohne ein anständiges Begräbnis, ein Fraß für Raben und Füchse.

Die Fremde schob den Kopf tief unter das wollene Tuch, das in der kalten Zelle noch von einer Decke aus Schaffell bedeckt war, und öffnete jäh die Augen: »Goldele! Golda heiße ich! Und nicht Gertrud! Golda bath Jakob, die Tochter des Jakob ben Josua. Und ich bin Jüdin!«, flüsterte sie heiser vor sich hin. Golda schlug die Hände vor das Gesicht und schluchzte einige Male heftig und trocken. Schließlich entrang sich ein winselndes Heulen ihrer Kehle, wie von einem frierenden Hündchen in einer Winternacht, das seine hartherzigen Herren vor die Tür geworfen hatten. Golda fiel zitternd auf ihr Lager zurück. Sie war am Rhein gewesen, mit ihrem Vater, den man erschlagen hatte, aber woher waren sie damals gekommen? Sie ließ in ihrem Gedächtnis Bilder an sich vorüberziehen, Bilder von Menschen, von Häusern, von Gassen, die sie zwar zu kennen schien, aber die keinen Sinn ergaben.

Oh Adonai, Bewahrer und Zerstörer, Lenker der Welt, warum hast du mich verlassen, dachte sie verzweifelt. Warum hast du mich nicht getötet? Zur Waise hast du mich gemacht und dazu noch zu den Ungläubigen in ein christliches Kloster geworfen. Wo sind die Blitze, die du schleudern kannst? Warum hast du mich nicht in Flammen aufgehen lassen für all die Sünden? Ich habe wohl tausendmal gesündigt, dich tausendmal verleugnet, wo warst du da? Und wo bist du jetzt?

»Wo bist du? Wo bist du?«, flüsterte Golda heiser. »Selbst die Tränen hast du mir genommen, Adonai, damit ich weine ohne Erleichterung. Du hast mich verstoßen. Warum? Den Vater hast du erschlagen lassen von schmutzigen Gojim und die Tochter verwaisen? Wie viele Opfer verlangst du noch von deinem Volk?«

Sie musste fliehen, und zwar auf der Stelle! Sie ließ sich mutlos zurück auf das Bett fallen. Bei Nacht war es vollständig unmöglich, aus diesem Kloster zu entkommen, mit seinen verriegelten Toren und den mannshohen Mauern. Und eine Klosterfrau, die sich ganz allein in der Stadt bewegte, so etwas gab es ohnehin nicht unter den Christen, so viel hatte sie inzwischen gelernt. Nein, es musste einen anderen Weg geben.

Seid klug wie die Schlangen und arglos wie die Tauben, hatte die Mutter Priorin neulich einen heiligen Mann zitiert, den Heiligen Franziskus, so hatte sie ihn genannt. Sie durfte sich unter keinen Umständen verdächtig machen, denn so barmherzig und liebreich, wie die Schwestern der Dominikanerinnen im Kloster Sub Tilia zu Kolmar sich ihr gegenüber gezeigt hatten, so unbarmherzig würden sie sein, wenn sie erst Wind davon bekamen, in Wahrheit eine Jüdin beherbergt zu haben. Nein, sie würde anders vorgehen müssen, auch wenn sie noch nicht wusste, wie.

Nachdem Golda Stunde um Stunde gehadert hatte, wie Hiob wohl mit dem Beherrscher der Welt gehadert hätte, wäre er nicht so unerschütterlich in seinem Glauben gewesen, fiel sie erst gegen Morgen in einen erschöpften Schlaf.

Golda war während der letzten zehn Tage still und blass geworden. Sie verbrachte ihre Tage im Kloster Unter Den Linden so unauffällig wie möglich, den hallenden Gesängen der Nonnen lauschend, bei der Arbeit im Skriptorium, wo sie mit den Kopien langatmiger Schriften, deren Sinn sie nicht erfasste, beschäftigt war, bis sich die Finger verkrampften und der Rücken schmerzte.

Ihr Widerwille gegen diese Tätigkeit war mit jedem Tag mehr gewachsen, seit sie kürzlich mit der Mutter Oberin deswegen aneinandergeraten war. Es war schon kurz vor der Vesper gewesen. Nach den vielen Stunden Schreibarbeit waren ihre Fingerspitzen mit schwarzen Tintenflecken übersät. Sie betrachtete gerade mit Widerwillen das Manuskript, eine Schrift aus dem Johannesevangelium, die ihr zum Kopieren gegeben war: »Ihr habt den Teufel zum Vater, und nach eures Vaters Gelüsten wollt ihr tun. Der ist ein Mörder von Anfang an und steht nicht in der Wahrheit.«

Golda kopierte stets nur sorgfältig Wort um Wort und kümmerte sich mitnichten um den Sinn dieser christlichen Weisheiten. Diesmal las sie die Handschrift von Beginn an und erbleichte. So etwas stand in der Heiligen Schrift der Christen über die Juden? Mörder sollten sie sein, von Anfang an, und den Teufel zum Vater haben?

Sie war hochgeschreckt, denn Mutter Elisabeth war unbemerkt an ihr Pult getreten und fragte mit leiser Stimme: »Was ist, Gertrud? Ist dir nicht wohl? Hast du eine Frage zu deiner Arbeit?«

Golda hatte geschwiegen. Nein, es ist mir nicht wohl, wenn ich solche kläglichen Hetzereien lesen muss, lag es ihr auf der Zunge.

Sie schluckte es tapfer hinunter und wies auf die eben kopierte Zeile und fragte fast flüsternd: »Ehrwürdige Mutter, warum spricht der Heilige Petrus an dieser Stelle so schlecht über die Juden? Warum sagt er, sie hätten den Teufel zum Vater?«

Mutter Elisabeth zog erstaunt die Augenbrauen hoch und blickte Golda verständnislos an.

»Nun, solltest du das denn nicht wissen, mein liebes Kind? Schließlich haben die Juden unseren Heiland gekreuzigt, und wer anderes als die Brut des Satans selbst wäre böse genug, um Gottes Sohn zu ermorden?«

Golda zögerte. Schließlich entgegnete sie: »Nun, mit allem gehörigen Respekt, ehrwürdige Mutter Priorin, aber es steht doch auch geschrieben, dass es die Römer waren, die den Herrn gefangen nahmen, ihn anklagten und kreuzigten, und dass es der römische Statthalter Pontius Pilatus war, der ihn richtete.«

Die Priorin schwieg.

»Und war Jesus nicht auch letzten Endes ein Sohn des jüdischen Volkes? Es steht doch geschrieben im Evangelium des Matthäus, wenn Ihr Euch erinnert, dass er die Synagoge besuchte, und dass er beschnitten war, um seinen Bund mit Gott zu besiegeln …«

Die Priorin erbleichte. Sie wandte heftig den Kopf herum und vergewisserte sich rasch, ob irgendeine der emsigen Kopistinnen wohl gelauscht haben mochte. Dann flüsterte sie: »Ich will solche frevelhaften Worte in diesen Mauern nie wieder hören, hast du mich verstanden, Schwester Gertrud? Nie wieder! Deine Aufgabe hier ist es, mit Hingabe und in frommer Demut die Handschriften zu vervielfältigen, so wie man es dir gebietet. Es steht dir nicht an, theologische Dispute zu halten über Dinge, von denen du nichts verstehst und die weit über der Sphäre einer törichten dominikanischen Klosterfrau liegen.«

Golda senkte erschrocken den Kopf. »Verzeiht mir, ehrwürdige Mutter. Ich dachte aber nur ...«

Die Priorin klopfte einmal hart mit dem Knöchel auf ihr Pult und zischte: »Du dachtest nur? Du hast nicht zu denken, liebe Schwester. Dein fester Glaube allein sollte dir genügen!«, und verließ mit energischen Schritten das Skriptorium. Die Tür fiel krachend hinter ihr ins Schloss, so dass alle im Saal erschrocken zusammenfuhren.

Wie nur hatte sie hier leben und all diese Wochen ertragen können, fragte sie sich täglich.

Wie gnädig war dagegen das Vergessen gewesen, in dem sie all die Monate ihr fremdes Dasein geführt hatte, ein Vergessen, in dessen Schutz sie sich gänzlich wie eine Christin gebärdet hatte, wie ein fromme Christin sogar, wie die Frommsten unter den Frommen, wie die Frauen, die ihren Lebtag Jungfrau blieben und sich, wie sie gelernt hatte, als die Bräute Christi betrachteten und keinem christlichen Ehemann jemals angehören würden.

Aber dennoch, diese christlichen Klosterfrauen waren auch um so vieles anders, als sie sich je hätte denken können. Sie waren mildtätig und barmherzig, ganz so, wie ihr Orden es ihnen abverlangte, die Mehrheit von ihnen hätte man nicht einmal eines bösen Gedankens für fähig halten können. Manches Mal dachte Golda, dass vieles von dem, was sie je über die Schlechtigkeit der Christen in der Judengasse gehört hatte, nicht stimmen konnte. Waren sie denn nicht letztlich Kinder desselben Gottes, auch wenn die Christen einem falschen Rabbi gehorchten? Sie alle stammten doch von Adam und Eva, von Abraham und Isaak ab, und letztendlich war jeder doch nur vom Weibe geboren.

Nach und nach war die eine oder andere Erinnerung an ihr Leben zurückgekehrt, zunächst nur Gedankenfetzen, die durch ihr Bewusstsein huschten, ihre Spuren hinterließen und wieder ganz verloschen oder nach und nach deutlicher wurden, sich verdichteten, bis sie ein Bild ergaben, das sie wiedererkannte: Ein Gesicht mit einer Stupsnase, Sommersprossen und schmalen blauen Augen, das war Klärchen gewesen, Klara Freiburgerin, ihre Freundin. Ein Christenmädchen. Und auch die Judengasse, in der sie gelebt hatte, war in ihr Gedächtnis zurückgekehrt, und Bilder von einem von festen Ringmauern umschlossenen Städtchen vor grünen Bergen, mit zwei turmartigen Toren, aber auf den Namen der Stadt konnte sie sich beim besten Willen nicht mehr besinnen.

Aber wer war er gewesen, der geheimnisvolle fremde Mann, dessen sie sich erinnerte? Er war jung und schön, seine Stimme dunkel und wie Samt, und obwohl ihr nicht einfiel, wo sie ihm begegnet war, wusste sie, dass er ihr lieber gewesen war als Vater und Mutter. Manchmal träumte sie von ihm, aber sie kannte weder seinen Namen, noch wusste sie, wer er gewesen war.

Schwerer und schwerer wurde ihr jeder Tag.

Und, kein Wunder, die klösterlichen Speisen wurden ihr zuwider. Wie viel Schmalz, wie viel Schweinefleisch, wie viele mit Rahm bereitete Suppen mochte sie inzwischen gegessen haben? Sie hatte immer wie jede Jüdin Milchspeisen und Fleischgerichte auseinandergehalten, wie es die Mizwot verlangten. Zu ihrer Erleichterung herrschte jetzt im Frühjahr eine christliche Fastenzeit, die Quadragesima hieß und die ganze vierzig Tage dauern sollte. In dieser Zeit würde es wenigstens kein Fleisch mehr geben. Dann feierten die Christen ihr Osterfest, fast zur gleichen Zeit, in der die Juden Pessach feierten.

Ständig kreisten ihre Gedanken jetzt um Speisen, und Hunger hatte sie für drei! Wie sehnte sie sich nun manches Mal nach den köstlichen Gerichten, die an den hohen Feiertagen unter Juden zubereitet wurden: Karpfen, in einen Teig aus Eiern, Bier und Salz getaucht und in Öl gebacken, mit einer köstlichen Tunke aus Eidottern, Öl, Knoblauch und Senf, oder gekochte Kalbszunge mit Weinbeerensoße. An Chanukka, dem Fest des Ölwunders, gab es süßes, mit Früchten und Honig gefülltes Fettgebäck, das man Sufganiyot nannte und auf das die Kinder sich Monate im Voraus freuten. An Lekach, den Honigkuchen, musste sie sehnsüchtig denken, den es zu Rosch Ha-Schana gab, damit es auch ein süßes Jahr werden sollte. Vater Jakob seligen Angedenkens hatte eine Stelle hoch im Wald gekannt, wo es in einem hohlen Baum klaren, goldenen Honig von wilden Bienen gegeben hatte. Schon wenn er Wochen vor dem Fest loszog, um ihn zu holen, hatten die Kinder in der Judengasse sich voller Erwartung die Lippen geleckt.

Am Abend, als alle Schwestern zur Vesper zusammensaßen und die Schüsseln zu Tisch gebracht wurden, wurde Golda prompt schwindelig, als sie mit ansehen musste, wie sich die Nonnen an einem großen, gekochten Schinken zu schaffen machten. Plötzlich zogen sich ihre Eingeweide heftig und schmerzhaft zusammen, was in den letzten Wochen häufiger vorgekommen war.

Golda sprang auf, murmelte eine Entschuldigung und rannte aus dem Refektorium hinaus über den Hof. Hinten bei den Ställen gab es ein kleines Häuschen über einer Senkgrube, wo die Nonnen sittsam ihre geheimen Geschäfte verrichten konnten. Golda rannte mit wehendem Schleier auf die Latrine zu und schaffte es gerade noch im letzten Moment auf die hölzerne Sitzbank. Wie ein Schwall ergoss sich ihr Darminhalt, aber ihre Schmerzen besserten sich sogleich.

Plötzlich stockte sie. Kerzengerade aufgerichtet, saß sie über dem stinkenden Abort und alles Blut wich ihr aus dem Gesicht: Ihre monatliche Unreinheit kam ja gar nicht mehr! Wann war nur ihre letzte gewesen? Sie zwang sich, gründlich nachzudenken, und dann erinnerte sich Golda wieder: Als sie an jenem schrecklichen Tag im Herbst mit dem Vater nach Freiburg gezogen war, war das Unaussprechliche gerade vorüber gewesen, seit einer Woche vielleicht. Wie lange war das jetzt her? Vier Monate. Oder auch fünf. Es gab keinen Zweifel mehr: Es hatte aufgehört.

Der Schreck ließ Goldas Knie weich wie Butter werden. Zitternd säuberte sie sich mit Hilfe des Wasserkruges, der dort stand. Sie schaffte es bis zur Wand des Ziegenstalles, dann gaben ihr die Knie nach und sie sank zu Boden.

»Das ist nicht möglich, es ist nicht möglich«, murmelte sie.

Und da sah sie sie wieder: Viele Männer. Der Mann über ihr. Ein Mann, an dessen Gesicht sie sich nicht mehr erinnern konnte. Dafür erinnerte sie sich an die Schmerzen, die ihr wie ein scharfes Messer in den Leib gefahren waren, und an die Fäulnis seines keuchenden Atems. Er hatte sie mit Gewalt genommen. Er hatte sie geschändet. Dieselben Strauchdiebe, die in den Auwäldern am Rhein den Vater ermordet hatten, mussten es gewesen sein. Und jetzt war sie schwanger. Golda barg den Kopf zwischen den Knien. Immer noch keine Tränen.

Ein Kind. Sie bekam ein Kind. Ein Kind zu kriegen, ohne verheiratet zu sein, das war eine der schlimmsten Sünden. Eine Todsünde. Und eine Geburt war stets mit den entsetzlichsten Qualen verbunden und oft genug starben die Frauen an ihrer Niederkunft, so wie ihre Mutter.

Golda setzte sich auf und starrte mit weit aufgerissenen Augen vor sich hin. Natürlich, ihre Mutter Rahel war an der Geburt ihres letzten Kindes elendiglich zugrunde gegangen, eine gräuliche, blutige Missgeburt hatte sie unter schweren Qualen zur Welt gebracht und sie, Golda, war dabei gewesen und hatte es mit ansehen müssen.

»Das kann nicht wahr sein«, flüsterte sie verzweifelt.

Aber sie hatte sich doch in all den Monaten nicht ein bisschen anders gefühlt als sonst? Die Morgenübelkeit galt den meisten als das sicherste Zeichen dafür, guter Hoffnung zu sein. Und sie hatte nie auch nur das Geringste gespürt. Konnte es das auch geben? Fülliger war sie schon geworden, aber sie hatte sich nichts dabei gedacht, denn im Kloster wurde stets viel aufgetischt und gut gegessen, und mager, wie Golda geworden war, hatte ihr die reichliche Kost nicht geschadet.

Der Gedanke schoss Golda durch den Kopf, dass es das Beste wäre, das Dach der Kapelle zu erklimmen und sich hinunterzustürzen. Dann wäre endlich alles vorbei, ihr abgerissenes Dasein allein in dieser ganz und gar feindlichen Welt. Hoch genug würde es allemal sein. Sie kannte den Weg auf das Dach hinauf, Schwester Anna hatte ihn ihr einmal gezeigt. An einem klaren Wintertag hatten sie beide dort oben gestanden, einander festgehalten und im weiten Rund hinab geblickt in das Kolmarer Land. Mühsam stand Golda auf und raffte den langen Rock ihres Nonnengewandes vom Boden hoch. Nein, sie zögerte keine Sekunde. Schnell, ehe sie aller Mut verließ.

Aber als sie die Hand auf ihren Leib legte, spürte sie es ganz deutlich, eine winzige, kurze Bewegung, wie ein Mäuschen im Winter unter der dichten Schneedecke: Das Wesen in ihr, es hatte sich bewegt. Nur ein kurzes Zucken, wie früher Grauchen, wenn sie schlief und wohl von Mäusejagden träumte, ein winziger, zarter Fußtritt. Golda legte mit großen Augen die Hand auf ihren Bauch, der, solange sie denken konnte, straff wie der eines Knaben gewesen war und jetzt, da sie wusste, wie es mit ihr stand, sich deutlich ganz rundlich anfühlte. Mit den Fingern auf dem Leib ausgebreitet stand sie da und wagte nicht, sich zu rühren: Da! Da war es wieder. Ein kleines Tierchen, ein Lebewesen wie sie selbst, ein Kind.

In dieser Nacht, lange nachdem die Schwestern zur Ruhe gegangen waren, hielt Golda den Atem an und lauschte: alles war still. Wenn es den richtigen Augenblick gab, dann war er jetzt. Sie erhob sich so leise wie möglich, stellte das kleine Nachtlicht vor sich auf den Tisch und nahm den weißen Schleier von seinem Haken. Sie faltete ihn einmal der Länge nach und legte ihn über Kopf und Schultern, wie Vater Jakob es immer mit seinem Tallit, dem Gebetsmantel, getan hatte, strich über das winzige Flämmchen, bedeckte die Augen mit beiden Händen wie zum Segnen der Sabbatkerzen und sprach die Worte, die Mutter Rahel sie gelehrt hatte, kaum, dass sie laufen konnte: »Baruch atah Adonai ...«

Der Ewige würde ihr die Antwort geben auf all ihre Bedrängnisse, dessen war sie sich sicher, während sie mit geschlossenen Augen und bebenden Lippen ihr hebräisches Gebet sprach. Und er tat es: Ein leises quietschendes Geräusch ließ sie herumfahren. In der Tür stand Schwester Anna von Sessenheim. Sie lächelte.

Bei der Barfüßerkirche

»He, das ist mein Platz! Verschwinde von hier, du!« Überrascht drehte sich Golda und blinzelte gegen das ungewohnte mittagshelle Sonnenlicht an. Sie erblickte ein hübsches, zottiges Geschöpf von vielleicht achtzehn Jahren, ein Mädchen mit ungezähmtem schwarzem Haar und den hellsten grauen Augen, die sie je gesehen hatte. Das offenherzige Mieder, das unbedeckte Haar und der schmutzig-gelbe Rock wiesen das Mädchen als Angehörige der Hübschlerinnenzunft aus. An den Ohren und um den nicht ganz sauberen Hals trug sie einen Schmuck aus venezianischen Glasperlen. Sie war nicht groß, aber sie hielt sich sehr aufrecht und hatte eine selbstbewusste Art, das Kinn beim Sprechen hochzurecken und bezwingend auf ihr Gegenüber zu blicken.

»Hast du nicht gehört? Ich steh hier immer, du kannst Rosalia dahinten fragen!« Das Mädchen machte eine vage Bewegung mit dem Kinn hinter sich, wo eine dickliche Blondine misstrauisch herübersah, die offenbar demselben Gewerbe nachging.

Seit heute früh war Golda nun allein in den verschlungenen Gassen von Kolmar unterwegs.

Sie bewegte sich wie im Traum, denn sie hatte erst vor wenigen Stunden die Mauern des Klosters Unter Den Linden durch eine eiserne Pforte verlassen, die sich nur von der Klausur, dem geschlossenen Bereich des Klosters, aus öffnen ließ. Schwester Anna hatte ihr bei ihrer letzten Mahlzeit in der geräumigen Klosterküche gegenübergesessen und sie lächelte noch immer genauso unergründlich wie in der letzten Nacht.

»Hier drin sind reine Hemden, Schreibzeug und drei Silberstücke; außerdem ein Laib Brot und getrocknete Früchte.« Ihre üppige Unterlippe bebte ein wenig, sie näherte ihr hübsches Gesicht und flüsterte: »Ich habe der Priorin gestern Abend gesagt, dass ich glaube, du seiest schwanger. Schließlich hast du ja nie blutige Leinenbinden zum Waschen gegeben, so wie wir alle einmal im Monat. Aber sie sagte mir, sie wüsste es bereits. Schon seit vielen Wochen.«

Anna wandte einmal rasch den Kopf um die Schultern, wie um sicher zu gehen, dass niemand plötzlich aus dem steinernen Küchenboden aufgeschossen war und sagte fast unhörbar: »Und das andere ... ich werde es niemandem verraten, das schwöre ich! Ich weiß es schon seit langem. Du hast schon, als du noch sehr krank warst, im Fieber oder im Schlaf öfters hebräische Gebete gesprochen. Aber ich habe es für mich behalten. Ich tat lieber so, als hätte ich nichts gesehen und nichts gehört. Denn wer weiß, was sie wohl mit dir angestellt hätten, liebe Freundin, wenn sie es herausgefunden hätten!«

Golda schluckte. »Du weißt, dass ich Jüdin bin und dennoch kannst du mich achten und Freundin nennen?«

Anna stand auf, zog Golda hoch und drückte sie fest an sich.

»Maria, unsere Heilige Jungfrau, auch sie war doch eine Tochter Israels, der Spross aus der Wurzel Isaias. Somit war auch sie eine Frau aus deinem Volk, eine Jüdin, die unseren Heiland gebar.

Wer die Juden hasst und verfolgt, der versündigt sich auch gegen unseren Herrn, das hat meine Mutter mich stets gelehrt. Sie lehrte mich auch, keines von Gottes Kindern jemals zu hassen.«

Sie sah sie ernst an und küsste sie auf beide Wangen und sprach: »Ich werde dich schrecklich vermissen, meine Gertrud. Gehe mit Gott, auch wenn dein Gott ein anderer ist!«

Nun beschirmte Golda mit flacher Hand die Augen, blickte das schwarzhaarige Mädchen so ruhig wie möglich an und entgegnete: »Reg dich nicht auf. Niemand will dir deinen Platz wegnehmen. Wenn du hier auf deine Kundschaft aus bist. Bitte sehr, gern. Ich kann auch ein paar Fuß weiter weg stehen.«

»Sag bloß, dass du hier nicht auch auf Freier aus bist, Goldzöpfchen!«, mischte sich die Blonde ein. »Unsere Plätze hier haben wir fest untereinander aufgeteilt. Neue können sehen, wo sie unterkommen. Verkauf deinen Arsch gefälligst irgendwo hinten im Gerberviertel!«

Golda warf den Kopf in den Nacken und lachte.

»Ach so, jetzt verstehe ich. Nein, keine Sorge, wir sind nicht auf die gleiche Kundschaft aus.«

»Na, wer würde dich denn schon hernehmen wollen, mit der Kugel da vorn. Sieht doch sofort jeder, dass du nicht auf dich aufpassen kannst.«

»Schon gut, lass sie in Frieden, Rosalia«, lenkte die Schwarze ein. Sie betrachtet nachdenklich Goldas Bauch und sagte leise: »Hast wohl Pech gehabt, was? Tust mir schon ein bisschen leid.« Sie zuckte mit den Schultern. »Ja, allerdings hab ich Pech gehabt. Und wie viel Pech! Aber ich kann's ja auch nicht mehr ändern.«

»Nein, jetzt nicht mehr«, sagte die Hure ungerührt, »vor zwei, drei Monaten, da wär's schon noch gegangen.« Nun errötete Golda doch.

»Und auf was für eine Kundschaft wartest du denn hier, wenn ich fragen darf?«, fuhr die Schwarze fort.

Golda wies auf den Sack, den sie umgehängt hatte und erwiderte: »Ich kann schreiben. Briefe, Nachrichten, Botschaften. Ich biete jedem meine Dienste an, der sie braucht.« Der Hure blieb vor Verwunderung der Mund offenstehen.

»Schreiben kannst du? Wie ... woher? Das ist doch nicht möglich! Wo hast du das gelernt?«

»Von meiner Mutter.« Kaum war das vorschnelle Wort ihrem Mund entschlüpft, bereute Golda es auch schon. Sie hatte sich nie Gedanken darüber gemacht, dass es bei den Christen so unüblich war, wenn ein Mädchen schreiben und lesen konnte. Da hieß es nun, sich schnell etwas auszudenken.

»Bei deiner Mutter? Deine Mutter konnte es auch schon?«, fragte das Mädchen staunend.

»Ja, sie konnte es. Sie wurde im Kloster Marienau erzogen, bei Breisach. Aber sie fühlte sich nicht für ein Leben im Kloster bestimmt, also gaben ihre Eltern sie einem Ritter zur Frau. Mein Vater war der Meinung, dass Frauen nicht schreiben und lesen sollten, und er hat es ihr verboten. Aber sie tat es weiterhin und hat es mich heimlich gelehrt.«

»So, dein Vater ist ein Ritter, was? Das kannst du mir nicht erzählen. Was hast du dann hier zu suchen?«

»Na, dreimal darfst du raten!«, entgegnete Golda und reckte den schwangeren Leib vor.

»Mein Vater hat mich verstoßen. Er hat mich vom Hof gejagt und hinterhergeschrien, er ertrüge diese Schande nicht. Und es war ja nicht mal meine Schuld. Einer seiner Knappen war es ... ich habe gebrüllt und gejammert und mich nach Kräften gewehrt, aber es hat mir ja doch nichts genützt. Und niemand hat mich gehört.«

Die Schwarze hatte der erfundenen Beichte mitfühlend gelauscht, ihre hellen Augen schienen einen Schatten dunkler geworden zu sein. Jetzt nickte sie düster und murmelte: »Ja, so geht es. So geht es immer. Immer dieselben Geschichten. Bei mir war es der Nachbar, der Hufschmied, ein widerlicher, grober Klotz. Elf Jahre war ich gerade alt, und das Kind, das arme, unschuldige, das ich mit zwölf Jahren geboren habe, haben sie mir genommen und vor die Kirchentür gelegt. Ein Mädchen war es. Ach, es war so furchtbar, fast krepiert wäre ich dabei. Aber ich hab's überlebt. Der Mensch hält was aus, wenn er muss. Aber zu Hause, da hab ich's bald nicht mehr ausgehalten. Sie haben mich schlimmer behandelt als ein Tier. Da bin ich ausgerückt. Wie heißt du?«

»Gertrud.«

»Ich bin Marie von Nagold, die schwarze Marie. So sagen sie alle, aber mir ist es lieber, wenn du mich nur Marie nennst.«

Marie musterte Golda mit einem abschätzend zugekniffenen Auge und sagte dann: »Zeig einmal, ob du wirklich schreiben kannst!« Golda lachte.

»Wie um alles in der Welt wirst du denn wissen können, ob das, was ich da schreibe, auch wirklich richtige Schrift ist, wenn du nicht lesen kannst?«

»Oh, doch, das kann ich bestimmt! Ich habe schon genug Wörter gesehen und wie die Leute schreiben. Einer meiner Stammkunden hat mich sogar schon gelehrt, meinen Namen zu schreiben. Er ist Ratsherr und ich besuche ihn jeden Mittwoch. Das darf aber keiner wissen, weil er so ein feiner Herr ist. Ich sag's dir, die feinen Herren hier, die treiben es am schlimmsten. Und je schöner sie gekleidet sind, desto schmutziger sind ihre Schwänze!«

Golda schwieg peinlich berührt.

»Also los. Wenn du meinen Namen schreibst, und ich kann es lesen, dann sollst du mir einen Brief schreiben. Und ich will's bezahlen, natürlich.«

»Also gut.«

Golda zog ein kleines Stück Papier aus dem Beutel, nahm das Tintenfass und die Feder und schrieb sorgfältig M-A-R-I-E. Die schwarze Marie riss es ihr aus der Hand, las und strahlte.

»Ja, du hast nicht gelogen. Kannst tatsächlich schreiben und lesen. Also, schreibst du was für mich auf? Eine Botschaft für meinen Liebsten?«

»Du hast einen Liebsten?«, fragte Golda ein wenig verwundert.

»Natürlich, warum sollte ich nicht?«, entgegnete Marie mit einem Anflug von Missmut.

»Du glaubst wohl auch, eine wie ich, die könnte nicht mehr lieben, was? Aber da irrst du. Er ist mein Liebster und ich würde alles für ihn tun. Er ist der einzige, der sich um mich kümmert. Und er beschützt mich und wohnen kann ich auch bei ihm. Ich muss keine schwere Arbeit dafür tun, nur kochen und putzen, und dafür gebe ich ihm gern was von meinem Lohn ab!«

Golda runzelte die Stirn.

»Also gut, Marie. Was soll ich ihm denn schreiben?«

In der nächsten halben Stunde diktierte die schwarze Marie ihr einen Liebesbrief voller Schwüre und süßer Zärtlichkeiten, so übertrieben, dass Golda Mühe hatte, ihr Schmunzeln zu unterdrücken. Aber sie schrieb alles genau auf, wie ihre erste Kundin es haben wollte, und fächelte das Papier trocken. Marie war überglücklich.

»Wunderbar. Ach, wie wird er sich freuen! Ich gebe dir vier Pfennige dafür, wenn du einverstanden bist.«

Golda nickte. Für vier Pfennige konnte sie schon zwei Brotlaibe, einige Heringe und Äpfel erstehen, genug, um eine Weile davon satt zu werden. Den Durst konnte sie am Brunnen stillen, mehr brauchte sie nicht. Schwieriger war die Frage, wo sie nachts schlafen sollte. In keiner Stadt sah man gern obdachlose Herumtreiber. Da hieß es nur, für viel Geld ein Gasthauszimmer zu nehmen oder heimlich in irgendeinem Stall zu nächtigen, was schmutzig und gefährlich genug sein würde. Wieder in irgendeinem Kloster Obdach zu suchen, nein, das kam nicht in Frage. Und das Armenspital? Dort würde man sie als Schwangere ohne

Mann sicher abweisen. Bis zum Abend war es noch lang. Irgendwas würde ihr schon noch einfallen, dessen war sie sicher.

Eine Woche später

Hier und dort war es Golda gelungen, für ein paar Münzen einen Brief oder eine Botschaft zu schreiben und so hatte sie für ein paar Tage keinen Hunger leiden müssen. Sie wollte das Klostersilber erst antasten, wenn sich jede andere Möglichkeit verbot. Bis dahin ruhten die drei Silberstücke wohlverwahrt eingenäht im Saum ihres Mieders. Aber die Leute waren misstrauisch. Eine junge Frau, die zu lesen und schreiben vermochte und sich hochschwanger in den Gassen herumtrieb? Die Frauen hatten wenig Bedenken, sie hier und dort einen Brief oder eine kleine Botschaft schreiben zu lassen, meist heimliche Briefe an den Liebsten.

Aber die Männer! Schon nach kurzer Zeit hatte Golda nicht mehr gewagt, ihnen ihre Schreibdienste anzubieten, denn nicht selten wurde sie dann von ihnen ausgelacht oder gar beschimpft, aber weit öfter noch zischten sie ihr die schmutzigsten Angebote ins Ohr, so dass sie auf der Stelle Reißaus nehmen musste. Was hatte diese blonde Hure zu ihr gesagt, dort am ersten Tag in Kolmar? Dass ein solch großer Bauch abstoßend auf die Männer wirken mochte? Golda wünschte oft, sie hätte damit Recht gehabt, denn, seltsam genug, ihr gewölbter Leib schien viele Mannspersonen erst richtig anzustacheln. Auch hatte sie sich hier und da bemüht, in einem der vielen stolzen Bürgerhäuser als Magd ihr Brot zu finden, aber vergeblich. Aber nachdem ihr wohl ein Dutzend Mal die Tür vor der Nase zugeschlagen worden war, hatte sie die Hoffnung auf eine andere Arbeit und ein Dach über dem Kopf, und sei es noch so bescheiden, wohl oder übel aufgegeben.

Niemand, so schien es, wollte eine hochschwangere Magd in seinem Haus haben, die ja doch nur mit Windeln, Säugen und

Wiegen alle Hände voll zu tun haben und darüber ihre Arbeit vernachlässigen würde. So manches Mal sah Golda zu den vielen Huren hinüber, die täglich in den umliegenden Gassen des Münsters auf Kundenfang gingen. Hunger musste kaum eine von ihnen leiden, das war nur allzu deutlich an den üppigen Rundungen zu erkennen, und sie ertappte sich wirklich einmal dabei, wie sie in ihrer Not mit dem Gedanken spielte: Nun, das bleibt immer noch, wenn man gar nicht mehr aus noch ein weiß. Sie erschrak heftig über sich selbst. Soweit hatte sie es nun schon gebracht, als streng behütete Tochter eines frommen Juden.

Zweimal hatte Golda heimlich Unterschlupf in einem Stall gefunden. Aber in der zweiten Nacht hatte der Besitzer sie entdeckt, und sie musste Hals über Kopf davonlaufen. Dann aber hatte sie nahe an der nördlichen Stadtmauer die Ruinen von drei abgebrannten Häusern entdeckt und dort für ein paar Nächte ein sehr karges Dach über dem Kopf gefunden.

Aber nun merkte sie es selbst: Sie war am Ende ihrer Weisheit angelangt. Wie lange sollte sie wohl so ein Dasein noch durchhalten? Ach, wenn sie sich doch wenigstens einmal hätte waschen können! Ihre Haut war schon ganz klebrig von Schweiß und grau von Staub an Hals und Armen. Es juckte sie überall, ihr Haar war verfilzt und Läuse hatte sie auch bekommen – zum ersten Mal in ihrem Leben. Da stand sie nun wieder bei der Barfüßerkirche und bot mutlos ihre Schreibdienste an. Plötzlich hieb ihr jemand leicht mit der Faust auf den Rücken: »Wie siehst du denn nur aus? Gar nicht gut, will ich dir sagen!«

Golda drehte sich erschrocken um: Da stand die schwarze Marie und grinste von einem Ohr bis zum anderen.

»Ach, Marie! Wieso gar nicht gut? Mir geht es schon gut, da mach dir nur keine Sorgen.«

Die Schwarze dachte einen Moment nach. Dann sprach sie entschlossen: »Weißt du was? Komm' mit mir heute Nacht. Du schläfst bei uns. So geht's ja nicht weiter mit dir. Du gehst noch vor die Hunde hier draußen, wenn sich keiner um dich kümmert.«

Golda schüttelte den Kopf. »Nein, Marie, das geht doch nicht! Dein Liebster, was wird er sagen, wenn du eine wildfremde Person ...«

»Ach was«, schnitt Marie ihr das Wort ab. »Es ist ja nur für eine Nacht oder zwei. Und wenn er Geschichten macht, dann bezahlst du ihm halt ein bisschen was, das wird ihn schon umstimmen. Nein, du musst auch aus diesen Kleidern raus, die starren ja vor Schmutz. Dazu noch schwanger, wie du bist. Komm, sei nicht dumm und lass dir einmal helfen.«

»Also gut.« Goldas Augen standen schon voller Tränen. So leicht kamen ihr jetzt die Tränen wieder, seit sie guter Hoffnung war, bei jedem Anlass. So war es auch bei Mutter Rahel immer gewesen, manches Mal hatte sie gelacht und geweint zu gleicher Zeit und erklärt, dass es schwangeren Frauen nun einmal so erging, immer im Wechsel.

»Ich weiß nicht, wie ich dir danken soll, Marie. Ein Bad könnte ich wirklich gut gebrauchen.«

»Ach, schon gut. Und wie gesagt, du sollst es ja nicht umsonst bekommen, dein Nachtlager.«

Die Schwarze packte sie am Handgelenk und jagte mit wieselflinken Schritten die Gasse hinunter.

Plötzlich blieb Golda wie angewurzelt stehen. Das kann doch nicht sein, dachte sie, niemals.

In dem dichten Gedränge vor der Lauchbrücke hatten sie im Vorbeihasten zwei dunkle Augen angestarrt, Augen in einem hübschen Männergesicht, dem geliebten Fremden mit der tiefen Stimme aus Straßburg so ähnlich, dass Goldas Herz einen Sprung aussetzte. Sie wandte suchend den Blick zurück, aber konnte in der dahineilenden Menge nichts mehr erkennen.

Weit vor ihr erhaschte sie Maries rabenschwarze Mähne.

»Nicht so rasch!«, rief Golda, als sie Marie eingeholt hatte.

»Vergiss nicht, ich kann nicht so schnell mit meinem dicken Bauch.«

»Verzeih«, rief Marie und schlug einen ruhigeren, wenngleich immer noch raschen Schritt an.

Hinter dem Münster ging's über die große Gasse hinweg, hinein in das Viertel der Färber an der Lauch. Kurz hinter dem Fluss, wo die Fischer ihre zappelnde frische Ware von ihren Booten heraus feilboten, schlüpfte Marie durch einen schmalen Durchlass zwischen den hohen Häusern, auf deren steil abfallenden Dächern die bunten Häute in der Sonne trockneten, und bog ab in eine breitere Gasse. Dann standen sie bald vor einem niedrigen zweistöckigen Gebäude, über dessen Tor ein länglicher, in Stein gehauener Fisch eingelassen war.

»Das ist das Haus zum Hecht. Hier wohnen wir«, sagte Marie. »Komm nur herein.«

Sie hob den Finger an die Lippen, um Golda zu bedeuten, dass sie zu schweigen habe. Dann schlüpften die beiden rasch durch einen dunklen, nach Rauch und Katzen riechenden Hausflur durch eine niedrige Tür und standen in einer etwas dunklen Kammer, in deren Ecke ein gemauerter Ofen zu sehen war. Ein großes Bett gegenüber und dicht beim Fenster stand ein solider Tisch mit mehreren Schemeln drum herum.

»Hier vorn ist's ganz geräumig, und hinten haben wir noch die kleine Kammer, zum Hof hin. Dort kannst du fürs erste nächtigen. Komm nur.«

Golda folgte ihr durch die niedrige Tür in eine kleine Kammer ohne Fenster, aber mit einer Tür zum Hof, wo ein paar Beerenbüsche und ein schöner Pfirsichbaum standen.

»Hübsch ist es hier!«, rief Golda erstaunt. »So ein kleiner Garten, mitten in der Stadt.«

Marie lächelte zufrieden.

»Da drüben steht der Bottich. Du kannst ihn hier vor die Tür stellen. Draußen den Brunnen hast du ja gesehen, denke ich. Die

Eimer sind drinnen in der Stube. Und das Wasser gieße anschließend einfach hinten unter den Baum.«

»Danke dir. Aber ich nehme mein Bad wohl doch lieber in der Kammer.«

Marie lachte. »Du bist aber schamhaft, was? Glaub mir, auf dem Hof sehen dich höchstens die Vögel oder eine Katze.«

»Dennoch. Drinnen ist mir lieber, Marie.«

»Tu nur, wie du meinst. Ich gehe nun wieder zurück zu meinem Platz. Ich komme aber vor dem Abend wieder. Hans kommt heute erst spät zurück, hat er gesagt. Bis dahin bin ich längst wieder hier, keine Sorge.«

Die Tür schlug mit einem Knall hinter ihr zu. Es wurde still. Golda beschloss, keine Zeit zu verlieren. Neben dem großen Ofen fand sie unter einem Wandbrett mit Töpfen und Tellern die beiden Kübel. So schnell sie ihre geschwollenen Füße trugen, lief sie zweimal vom Brunnen und zurück in die kleine Kammer und füllte den Bottich. Das Wasser war so entsetzlich kalt, dass sie kurz erwog, ein Feuer zu entzünden und sich einen Kübel auf dem Herd zu wärmen, aber nein, die Kammer, das Lager, und nun auch noch Feuerholz – sie durfte Maries Gutmütigkeit nicht ausnutzen.

Erleichtert zog Golda die Kleider vom schweren Leib und legte sie zusammengefaltet auf den Boden. Reinlich war es hier freilich, sehr reinlich sogar. Umso besser. Golda rümpfte die Nase über den eigenen Körpergeruch. Sie konnte sich nicht besinnen, jemals in ihrem Leben so lange ungewaschen geblieben zu sein.

»Die Kleider werde ich morgen waschen. Nein, noch heute Abend!«, beschloss sie, als sie sich stöhnend in das Wasser sinken ließ. Staunend betrachtete sie ihren riesigen, kugelrunden Bauch. Dann aber hatte sie es eilig. Endlich herunter mit dem Schmutz und dem Gestank. Nur ihr langes hochgestecktes Haar musste vorerst bleiben, wie es war. Das Waschen und Trocknen würde jetzt einfach viel zu lange dauern. Kräftig rieb sie ihre Haut ab, dann erhob sie sich in ihrem Zuber und ergriff den Kübel neben sich auf dem Boden, um das Wasser abzuspülen, als plötzlich nebenan die Tür aufflog und eine Männerstimme, so laut wie das Gebrüll eines Ochsen, in die Stube rief: »Marie? Bist du hier?«

Golda ließ sich mit lautem Platschen zurück in den Zuber fallen. Da ging auch schon die Tür zur Kammer auf und herein trat ein Mann, dem Anschein nach wohl der Liebste der schwarzen Marie. Er war von mittlerer Größe und kräftiger Statur, hatte eine gesunde Gesichtsfarbe und war ansehnlich zu nennen. Aber Golda sah auf den ersten Blick, dass etwas seltsam Lauerndes von ihm ausging, wie bei einem Fuchs. Sie hatte eigentlich erwartet, dass dieser Mann böse über den unerwarteten Besuch in seinem Heim war, aber er schien stattdessen hocherfreut zu sein.

»Holla, mein Täubchen!«, rief er aus. »Wen haben wir denn hier? Ein neues Gesicht?«

Sie war zu verstört, um zu antworten.

Der Mann grinste frech und sagte: »Nun, nur nicht erschrecken, Mädchen! Hans ist mein Name. Und mit wem habe ich das Vergnügen?« Golda schluckte heftig und hustete prompt drauf los.

»Gertrud.«

»Soso, Gertrud also. Und wie, in drei Teufels Namen, kamst du hier herein, Gertrud?«

»Verzeiht, aber die schwarze Marie … ich meine, Marie lud mich ein, hier ein Bad zu nehmen und …«

Golda brach ab, denn ihr kam jeder Mut abhanden, jetzt auch noch von Maries Plan zu erzählen, sie hier übernachten zu lassen. Ganz allein und splitternackt in Gegenwart eines wildfremden Mannes kam ihr das völlig wahnwitzig vor.

»Schon gut, schon gut!«, sagte der Mann, der Hans hieß, »Marie hat nun einmal ein weiches Herz. Wenn sie dich zum Baden einlädt, dann meinetwegen. Hat sie dir übrigens gesagt, wann sie zurückkommt?«

»Ja, sie sagte noch vor dem Abend, also wohl schon bald wieder.«

Hans nickte zufrieden.

»Gut, dann will ich Susanna im Bade mal allein lassen, obwohl's mir, offen gestanden, schwer genug fällt.«

Laut knallte die Kammertür zu, und der Mann entfernte sich trällernd. Golda sank förmlich in sich zusammen, als seine Schritte draußen auf der Gasse verklungen waren.

»Dem Himmel sei Dank!«

Sie goss rasch Wasser über sich, rieb sich ab und schlüpfte erleichtert in das letzte reine Hemd, das sie noch besaß. Schnell leerte sie den Zuber und zerrte ihn zurück in den Hof. Da Asche und Talg für das Wäschewaschen nicht zu finden waren, nahm Golda schließlich einen Scheit vom Herd und schlug, so gut es ging, den Schmutz aus den Kleidern. Nachdem sie sie mehrmals gespült hatte, machte sie sich ans Wringen. Schließlich hatte sie mit viel Kraft und Mühe alles gewrungen. Golda fühlte sich bleischwer. Sie legte die feuchten Kleider auf einen Schemel und schleppte sich zu dem schmalen Bett, das in der kleinen Kammer stand. Stöhnend legte sie sich nieder.

Kolmar, in Meister Martin Schongauers Werkstatt

»Martin, du wirst nicht glauben, was ich gerade gesehen habe!«

Martin, der bei seiner Arbeit an der Kupferplatte gerade absolut keine Störung vertrug, drehte sich unwillig um.

»Herrgott, Ludwig! Was ist? Was störst du mich jetzt gerade hier? Ach! Oh, Kotz Donner, sieh dir an, was du angerichtet hast. Da!«

Ludwig beugte sich über den begonnenen Stich des Bruders, auf dem Gottlob noch nicht allzu viel gerissen war und unterdrückte mit Mühe ein schadenfrohes Grinsen. Dort, wo Martin gerade angesetzt hatte, war ihm der Griffel ausgerutscht und eine breite, tiefe Kerbe in das Metall gezogen. Zornig griff Martin die Platte und warf sie klirrend auf den Boden.

»Was kann so wichtig sein, dass du mir den Riss verdirbst, du Esel?«

»Gott und alle Heiligen mögen mir beistehen! Ich glaube fast, sie könnte es gewesen sein.«

»Ich frage dich nicht noch einmal. Wen hast du wiedergefunden?«

»Ich habe eben am Fluss eine Frau gesehen, die derjenigen, die du seit geraumer Zeit abbildest, so ähnlich sieht, dass ich regelrecht erschrak. Jedenfalls bin ich mir beinahe sicher, dass sie es war. Die Schöne von Straßburg.«

Martin starrte ihn an, als sähe er einen Geist vor sich.

»Was, zum ... ist das wahr? Bist du dir wirklich sicher? Und wo?«

»Na, das sagte ich dir doch schon: An der Lauch, unten beim Fischmarkt. Sie ging an mir vorbei, mit einer Dirne, du weißt vielleicht, wen ich meine, die kleine, freche Schwarze, die sich immer in den Gassen um die Barfüßerkirche herumtreibt. Ganz und gar sicher bin ich mir natürlich nicht, aber sie sah ihr wirklich teuflisch ähnlich, meine ich.«

Martin warf klirrend den Stichel auf den Tisch und sagte: »Bei einer Dirne, sagst du? Und sie, wie sah sie aus?«

Ludwig zuckte die Schultern: »Nun, wenn ich ehrlich bin, Bruder, ein wenig abgerissen und dazu schwanger obendrein, sogar hochschwanger. Aber immer noch sehr schön und ganz genau so, wie du sie schon ein dutzend Mal abgebildet hast.«

»Dann muss ich sofort versuchen, sie zu finden. Warum in Gottes Namen hast du sie denn nicht gleich festgehalten, du Dummkopf?«

»Na, wie denn wohl? Wer bin ich, dass ich mich auf eine fremde Weibsperson stürze und sie festhalte und dazu auf offener Straße befrage, wo sie denn herkommt und all das. Wie stellst du dir so was vor?«

Martin erwiderte nichts. Er hatte in den letzten zwei Jahren so oft an sie gedacht. Noch öfter hatte er sie zu malen versucht. Ludwig irrte sich ja doch. Er wagte gar nicht erst, sich kühne Hoffnung auf ein Wiedersehen zu machen. Aber er hatte keine Wahl. Er musste sofort versuchen, sie zu finden. Leicht würde die Suche in den labyrinthischen Kolmarer Gassen nicht werden, in denen jeder Ortsunkundige – die vielen fahrenden Schüler, ziehenden Studenten, wandernden Handwerksburschen, die reisenden Tuchhändler, die von den Eidgenossen aus den Bergen im Süden nach Brabant, Mecheln und Flandern im Norden reisten – stets verwirrt im Kreis herumliefen, von der Lauch zum Münster und wieder zurück, um dann unversehens wieder vor Mauern zu stehen, die den Weg versperrten. Es gab zu viele Winkel, Durchschlupfe, Torwege und Gassen in dieser Stadt, so klein sie auch war. Nun, er war in diesem Gewirr aufgewachsen und fand seinen Weg sogar ohne Laterne bei Nacht, wenn es sein musste.

»Martin, wenn ich an deiner Stelle wäre, dann würde ich ...«, begann Ludwig. Aber sein Bruder war schon zur Tür hinaus.

Im Haus zum Hecht

Oh, wie gut tat es, sich endlich einmal wieder frisch gewaschen auf einem ordentlichen Nachtlager auszustrecken! Golda schloss die Augen, und sofort legte sich die Erschöpfung schwer wie Blei auf ihre Glieder. Sie fiel augenblicklich ins Bodenlose eines leichten Schlafes. Ihr träumte, sie säße wieder am Tisch daheim, in der Bergheimer Judengasse, und es war Schabbat. Mutter Rahel hatte die Lichter entzündet, Vater Jakob war beim Bentschen, und Grauchen strich ihr mit ihrem seidigen Leib um die Füße. Dann bat der Vater sie, ihm das Salzfass zu reichen.

Der Vater griff danach, doch es fiel auf den Tisch und zerbrach. Da sagte Golda: Ihr wisst, dass ihr nicht mehr hier bei mir sein dürft. Ich muss euch zurückbringen zum Judenacker, wo ihr begraben liegt.

Golda fuhr mit einem Ruck auf und erwachte. Ihr Herz hämmerte, ihr Leib war ganz in Schweiß gebadet. Was für ein furchtbarer Traum! Sie wollte sich herumdrehen, aber etwas hinderte sie daran. Sie wurde schlagartig hellwach: Zu ihrem Entsetzen bemerkte sie, dass Arme sie umschlungen hielten, kräftige, haarige Männerarme, die Arme von Hans. Sie gab einen erschreckten Laut von sich, da hielt ihr der Mann mit seiner breiten Hand den Mund zu und wisperte ihr ins Ohr: »Scht, mein Täubchen, ruhig. Willst du gleich still sein? Marie muss es ja nicht erfahren, wenn wir beide uns ein wenig vergnügen, was?«

Sie versuchte mit aller Kraft, tretend und beißend, sich aus seinem Griff zu befreien, aber vergeblich, denn er war so viel stärker als sie. Und nicht nur das, er schien noch Vergnügen an ihrem Zorn zu finden: »Ja, meine Hübsche, sträube dich nur ein wenig, das hab ich gern. Hab keine Angst vor deinem Hans, passieren kann dir ja schon nichts mehr, und deinen Bauch werde ich auch nicht zerquetschen. Deshalb liege ich doch hinter dir.«

Da gelang es Golda, mit aller Kraft in einen Finger zu beißen. Sie schmeckte Blut, als der Schrei des Mannes jäh durch die Kammer gellte.

»Was … da soll doch gleich …!«

In der offenen Tür stand Marie, bleich vor Zorn. In ohnmächtiger Wut riss sie den Wasserkrug vom Boden hoch und schleuderte ihn gegen das Bett. Golda ließ sich schnell auf den Boden fallen, auch der Mann sprang beiseite, und der Krug zerschellte an der Wand.

»Marie, hör sofort auf damit, oder ich werde dir eine Tracht Prügel versetzen, die du nie vergisst!«, brüllte Hans.

»So treibst du's also hinter meinem Rücken, du Betrügerin, du Hure, du fette, trächtige Sau!«, schrie Marie unbeeindruckt.

Golda wunderte sich selbst, wie beherrscht sie angesichts der rasenden Frau sprechen konnte: »Aber Marie, ich beschwöre dich, sei doch vernünftig! Er kam, während ich schlief, es war gegen meinen Willen ...«

»Steck dir deine Schwüre in den Arsch, du Metze! Verlasse mein Haus, auf der Stelle, und lass dich nie wieder auch nur in meiner Nähe blicken, sonst kratze ich dir die Augen aus. Geh! Verschwinde!«

Golda verlor keine Zeit. Sie stürmte an Marie vorbei durch die Stube und schon stand sie auf der dunklen Gasse, ehe sie sich recht darauf besinnen konnte, dass sie nichts als ein Hemd trug. Da ging hinter ihr die Haustür auf und heraus flog ihr nasses Kleiderbündel, ihr mitten ins Gesicht. Die abendliche Stille der Gasse wurde vom zweistimmigen Geschrei dort drinnen im Hause zum Hecht zerrissen, dann hörte man plötzlich dumpfes Klatschen und lautes Weibergeheul. Golda sammelte ihre Kleider und Tücher ein und floh. Sie lief hastig durch die Straßen, über die Brücke am Fischmarkt und durch die Marktgasse. In einem Durchschlupf der Pfaffengasse zwängte sie sich zwischen zwei Hausmauern und streifte zitternd ihr Kleid über. Sie wickelte ihr strähniges Haar in eines der feuchten Tücher und band es zur Haube hoch. Dann schulterte sie das Bündel, das ihre paar Habseligkeiten enthielt, und trottete mit müden Schritten auf den leeren Münsterplatz zu.

So hatte sie nun auch diese letzte Zuflucht verloren. Sie würde Kolmar verlassen müssen, das wurde ihr jetzt klar. Zu verlieren hatte sie hier ebenso wenig wie zu gewinnen. Es war einfach zu schwer, sich hier mutterseelenallein durchzuschlagen. Vielleicht sollte sie doch nach Straßburg ziehen? Das mochte wohl drei oder vier Tage dauern, eine mitleidige Seele nahm sie vielleicht auch ein Stück des Weges auf der Ill mit. Sie sollte besser nach Rosheim ziehen, zu Onkel und Tante. Sie würden die verwaiste Nichte jederzeit aufnehmen, ohne Frage. Aber sie hatte Schande, grässliche Schande über ihre Familie gebracht. Sie würden sie vermutlich so bald wie möglich verheiraten wollen, damit sie aus dem Hause käme. Aber eine jüdische Jungfrau, die bereits ein Kind hatte? Man würde sie irgendeinem alten Mann zur Frau geben, einem Witwer vielleicht, denn in ihrem jetzigen Zustand war selbst ein Tropf wie dieser Arzt von Oberehnheim, Aaron Ben Eliezer, noch viel zu gut für sie. Nun, noch hatte sie wenigstens das Klostersilber, fiel ihr mit Erleichterung ein. Jetzt würde sie es wohl oder übel gebrauchen müssen. Sie griff in ihren Ausschnitt, um gleich darauf vor Schreck zu erstarren: Die drei schweren Silbermünzen waren fort! Der Saum war zerrissen und aufgetrennt. Man hatte sie bestohlen. Dieser verfluchte Hans musste es gewesen sein, natürlich. Und da durchzuckte sie der nächste Schreck: Das Kind. Wo um alles in der Welt sollte sie ihr Kind gebären? Im Wald? Auf der Landstraße? Irgendwo bei einem Bauern im Stall?

Nun war es schließlich doch so weit gekommen: Sie würde als eines von den bettelnden Judenweibern enden, wie sie in Straßburg in den Gassen standen. Sie würde hungern, sie würde erkranken, schwach und schwächer werden, und ihr Kind würde in ihren bleichen toten Armen ruhen.

Sie sank an der Ecke des Münsters in sich zusammen und wusste, dass sie geschlagen war. Golda barg ihren Kopf auf den Knien und wünschte von Herzen, nie in diese unbarmherzige Welt geboren worden zu sein. Sie erschrak, als plötzlich ein paar Tropfen kalten Wassers auf ihren Arm fielen. Als sie aufblickte, sah sie, dass sie gerade unter einem der Wasserspeier des Christentempels hockte. Er war wie ein Schwein geformt, aus dessen Maul das Wasser rann, und an den Leib der Sau schmiegten sich drei Gestalten mit den spitzen Hüten der Juden, die Judensau war es, die Judensau vom Martinsmünster.

Und dann weinte Golda. Der Psalm des Jeremias flog ihr durch den Sinn. Da saßen sie an den Wassern von Babylon und weinten, wenn sie an Zion dachten … und weinte noch mehr. Und dann berührte eine Hand sie am Arm. Golda erschrak fast zu Tode. Die dunkle, samtene Stimme, die sie unter tausenden wiedererkannt hätte, sagte: »Du bist es. Wahrhaftig!«

Der Morgen danach

Golda streckte sich im Bett in der kleinen Dachkammer und sog den reinen Sonnenduft des feinen Linnens in die Nüstern. Sie kuschelte sich wieder tief in die Wärme der Federn und lächelte still vor sich hin. Sie musste eine halbe Ewigkeit geschlafen haben, denn es war schon helllichter Tag.

Sie war gleich nach ihrer Ankunft im Haus Martin Schongauers von einer weißhaarigen Magd, die Johanne hieß, in ein reichliches und überdies heißes Bad gesteckt worden. Alle Proteste, sie hätte doch gerade erst gestern frisch gebadet, nützten ihr wenig. Golda hatte gestaunt, über welche Körperkräfte die energische Alte noch verfügte, als sie ihr trotz ihrer Gegenwehr mit grimmiger Gutmütigkeit die Kleider vom Körper gezogen hatte. Und während sie sich ungläubig in dem riesigen Zuber im Wasser dehnte, das köstlich nach Lavendelblüten roch, hatte Johanne ihr mit einem feinen Kamm die verkletteten Haare entwirrt, ihr die Läuse ausgekämmt und den Kopf mit einem brennend scharfen Essig eingerieben, der die Nissen töten sollte.

Ihre alten Kleider waren fort und wegen der Läuse verbrannt. Man hatte ihr neue Hemden und ein einfach zugeschnittenes Kleid von satter dunkelgoldener Farbe wie Heidehonig und ein weiteres in herrlichem Purpurrot gegeben, auch ein paar Haubentücher und eine Leinenbinde, die ihr den schweren Bauch zu halten half. Danach hatte die gute Magd ihr eine Suppe aus Gemüse und Hirse gebracht und eine satte Sauermilch hingestellt, mit den Worten, dass dies für eine werdende Mutter die allerbeste Nahrung sei, das wisse sie wohl, wo sie doch selbst sieben Kinder zur Welt gebracht hatte, vier davon seien gestorben, und drei lebten, Gott sei's gedankt, eine in Kolmar, einer in Ensisheim und ein dritter, ein Hufschmied, ein riesiger, kräftiger Bengel mit Armen und Beinen wie Baumstämmen und den Kräften Goliaths in Gebersweiler, wo sie ihn alle Jahre zu Ostern besuchte, und vier prächtige Töchter hätte er, alle gut verheiratet, an die besten Männer, was nicht leicht gewesen sei.

So hatte Golda dem unaufhörlichen Geplapper der Magd gelauscht und war gar nicht dazu gekommen, die plötzliche Wendung ihres Schicksals zu begreifen. Der Beherrscher der Welt hatte sie doch noch nicht verlassen.

»Schmeckt's? Schmeckt es denn?«, hatte die Magd ein ums andere Mal gefragt und ihr immer noch mehr von der Suppe aufgefüllt.

Und dann hatte sie ihr eröffnet: »Du wirst hier im Haus niederkommen, Meister Martin hat es bestimmt. Wir haben hier die beste Hebamme, die Mutter Katrin Eisenmengerin. Mit ihr brauchst du nichts zu fürchten, und wenn's das erste wäre! Oder ist's am Ende das erste?«

Golda nickte mit vollen Backen.

»Nun, das tut nichts. Auch gut, du wirst schon sehen. Brauchst dich nicht zu fürchten, du bist ja noch jung und kräftig, da hat die Katrin schon ganz andere entbunden. Der Herr hat gesagt, dass es dir an nichts fehlen soll.«

Golda hatte schließlich schüchtern gefragt: »Der Herr ... ist das Meister Martin?«

»Allerdings, Mädel! Hast du noch nie vom Hübsch Martin gehört? Oder Martin Schongauer? Dem Maler und Kupferstecher?«

Golda schüttelte den Kopf. Unter den Juden gab es keine Maler oder Kupferstecher.

»Nun, du bist hier in seinem Haus. Ich soll gut auf dich achten und darauf, dass es dir an nichts fehlt.« Die Alte kicherte vergnügt wie eine Jungfer und zwinkerte Golda zu.

»Aber«, fragte Golda nach einer Weile, »warum tut er das? Warum ist er so gut zu mir?«

»Na, kannst du dir das nicht denken, Lämmchen?«

Golda wurde rot bis unter den Haaransatz, und die Magd brach in schallendes Gelächter aus.

»Nein, nein, Jungfer Liederlich, nicht, was du denkst. Ha! Er braucht dringend noch eine Magd hier im Haus, hat er gesagt, und außerdem ein Mädchen wie dich, das er zur Hand hat, um ihm Modell zu stehen. Du siehst, dein Eingang hier ist nicht ganz ohne Eigennutz.«

Sie war froh, heilfroh, dass der Herr außer Haus war und sie ihm nicht gegenübertreten musste. Oh, wie feuerrot war sie geworden, dort gestern am Münster, als er sie ansprach und ihr schließlich aufhalf und zu seinem Haus brachte. Er war ein wenig kleiner, als sie ihn in Erinnerung hatte, und sein Haar war etwas dunkler. Er hatte ihr die Tränen abgewischt und mit einem mitleidigen Blick auf ihren geschwollenen Leib gesagt: »Das ist ja die Schöne, die scheue Jungfer von Straßburg, vom Marktplatz bei Unserer Lieben Frau! Hätte nie gedacht, dass ich dich mal wiederfinde. Und dann noch hier in Kolmar. Glück muss der Mensch nur haben. So, Mädchen, hier bleibst du mir keinen Moment länger. Auf der Straße, und das noch hochschwanger. Du kommst mit in mein Haus, da wird meine Magd erstmal für dich sorgen. Komm nur, hab keine Angst.«

Sein Ton hatte keinen Widerspruch geduldet. Sie war ein wenig wackelig auf den Beinen und sie wünschte um alles in der Welt, sie wäre besser gewaschen, weniger verweint und ihr Haar nicht so in Unordnung gewesen. Sie hatte gespürt, wie er sie von der Seite ansah, und errötend hatte sie mit einem zaghaften Lächeln seinen Blick erwidert.

»Sag, wie heißt du?«

Golda dachte rasch nach. Es gab zu viele Judenmädchen, die Golda oder Gelle hießen. Also murmelt sie leise: »Gertrud.«

Der Mann lachte: »Gertrud! So heißt auch meine Mutter. Das nehme ich als ein gutes Omen.«

Eine Weile waren sie stumm nebeneinander hergewandert. Dann sagte er: »Erinnerst du dich überhaupt noch, Gertrud? Es war auf dem Markt in Straßburg, und du hast dort gestanden, beim Münster Unserer Lieben Frau.«

»Aber ja! Ja, ich erinnere mich sehr gut. Ihr habt mir etwas erzählt über die schönen roten Figuren.«

»Richtig, und dann wurde dir schlecht. Hoffentlich nicht von meinen Erklärungen«, setzte er grinsend hinzu.

Er hat den Schalk im Nacken, dachte Golda. Und er ist schlagfertig.

Und so waren sie zu seinem Haus gekommen, einem ansehnlichen Kolmarer Bürgerhaus mit einem soliden steinernen Fundament, geschnitzten Balken und bleigefassten Fenstern.

Golda sah sich mit halb geschlossenen Augen in der kleinen Kammer um. Das Fenster ging hinaus zum Garten, auf dem in der Mitte ein großer Kirschbaum stand, umgeben von Beerenbüschen und Rosenstöcken. Rechter Hand befand sich ein zierlicher Taubenschlag, denn der Hausherr schätzte, wie Johanne verraten hatte, sehr das zarte Fleisch und die frischen Eier der Vögel. Das Fenster hatte sogar gläserne Scheiben und einen Haken zum Befestigen. Die Bodendielen waren sauber gekehrt und gewischt, eine hölzerne Truhe stand gegenüber an der Wand und ein dreibeiniger Schemel mit einem tönernen Wasserkrug neben der Bettstatt. Und gleich daneben sogar ein Nachtgeschirr. Meistens schliefen doch die Mägde in der Küche auf dem Boden, wenn sie Glück hatten, vielleicht in der Kammer der Kinder, oft genug im selben Bett, was nicht unbedenklich war, wenn die Knaben heranwuchsen. Da hatte sie es besser. Waren in der Stadt bei reichen Leuten etwa alle Mägde so vornehm untergebracht? Als ob sie nicht auch einen Platz im Stall bei den Pferden mit Wonne in Kauf genommen hätte, nur um in seiner Nähe zu sein!

Nun, es war wohl am besten, wenn sie endlich aufstand. Sie kleidete sich rasch an, band das Haar in die Haube und stieg die knarrende Treppe hinab. Zaghaft rief sie nach der Magd, die auch prompt antwortete: »Hier unten bin ich! Komm in die Küche.«

Golda stieg hinunter und warf im Vorübergehen einen neugierigen Blick in ein behaglich mit dunklem Holz getäfeltes Zimmer und einen vom Boden bis zur Decke reichenden Kachelofen, bevor sie die Küchenregion im ersten Stock erreicht hatte. Darunter, das wusste Golda noch vom Vortag, lag in dem geräumigen, hohen Saal im Erdgeschoss die Malerwerkstatt.

Die alte Magd zupfte die Haube zurecht und rückte Golda einladend einen Schemel heran.

»Da, setz dich ein wenig zu mir, Gertrud. Du scheinst mir gut ausgeruht zu haben, es geht schon fast auf Mittag, und gleich kommt der Herr nach Haus.«

Golda durchfuhr ein freudiger Schreck. Wie oft sie von ihm geträumt und sich den sündhaftesten Gedanken hingegeben hatte! Sie war sicher, dass er ihr diese Gedanken ansehen musste, jeden einzelnen, so sehr, wie sie sich all die Zeit nach ihm gesehnt hatte. Dass sie in seiner Gegenwart nicht auf der Stelle vor Scham im Boden versank!

»Er kommt mit Meister Ludwig, das ist sein Bruder. Der ist auch Maler. Meister Martin ist ja so froh, dass er das hübsche junge Ding wiedergefunden hat, das sich so prächtig malen lassen soll. Konnte gestern, nachdem du im Bett warst, gar nicht mehr aufhören, davon zu erzählen.«

Golda wurde rot und lächelte unsicher: »Nun, mit dem Malen

wird der Meister wohl warten müssen, bis ich das Kind geboren habe und wieder so aussehe wie vorher.«

»Na, so wie vorher sehen die meisten nie wieder aus! Das kann ich dir gleich verraten. Ich bin bei den beiden ersten ordentlich fett geworden und nach dem dritten wieder ganz mager. Und meine Brust, die wurde groß und schwer und ist auch so geblieben. Hab ja keine Amme gehabt, so wie die vornehmen Frauen. Und die Brust war mir einmal entzündet, das war eine rechte Plage. Übrigens, wenn es dir jemals auch so ergehen sollte, was Gott verhüten möge, so musst du dir frische Kohlblätter auf die Brust legen und unter das Mieder schnüren, die ziehen die Entzündung heraus. Das solltest du dir gleich gut merken, man weiß ja nie. Und auf die Zähne geht's auch, du wirst schon sehen. Na, ich will dir keine Angst machen. Das ist nun mal unser Los. Die Männer haben ja keine Ahnung davon.«

Da hörte man auch schon die Haustür aufgehen, und die, die keine Ahnung hatten, traten laut schwatzend ein. So albern, wie Golda sich auch vorkam, es half alles nichts: Sie wurde augenblicklich rot bis unter die Haube. Wie dumm von mir, dachte sie wütend, ich kann doch nicht jedes Mal feuerrot anlaufen, wenn ich ihm gegenüberstehe. Am Ende hält er mich noch für einfältig.

So sah sie also noch aus, als sich die Küchentür öffnete und Martin um die Ecke blickte. Sie ahnte nicht, wie entzückt er augenblicklich über ihre roten Wangen und die niedergeschlagenen Augen war, so sehr, dass er selbst ein wenig errötete.

Ich habe doch tatsächlich immer ihre Nase falsch gemalt, dachte er. Diese feine Nase, das war nun deutlich zu sehen, war viel schmaler, als er sie in Erinnerung hatte, was ihr durchaus etwas Reizvolles verlieh.

»Ah, da ist sie ja! Sei willkommen, Gertrud. Hast du gut geschlafen in unserem Haus?«

Golda lächelte. Die Röte verschwand aus ihrem Gesicht.

»Ja, Herr, ganz prächtig, und fast bis zum Mittag.«

»Nun, du siehst auch schon bedeutend wohler aus und hast dich gut erholt, scheint mir.«

Martins Blick ruhte einen Augenblick auf ihrem schönen, blassen Gesicht. Endlich gelang es ihm, sich von dem Anblick loszureißen: »Johanne, hast du vielleicht Suppe für uns? Mein Bruder hat einen Wolfshunger und ich ebenfalls. Unsere Gertrud wird mit uns essen. Ludwig ist schon so gespannt darauf, sie zu sehen. Und bring von dem Weißwein und sehr kaltes Wasser. Komm nur, Gertrud.«

Golda folgte ihm neugierig hinauf in die schöne, gezimmerte Stube, die sie kurz vorher bewundert hatte, und fuhr überrascht zurück, als ihr ein Mann gegenübertrat, der Martin fast so ähnlich war wie ein Zwilling.

»So! Das ist sie also. Sei willkommen, Gertrud. Lass dich einmal anschauen. Es ist kaum zu glauben. Mein Bruder hat dich so genau abgebildet, dass ich dich wirklich auf den ersten Blick erkannt habe, gestern da beim Fischmarkt.«

Also hatte sie sich doch nicht getäuscht, als sie am vorigen Tag für einen Moment geglaubt hatte, dort sein Gesicht zu sehen! Nur, dass es sein Bruder Ludwig gewesen war.

»Groß. Blond. Schlank wie eine Gerte. Augen wie Achat und ein Rosenmund. Genauso hat Martin dich beschrieben«, fuhr Ludwig fort, »allerdings, möchte ich sagen, nicht mit schwangerem Leib.«

»Ludwig, sei nicht so grob«, fuhr Meister Martin den Bruder an. »Komm, Gertrud, setz dich zu uns. Das ist mein großer Bruder Ludwig. Ein ungehobelter Klotz zwar, aber ein guter Maler und Kupferstecher.«

Martin schlug dem Bruder spaßhaft mit der Faust an den Oberarm.

Einen Moment lang sah es beinahe so aus, als ob Ludwig zurückschlagen würde. Er setzte sich statt dessen und griff hungrig nach dem Brot, das dort neben den Bechern, Brettern und Messern lag, und begann kräftig zu kauen.

»Mein Bruder mag vielleicht ein besseres Benehmen haben, aber dafür ist er ein Narr vor dem Herrn. Weißt du eigentlich, dass er dich damals in Straßburg – wie lang ist das jetzt her? Zwei Jahre vielleicht? – stundenlang überall gesucht hat wie einen verlorenen Hund?«

»Wirklich? Hat er das?«, fragte Golda ungläubig.

»Oh ja. Überall, in jeder Gasse und jedem Winkel. Und jeden Krämer und Händler hat er nach dir gefragt. Und ich durfte natürlich tapfer mitsuchen. Er sagte, er hätte beim Münster eine Jungfer gesehen, schön wie die Himmelskönigin, und er würde einfach sterben, wenn er sie nie wiederfände.«

Jetzt war es Martin, dem das Blut in die Wangen schoss. Er lachte etwas verlegen und sagte: »Hör nicht auf sein Geschwätz, Gertrud. Ja, ich habe damals sehr wohl lange nach dir gesucht. Das war es mir auch wert. Und dann finde ich dich hier in Kolmar, wo ich dich am wenigsten vermutet hätte.«

Mit einer gewaltigen irdenen Schüssel, aus der es verlockend dampfte, trat Johanne ein. Es war ein Eintopf in kräftiger Brühe. Golda musste das Essen wohl ein wenig zu misstrauisch gemustert haben, denn Johanne gab ihr einen aufmunternden Rippenstoß und sagte: »Nimm nur, greife zu, nicht so zögerlich. Kannst es vertragen, wo du jetzt für zwei isst, und deine Kraft wirst du fraglos noch brauchen.« Und kichernd zog sie ab.

Martin griff zur Kelle und füllte reichlich Goldas Schüssel, dann langte er selbst kräftig zu.

Die drei aßen eine Weile schweigend. Dann sagte Martin bedächtig: »Es geht mich ja nichts an, aber … sag, gibt es denn keinen Vater zu deinem Kind? Bist du ganz allein auf der Welt? Eine Waise?«

Golda schluckte vor Schreck einen Brocken gekochtes Huhn im Ganzen hinunter, einen viel zu großen Bissen, der ihr fast im Hals stecken blieb. Prompt schossen ihr die Tränen in die Augen von der Anstrengung.

»Nun, du musst es mir nicht sagen, wenn du nicht willst. Verzeih, dass ich gefragt habe.«

Golda schüttelte hustend den Kopf. »Das ist schon gut, Herr. Ja, ich bin eine Waise, meine Eltern sind beide tot. Meine Mutter starb im letzten Jahr im Kindbett. Und meinen Vater haben sie erschlagen, vor etlichen Monaten im letzten Winter, auf einer Reise über den Rhein. Ich war bei ihm, damals. Mein Leben haben sie verschont, aber sie haben …«

Sie errötete tief. Mit gesenktem Kopf sprach sie weiter: »Nun, ihr seht es ja. Es waren dieselben Männer. Die, die ihn erschlagen haben, vor meinen Augen. Raubritter und Briganten. Und als Mädchen unterwegs, da drohen tausend Gefahren.« Golda brach verlegen ab. »Nun, aber wenigstens am Leben bin ich geblieben, und dafür danke ich Gott.«

Martin und Ludwig blickten sich vielsagend an. Martin beugte sich tief über seine Schüssel und löffelte schweigend. Also war sie nicht verführt worden von irgendeinem Jüngling oder einem älteren Mann, irgendeinem Kerl, der skrupellos genug war, sich die Unerfahrenheit und das Vertrauen einer Jungfrau zu seinem Vorteil gereichen zu lassen. Mit einigem Bestürzen stellte er fest, wie erleichtert er war, dass sie sich nicht freiwillig hingegeben hatte. Das Opfer einer Schändung war sie stattdessen geworden. Martin wurde prompt rot vor Scham. Sein empfindsames Herz quoll ihm im nächsten Augenblick über vor Mitgefühl mit dem harten Schicksal des schönen Mädchens. Aber jetzt, hier an der Tafel, in Gegenwart seines Bruders, musste ihm jeder Trost im Hals stecken bleiben.

Schließlich gab Martin sich einen Ruck und sprach verlegen: »Ich habe auch schon oft genug so was gehört. Dass man sich dort nicht mehr hineinwagt, da in die Riede am Rhein, und wenn, dann nur in großen Gruppen von Reisenden, und schwer bewaffnet obendrein, weil ständig und überall Gefahren drohen.«

Ludwig kaute eine Weile still vor sich hin und sagte schließlich nachdenklich: »Den letzten, der in Kolmar eine Jungfrau geschändet hat, den hat man beim Halsgericht erst entmannt und dann aufgehängt, so war das. Ich hab's damals von ganz nahem gesehen, und als der Henker mit dem scharfen Schwert kam, hat dieser Kerl ...«

»Lass nur, Ludwig, lieber nicht jetzt!« Martin warf einen beunruhigten Blick auf den neuen Hausgast, der plötzlich recht blass um die Nase geworden war.

»Denke an ihren Zustand. Sie braucht Ruhe und Seelenfrieden, wo sie ein Kind erwartet. Sag, Gertrud, hast du alles, was du brauchst da oben in deiner Kammer?«

»Ja, Herr, es geht mir sehr gut bei Euch. Aber ich will doch nicht so nutzlos und faul auf meinem To... ich meine, in Eurem Haus herumsitzen.«

Golda schluckte und errötete, denn um ein Haar hätte sie Toches gesagt, und dieses Wort für den Allerwertesten benutzten, soviel sie wusste, wirklich nur die Juden.

»So was bin ich gar nicht gewohnt. Sagt mir, wann ich mit der Arbeit beginnen soll? Ich könnte doch immerhin ...«

»Erst einmal sollst du in Ruhe dein Kind gebären und dich soweit erholen, dass man dich gut abbilden kann. Bis dahin wirst du in meinem Haus gar nicht arbeiten.«

Golda lächelte warm und feuerrot zurück: »Ihr seid zu gütig, Herr. Wie soll ich Euch nur danken dafür?«

Martin vergaß vollständig, ihr zu antworten.

Ludwigs Blick ruhte nachdenklich auf dem Gesicht seines Bruders. Er hasste es, wenn Martin ihm ständig über den Mund fuhr. Das hatte er schon getan, als er gerade laufen konnte, und die ganze Familie hatte sich köstlich darüber amüsiert, wie der Größere vom Kleineren zurechtgewiesen wurde. Leider tat er es jetzt als Erwachsener immer noch. Und es war alles andere als lustig.

Die beiden Jüngsten der Gebrüder Schongauer hatten bis zu Ludwigs zwölftem Jahr zusammen im selben Bett geschlafen, in der Werkstatt des Vaters die Goldschmiedekunst erlernt und sich zu zweit zum ersten Mal heimlich und mit lang zusammengesparten Groschen in ein Hurenhaus gewagt. Bis Ludwig ausgezogen war, um seine Wanderjahre zu beginnen, hatten die Brüder jeden Tag ihres Lebens gemeinsam verbracht. Es gab wohl keinen weiteren Menschen auf der Welt, der ihm so vertraut war wie Martin, aber wie sein jüngerer Bruder nun diese hochschwangere, arme Waise, von weiß Gott woher, mit den zärtlichsten Blicken verschlang, das verschlug ihm denn doch die Sprache. Was mochte er wieder vorhaben? Wollte er die hergelaufene Dirne mit ihrem unehelichen Kind zu seiner Geliebten machen? Wenn ja, dann musste er den Verstand verloren haben. Ludwig lehnte sich zurück und goss sich den Rest Wein die Kehle hinunter. Er hatte es langsam satt mit seinem Bruder, schon seit geraumer Zeit. Mit seinem Eigensinn, seinen Eskapaden, seinen ständigen Alleingängen.

In Ludwig hatte vor einigen Monaten ein bestimmter Gedanke begonnen heranzureifen, und allmählich wurde er zur Gewissheit. Seit drei Jahren arbeitete er jetzt mit seinem Bruder, seit drei Jahren hoffte er vergeblich auf Besserung, auf mehr Eigenständigkeit. Und, weiß Gott, auf weniger Streitereien. Aber ihre täglichen Kämpfe wurden stattdessen immer erbitterter. Meister Multscher, auch Meister Schüchlin, der Vorsitzende der Ulmer Lukasgilde, hatten ihm schon während seiner Lehrzeit dort eindringlich geraten, sich ihren Werkstätten anzuschließen. Es war abzusehen, dass Martin irgendwann die Oberhand gewinnen würde, wenn es so weiter ging. Er würde kaum noch Luft zum Atmen haben, wenn nicht bald etwas Einschneidendes geschah.

Ludwig leerte seinen Becher mit einem Zug und setzte ihn so laut auf den Tisch, dass Martin und das Mädchen erschrocken zusammenfuhren. Er würde so bald wie möglich nach Ulm ziehen. Und dort endlich ohne Martin arbeiten.

Ob es nun daran lag, dass Golda so jung, gesund und kräftig war, oder daran, dass der Beherrscher der Welt ihr nach all dem erfahrenen Leid auch ein wenig Glück zuteilwerden lassen wollte. Drei Wochen später sahen die Hebamme Eisenmengerin und Johanne das Mädchen im Kindbett. Es war, so sagte die Hebamme, eine so leichte und rasche Geburt, wie sie sie, Gott sollte sie strafen, wenn sie log, ihren Lebtag noch nicht gesehen hätte.

»Na, was brauchst du mich hier noch, Mädchen?«, rief sie dröhnend, als sie sich die blutigen Hände wusch, »sieh es dir an. Fast ohne jedes Zutun hast du dein Kind geboren. Das hättest du auch bald allein irgendwo im Wald oder auf dem Acker fertiggebracht. Du musst vom Glück geküsst sein. Und ein Sohn ist es obendrein, ein Prachtkerl, an dem alles dran ist!«

Und dann hatte die Hebamme die unheimliche blaue Nabelschnur mit einem Faden doppelt abgebunden, mit einem scharfen Dolch zerschnitten und das Neugeborene gebadet. Sie legte ihm einen reinen Verband von Leinen an und reinigte das runzelige rote Gesichtchen vorsichtig mit feinem Olivenöl. Dann gab sie ihr den Knaben, in ein Wolltuch gewickelt, zum ersten Mal zum Halten in die Arme.

Golda konnte einfach nicht aufhören zu weinen. Wie leicht ihr Sohn war, und doch so schwer! Und wie schön: Er hatte schon einen dichten Schopf Haare, fast weiß und fein wie Spinnweben, und tiefblaue Augen. Sie hatte ihn fraglos in schlimmsten Augenblick ihres Lebens empfangen, sein Vater mochte einer von einem Dutzend schmutziger Strauchdiebe gewesen sein, dieses Kind war dennoch Fleisch von ihrem Fleisch. Golda liebte ihn vom ersten Moment an.

Obwohl die Eisenmengerin Augenblicke wie diesen schon Dutzende Male gesehen hatte, musste sie doch lächeln.

»Jaja, es ist immer schön, wenn's erstmal da ist. Wenn's nur endlich vorüber ist, was? Er hat bestimmt mächtigen Hunger. Er sucht nach deiner Brust, Mädchen. Da, ich zeig dir, was du tun musst.«

Die Hebamme griff ohne große Umstände in Goldas Busen und zog das Hemd herunter, bis die linke Brust frei lag. Dann bettete sie den Kopf des Kindes vorsichtig in ihre Armbeuge und befahl ihr, sich höher aufzusetzen.

»So, keine Scheu. Jetzt nimm die Warze und schiebe sie in seinen Mund. Glaub mir, den Rest schafft er von ganz allein.«

Und wirklich, Golda erlebte, wie das winzige Kind mit kräftigen Schlucken seine Milch trank, ihre Milch, die wie durch ein Wunder reichlich vorhanden war.

»Siehst du? Es gibt nichts Besseres für so einen kleinen Wurm als den ersten Schluck von der Mutter. Und Durst hat er für zwei. Das ist ein gutes Zeichen. Sag, wie soll er denn heißen, dein Knabe?«

Goldas Stimme war so leise und heiser, dass die Eisenmengerin sie kaum verstand: »Jakob! Er soll Jakob heißen.«

Es waren drei Monate vergangen seit Jakobs Geburt. Golda hatte sich ganz von den Anstrengungen erholt, von der Angst, sie könnte sterben, so wie ihre Mutter Rebekka bath Levi und wie Rahel nach ihr, ganz zu schweigen, und war wieder fast so rank und schlank wie vor ihrer Schwangerschaft, bis auf ihre milchschweren Brüste, an die sie mehrmals am Tag und mitten in der Nacht ihren Sohn legte. Wenn sie nicht damit zu tun hatte, sich um Jakob zu kümmern, dann machte sie sich jetzt täglich im Haus nützlich, putzte und fegte, schälte Obst und Gemüse, rupfte Geflügel, flickte Hemden und Strümpfe, polierte Silber und Zinn und ließ die Spindel herabschnurren oder wirkte Strümpfe, sobald sie an der Wiege saß. Nur an den Herd ließ sie die starrsinnige Johanne nicht, das war allein ihr Reich, wie sie ihr jeden Tag energisch deutlich machte.

Es hatte sich nicht vermeiden lassen, dass der Knabe nach seiner Geburt eine christliche Taufe empfing. Als sie am Morgen nach dem Kindbett mit schmerzenden Gliedern und wundem

Unterleib erwacht war, hatte sie gleich einen Blick auf ihren Sohn drüben in seiner Wiege geworfen und zu ihrer Verwunderung bemerkt, dass über ihrem Kind an einem langen Faden eine geöffnete Schere hing. Sie hatte laut nach Johanne gerufen und gefragt, wer denn diese Dummheit begangen und ein scharfes Schneidegerät über dem Kind befestigt hatte, und da hatte Johanne ihr gesagt, so mache man es doch mit ungetauften Kindern, es hielte bis zu dem Sakrament die bösen Geister fern.

Golda erschrak nicht wenig. Natürlich, die Christen unterzogen ihre Neugeborenen nach acht Tagen einer Taufe in geweihtem Wasser, während die Juden zu diesem Zeitpunkt die Knaben für die Brit Mila zum Mohel brachten, um die rituelle Beschneidung vornehmen zu lassen. Sie hätte niemals erklären können, wie es zugehen sollte, dass Jakob ungetauft bleiben musste, und so hatte sie schweren Herzens in die Zeremonie eingewilligt, die von einem Priester im Sankt Martins-Münster vollzogen wurde.

Es war das erste Mal, dass Golda einen christlichen Tempel von innen sah. Ihr wurde übel von dem dicken Weihrauchnebel und seinem schweren, süßlichen Duft, der zwischen den baumhohen Säulen stand. Mit Entsetzen sah sie, dass die Christen offenbar auch Tote in ihrem Tempel beisetzten: Reichlich mit Gold, Silber und Edelsteinen verzierte Schreine standen dort, die hinter gläsernen Fenstern Knochen und Totenschädel bargen. Das Grauen über diese so gänzlich unerwartete Sitte drehte ihr auf der Stelle den Magen um, und nur mit Mühe gelang es ihr, die Beherrschung zurückzuerlangen. Johanne und Meister Martin waren als eine Art Zeugen erschienen, und Martin hatte die kurze Zeremonie mit ein paar Pfennigen bezahlt.

Blass stand Golda mit zusammengekniffenen Lippen da und wartete darauf, das sich der Himmel über ihr jeden Moment öffnen musste und es Feuer regnete oder der Boden sich auftat und sie verschlang, aber es tat sich nicht mehr, als dass der Priester den schlummernden Jungen rasch aus einer Silberschale mit Wasser besprengte, woraufhin er zu schreien begann wie am Spieß, das Kreuz über ihm schlug, was alle Anwesenden, auch seine verlegene Mutter, ihm nachmachten, und kurz einige unverständliche Sprüche in schlechtem Latein murmelte. Und so war auch diese Prüfung überstanden. Die junge Mutter staunte. Das war alles? Das war das Bekenntnis zum christlichen Glauben, zu dem falschen Rabbi und Meschiach von Nazareth, auf das die Christen so viel hielten? Glaubten sie wirklich, dass die Juden, die man unter Androhung des Todes auf dem Scheiterhaufen dieser lächerlichen Zeremonie unterzog, nicht genau so Juden blieben wie zuvor? Golda war beschämt und erleichtert zu gleicher Zeit. Ihr Sohn war von einem jüdischen Weib geboren und somit Jude, und er würde es bleiben.

Der kleine Jakob gedieh mit den Wochen prächtig. Hoffentlich, so dachte Golda manches Mal bei sich, würde sich später nicht allzu viel Fremdes in seinem Antlitz zeigen. Sie konnte sich Tag für Tag kaum sattsehen an seiner rosigen Haut und an seinen kugelrunden Äugelchen, an seinem blonden Haar und dem drolligen Mienenspiel. Zu ihrem Erstaunen warf auch Meister Martin, sobald er abends aus der Werkstatt herauf kam, als allererstes stets einen Blick auf seinen kleinen Hausgast, nahm ihn auch gern auf den Arm und ging, Melodien summend, mit ihm im Haus umher oder schnitt auf die lustigste Art und Weise Grimassen, so dass der Knabe vor Freude zu krähen begann. Auch küsste er oft die weichen Kinderwangen und brachte ihn zu Bett. Lauter Dinge, die kaum ein Mann jemals für den eigenen Sohn tat, wie sie wusste.

Sie war jeden Tag glücklich in seiner Nähe und sie war heilfroh, dass er obendrein nicht verheiratet war und offenbar auch keine Kebse hatte. Durch vorsichtige Fragen an die schwatzfreudige Johanne hatte Golda dies bereits herausgefunden. Nur, dass er ab und zu das Frauenhaus aufsuchen sollte, wie die meisten

Kolmarer Männer, war ihr bekannt. Aber wer dachte sich schon etwas dabei?

Jedes Mal, wenn Golda Martins Stimme auf dem Hausflur hörte, war es, als ob sich in ihrem Inneren ein Licht entzündete. Ganz warm wurde ihr augenblicklich, ihr Gesicht erglühte, das Herz schlug höher, ihr Atem ging rascher, sie lächelte unwillkürlich und musste sich zurückhalten, um ihm nicht atemlos entgegenzurennen. Sie wusste sehr wohl, dass sich so etwas für eine Frau nicht schickte, auch bei den Christen nicht. Seltsam genug. Seit sie jeden Tag in der Nähe des Geliebten war, hatten die sündhaften Gedanken an ihn von ganz allein aufgehört. Es genügte ihr voll und ganz, ihn stets in der Nähe zu wissen. Manche Nacht lag sie einsam in ihrem Bett und wünschte sich von Herzen, dass er zu ihr käme, auch wenn sie sich sehr dafür schämte.

Eine Menge Maler und Goldschmiede wohnten in diesem Teil der Schädelgasse und arbeiteten, sobald das erste Tageslicht in die Fenster fiel, bis zur Dämmerung in den vielen geschäftigen Werkstätten ringsum. Gleich gegenüber lebte Meister Caspar Isenmann in seinem grünen Haus, unter den Christen hochgeschätzt als Maler von Heiligenbildern, bei dem Martin zwar nie in der Lehre gewesen war, den er aber sehr bewunderte und stets auf das Ehrerbietigste grüßte, wenn er ihm draußen auf der Gasse begegnete.

Sie hatte nach und nach auch die Schüler kennengelernt, die dort in Meister Martins Werkstatt hantierten, und sich lange staunend umgesehen in dem nach Leinöl, Firnis und würzigen Farbstoffen riechendem Saal, zwischen den mit Kalk grundierten Holztafeln, den Bildern, die zum Durchtrocknen auf hölzernen Gestellen standen, die Meister Martin und die Burschen Staffeleien nannten, zwischen den vielen Mörsern zum Zerstoßen der Farben, deren geheimnisvolle Ingredienzien in zahlreichen Schreinen und Holzkistchen lagerten. Seit sie damals mit Martin zusammen die schönen Jungfrauen am Münster zu Straßburg bewundert hatte, war es ihr nach und nach immer leichter gefallen, christliche Heiligenbilder anzusehen, ohne sich unbehaglich dabei zu fühlen. In ihren Klostertagen war sie schließlich Tag und Nacht umgeben von ihnen gewesen und über dem Bett in der Zelle, in der die Mägde schliefen, hatte sogar ein Kruzifix gehangen. Nach einigen Tagen hatte sie es schon gar nicht mehr bemerkt.

Sie verstand zwar weniger als nichts von der Kunst der Maler und Kupferstecher, aber selbst sie konnte erkennen, über welch große Fertigkeit der geliebte Mann verfügte. Nach und nach schulte sich ihr Blick für die Gestaltung seiner Bildwerke, für die vielen Farben in all ihren Tönen und Schatten, die Linien und ihre geschickte Führung und das, was die Perspektive genannt wurde.

Meister Martin legte großen Wert auf ihr Urteil. Er zeigte ihr Stiche und Entwürfe aus seinen flachen, in Leder gebundenen Musterbüchern, auch die vielen fertiggestellten Gemälde. Wer hätte das je für möglich gehalten, dachte Golda oft. Bildwerke, besonders Bilder von Menschen, dazu noch von christlichen Heiligen, galten den Juden als Gräuel. So war sie aufgewachsen. Aber merkwürdig genug, je mehr er ihr zeigte und erklärte, desto mehr begeisterte sie sich für sein Handwerk, besonders für Meister Martins Kunstfertigkeit im Kupferstechen. Sie hätte ihm ganze Stunden bei seiner Arbeit zusehen können. Sie liebte es zu beobachten, wie seine kräftigen, gepflegten Hände mit den kurzgeschnittenen, blitzsauberen Nägeln sicher den Stichel führten, wie seine schwarzen Wimpern, die lang waren wie die eines Mädchens, sich über seine konzentriert blickenden Augen senkten, wie seine vollen Lippen sich manchmal wie zum Flöten zusammenlegten, ohne dass er jedoch jemals wirklich flötete. Einmal hatte Meister Martin aufgeblickt und bemerkt, dass sie ihn fasziniert angestarrt hatte. Und da war es ihr zum ersten Mal gelungen, nicht, wie sonst immer, schamrot auf den Boden zu sehen, sondern ihm zuzulächeln. Und natürlich hatte er zurückgelächelt, dass ihr das Herz bis zum Halse schlug.

Alle seine Kupferstiche zeichnete er zuletzt mit einer Kurzform seines Namens, den Anfangsbuchstaben M und S, verbunden mit einem kleinen Kreuz, dessen linke Seite ein winziger Halbmond zierte. Sie hatte ihn neugierig gefragt, was dieser Halbmond zu bedeuten habe, und Meister Martin hatte ihr das alte Wappen der Familie Schongauer gezeigt: Ein silberner Schild mit einem liegenden, roten Halbmond.

Der Auftrag

Gottlieb Spieler näherte seine knollige Nase dem Bildnis, das Ludwig Schongauer ihm hinhielt. Ludwig schob mit einer Hand dienstfertig das Öllämpchen dichter heran, und während der alte Mann dankte und mit zusammengekniffenen Augen den Faltenwurf des Gewandes, den goldenen Heiligenschein und die fein gemalte Landschaft im Hintergrund bewunderte, ahnte Ludwig auch schon, welchen Verlauf dieses Gespräch nehmen würde.

»Dieses Bildnis hier scheint mir recht außergewöhnlich!«, rief er schließlich aus. »Sagt, wen habt Ihr hier dargestellt?«

Ludwig seufzte unhörbar.

»Es ist die Heilige Elisabeth, Hochwürdigster Herr.« Er musste sich räuspern, ehe er fortfuhr: »Aber nicht ich habe dieses Bildnis gemalt, sondern Meister Martin, mein Bruder.«

Der Mann blickte ihn einen Augenblick lang nachdenklich an und antwortet schließlich:

»Soso, Euer Bruder.«

Ludwig wusste schon, was jetzt kommen würde. Und es kam.

»Nun, sagt mir, Meister Schongauer, wenn ich Euch den Auftrag geben sollte, eine Muttergottes für unser Münster zu schaffen, vielleicht in einem *hortus conclusus*, wäret Ihr wohl eventuell bereit … diese Arbeit … wie soll ich sagen …«

Ludwig drehte sich abrupt um und tat so, als mustere er den Entwurf, der dort auf der Staffelei stand. Er hatte erhebliche Mühe, sein Mienenspiel wieder unter Kontrolle zu bringen. Schließlich wandte er sich abrupt um und stieß schnell hervor: »Es ist schon recht. Ich ahne, was ihr mir sagen wollt, und für Euer Feingefühl habt meinen Dank. Ich meine, dem steht kaum etwas im Wege. Ohnehin ist dies sein häufigstes Motiv, und ich selbst, wie Ihr gesehen habt, ziehe andere Darstellungen bei weitem vor. Mein Bruder hat für seine Heiligen Jungfrauen ein ideales Abbild vor den Augen, das durch eine glückliche Fügung jetzt als Magd in unserem Hausstand dient. Mit Sicherheit wird er sie als Modell für die Heilige Muttergottes verwenden wollen.«

»Ist es diejenige, die mir vorhin die Tür geöffnet hat?«, fragte der Priester erstaunt und hob seine buschigen Augenbrauen.

»Aber nein! Natürlich nicht, Eure Eminenz«, rief Ludwig und rang sich ein künstliches Lachen ab. »Die Magd, die euch geöffnet hat, ist unsere Johanne. Schon lange in den Diensten unserer Familie. Eine treue alte Seele.«

Der Priester nickte nachdenklich. Dann stand er auf und sprach: »Habt vielen Dank, Meister Schongauer. Ich werde mich zu gegebener Zeit an Euren Herrn Bruder wenden. Das Ganze ist eine wichtige Angelegenheit und der Herr Kardinal erwartet nächste Woche meine Vorschläge. Er ist nämlich bereit, für dieses Altarbild eine außerordentlich hohe Summe aufzuwenden, und daher will diese Wahl sorgfältig erwogen sein.«

Ludwig schluckte. Dann fragte er: »An welche Entlohnung hatte der Herr Kardinal denn gedacht?«

Gottlieb Spieler rieb sich über das Kinn und es sah so aus, als fürchte er sich zu antworten. Schließlich aber räusperte er sich und sagte, ohne Ludwig dabei anzusehen: »Nun, da das Bild von einem der zurzeit am höchsten gerühmten Maler unseres Landes ausgeführt werden soll, dann wird er auch fürstlich entlohnt werden. Ich kann mich natürlich noch nicht genau festlegen, aber der Kardinal sprach von neunzig bis hundert rheinischen Dukaten.«

»Hundert Gulden. Zum Teufel, neunzig oder hundert Gulden!«
Ludwig hatte den Schülern nach dem Besuch des Priesters des Stiftes von St. Martin barsch befohlen, die Musterbücher und die vorgezeigten Bilder wieder an ihren angestammten Platz zu schaffen. Dann war er blindlings drauflos gestürmt, zum Rufacher Tor hinaus. Es verlangte ihn nach frischer Luft. In den engen Gassen seiner Stadt war es ihm, als müsste er zerspringen. Stumm lief er mit langen Schritten durch die Weingärten, das Gesicht starr zu Boden gerichtet. Seine Gedanken drehten sich um den einen Punkt. Noch nie hatte er von einer derart üppigen Entlohnung gehört. Sicherlich auch niemand vor ihm. Soviel Gold für ein einziges Altarbild! Aber nur, wenn das Gemälde von Meister Martin Schongauer ausgeführt wurde, das war die Voraussetzung.

Ludwig versetzte einem morschen Zaunpfahl einen wütenden Tritt, dass das graue Holz knirschend zerbrach. Ach, es ging ihm im Grunde gar nicht um das Geld. Ludwig kannte seinen Bruder. Martin würde das Gold gerecht aufteilen, so wie er es schon immer gehalten hatte. Ludwig würde genau die Hälfte bekommen. Er würde ihn sogar mitarbeiten lassen, ganz gewiss. Dafür durfte er vermutlich wieder die Tafel grundieren und das Blattgold auflegen, während Martin wie üblich seine Vorstellungen durchsetzte und dann den verdienten Ruhm einheimste und sich tage- und wochenlang von jedem bewundern und loben ließ. Bei Gott, es reichte ihm. Er lief lange über die Felder, lief sich müde, aber sein Geist gab keine Ruhe.

Ludwigs Unmut trieb ihn bei seiner Rückkehr am Abend in das Frauenhaus.

»Seht, da kommt der Meister Ludwig Schongauer, um seinen Pinsel einzutauchen!«

Die Dirnen brachen in kreischendes Gelächter aus, als die Sprecherin dieser Worte vortrat, eine dralle Person mit schwellenden Brüsten, die aus dem engen Mieder hervortraten, mit kräftigen, roten Armen und ebenso flammend rotem Haar, das ihr, gänzlich unbedeckt, fast bis zu den Knien herunterhing. Es war die stadtbekannte Katharina Löfflerin, deren beliebtes Haus bei den Eingeweihten auch nur »Zum Rothen Käthchen« hieß.

Eines der gemeinen Weiber hatte Ludwig hier noch nie gesehen, eine zarte Schöne, die ganz wie ein vornehmes Fräulein gekleidet war. Ihr butterblondes Haar war mit Perlen durchwirkt und kunstvoll zu zwei Schnecken über den kleinen Ohren gewunden, grüne Federn nickten auf das Haar herab, ihre schlanke Gestalt war in ein enganliegendes, tiefblaues Kleid gehüllt, über dem sie einen fein in schwarz und grün gemusterten, brokatenen und mit Marderpelz verbrämten Mantel trug. Hier im »Haus Zum Roten Käthchen« konnte sie so etwas wagen, aber hätte sie sich damit auf den Gassen gezeigt, wäre es ihr übel ergangen. Genau war in den Städten festgelegt, wie die Huren sich zu kleiden hatten, ja, in Straßburg war sogar die Länge ihrer Mäntel peinlichst vorgeschrieben. Und so trug sie die kostbare Tracht auch nur zu dem Zweck, der Kundschaft geschickt das Schauspiel zu bieten, es auch einmal mit einer Edlen derb treiben zu können.

»Ich denke, das zarte Fräulein dort sagt meinem Geschmack zu.«

Die blonde Dirne trat näher und beugte mit vollendeter Anmut das Knie vor Ludwig, als hätte sie nie etwas anderes getan, als in den Burgen des Rheintales den Sängern zu lauschen und Seide zu sticken.

»Raubt dem Edelfräulein nur nicht seine kostbare Unschuld. Sonst kann es sein, mein Ritter, dass eine blutige Fehde auf Euch wartet!«, rief eine der Huren hinter ihm her, als er schon mit dem Mädchen die Treppe hinaufstieg.

»Unschuld?«, brüllte ein Freier und begann zu lachen, dass sein gewaltiger Wanst, der der Dirne nicht viel Platz auf seinem Schoß ließ, mächtig in Bewegung geriet, »diese Unschuld hab ich auch schon mal gekostet. Wenn das Unschuld ist, dann ist meine Mutter Klosterfrau!«

Ludwig grinste in die Stube und stieg mit der Hure die Treppe hinauf.

Ihr Stübchen enthielt als Hauptmöbel eine solide Bettstatt mit Himmel, einen kleinen Tisch, auf dem auf einem in geknüpften Fransen endenden Tuch ein Zinngeschirr mit Bechern, auch Wasser und guter Wein sich befand, denn in Kolmar war selbst im Hurenhaus der Wein vortrefflich.

»Nun, Herr? Wünscht Ihr Wasser zur Erfrischung? Oder lieber einen Schluck von diesem guten Tropfen hier?«

Die blonde Hure füllte mit anmutigen Bewegungen einen Becher mit Wein, den anderen mit Wasser und hielt ihm beide lächelnd entgegen. Dabei ließ sie perlengleiche Zähne sehen, klein wie die eines Kindes. Ludwig nahm den Becher mit Wein und trank einen kräftigen Schluck, dann gab er ihn dem Mädchen wieder, das ihn rasch leerte und dann auf den Tisch stellte.

»Und nun, edler Herr? Sagt, was trieb Euch in mein Gemach?«, fragte sie verführerisch lächelnd und löste dabei wie zufällig den Putz von ihrem Haar. »Ihr wisst, dass es Euch den Kopf kosten wird, wenn mein Gemahl Euch hier auf frischer Tat ertappt?«

Sie drehte ihm den Rücken zu und glitt aus ihrer Seidenrobe wie eine Schlange aus ihrer Haut. Dabei blickte sie aus ihren schmalen, grünen Katzenaugen über die Schulter zu ihm hin, ihrer Wirkung so gewiss wie Salome, als sie den letzten ihrer sieben Schleier ablegte und die Hohepriester von Jerusalem vor Lüsternheit zu beben begannen.

»Es kann Euren Tod bedeuten, mich so anzuschauen, wie es nur meinem Gemahl vergönnt ist!«

Vermutlich sagte sie diese Sprüche für jeden Freier auf, aber sie verfehlten dennoch nicht ihre Wirkung. Prompt fühlte Ludwig, wie sehr er die verbotene Frucht, deren zartes, weißes Fleisch nun von seiner bunten Schale befreit war, zu begehren begann. Das Feuer im niedrigen Kamin ließ ihre Haut rosig erglühen. Sie drehte ihm langsam ihren Rücken zu, stütze einen ihrer kleinen Füße auf den Schemel und begann, das Strumpfband zu lösen. Ludwig starrte wie gebannt auf ihr vollendet geformtes, schneeweißes Hinterteil, auf das lockende Paradies dort oben zwischen ihren Schenkeln.

»Nein. Lass sie nur an.« Seine Stimme war vor Erregung heiser geworden. Er musste sich räuspern. »Lass auch dein Haar so, wie es ist. Du musst nicht die Nadeln herausziehen. So will ich dich haben. Genauso. Du bist sehr schön, grad so, wie du bist!«

Als Ludwig den Durchgang vom Münsterplatz zur Schädelgasse hin passierte, taumelte er über einen Stein und konnte sich gerade noch an der Hausmauer festhalten. Die letzte Schänke, die er besucht hatte, eine winzige Wirtschaft beim Rothen Turm, war ein besonders übles Loch gewesen, das er, soweit er zurückdenken konnte, noch nie von innen gesehen hatte. Plötzlich fasste er mit hastigen Bewegungen an seinen Gürtel: Gott sei Dank, sein Geldbeutel war noch an Ort und Stelle. In ihm klimperte das Silber.

Er schwankte auf das Muntbur'sche Haus zu, wo schon alles im Dunkeln lag. Zum Glück. Er hatte keine Lust, heute noch seinem Bruder über den Weg zu laufen. Zum Teufel mit ihm.

»Martin, Martin, Martin«, brummte er beim Weitergehen. »Immer Hübsch-Martin. Der Beste, Schönste und Begäb... Begabteste!«

Er betätigte den Klopfer einige Male, aber es dauerte eine ganze Weile, bis endlich die Magd mit gelöstem Haar vor ihm stand, strahlend schön wie ein Engel, im Nachthemd, mit einer Laterne in der Hand.

»Meister Ludwig! So spät! Habt Ihr mich erschreckt!«

Ludwig lachte leise und stolperte über die Schwelle. »Das tut mir leid, das war wirklich nicht meine Absicht. Schläfst du denn noch gar nicht?«

Golda sah ihm gerade in die Augen und erwiderte: »Natürlich habe ich schon geschlafen, Herr. Es ist nicht Eure Sache, wann ich mich zurückziehe, meine ich.«

»Nur nicht so spröde, meine Hübsche. Das wärst du wohl kaum, wenn jetzt mein Bruder an meiner Stelle wäre, stimmt's? Denn das hattest du doch sicher gehofft, nicht wahr?«

Golda wurde rot vor Zorn.

»Gar nichts habe ich gehofft. Wie könnt Ihr nur so etwas sagen!«

»Ach komm schon, jeder kann es dir doch ansehen, wie du in ihn vergafft bist. Wahrscheinlich hat es mittlerweile jeder gemerkt außer ihm selbst. Was die Frauen angeht, ist mein Bruder manchmal wirklich von rührender Unschuld.«

Golda drehte sich wortlos um und wollte die Treppe hinauflaufen. Aber Ludwig erwischte sie noch am Hemdzipfel. Es war schon ein paar Stunden her, dass er die blonde Hure gehabt hatte. Hol mich der Teufel, wenn ich diese nicht auch noch schaffen kann, schoss es ihm plötzlich durch den Sinn. Sie stolperte über ihr langes Hemd und schon landete sie mit den Händen voran auf der Treppe. Im Handumdrehen saß Ludwig neben ihr und schlang die Arme um sie. Golda packte die Wut. Männer! Wollten sie denn niemals etwas anderes? Verfluchte, geile Tiere! Mit aller Kraft gelang es ihr, einen Arm loszureißen. Ohne sich lange zu besinnen, holte Golda aus und versetzte Ludwig eine kräftige Ohrfeige.

»He, lass das bleiben! Wenn du weiterhin in diesem Haus bleiben willst, dann wäre ich an deiner Stelle ein bisschen freundlicher. Sonst werde ich dafür sorgen, mein Engelchen, dass du bald wieder auf der Straße bist.«

Wütend zischte Golda: »Das habt nicht Ihr zu entscheiden! Ich bin die Magd Eures Bruders, und er würde mich bestimmt nicht hinauswerfen!«

Ludwig hielt ihre Arme so fest, dass Golda aufschrie. Sein hübsches Gesicht, dem Martins so fatal ähnlich, näherte sich ihrem, dass seine Nasenspitze ihre fast berührte. Sein Atem roch nach starkem Branntwein.

»Doch, das wird er bestimmt, wenn er erstmal hört, dass du mir zu Willen gewesen bist. Wer wird denn schon auf dich hören? Auf das alberne Geschwätz einer Hausmagd?«

Und schon presste er hart seine Lippen auf ihren Mund. Golda versuchte verzweifelt, sich loszumachen. Sie spürte mit Entsetzen seine vorwitzige Hand, die sich energisch unter ihr Hemd zu wühlen begann.

»Ludwig! Verflucht noch mal!«

Unten an den Stiegen stand Martin, bleich vor Zorn.

»Entschuldige, Bruderherz. Habe dich nicht kommen hören«, brachte Ludwig hervor und setzte sich mühsam auf. »Schade. Ich sage es ja nicht gern, aber du störst hier. Sogar sehr!«

Ungläubig blickte Martin von Ludwig zu Golda und wieder zurück.

»Bitte, Meister Martin. Ich habe mich nicht gegen ihn wehren können. Ich wollte gerade ins Bett gehen, als es klopfte, und da ist er …«

»Glaub ihr nicht, Martin. Sie hat mir aufgelauert. Was sollte ich denn machen?«

Martin sah auf den ersten Blick, dass sein Bruder weit über den Durst getrunken hatte. Das war für gewöhnlich der Zustand, in dem er seine Hände nicht mehr von den Mädchen lassen konnte, solange Martin zurückdenken konnte. Er glaubte Ludwig kein Wort.

Golda war aufgestanden und schob nun hastig ihr Hemd wieder zurecht. Martin musterte sie besorgt.

»Geht es dir auch gut, Gertrud? Bestimmt?«

»Aber ja, Meister. Es ist wirklich nichts passiert.«

»Sag' ich dir doch!«, murmelte Ludwig dazwischen.

Martin brachte ihn mit einem wütenden Blick zum Schweigen. Dann wandte er sich wieder seiner Magd zu: »Geh jetzt ruhig schlafen, Gertrud. Und ruhe gut heute Nacht.«

»Ja, und träume süß! Von deinem Liebsten, meinem unfehlbaren, wunderbaren Herrn Bruder, den unser Herrgott auserwählt hat …«

»Wie wäre es, wenn du endlich dein besoffenes Maul halten würdest und deinen Rausch ausschlafen gingest?«

Mühsam rappelte Ludwig sich hoch. Einen Moment lang standen sich die Brüder Auge in Auge gegenüber. Martin erkannte sofort das gefährliche Glimmen in Ludwigs Blick, das in ihren Kinderjahren stets ein Warnzeichen für ihn gewesen war. Schon als Knaben waren sie leicht aneinandergeraten, bis zu jenem Tag, wo Martin um ein Haar mit einer glühenden Feuerzange auf den älteren Bruder losgefahren wäre. Da hatte es ihrem Vater gereicht. Caspar Schongauer hatte sie an den Ohren aus seiner Werkstatt gezerrt und mit ein paar kräftigen Tritten vor die Tür befördert, mit der finsteren Drohung, dass, wenn er sie noch ein einziges Mal bei einer Prügelei in der Goldschmiede erwische, sie sich einen neuen Lehrherren suchen konnten.

Martin kannte Ludwig. Wenn man ihm jetzt keinen Einhalt gebot, würde er auf ihn losgehen. Ludwig stand schwankend da, er hob sogar die Fäuste, aber als er ausholen wollte, polterte er krachend die Stiegen hinunter und schlug sich die Stirn heftig an der letzten Treppenstufe auf. Stöhnend blieb er liegen.

»Ach, auch das noch«, seufzte Martin. Er trat auf den Bruder zu und zerrte ihn an den Schultern hoch. An seinem Haaransatz klaffte ein ordentlicher Riss. Martin rief laut nach Johanne, und im selben Moment kippte Ludwigs Kinn auf seine Brust. Er begann heftig zu würgen, und schon schwappte ein Schwall Erbrochenes über seine Brust.

»Der Herr steh mir bei!«, rief Johanne, als sie am Fuße der Treppe erschien. »Meister Ludwig, was um alles in der Welt habt Ihr angestellt?«

»Nichts, Johanne. Mein Bruder ist nur schrecklich betrunken, das ist alles. Rasch, hole Wasser und einen Lappen. Und irgendwas, um seine Wunde zu verbinden.«

Johanne verschwand hinunter in die Küche.

Martin zerrte seinem Bruder das besudelte Hemd über die Schultern und wischte ihm Kinn und Brust damit ab. Er zögerte kurz, dann zog er sich sein eigenes Hemd über den Kopf und tupfte dem Bruder vorsichtig das Blut damit ab, das immer noch aus dem Riss über der Stirn strömte.

»Ich ... ich wollte dir nur sagen ... es gibt einen neuen Auftrag für dich, Bruderherz. Du wirst ein Vermögen damit verdienen. Glaub mir. Eine schöne, schöne Heilige Jungfrau. Aus deiner Feder. Nein aus deinem Pinsel, vielmehr. Ist auch gleich. Hauptsache, es ... es ist von dir.«

»Wovon sprichst Du? Von welchem Auftrag?«

»Der ... der Herr Gottlieb Spieler war heute Morgen da, dieser alte Pfaffe vom St. Martins-Stift. Er will ein Altarbild, hat er gesagt, eine Jungfrau im Rosenhag ...«

Da wich plötzlich alle Wut aus Ludwigs verzerrter Grimasse, und seine Unterlippe begann zu zittern wie bei einem Kind. Ludwig begann zu Martins Entsetzen laut zu weinen.

Eine Weile sah Martin ihm hilflos zu, dann, als er merkte, dass sein Bruder sich so schnell nicht wieder fassen würde, legte er ihm die Hand auf die Schulter und sagte beschwichtigend: »Ist ja gut. Ist schon gut, Ludwig. Wir machen alle mal Dummheiten, wenn wir uns volllaufen lassen. Und jetzt hör lieber auf zu sprechen, das tut dir nicht gut. Deine Wunde wird nur noch stärker bluten davon. Hole tief Luft und bleibe ganz ruhig hier sitzen.«

Als Johanne endlich mit Eimer und Scheuertüchern herbeigelaufen kam, stand Martin erleichtert auf und trat vor die Haustür, um frische Luft zu schöpfen. Ein wenig übel war ihm geworden. Er reckte sein erhitztes Gesicht in den kalten Abendwind, der herangeweht kam.

Gott sei gedankt, dachte Martin. Nächste Woche reist er ab nach Ulm.

Kolmar, 1473

Eines Abends trat Martin mit einem der ersten Abzüge eines großen Kupferstiches in Goldas Kammer, um ihn ihr zu zeigen. Er hatte viele Wochen daran gearbeitet und war neugierig darauf, nun ihr Urteil hören. Sie war gerade dabei, den kleinen Jakob in den Schlaf zu wiegen. Lächelnd legte sie den Finger auf die Lippen, und dann schlichen sie beide aus der Kammer und hinaus auf den Flur. Golda hielt das Blatt dicht an das Fenster ins Abendlicht und erschrak. Es war eine Szene, in der der dornengekrönte Joschua, der falsche Meschiach der Christen, ein schweres Holzkreuz durch eine nahezu undurchdringliche Menschenmenge schleppte. Es war ein entsetzlicher Wirrwarr, in dem es von berittenen Söldnern, Fußvolk, Lanzenträgern, Knappen, Gaffern, Knechten, Kindern, Weibern und Hunden nur so wimmelte. Golda tat ihr Äußerstes, um sich den Abscheu vor der Abbildung nicht anmerken zu lassen. Sie wollte Martin doch um nichts in der Welt kränken. Der Stich traf zwar nicht ihren Geschmack, aber, das sah sie inzwischen mit recht geübtem Auge, er war doch höchst meisterlich ausgeführt mit seinen verschlungenen Leibern und den fein gezeichneten Gesichtern, den vielen Einzelheiten der Bekleidung.

Sie konnte sich einfach nicht daran gewöhnen, dass die Christen so gern und oft die blutigen Martyrien ihrer Heiligen sehen wollten. In jeder Kirche, an jedem Portal, auf jedem Altarbild und in Tausenden von Zeichnungen und Rissen, immer wieder gemarterte, gekreuzigte und geschundene Menschen in Todesqualen. Sie hatte sie schon so oft sehen müssen, seit sie unter Christen lebte, und doch konnte sie nicht begreifen, welchen Sinn diese Darstellungen menschlichen Leids haben sollten. Wer konnte so etwas betrachten, ohne im Innersten zu erschauern?

Martin wartete gespannt auf ihr Urteil.

»Es ist sehr kunstvoll, Meister Martin. Und sehr lebendig. Und es hat so viel Bewegung«, sagte sie endlich und lächelte unsicher. Martin kannte sie doch schon gut genug, um zu erkennen, dass sie ihm nicht die volle Wahrheit gesagt hatte.

»Nun sag schon ruhig, was dir daran nicht gefällt, Gertrud!«

»Nun, es gefällt mir ja. Nein, wirklich. Der Riss ist von größter Meisterschaft, das ist keine Frage. Aber, wisst Ihr, es fällt mir immer schwer, die Qualen eines Menschenkindes zu sehen. Die Pein überhaupt. Ich kann auch nie Vergnügen finden an den Bränden, wenn Ketzer auf dem Scheiterhaufen stehen oder wenn sie einen Bösewicht auf dem Markt auf das Rad flechten. Alles kommt von weither angefahren und man steht dann dort herum und gafft und hat sein Vergnügen daran, aber mir wird immer schlecht davon, und ich kann die Schreie dieser Unglücklichen nicht hören, ohne zu weinen. Ich weiß ja, dass es meist Verbrecher sind, die man so bestraft, aber glaubt mir, Meister, ich ertrage es nur schwer!«

Martin wiegte den Kopf. Dann sprach er zögerlich: »Nun, das verstehe ich schon, Gertrud. Mir geht es da oft auch nicht anders als dir. Aber ist das alles, was dich stört? Oder ist da doch noch etwas anderes?«

Da wies Golda mit dem Finger auf einen abstoßenden Mann

mit Hakennase, der die Christusfigur mit einem hoch aufschwingenden Tau schlug, und auf einen anderen, der hohnlachend das schwere Kreuz erst recht auf seine Schultern zu drücken schien und fragte: »Warum habt Ihr diese Leute hier so besonders hässlich gemacht, Meister?«

»Nun, weil es Juden sind!«

Golda zuckte zusammen, als wäre sie von einem Peitschenhieb getroffen worden.

»Die Juden haben unseren Herrn und Heiland getötet, wie du weißt«, fuhr Martin fort, »nicht umsonst heißt es, sein Blut komme über uns und unsere Kinder.«

Ein Gefühl heftigen Unwillens durchfuhr Golda, das sie umso mehr traf, als sie diese bösen Worte aus dem Mund dessen hörte, den sie liebte.

Sie tat ihr Äußerstes, um einigermaßen ruhig und beherrscht zu sprechen: »Nun, aber sind sie deshalb denn gleich hässlicher als andere Menschen? Ich habe früher viele Juden gekannt, daheim, die in der Judengasse wohnten, und viele von ihnen waren sehr ansehnliche Menschen. Ja, ich hatte sogar eine Zeitlang eine Freundin unter ihnen. Sie war einer der besten Menschen, die ich je gekannt habe, und ich hatte sie sehr lieb!«

An Klärchen dachte sie in diesem Moment. Und prompt fühlte sie, wie ihr die Tränen in die Augen schossen. Meister Martin zuckte ein wenig ratlos die Schultern: »Sicher. Es gibt wohl auch schöne Jüdinnen. Und auch ansehnliche Männer. Aber wenn ich die Juden hässlicher darstelle, will ich damit vor allem ihre schwarze Seele abbilden, die sie ja doch nicht verbergen können.«

»Wollt Ihr damit sagen, dass alle Juden schwarze Seelen haben?«

Goldas Stimme war heiser geworden. Sie schluckte und fuhr lauter als nötig fort: »Ich meine, es gibt böse und gute, wie unter allen Menschen, wie es auch unter Christen böse und gute gibt.

Ich habe daheim viele gute Juden gekannt, Menschen, die ehrlicher und tugendhafter waren als viele Christen. Nein, sie sind nicht alle gleich!«

Und schon schossen ihr Tränen aus den Augen, so sehr sie es auch hatte verhindern wollen.

»Aber Gertrud, ich bitte dich!« Martin sah sie ganz unglücklich an. »Ich verstehe nicht, warum du so unsinnig in Zorn gerätst. Ich tue doch niemanden weh damit!«

»Ich … ich möchte mich nicht mit Euch zanken, Meister«, sagte Golda schließlich einigermaßen gefasst. »Nicht um alles in der Welt! Verzeiht. Ich gehe jetzt wohl besser. Ich will nur eine Weile allein sein. Ich hasse Zank und Unmut.«

»Aber ich doch auch, Gertrud. Nein, ich bitte dich, verzeih mir! Ich wollte dich doch keineswegs so aufbringen.« Golda schniefte und räusperte sich.

»Es ist schon gut, Meister. Lasst mich vorerst, ich bitte Euch.«

»Sei mir nicht böse, Gertrud. Ich bitte dich herzlich. Ich weiß nicht, wie ich das ertragen sollte!«

Golda drehte sich um und als sie ihn ansah, wie er dort stand, mit seinem todtraurigen Gesicht, konnte sie sogar schon wieder ein wenig lächeln.

»Ich bin ja schon nicht mehr böse. Ich bin nur … es ging mir schon den ganzen Tag nicht sehr gut, und die letzten Nächte habe ich sehr schlecht geschlafen. Der Knabe lässt mir ja keinen Frieden. Jede Nacht macht er mich wach. Es wird besser sein, wenn ich etwas ausruhe. Wir sehen uns am Abend. Seid unbesorgt, Meister Martin.«

Sie lächelte ihm beruhigend zu und verschwand in ihrer Mägdekammer. Martin sah ihr seufzend nach. Er wünschte sich weiß Gott, er hätte mehr Erfahrung im Umgang mit diesen Wesen. Nun, die Frauen hatten wohl bisweilen ihre Launen. Er hatte sie gekränkt, das war nicht zu leugnen. Womit hatte er sie nur so in Zorn gebracht? Eine Jüdin hatte sie zur Freundin gehabt? Das war zwar ungewöhnlich, aber es kam hier und da natürlich vor. Er würde wohl künftig besser seine Zunge hüten müssen.

Einige Tage später stand abends eine würdige ältere Frau vor der Tür von Meister Martins Haus und betätigte energisch den Klopfer. Golda rannte, so schnell es ging, um zu öffnen, aber es war der Frau wohl dennoch nicht schnell genug gegangen. Sie war klein und mager, aber gut gekleidet in ein Gewand aus bestem schlammbraunem Wolltuch, eine stramm gebundene weiße Haube verhüllte ihr strenges, schmallippiges Gesicht von den Lidern ihrer hervorquellenden Augen bis zum Kinn. Ihre Stimme war so unerwartet schrill, dass Golda zusammenfuhr.

»Sag, das dauert aber lang! Wer bist du denn, Jungfer? Und wo ist Johanne? Nun?«

Golda schluckte.

»Seid willkommen! Ich bin die neue Magd. Ich heiße Gertrud.«

Die Frau zog die Brauen zusammen und fragte obenhin: »Nun, und? Ist mein Sohn nicht im Hause? Er sagte mir, er sei heute zugegen. Willst du mich nicht hereinlassen, Mädchen? Ich bin die Mutter deines Herrn!«

Sie klingt genau wie eine ratschende Elster, dachte Golda und murmelte eine Entschuldigung. Erschrocken machte sie der Frau Platz. Da wachte gerade oben in der Küche Jakob auf und begann augenblicklich, munter zu schreien.

»Was ist denn das?«, fragte die alte Schongauerin misstrauisch, »wieso schreit da ein Kind? Ist das etwa dein Kind?«

»Ja, es ist meins, Herrin.«

»Und was hat mein Sohn sich dabei gedacht, eine Magd mit einem Kind in sein Haus zu nehmen?« Eben wollte Golda ihr antworten, als plötzlich Martin in der Tür stand.

»Guten Abend, Mutter. Es geht dir gut, wie ich sehe. Das ist Gertrud, meine neue Magd.«

»Ja, dass sie neu ist, das sehe ich!«

Golda gab sich einen Ruck und sagte: »Es ist sehr warm hier drinnen, ich werde Euch Wein und Wasser bringen.«

»Nun, wenigstens weiß sie, was sich gehört«, zischte die Alte. »Was hast du mit diesem Mädchen zu schaffen, hm? Was kann sie noch, außer Maulaffen feilhalten, mit den Hüften wackeln und Männern den Kopf verdrehen?«

»Mutter, ich …«

»Und liederlich noch dazu. Hat schon einen Bankert, ein Sündenkind. Na, ich kann mir schon denken, wofür sie dir dienen soll.«

»Jetzt ist aber genug, Mutter!«

Golda konnte nicht anders. Sie fühlte sich elend dabei zu lauschen, aber sie blieb dennoch mit klopfendem Herzen auf der Treppe stehen und horchte.

»Das ist hier mein Hausstand, und ich stelle die Mägde ein, die ich haben will. Sie ist fleißig, still und ordentlich, und außerdem dient sie mir als Malermodell für meine Arbeit. Du hast gesehen, dass sie von außerordentlicher Schönheit ist …«

»Oh ja! Das habe ich allerdings gesehen. Und deshalb wohl auch zu fein, ordentliche Arbeit zu leisten, was?«

»Sie leistet ordentliche Arbeit, Mutter. Ich kann mich nicht über sie beklagen, und wenn du mir nicht glaubst, dann frag Johanne, sie wird's dir schon sagen.«

Die Schongauerin brummte geringschätzig.

»Nein, nein, ist ja schon gut. Hast ja recht, was geht es mich auch an. Wenn du dir eine Kebse im eigenen Heim hältst, verluderst du wenigstens nicht ständig das Geld im Hurenhaus.«

Golda floh hinunter in die Küche.

»Na, was machst du für ein Gesicht, Gertrud?«, fragte Johanne, die gerade mit einem Beil und für ihr Alter außerordentlich kräftigen Schlägen Lammrippen zerteilte.

»Ach, gar nichts. Da oben ist nur die Frau Mutter von Meister Martin und …«

Johannes Lachen zerriss augenblicklich ihre Worte.

»Ah, lass mich raten, und sie hatte sofort etwas an dir auszusetzen, kaum dass sie zur Tür herein war, was?« Golda nickte. Johanne lachte umso mehr.

»Lass dich davon nicht abschrecken! Ihr ist keine Magd gut genug, dafür ist sie stadtbekannt. Wechselt die Mägde häufiger als das Betttuch und schafft ihnen tagein, tagaus die Hölle auf Erden.«

Golda runzelte die Stirn, aber Johannes Gelächter wischte schließlich sämtliche Bedenken fort, und sie musste schmunzeln. Der werde ich am besten so viel es geht aus dem Weg gehen müssen, dachte sie bei sich.

Sie langte sich das Messer und begann damit, das Suppengemüse zu putzen, als Johanne plötzlich sagte: »Sag mal, warst du heute Morgen schon im Garten?«

»Wieso?«

»Ist dir nichts aufgefallen?«

Golda ließ das Messer sinken. »Nein, warum sollte mir etwas aufgefallen sein?«

Johanne legte das Beil fort und sagte: »Na, dann sieh dir mal die schönen Rosenstöcke an, wenn du nächstes Mal dran vorbei gehst. Meister Martin hat sie hübsch zugerichtet, sag ich dir.«

»Zugerichtet?« Fragend blickte Golda zu der alten Magd auf. »Also, du machst mich neugierig mit deiner Geheimniskrämerei! Ich gehe gleich nachsehen.«

Die Mittagssonne stand wie eine Mauer in dem kleinen Hof mit seinen Blumenstöcken und Beerenbüschen. Ein weißes Pfauentäubchen blickte aus dem Schlag herunter fragend zu dem Mädchen herab und gurrte matt. Golda trat heran an die Rosenstöcke und staunte: Unten standen sie noch voller roter und weißer Blüten, oben herum waren alle hingegen sauber abgeschnitten.

Es war an einem Augustabend, als Martin sie aus der Küche zu sich rief, wo sie gerade dem kleinen Jakob die Brust gegeben hatte, und sie bat, noch einmal unten in der Werkstatt hereinzuschauen, bevor sie zur Ruhe ging. Golda nickte freudig. Sie brachte ihr Kind, das satt, zufrieden und schläfrig war, in die Wiege in ihrer Kammer und machte sich eilig fertig.

Sie sah rasch an ihrer Brust herunter, ob wohl Milch durch den Stoff ihres Kleides gesickert sein könnte, wie es schnell passieren konnte, aber es war nichts zu sehen, was ihr peinliche Augenblicke hätte bereiten können. Sie prüfte, ob die Haube richtig saß und sauber war, zupfte ein paar Haarsträhnen kleidsam heraus, wie es auch hier in Kolmar inzwischen viele Frauen taten, und kniff sich in die Wangen, damit sie sich ordentlich röteten. Rasch goss sie Wasser in die flache Schale, die ihr morgens zum Waschen diente, und besah ihr Spiegelbild: Ja, sie war recht zufrieden mit sich. Dann stieg sie den nun schon so vertrauten Weg zur Werkstatt hinunter und fragte sich erregt, was Meister Martin wohl von ihr wollte, dass er sie so spät noch zu sich rief.

Die Tür zur Straße stand weit offen, um das Abendlicht in die Werkstatt zu lassen. Martin stand in Gedanken versunken am Tisch und drehte sich erst um, als er ihre Schritte vernahm. Er lächelte sanft, als sie im Türrahmen erschien.

»Ah, Gertrud, da bist du ja. Ich wollte dir etwas zeigen. Sieh einmal, hier!«

Vor ihm auf dem Tisch lag ein Bild von Bauernrosen, so täuschend echt, als wären sie eben auf dem Papier erblüht. Sie streckte ungläubig die Hand aus nach der roten Blüte und erschrak beinahe, als sie statt auf zarte, kühle Blütenblätter auf raues Papier traf. Die Bauernrose sah genauso aus wie die Pflanzen in den Gärten rings um Bergheim, wo alles hinter der schützenden Stadtmauer in der heißen Sonne rasch heranreifte und prachtvoll gedieh. Die Mütter hatten die dunkel glänzenden Samen der Blumen gesammelt und zu Sankt-Apollonien-Ketten aufgezogen und den Kindern zum Lutschen gegeben, wenn sie zahnten, ein gutes Mittel gegen Zahnschmerz, das jeder auf dem Lande kannte.

»Nun, wie gefällt sie dir?«, fragte Martin gespannt.

»Oh, Meister Martin, sie ist so echt, dass man glauben könnte, sie lebt. Fast meint man, sie könnte auch duften!« Martin musterte sie zufrieden.

»Ja, die hier ist gut gelungen. Aber es ging nicht gleich auf Anhieb, die ersten Entwürfe waren lange nicht so gut. Ich habe manches schon weggeworfen. Das sind die Vorstudien, die jeder Maler macht, wenn er will, dass sein Bild am Ende gelingt. Und die macht man immer in Wasserfarben, damit keine teure Ölfarbe vergeudet wird. Ja, du hast es erraten, ich will, dass die Blumen und gerade die Rosen auf meinem Bild so wirklich aussehen, dass der Betrachter meint, ihren Duft zu riechen. Und die Vögel, die soll er zwitschern hören. Sieh einmal her.«

Er trat zum Tisch herüber und öffnete ein großes Buch und entnahm ihm ein weiteres Bild. Er legte es auf den Tisch und blickte Golda gespannt an.

Sie versank in Betrachtung und schüttelte ungläubig den Kopf.

»Ein Rotkehlchen. Wie schön! Es würde mich nicht im Mindesten wundern, wenn es gleich aufspringt und davonfliegt«, rief Golda.

Martin schmunzelte.

»Ich bin noch nicht vollständig zufrieden damit, aber auf dem Gemälde wird es umso besser werden.«

»Was wird das für ein Gemälde, Meister Martin? Eines von Blumen und Vögeln?«

»Ja, das auch. Es wird aber vor allem die Heilige Jungfrau mit dem Kind. Eine große Altartafel für unser Martinsmünster. Ich soll eine Maria malen, vor dem Hintergrund eines schönen Rosengartens. Und sie wird zweifellos ganz so aussehen wie du, Gertrud.«

Golda lächelte zaghaft. »Wie ich? Ich soll die Jungfrau sein?«
»Oh ja. Es soll ein Bild der Himmelskönigin sein, von solcher Schönheit, wie es noch keiner gesehen hat. Dich so abzubilden, davon habe ich schon geträumt, als ich dich zum ersten Mal in Straßburg gesehen habe.«

Und wieder sah Martin sie mit diesem so durchdringenden Blick an, wie damals beim Münster. Golda strich unwillkürlich mit den Händen über ihre nackten Arme und fühlte Gänsehaut. Sie versuchte ein Lächeln, aber ihre Mundwinkel zitterten.

Ihre schönen Lippen blühten genau in der gleichen warmen roten Farbe der Pfingstrosen, die Martin gemalt hatte, und plötzlich spürte er die verrückte Lust, mit einem weichen, feuchten Haarpinsel die Konturen ihres Mundes nachzufahren. Golda sah den Blick in seinen Augen und legte fragend den Kopf schief. Da er sie nur weiter ansah, ohne etwas zu sagen, wurde sie tiefrot und murmelte heiser: »Ich ... ich muss wieder hinauf ins Haus. Johanne wartet auf mich. Und mein Kind ist ganz allein. Ich weiß nicht, ob ...«

Martin war hingerissen von ihrem glühenden Gesicht und den langen, seidigen Wimpern, die ihre niedergeschlagenen Augen beschatteten. Endlich nahm er das Mädchen an beiden Händen und drehte es zu sich herum.

»Sag, Gertrud, ist es dir vielleicht nicht recht, dafür Modell zu sitzen?«

Golda zögerte. Über die Heilige Jungfrau Maria hatte sie im Kloster Sub Tilia schon mehr als genug zu hören bekommen. Es gab wohl keine Frau unter den Christenmenschen, die höher geschätzt und häufiger abgebildet wurde als diese. Ihr Onkel Samuel hatte einmal während einer hitzigen Debatte zu ihrem Vater gesagt, dass diese heilige Jungfer, die für die Christen angeblich den Meschiach zur Welt gebracht hätte, eine jüdische Frau aus den Bergen Galiläas oberhalb des Yam Kinneret gewesen sein musste. Und dieser Mann sei Jude gewesen, so stand es geschrieben, ein

Jude wie jeder andere, der die Synagoge besuchte und beschnitten war.

Also antwortete Golda schließlich: »Oh doch, Meister, ja, schon. Es ist nur ... Ihr macht mich so verlegen. So schön bin ich doch auch gar nicht ...«

Da vergaß Martin jede Scheu, die ihn bis jetzt immer von ihr ferngehalten hatte, und zog sie an sich und presste seinen Mund auf ihren, fühlte mit Genuss ihre warmen Lippen auf seinen, ihren süßen Atem in seinem Mund, ihre jäh erwachende Leidenschaft. Da ertönte ein lautes Klopfen. Erschrocken fuhren sie auseinander.

»Das ist Matthias«, murmelte Martin, »gerade zur rechten Zeit, wie immer! Verdammt noch mal!«

Er ließ widerwillig ab von ihr und ging zur Tür, um zu öffnen. Golda nutzte den Moment, um nach oben im Haus zu verschwinden. Er hat mich geküsst. Er hat mich geküsst, dachte sie selig, als sie die Stiegen hinauflief. Sie hatte Mühe, noch irgendeinen anderen Gedanken zu fassen.

Ihr Kind schlief tief und fest, als sie in ihre Stube hinaufgestiegen war. Golda stieß das Fenster zum Garten auf und atmete tief die Spätsommerluft ein. Er hatte sie geküsst, endlich!

An jedem anderen Abend als diesem wäre sie ins Bett gegangen und hätte, erschöpft von der Arbeit, bald in tiefem Schlummer gelegen. Aber daran war heute gar nicht zu denken. Sie sehnte sich so sehr nach Martin, dass ihr das Herz bis zum Halse schlug. Schließlich aber entkleidete sie sich doch noch bis auf das Hemd. Unruhig lief sie auf nackten Füßen in der Kammer umher, von der Tür zum Fenster und wieder zurück zur Tür, um an ihr zu lauschen. Sie horchte lange, ob seine Schritte auf der Stiege zu hören waren. Aber nichts rührte sich.

Es wurde dunkel und Golda lag schließlich einsam und ruhelos in ihrem Bett und horchte in die Nacht hinein. Sie musste irgendwann doch kurz eingenickt sein, als sie plötzlich von einem Geräusch hellwach wurde. Mit einem Satz sprang sie aus dem Bett. Was war das gewesen? Und da hörte sie es wieder, das sanfte Pochen an ihrer Kammertür.

»Wer da?«, fragte sie vorsichtig, obwohl sie es nur allzu gut wusste, und prompt hieß es von draußen: »Ich bin's, Martin! Bitte, lass mich doch herein.«

Golda schob den Riegel zurück und öffnete die Tür einen Spalt. Martin hatte seinen Rock und seine Samtkappe abgelegt und trug nur noch ein weißes, gefälteltes Hemd und seine Beinkleider, wie häufig am Abend im Haus.

»Verzeih, dass ich dich vorhin einfach gehen lassen musste. Matthias kam mit einer wichtigen Botschaft wegen eines Auftrages. Das hat mich lange aufgehalten. Viel zu lang.«

Sein Blick liebkoste ihre schlanke Gestalt in dem langen weißen Hemd, den sich auflösenden blonden Zopf und die vom kurzen Schlummer glänzenden Augen.

»Ein Auftrag? Und, was ist daraus geworden?«

Da stand er schon drin in ihrer Kammer, schob den Riegel vor die Tür und stellte das Lämpchen auf den Schemel neben ihrem Bett.

»Unwichtig. Völlig unwichtig. Ich erzähl's dir nachher.«

Er zog sie an sich und küsste sie voller Verlangen. Im ersten Moment glaubte Golda, keine Luft mehr zu bekommen, aber dann erwiderte sie seine Küsse. Er öffnete ihr die Lippen mit seinen, und seine Zunge liebkoste ihre. Sie hatte gar nicht gewusst, dass man so auch küssen konnte, es reizte sie beinahe zum Lachen, aber erregend war es dennoch. Und dann trank sie seine Küsse wie eine Verdurstende. Er küsste sie wieder und wieder, und sie spürte seine warmen Lippen auf ihrem Hals. Oh, gut, gut war das, und so schwindelig wurde ihr davon, schwindelig vor Seligkeit. Sie fühlte seine hungrigen Hände auf ihren Brüsten, seine harte Männlichkeit gegen ihren Schenkel pressen, und eine Mischung von Furcht und Verlangen füllte sie ganz aus. Martin hatte bereits begonnen, ihr Hemd aufzuschnüren, so dass ihre milchweißen Brüste über den Rand des Ausschnitts quollen, doch da richtete Golda sich auf und rief entschieden: »Das Licht! Kein Licht!« Martin lehnte sich hinüber zum Öllämpchen und blies es aus.

»Alles, wie du es wünschst«, murmelte er an ihrem Hals.

Und dann fühlte sie sich von seinen kräftigen Armen aufgehoben, Arme, die daran gewöhnt waren zuzupacken, und hinüber zu ihrem Bett getragen, auf das nur noch das Mondlicht fiel. Er lag über ihr und küsste ihre Brüste und murmelte sanfte Worte dabei, und sie hörte sich seufzen. Er streifte ihr das Hemd vom Leib und ließ es zu Boden fallen. Golda war froh, dass es dunkel war in ihrer Kammer, denn es konnte wohl kaum eine größere Sünde geben als die, ganz und gar nackt in den Armen eines Mannes zu liegen und dies auch noch als die größte Wonne zu empfinden. Martin fuhr auf und riss sich in größter Hast ebenfalls die Kleider vom Leib. So sah Eva auch Adam im Garten Eden, und erst, nachdem beide vom Baum der Erkenntnis gegessen hatten, bemerkten sie, dass sie nackt waren … hatte sie selbst nicht längst von diesem Baum gekostet? Es war an der Zeit, dass sie nach den bittern auch die süßen Früchte genießen sollte. Seine sanften Hände liebkosten ihren Körper an seinen geheimsten Stellen, während sie vor Scham und Lust verging. Wie nur sollte sie es je wieder über sich bringen, ihm bei Tageslicht ins Gesicht zu sehen? In dem Moment, als sie glaubte, ihr Verlangen nach ihm nicht länger ertragen zu können, spürte sie sein hartes Gemächt zwischen ihren feuchten Schenkeln und erwartete den Schmerz. Aber was sie spürte, war kein Schmerz, sondern eine köstliche, wogende Hitze, die kühne Gipfel erklomm, eine Seligkeit und Lust ohnegleichen, die ihren Körper zerriss und unter sich begrub.

»Habe ich dir weh getan?«

Martins Stimme riss Golda aus einem leichten Schlummer. Tatsächlich, sie musste vor Erschöpfung eingeschlafen sein.

»Mir weh getan?« Golda schmunzelte. »Nein, warum?«

»Nun, du hast geschrien, eben gerade.«

»Ich habe geschrien?«, fragte Golda verwundert.

Martin lachte glücklich.

»Das weißt du schon gar nicht mehr? Nun, du warst nicht mehr ganz bei Sinnen. Ich aber wohl auch nicht.«

Golda dehnte die Glieder und kuschelte sich in Martins Arme wie ein Kätzchen. Oh, so wohlig fühlte sie sich, so warm und lebendig. Das war es also, wovon die Frauen nur flüsternd sprachen, worüber Jungfrauen in seliger Unkenntnis und verhaltener Vorfreude tuschelten und kicherten, wofür Männer Morde begingen, ja sogar Kriege führten.

Martin küsste sie lange. Dann richtete er sich halb auf und zog mit einem spitzbübischen Ausdruck die wollene Decke von ihrem Leib, aber Golda hielt sie ängstlich an sich gepresst.

»Nicht, ich bitte dich!«

»Aber warum denn nicht? Du bist so schön wie eine Göttin und ich will deinen Leib sehen, jetzt wo ich dich erkannt habe.«

»Nein, bitte nicht, Liebster, ich bitte dich herzlich!«

Golda schauerte leicht zusammen. Ja, die Nacktheit war eine Sünde, das hatte sie von Kindesbeinen an erfahren. Auch vor Mutter Rahel hatte sie sich nie ganz bloß gezeigt, selbst in der Mikwe zogen die Frauen ein Hemd an, bevor die Baderin sie sehen durfte. Erst, wenn sie ganz allein dort im reinigenden Wasser untertauchten, durften sie nicht mehr das Geringste am Leib tragen. Sie hatte immer voller Abscheu die Augen abgewandt, wenn daheim in Bergheim die Christen, gleich familienweise, Männer, Frauen und Kinder, schamlos und splitternackt durch die Gassen zum Bader rannten.

Martin ließ gleich die Decke los, vollständig versöhnt damit, dass Golda ihn zum ersten Mal als ihren Liebsten angeredet hatte und nahm sie fest in seine Arme.

»Nun, dann soll es mir recht sein. Ein Maler sieht einen Frauenleib zwar mit ganz anderen Augen als ein gewöhnlicher Mann. Aber da du es nicht wünschst, so sei es. Es genügt mir, dass du endlich in meinen Armen liegst und mir gehörst.«

Martin betrachtete sie, mit seinem ernsten, ruhigen Blick und sagte nachdenklich: »Ich habe dich nun so lange entbehrt und endlich gefunden, fast vor meiner Haustür. Aber bis heute weiß ich fast gar nichts von dir. Wo kommst du her? Und wo bist du geboren?«

Golda entgegnete ohne viel Nachdenken: »Von Weißenburg. Dort war mein Vater Viehhändler. Er war stets und ständig unterwegs, zog immer über Land. Er handelte mit Milchkühen und Eseln, auch mit Maultieren und Rössern. Und ich war immer bei ihm, habe ihn begleitet, bis er es mir verboten hat.«

»Warum hat er es dir denn verboten?«, fragte Martin neugierig.

»Nun, ich durfte nicht mehr mit ihm reisen, als ich … als ich zur Frau wurde«, stotterte Golda verlegen.

Weißenburg, weit im Norden und schon fast bei den Schwaben, schien ihr die bessere Wahl zu sein als das allzu nahe Bergheim, wo man leicht Erkundigungen über sie hätte einziehen können.

»Ich vermisse ihn so sehr«, fuhr sie also rasch fort. »Und ich werde ihn immer vermissen. Er wurde ermordet, von Räubern, auf einer Reise nach dem Osten. Ich habe es dir ja schon erzählt, an meinem ersten Tag hier. Danach fand man mich halbtot irgendwo im Ried, und man brachte mich hierher. In das Kloster Sub Tilia, dort haben die Schwestern des Dominikanerordens mich gesund gepflegt. Sie waren alle sehr gut zu mir. Aber als man entdeckte, dass ich ein Kind trug, musste ich das Kloster verlassen.«

Martin schwieg. Ihre Schamhaftigkeit rührte ihn seltsam. Ich habe einfach zu viel Umgang mit losen Frauenzimmern gehabt, dachte er. Dann fragte er: »Und sonst hast du gar keine Familie mehr?«

»Nein. Geschwister hatte ich leider auch nie. Ich habe mir nichts mehr gewünscht, als ein Schwesterchen oder ein Brüderchen zu haben. Meine Mutter gebar ein Kind nach dem anderen. Aber jedes einzelne kam gleich tot zur Welt. Es war grausam, auch für Vater. Und die letzte Geburt, an der ist sie gestorben.« Golda schluckte. Martin zog sie fest an sich und küsste sie.

»Aber du bist jetzt nicht mehr allein. Du hast mich. Und bei mir werdet ihr niemals Not leiden müssen, du und dein Sohn. Ich bin von jetzt an deine Familie.«

Als Golda erwachte, war sie zu ihrer großen Enttäuschung allein. Sie fragte in der Küche schon früh Johanne, ob der Meister denn nicht im Hause sei, aber Johanne schüttelte den Kopf.

»Nein, Kind, er musste heute ganz früh nach Isenheim, oder nach Ensisheim, so genau hab ich's nicht verstanden, und kommt wohl erst spät wieder zurück.«

Golda zog die Stirn in nachdenkliche Falten. Dann sagte sie: »Aber warum musste er denn so plötzlich los? Weißt du das vielleicht?«

»Nun, Matthias sagte mir heute Morgen, es ginge um einen großen Auftrag für ein Kloster oder so etwas, aber mehr weiß ich auch nicht, Mädchen. Keine Sorge, heute Abend hast du ihn ja schon wieder, deinen geliebten Meister.«

Golda war einen Moment zu verblüfft über die Hellsicht der alten Magd, aber dann musste sie lachen. Johanne stimmte ein. Dann sagte sie gutmütig: »Hast gedacht, du könntest mir was vormachen, was? Nein, nicht mir. Du solltest nur einmal sehen, wie du ihn anhimmelst, wenn du glaubst, ich würde es nicht sehen. Aber ich sehe doch alles!«

Kichernd hakte sie eine der eisernen Pfannen über der

Feuerstelle ab. Golda erschrak nicht wenig. Wahrscheinlich hatte Johanne schon die ganze Zeit über Bescheid gewusst. Genau wie Ludwig. Als könnte Johanne ihre Gedanken lesen, sagte sie munter: »Mach dir nur keine Gedanken darüber, ich verrate dich nicht. Ach, jung und hübsch zu sein wie du und dann noch verliebt wie ein Schmetterling! Hab ich auch alles mal gehabt. Damals. In den blonden Georg, den zweiten Sohn vom Metzger, hatte ich mich verguckt, mit dreizehn Jahren. Herrgott, was war das für ein stattlicher Kerl! Groß war er, mit Haaren so gelb wie Weizen und den schönsten grünen Augen, die man sich denken kann. Jedes Mal, wenn ich auf der Gasse an ihm vorüberging, verschlang er mich mit Blicken. Ich konnte etliche Nächte kein Auge zutun vor Aufregung. Hab ihm auf den Gassen aufgelauert und was nicht alles. Einmal hat er auf mich gewartet. In einen Stall gezogen und geküsst hat er mich auch. Und in meinen Röcken herumgewühlt, der Spitzbube, der Hübsche. Oh, diese Seligkeit, sage ich dir! Als dann meine liebe Frau Mutter, Gott hab sie selig, dahinterkam, da hat's aber was gesetzt. Übers Knie gelegt und verdroschen hat sie mich, dass ich drei Tage nicht sitzen konnte. Als ob das irgendwas geholfen hätte.«

Golda lachte sehr.

»Nein, ich weiß, es hilft nicht. Gar nichts hilft. Bitte, Johanne, verrate niemandem etwas!

Ich müsste mir ja wie eine dumme Gans vorkommen.«

»Aber nein, tu ich nicht. Hab ich dir doch schon gesagt. Sag, Mädchen, willst du heute die Einkäufe besorgen? Mich plagt meine Gicht schon wieder, sieh her.«

Johanne zog den Saum ihres langen Kleides ein Stück weit hoch und zeigte ihr den rechten Fuß, der am großen Zehengelenk stark geschwollen war.

»Sei unbesorgt, Johanne! Natürlich gehe ich für dich zum Markt. Und nachher mache ich dir einen Absud von Beinwell. Das ist sehr gut gegen sowas, das habe ich von meiner Mutter gelernt. Gut gekühlt und auf das Gelenk gelegt, wirkt es abschwellend und nimmt dir die Schmerzen.«

Johanne nickte dankbar: »Du bist ein gutes Mädchen. Sei gesegnet.«

Golda war froh, dass sie den ganzen Tag über reichlich zu tun hatte. Gegen Mittag litt die alte Magd unter solchen Schmerzen, dass sie nur noch mit Mühe gehen konnte. Golda bat sie, sich in ihrer Kammer, die gleich neben der Küche lag, auf die Bettstatt zu legen und dann reichte sie ihr die Tücher mit dem kühlen Kräuterabsud. Johanne verspürte nach einiger Zeit wirklich dankbar Linderung. Bald ertönte ihr regelmäßiges Schnarchen, und Golda schloss lächelnd die Tür zur Mädchenkammer. Sollte die gute Alte sich nur tüchtig ausruhen.

Und dann machte sie sich in der Küche zu schaffen. Endlich durfte sie einmal am Herd stehen. Sie bereitete für die Rückkehr des Hausherrn ein Gericht zu, dass Rahel sie früh zu kochen gelehrt hatte. Zwischendurch kümmerte sie sich um ihren Sohn, der heute ungewöhnlich munter war. Er wollte, als es schon dämmerte, auf keinen Fall mehr in seiner Wiege liegen, also nahm sie ihn wohl oder übel auf den Arm, während sie die Küche besorgte. Jakob gefiel es dort sehr gut, und selig glucksend und krähend wie ein Hähnchen blickte er mit seinen großen Kulleraugen um sich und versuchte nach allem zu langen, was ihm vor die Augen kam. Golda war unruhig wie ein Floh und konnte kaum eine Minute stillsitzen. So fand Martin die beiden, als er endlich im Dunkeln wieder zu Hause ankam.

»Ha! Was für ein wunderbarer Anblick erwartet mich in meiner Küche und bei meinem Feuer.«

Golda lachte ihm glücklich zu und hob das winzige Händchen ihres Sohnes, um Martin damit einen Gruß zuzuwinken.

»Ich habe das Essen gekocht. Johanne ist krank, sie liegt im Bett.« Martin nickte.

»Wieder ihre Gicht, die sie plagt, was? Ja, das hat sie öfter jetzt. Macht nichts. Verzeih, dass ich in der Frühe so grußlos verschwunden bin. Es ging aber nicht anders, ich musste ganz früh los, um es beizeiten zu schaffen.« Er trat auf sie zu und küsste sie sanft auf den Mund.

»Endlich bist du wieder da«, murmelte sie selig. Augenblicklich hatte Golda das Gefühl, vor Verlangen nach ihm zu zerfließen. Martins Hände glitten von ihrer Taille sehnsüchtig herab zu ihren Hüften, als plötzlich sein Schmerzensschrei erscholl.

»Nicht, du, kleiner Strolch! Au, tu mir nicht weh!«

Jakob auf Goldas Arm hatte nach seinem langen, braunen Haar gegriffen, und Martin machte sich vorsichtig von den kleinen Händen los.

Sie lachte und fragte: »Ist es denn nun etwas geworden damit?«

»Mit diesem Auftrag? Ach, leider nicht. Aber warte, ich erzähle es dir gleich. Erst einmal muss ich was essen, ich sterbe vor Hunger. Ich hatte ja nichts mehr seit heute früh. Komm, gib mir den Kleinen und kümmere dich inzwischen um den Tisch. Ich werde ihn zu Bett bringen.«

»Na, dann gutes Gelingen. Er ist heute so munter, das wirst du kaum schaffen, denke ich.«

»Lass Mütterchen nur reden, was, Jakob? Zu Bett bringen, das werden wir schon schaffen, wir beide«, sagte Martin unbeeindruckt und stieg die Stiegen empor zu ihrer Kammer. Während Golda lächelnd Wein und Wasser in Krüge füllte und den Lammtopf auf Schüsseln tat, lauschte sie hoch zu den oberen Regionen des Hauses. Aber tatsächlich war nichts zu hören.

Als sie schon am Tisch saß und den Wein in die Becher füllte, hörte sie ihn die Stiege hinunterkommen.

»Nun? Konntest du ihn schlafen legen?«, fragte Golda.

»Er schläft! Schläft wie ein Murmeltier. Fand es wohl mal wieder schön, von jemand anderem als der Mutter in die Wiege gelegt zu werden.«

Martin setzte sich, beugte sich über den Topf und hob den schweren Deckel.

»Oh! Das riecht ja köstlich. Was ist das denn Gutes?«

»Das ist ein Lammtopf, wie meine Mutter ihn mich zubereiten gelehrt hat. Den konnte ich schon kochen, als ich noch so klein war.« Golda hielt ihre Hand in der Höhe der Tafel über den Boden. »Er ist mit Bohnen, Zwiebeln und Knoblauch bereitet, und viel Thymian, so wie man ihn bei uns zu Hause gegessen hat.« Sie füllte Martin eine ordentliche Portion des Gerichts auf und schob ihm den Brotlaib hinüber. »Hoffentlich schmeckt er dir.«

Martin riss den Laib in Stücke und tunkte sie in den duftenden Eintopf. Tunkte und aß. Er schüttelte den Kopf und rief schließlich aus: »Gott, schmeckt das herrlich! Deine Mutter muss eine wunderbare Köchin gewesen sein. Sag, war sie auch so schön wie du?«

Golda errötete sanft. Es war der Tscholent, das traditionelle Schabbatgericht. Offenbar schmeckte er auch den Christen.

»Man sagte es mir immer, dass ich ihr sehr ähnlich sei«, sagte Golda. »Ich habe sie leider nie gesehen. Ich bin von meiner Stiefmutter erzogen worden.«

Martin bedachte sie mit einem mitleidigen Blick.

»Du hattest nur eine Stiefmutter? Ach, du armes Ding!«

»Aber gar nicht«, entgegnete Golda lachend. »Sie war eine wunderbare, gütige Frau. Jeder bei uns daheim hat sie gemocht. Ich habe sie sehr geliebt, wie die eigene Mutter, und ich vermisse sie noch immer. Sie half überall und sie wusste so viel. Sie konnte sogar lesen und schreiben.«

Golda brach unversehens ab, erschrocken über die eigene Kühnheit. Martin zog beeindruckt die Augenbrauen hoch.

»Sie konnte lesen und schreiben, deine Mutter? Ist sie im Kloster erzogen worden?«

Golda zögerte keinen Moment: »Ja, das ist sie, aber nur zwei Jahre lang. In der Marienau, bei den Zisterzienserinnen von

Breisach. Aber sie wollte dort nicht bleiben. Mein Großvater soll außer sich gewesen sein vor Zorn. Er wollte ihr einen Denkzettel geben und hat sie an einen zwanzig Jahre älteren Mann vermählt, den sie noch nie im Leben gesehen hatte. Aber es wurde eine gute Ehe, denn sie liebten sich beide sehr.«

Sie lächelten sich an, bis Golda aus lauter Verlegenheit zu ihrem Becher griff und einen großen Schluck Wein trank.

»Sag«, fuhr sie schließlich fort, »was ist nun aus diesem Auftrag geworden, von dem du erzählt hast? Für den du heute früh fort musstest?«

»Ach, dieser elende Auftrag. Ja, das ist so eine merkwürdige Sache. Da ist dieser reiche Herr von Anspach von Ensisheim, ein Rittersmann, der sich einen Hausaltar wünscht, mit einem kleinen Bild, wie die Hirten unseren Herrn anbeten, und das Ganze in einem ziemlich kleinen Format. Es wird eine sehr schwierige Sache werden, das habe ich versucht, ihm verständlich zu machen. So viele abgebildete Personen, und Ochs und Esel im Hintergrund. Er wollte das nicht so recht einsehen. Das wird ihn viel kosten, und ich glaube, dass meine Vorstellung von der Entlohnung ihn abgestoßen hat. Nun, er will sich's noch überlegen, hat er gesagt.«

Martin langte sich den Krug und wollte noch Wein nachschenken, aber er war schon leer. Golda sprang auf, aber er hielt sie am Handgelenk fest und zog sie auf seinen Schoß.

»Nein, lass nur, Gertrud! Komm her, komm zu mir, mein Vögelchen.«

Er küsste sie lange und seufzte tief auf.

»Ach, das war so ein elend langer, nutzloser Tag. Wie gern wäre ich einfach hier im Haus bei dir geblieben, mein Lieb«, und küsste sie. Seine Arme umschlossen warm und fest ihren Körper, und sie spürte, wie er genießerisch den Duft ihres Haars einatmete. Dann flüsterte er ihr ins Ohr: »Komm, lass uns ins Bett gehen. Ich sehne mich schon den ganzen Tag so sehr danach.«

Golda lächelte errötend.

»Gut, aber lass mich erst die Tafel abräumen. Ich mag's nicht, wenn anderntags noch alles herumsteht und dann noch womöglich Ungeziefer durch die Schüsseln kriecht.«

Martin küsste sie auf die Stirn, stand auf und reckte sich. »Dann lass mich nur nicht so lange warten!«

Er stürmte die Treppe zu ihrer Kammer hoch. Bestimmt würde er sich jetzt dort oben seiner Kleider entledigen und sie voller Ungeduld in ihrem Bett erwarten. Golda schloss die Augen und es war ihr, als fühle sie bereits seine warmen Lippen auf den ihren und seine Liebkosungen auf ihrem Körper. Sie begann rasch, mit einem glücklichen Summen auf den Lippen, die Tafel abzuräumen und Schüsseln und Geschirr in die Küche zu stellen.

Es war ein altes Schlaflied, das sie vor sich hin summte, Rahel hatte ihr es stets vorgesungen, bis sie zu groß dafür geworden war. Es war in einer drolligen Sprache gehalten, ein wenig französisch, ein wenig hebräisch, ein wenig der Dialekt der Elsässer. Aber am meisten doch hebräisch. Golda brach erschrocken ab und verstummte.

Kolmar, im selben Jahr

Martin verbrachte viele Wochen mit den gründlichen Vorstudien für das Bild von der Jungfrau im Rosengarten. Er zeichnete, skizzierte, verwarf und zerriss misslungene Versuche und sammelte die ersten Bilder, die seinen Ansprüchen genügten, in einem seiner Musterbücher. Wenn er malte, hütete Golda sich, ihn dabei zu stören oder ihm auch nur zuzusehen. Seltsamerweise brachte ihm beim Kupferstechen so leicht nichts aus der Ruhe, aber er hasste es, bei seinen Vorarbeiten für das geplante Bild gestört zu werden. So ließ sie ihn arbeiten und wartete geduldig, bis er am Abend die Stiegen von der Werkstatt heraufkam. Er schleppte regelmäßig sein Musterbuch zu ihr hinauf und zeigte Golda seine neusten Arbeiten. Sie bestaunte herrliche Bilder von weißen und roten Rosen und Pfingstrosen, eine Kohlmeise, ein Gänseblümchen, einen Spatzen.

Eins schien ihr schöner und vollkommener als das andere zu sein. Golda konnte nie begreifen, warum Martin so selten zufrieden war mit seiner Arbeit. Als sie das Bild eines sitzenden Distelfinks in der Hand hielt, mit seinem scharlachroten Gesicht, dem schwarz-weißen Kopf und dem bunten Gefieder, klatschte sie in die Hände vor Begeisterung.

»Ach, Martin, wie schön. Wie lebendig er ist!« Aber Martin seufzte nur schwer.

»Es war unendlich schwierig, ihn richtig abzubilden. Die ersten beiden Entwürfe waren so schlecht, dass ich sie im Zorn verbrannt habe, weil ich sie einfach nicht ansehen konnte. Nein, überhaupt nicht zu gebrauchen. Aber der hier ...«

»Der hier ist wunderschön, Martin!«, schnitt Golda ihm ungeduldig das Wort ab.

»Ich weiß schon, du kannst nicht verstehen, warum ich etwas, was du vielleicht für vollkommen hältst, einfach vernichten kann«, warf Martin ein, »aber nichts ist vollkommen in meinen Augen, wenn sich nicht hier, weißt du ...«, und er legte die flache Hand auf seine Brust »dieses eine, ganz bestimmte Gefühl einstellt. Ich kann es nur schwer beschreiben. Es ist eine wunderbare, tiefe Zufriedenheit, ein Glück ohne Grenzen!«

Dann zeigte Martin ihr ein anderes Blatt mit einer Erdbeerpflanze.

»Siehst du, hier. Das meine ich. Als ich damit fertig war, hatte ich dieses Gefühl sofort und ohne Zaudern.« Die hübschen roten Früchte auf dem Papier glänzten so verlockend, dass Golda meinte, ihren süßen Duft zu riechen, ja, sie schmeckte sie schon auf der Zunge und fühlte das feine Knacken der winzigen Samenkörner zwischen den Zähnen. Wie oft hatte sie früher mit Mutter

Rahel in den Weinbergen Erdbeeren gesammelt. Sie meinte sogar, die warme Junisonne auf dem Gesicht zu spüren und das Rascheln der grüngoldenen Eidechsen im Gebüsch zu hören.

»Diese Studie für die Erdbeere werde ich gleichfalls verwenden. Sie wird zu deinen Füßen abgebildet sein, ein klein wenig wird sie sogar unter deinem Rock hervorschauen. Weißt du auch, was das bedeuten soll?« Golda schüttelte den Kopf.

»Nun, ebenso wie die Pfingstrosen und die Heckenrosen, ist auch die Erdbeere ein Rosengewächs, das mit seiner roten Farbe die Passion Christi symbolisiert. Aber sie ist auch ein Zeichen für Sinnlichkeit und die Freuden der Liebe, besonders für denjenigen, der das Glück genießt, unter deinen Rock zu gelangen.«

Er zog sie an sich und begann, ihren Rocksaum zu heben. Golda machte sich lachend los von ihm. »Nun, ich hoffe, dass dies niemand weiß außer dir und jetzt auch mir. Denn wenn du die Heilige Jungfrau so sündhaft darstellst ...«

»Oh nein, das werde ich schon nicht, sei unbesorgt. Keusch und züchtig wird sie sein, die Jungfrau, und von überirdischer Schönheit. Und obendrein von überirdischer Größe. Aber für den Kenner eben auch begehrenswert, denn ein Bild, musst du wissen, entsteht immer erst so recht im Auge des Betrachters. Erst dort und in dessen Seele und Gemüt erfährt es seine Vollendung.«

»Heißt das auch, dass jeder in diesem Bild gerade das sehen kann, was er sehen will?«

Martin nickte zufrieden.

»Ja, genau so habe ich es gemeint. Für die Pfaffen, die Priester und Mönche ist es nur ein Bild der Heiligen Jungfrau in einem Rosengarten. Für einen Kranken bedeutet es Trost und ein Mittel, sich in tiefe Andacht zu versenken, zu beten und auf seine Genesung zu hoffen. Für einen jungen Springinsfeld könnte es aber sein, dass er dort auf dem Bild nur das schöne Mädchen sieht und es begehrenswert findet. Und wie sollte er auch nicht? Das wird unkeusche Gedanken bei ihm entfachen und zweifellos von seiner Andacht ablenken. Es ist alles möglich. Ich will aber gerade, dass alles möglich ist! Und du kannst all das für die Menschen sein, meine Liebste.«

Martin zog Golda an sich und küsste sie.

»Ach!«, rief er aus. »Eh ich es wieder vergesse. Sag, kannst du heute Abend noch einmal eine einfache, wohlschmeckende Mahlzeit bereiten? So wie vorige Woche? Das würde mich sehr freuen. Johanne liegt schon wieder mit ihrer Gicht und kann heute nicht kochen. Der Meister Urban Huter kommt noch vorbei und …«

»Ja, natürlich, gern, wie du weißt. Da sind noch zwei Kapaune, die werde ich für euch braten. Aber wenn sie heute Abend rechtzeitig fertig sein sollen, dann muss ich mich sputen.«

Sie warf Martin eine Kusshand zu und verschwand.

Abends verlangte es Martin nach den langen Stunden in seiner Werkstatt oft nach Bewegung, nach Licht und frischer Luft, und dann ließ Golda rasch alles stehen und liegen, um mit ihm vor die Tore oder, zu späterer Stunde, durch die Gassen spazieren zu gehen. Martin legte dann seine feinste Samtjacke an und setzte eine mit Fasanenfedern geschmückte Kappe auf, während Golda ihre Haube aus kostbarem, kunstvoll geschlungenen Goldbrokat trug, die ihr Martin geschenkt hatte, und da er es liebte, ihr Gesicht aufleuchten zu sehen, wenn er sie mit seinen Gaben überraschte, hatte er ihr auch noch ein federleichtes und doch warmes wollenes Umschlagtuch gekauft, mit dem sich die vornehmste Frau hätte schmücken können. Beim Schuhmacher hatte Martin ihr zwei Paar feine Schuhe aus rotem und schwarzem Ziegenleder anfertigen lassen, wie er sie selbst gern trug. Er brauchte immer praktisches, bequemes Schuhwerk auf seinen Wegen und wurde nie müde, sich über alberne Mannspersonen zu mokieren, die Schnabelschuhe und Entenfüße trugen und pflegte zu sagen, dass sie damit nur wie Hähne auf dem Misthaufen herumstelzten.

Golda liebte die Gänge mit Martin, bei denen er sie unbefangen unterhakte, für jedermann sichtbar mit ihr vereint, stolz wie ein Spanier mit der schönen jungen Frau an seiner Seite.

Er war in ganz Kolmar bekannt und wohlgelitten, Bauern, Winzer, Bürger und Edle grüßten ihn freundlich, und immer erwiderte er die Grüße und wechselte ein paar Worte mit diesem oder jenem. Wenn sie auf dem Heimweg an der Barfüßerkirche vorbeikamen, hielt sie mitunter scheue Ausschau nach der schwarzen Marie, und wirklich, eines späten Nachmittags sah sie sie dort an einen Pfeiler gelehnt stehen, die kleinen, aber hübschen Brüste offenherzig vorgereckt und den Männern und Knaben aufmunternd zublinzeln. Golda senkte rasch den Blick, aber als sie vorüber gegangen waren, merkte sie wohl, dass Marie sie in ihrem prächtigen neuen Staat, mit dem geachteten Mann an ihrem Arm, gar nicht wiedererkannt hatte.

Eines Tages stürmte Martin in ihre Kammer, ohne vorher auch nur angeklopft zu haben. Er trug ein großes Bündel auf den Armen und keuchte von seinem schnellen Lauf die Stiegen hinauf. »Gertrud? Da bist du ja! Sieh her, ich habe das Gewand für dich mitgebracht. Das Kleid, das du als Heilige Jungfrau tragen wirst.«

Er legte das Bündel auf das Bett. Er durchschnitt die Bänder, die die weiße Leinenhülle hielten und hervor kam ein leuchtendes, fließendes Seidengewand in der satten Farbe reifer Erdbeeren.

»Oh ... oh!«, konnte Golda nur sagen. »Das ist für mich? Wirklich?«

»Für meine Heilige Jungfrau ist mir nichts zu kostbar. Schau her!«

Er schlug den schweren Seidenstoff um und sie blickte mit offenem Mund auf den feinsten Marderpelz, den sie je gesehen hatte. Martin lachte.

»Nun, da staunst du, was? Das ist das Beste vom Besten, echter Marderpelz von Nowgorod. Es wäre gut genug für einen König, wenn Könige sich nicht schon mit Hermelin schmücken würden. Und das hier, darunter, das ist der Mantel dazu.«

Ungläubig streckte Golda die Hand aus und berührte den blutroten Stoff. Er war so weich wie die Haut des Knaben Jakob.

»Das ist Samt aus Byzanz, wie ihn die Osmanen herstellen. Nun, ist das nichts?«

»Martin! Oh, Liebster, das ist das Schönste, was ich je in meinem Leben gesehen habe! Das muss doch alles ein kleines Vermögen gekostet haben.« Martin lächelte stolz.

»Ja, wahrhaftig, nicht nur ein kleines. Ein großes sogar. Das ist ein Gewand für das ganze Leben. Das wird nicht nur meine Liebste tragen, sondern, so Gott will, auch die Tochter meiner Liebsten und deren Tochter nach ihr. Und vielleicht wickelt einmal deine Enkelin ihr Kind schön warm darin ein. Das wäre mir ein lieber Gedanke. Und bis dahin hätte das Gewand dann auch reichlich seinen Preis abgedient.«

Golda lachte sehr darüber. Martin sollte den Lohn für seine Kunst in Gold erhalten, in einer so entsetzlich hohen Summe, dass sie ihren Ohren nicht getraut hatte, als sie sie zum ersten Mal aus Martins Mund nennen hörte. Was für ein Vermögen! Soviel Gold, wie ein berühmter Maler mit nur einem einzigen seiner Bilder verdiente, hatte ihr Vater, der Rosshändler, in vielen arbeitsreichen Jahren nicht verdienen können.

»Gleich morgen können wir beginnen mit dem Skizzieren. Wolltest du dir noch das Haar waschen?« Golda zuckte ein wenig hilflos die Schultern: »Nun, wenn du es wünschst ... es ist eigentlich schon viel zu spät dafür, aber wenn ich rasch den Kessel aufsetze ...«

»Lass nur, ich will es nämlich gar nicht. Lass es ruhig bleiben. Dein Haar soll genau in der Farbe sein, in der es jetzt zu sehen ist, in diesem wunderbaren dunklen Goldton.«

»Ach Martin! Morgen schon? Johanne und ich, wir wollten morgen ...«

»Ach, lass nur gut sein, Johanne wird sich eine Magd aus der Nachbarschaft besorgen können. Ab morgen brauche ich dich auf zehn Tage mindestens unten in der Werkstatt. Mach dir keine Sorgen, ich werde es ihr selbst sagen.«

Und sprühend vor Ungeduld rannte Martin die Stiegen hinunter wie ein Knabe, der es kaum erwarten konnte, zu seinen Spielen auf die Gassen zu gelangen.

Jakob missfiel es sehr, nur still auf dem Arm seiner Mutter zu sitzen. Goldas Arme erlahmten allmählich, und dabei hatte Martin doch kaum mit der Arbeit begonnen. Er schlug immer wieder mit seinen Ärmchen kräftig um sich und krähte. Es war, als versuchte man, ein pausenlos zappelndes und bellendes Hündchen still auf dem Schoß zu halten.

Golda hob ihn auf ihre linke Seite. Jakob hörte für den Moment auf zu greinen, stemmte sich aber gleich wieder fort vom Hals der Mutter. Er ist wie ein Böckchen, das immer seinen Kopf durchsetzen will, dachte sie. Darin gleicht er dem anderen Jakob, seinem Großvater. Ach, dass er ihn nie hat sehen dürfen! Es ist ein solcher Jammer. Ein Enkel, endlich einen Knaben in der Familie. Es hätte ihn so gefreut. Nun ja, es hätte ihn wohl nur gefreut, wenn es der Sohn eines jüdischen Vaters gewesen wäre, eines rechtschaffenen Ehemannes, und nicht ein *Mamser*, ein Bastard, der Sohn eines schändlichen christlichen Halunken. Wie er dann über ihn gedacht hätte und über mich, darüber wage ich nicht einmal nachzudenken.

Golda vermied es in der Regel nach Kräften, sich an ihren Vater, Jakob ben Josua, den Rosshändler, zu erinnern. Denn wann immer sie an die feige Ermordung ihres Vaters dachte, an seinen sinnlosen, grausamen Tod dort draußen in den Rheinauen, zerriss es ihr über lange Zeit das Herz vor Traurigkeit.

»So!«, brüllte Martin plötzlich, so laut, dass sie erschrocken zusammenfuhr.

»Genauso! Bleib genauso, wie du jetzt bist. Der Kopf, der Blick, und die Haltung. Weh dir, du veränderst was. Genauso hatte ich mir die Jungfrau gedacht.«

»Nun, sag das mal dem wilden Knaben hier in meinem Arm«, murmelte Golda mit zusammengebissenen Zähnen. Sie schluckte die Tränen, die ihr in der Kehle aufgestiegen waren, mit Mühe hinunter und zwang sich zu einem Lächeln.

»Nein!«, rief Martin entschieden, »du sollst nicht lächeln. Diesen Ausdruck, den du eben hattest, diese Wehmut, genau den brauche ich.« Golda seufzte ergeben.

Der gefütterte Mantel lastete warm auf ihren Schultern, und darunter trug sie das herrliche Gewand. Ihr Haar, aus Haube und Zöpfen gelöst, glänzend und lockig, hatte Martin lange und sorgfältig über ihre Schultern gebreitet.

Zum Schluss brachte er einen mit zarten Perlen besetzten Haarreifen und schob ihr die goldblonden Haarmassen ein wenig aus der Stirn zurück. Dann hatte er ihr Jakob auf den Arm gegeben. Er hatte sie mal so und mal so herum gesetzt, den Kopf nach links oder rechts gewandt, war sich aber noch unklar darüber, in welcher Pose er sie malen wollte. Und da war dann auch prompt ein Unglück passiert. Jakob, seit geraumer Zeit ganz ohne Hemd und Windeln, hatte plötzlich angefangen, sich zu erleichtern. Zum Glück hatte Golda es geschafft, ihn noch zeitig von dem roten Gewand weg über den Werkstattboden zu halten.

Martin schrie wütend nach Matthias, der gleich wie von hundert Teufeln gehetzt aus der Tür gerannt kam und Johanne holte, die mit Windeln und Scheuertüchern erschien, um den Schaden zu beheben. Schließlich hatten sie überlegt, dass der Knabe auf ihrem Arm besser auf einer ausgebreiteten Windel zu sitzen kommen sollte. Martin wehrte sich zunächst heftig dagegen, aber es war nun einmal, wie es war. Das Gewand war schlicht zu kostbar, um es gleich beim ersten Mal mit Kinderpisse zu verderben. Und schließlich, gab Golda zu bedenken, sei Jesus ja auch ein Menschenkind wie alle anderen gewesen. Warum sollte seine Mutter ihn denn auch ganz ohne Windeln gehalten haben? Martin stimmte schließlich zu, wenn auch mit Widerwillen. Er hatte immer davon geträumt, dass die gesamte Komposition von dem *complementum* Rot und Grün beherrscht werden sollte. Eine weiße Windel würde diesen Eindruck zur Gänze zerstören, fürchtete er.

Nach mehreren Stunden mit dem strampelnden, schreienden Kind auf dem Arm waren Goldas Kräfte schließlich aufgezehrt. Als Martin den Knaben aus ihren Armen hob, spürte sie ihre Hände kaum noch. Als er ihr dann aber beteuerte, dass die Arbeit am nächsten Tag erst einmal ohne Jakob weitergeführt werden konnte, hätte sie vor Erleichterung beinahe geweint.

Martin trug den Lehrjungen auf, die Werkstatt aufzuräumen, und mit tauben Knochen stieg Golda langsam hinter Martin und ihrem Sohn die Treppe ins Haus hoch. Als sie erschöpft in die Küche traten, war die warme Luft dort drinnen schon geschwängert vom Duft gebratener Hühner und geschmorter Äpfel und Rüben, und Golda war heilfroh, dass sie für heute bereits ihre Arbeit hinter sich gebracht hatte und nicht noch würde kochen müssen.

»Bei Gott, ich spüre keinen Knochen mehr im Leib!«, stöhnte Golda. Sie streckte die Arme, dass es in ihren Schultergelenken krachte. »Komm, gib ihn mir. Er ist übermüde, mein Kleiner. Ich werde ihn gleich zu Bett bringen. Nie hätte ich gedacht, dass es so anstrengend sein könnte, den ganzen Tag still zu sitzen und einen tobenden Knaben zu halten.« Martin küsste sie dankbar auf die Wange. »Ab morgen wird es besser, meine Liebste. Versprochen.«

Täglich ging die Arbeit an dem Bild der Mutter Gottes vor der Rosenhecke nun voran. Nach den Skizzen und den ersten Versuchen mit Ölfarben brauchte Martin sie und Jakob in der Tat nur noch dann und wann für eine Sitzung. Er brachte die meiste Zeit mit der feinen Arbeit an den Blumen zu, den blühenden Rosen und Pfingstrosen, und mehrere Wochen mit den vielen Vögeln. Aber als er an das Rasenstück zu Füßen der Jungfrau kam, geriet das Werk ins Stocken. Immer wieder trug er mit größter Sorgfalt die Farben der Gräser und Blumen auf, in zartem Gelbgrün, Maiengrün, durchsichtigem, wässrigem Grün, wie es in den fischreichen Fluten der Lauch zu finden war, trat dann zurück und ließ seine Arbeit auf sich wirken, nur um einen Augenblick später fluchend alles wieder mit einem Messer abzukratzen, den Untergrund durch vorsichtiges Tupfen mit einem feinen Tuch zu trocknen und seufzend von neuem zu beginnen.

Seine Schüler schlichen wie auf Katzenpfoten durch die Räume, um nicht auch noch den Zorn ihres Meisters auf sich zu ziehen. Zwar verteilte Meister Martin keine Backpfeifen oder gar Stockhiebe, wie manch anderer Lehrherr es tun mochte, aber er war durchaus imstande, vor Wut mit Pinseln und Farbnäpfen um sich zu werfen, wie Matthias zu berichten wusste. Nun, da ging man ihm besser aus dem Weg und tat augenblicklich alles, was er verlangte.

Obgleich Johanne Golda wieder und wieder versicherte, dass der Meister sich in den Jahren zuvor schon mehrfach so in eine Arbeit vergraben hatte, dass er für seine Umgebung völlig ungenießbar wurde, konnte sie das nicht beruhigen. Golda erkannte den geliebten Mann kaum noch wieder, und was sie sah, erschreckte sie. Er wurde von Tag zu Tag rastloser und unwirscher, selbst ihr gegenüber.

Martin arbeitete ständig an diesem Stück Rasen, so dass er Nacht für Nacht nur noch wenige Stunden schlief und tagsüber kaum noch Pinsel und Stifte aus der Hand legen mochte. Er dachte nicht einmal mehr ans Essen, und wenn sie ihm nicht hin und wieder kräftig zugeredet hätte, wäre er wohl bald schon ganz abgemagert gewesen.

Eines Abends, nach mehreren Tagen, an denen Golda schon erfolglos versucht hatte, Martins Arbeitswut Einhalt zu gebieten, war sie bereits zweimal unten gewesen, um Martin aus der Werkstatt zum Essen ins Haus hinauf zu holen, und beide Male hatte er sie kaum angeblickt und sie abgelenkt und grob angefahren: »Gleich, hab doch ein bisschen Geduld!«

Golda hatte schließlich wütend die Tür hinter sich zugeschlagen und war wieder hoch in die Küche gestiegen, von der aus die guten Bratendüfte in die Werkstatt wehten.

Nun, dann sollte er doch solange dort malen, bis er umfiel! Gleich darauf stieg ihr die Schamröte ins Gesicht. Was war in sie gefahren? Sie hatte ihm gegenüber doch noch nie einen einzigen bösen Gedanken gehegt. Eine gute Stunde später versuchte sie es also ergeben zum dritten Male. Es war schon spät am Abend, beinahe in der Nacht. Es sollte ihr sehr schlecht bekommen. Kaum hatte sie die Werkstatt betreten und leise seinen Namen gerufen, da fuhr Martin herum und brüllte wütend: »Herrgott noch mal, Weib, was willst du! Hör gefälligst auf, mich ständig zu unterbrechen. Los, scher dich fort, nach oben!«

Da war Golda doch endlich in Zorn geraten. Das ging jetzt schon die ganze Woche so, und bei G'tt, es reichte! Sie hatten sich noch nie gezankt, aber jetzt war es wohl so weit.

Wie eine lauernde Katze machte sie einen wütenden Satz auf den verblüfften Geliebten zu und riss ihm schnell und geschickt die beiden Haarpinsel aus der Hand, die er eben wieder in Ölfarbe getaucht hatte. Einen Moment befürchtete sie, er könnte sie ohrfeigen, aber Martins Gesicht war so überrascht, dass Golda sich mit Mühe das Lachen verbeißen musste. Aber dann wurde er rot vor Wut und riss den Mund auf, zweifellos um sie anzubrüllen. Aber dazu ließ sie ihn gar nicht erst kommen.

»Martin Schongauer, nun sieh dich doch nur einmal an! Seit gestern habe ich den ganzen Tag keinen einzigen Gedanken mehr außer dem, dass es nun endgültig reicht mit deiner vermaledeiten

Arbeitswut! Der Herr stehe mir bei, mit dem heutigen Tag ist es genug damit. Du isst kaum noch, du schläfst kaum noch. Siehst du überhaupt noch mal in den Spiegel? Du hast dich ja schon ganz vernachlässigt. Du siehst aus wie ein Vogelfreier. Was geht denn nur vor in dir? Kein Mensch hat dir eine Frist gesetzt für dein Gemälde, und niemandem ist geholfen damit, wenn du es so eilig herunter schmierst, als ob ein Söldnerheer hinter dir her wäre!«

Martin schwieg verblüfft. Das war eine Gertrud, die er noch nicht kennengelernt hatte.

Dann aber fand er schnell die Sprache wieder: »Was ... was sagst du da? Ich schmiere es herunter?«

Er drehte sich zu seinem Bild herum und starrte es an, als sähe er es zum ersten Mal.

»Ein Söldnerheer? Verflucht noch mal! Was ist denn nur in dich gefahren?«

Golda war viel zu wütend, um sich von ihm einschüchtern zu lassen.

»Was in mich gefahren ist, willst du wissen? Ich habe es satt mit den Narrheiten des Martin Hübsch. Und ich lasse mich so nicht behandeln von dir. Von niemandem. Jawohl! Du wirfst mich sogar hinaus aus der Werkstatt, wenn ich dich zum Essen heraufholen will ... ja, ich weiß, deine Arbeit ist dir zehnmal wichtiger als alles andere, sehr wahrscheinlich wichtiger noch als ich, und selbst damit könnte ich leben. Aber ich lasse nicht zu, dass du dich damit zugrunde richtest.«

Martin öffnete den Mund, um etwas zu sagen, aber Golda ließ ihn gar nicht erst zu Wort kommen: »Und bist du etwa der einzige hier, der schwer arbeiten muss? Ich bin deine ergebene Magd, ebenso wie Johanne. Wir beide, und deine Schüler noch dazu, wir alle arbeiten schwer für dich. Und ich, ich putze, ich bereite deine Mahlzeiten, räume hinter dir auf, ich flicke deine Hemden und spinne und wirke, und ich kümmere mich obendrein um mein

Kind, tagein, tagaus. Und ja, ich bin deine Geliebte, was jeder weiß, und teile des Nachts dein Lager, obwohl das eine Sünde ist und deine ganze Familie, vor allem deine Frau Mutter, mich dafür hasst und verachtet.«

»Das stimmt nicht! Meine Brüder hassen dich nicht, und mein Vater …«

»Schweig! Jetzt rede ich«, fuhr Golda wütend dazwischen.

»Ach, Martin, es tut mir leid! Ich will ja gar nichts gesagt haben. Liebster, ich tue das nur zu gern für dich, ich würde alles für dich tun, aber ich kann es nicht ertragen, zu sehen, wie du nur wegen eines Bildes krank und bleich und mager wirst. Du bist ja schon ganz hohläugig. Wo ist mein wunderbarer Gefährte geblieben? Ich will doch nichts, als ihn wiederhaben.«

Martin sah sie nur einen Moment mit einem langen, leeren Blick an, dann wandte er sich ab und flüsterte: »Davon verstehst du nichts. Du weißt nicht, niemand weiß es, oder kann es nachempfinden, was mir diese Arbeit bedeutet.«

Golda stieß einen wütenden Laut aus, aber Martin hob die Hand, um sie zum Schweigen zu bringen: »Nein, lass mich ausreden. So etwas wie das hier habe ich noch nicht erlebt. Es ist mir zum ersten Mal, als könnte ich ein Werk nicht zu Ende bringen, so sehr ich mich auch bemühe. Es ist geradezu wie verwunschen. Wenn ich doch nur den Grund dafür wüsste! Ich habe diese Gräser, diese Blumen vorher ein dutzend Mal zu Papier gebracht, und es ist mir doch so manches Mal ordentlich gelungen. Warum zum Teufel geht es auf einmal nicht mehr?«

Er sah sie mit dem verzweifelten Blick eines kleinen Jungen an, dem sein liebstes Spielzeug verloren gegangen war, und Golda wurde von Mitgefühl überwältigt.

»Komm, komm her, Liebster!« Sie trat auf ihn zu und zog ihn in ihre Arme. Er legte müde den Kopf auf ihre Schulter. Sie strich ihm über sein langes Haar mit den vielen Farbklecksen darin und sagte: »Es liegt nicht an dir, Martin. Ich weiß, dass du deine Kunst wie früher beherrschst, und du weißt es doch auch. Du bist vollkommen überarbeitet und übermüdet, das ist es. Nichts anderes. Du solltest endlich alles stehen und liegen lassen und einen Tag ausruhen, auch zwei oder drei. Du hast dich verrannt. Versuche doch nur einmal, dich zu erholen, ein wenig Abstand zu gewinnen. Ich glaube sicher, dass das helfen wird.«

Martins Kopf auf ihrer Schulter rührte sich nicht. Dann spürte sie seine Lippen an ihrem Ohr und hörte ihn leise etwas murmeln.

»Was sagst du, Liebster? Ich kann dich nicht verstehen …«

»Du bist mir schon eine kleine Megäre!«

Golda stutzte kurz, aber dann fingen ihre Schultern an zu beben. Sie lachte, erst zögerlich, dann immer lauter, und Martin lachte mit ihr. Schließlich blickte sie ihn mit glänzenden Augen an, schlang die Arme um seinen Nacken und küsste ihn.

Martin erwiderte ihren Kuss stürmisch. Dann sagte er: »Du hast ja recht. Natürlich hast du recht. Gott, was tue ich denn bloß hier! Sag, was hat die Stunde geschlagen? Weißt du das zufällig?«

Doch, das wusste Golda: »Es ist schon nach der zehnten Abendstunde, mein Geliebter, und wir sollten schon seit zwei Stunden im Bett liegen, wenn es recht zuginge.«

Martin schmunzelte.

»So spät schon? Gott im Himmel! Ja, wenn es recht zuginge. Komm, küss mich. Verzeih mir, bitte! Verzeihst du mir noch einmal, mein Herz?«

»Natürlich verzeihe ich dir. Wie könnte ich das nicht! Aber nur, wenn du jetzt endlich mit herauf kommst in dein Haus. Es ist schon so schrecklich, schrecklich spät. Du musst noch etwas Gescheites essen, bevor du dich zur Ruhe begibst. Das heißt, sofern ich dir deine Ruhe lasse«, flüsterte sie mit verführerischem Augenaufschlag. Und da sie merkte, dass sie jetzt endlich auf dem rechten Weg war, schreckte sie vor gar nichts mehr zurück und legte kühn ihre Hand auf seinen Hosenbund, unter dem es bei dieser zarten Berührung augenblicklich anschwoll. Martin seufzte selig auf, nahm sie fest in seine Arme und drängte seinen Körper begehrlich an ihren.

»Meine kleine Madonna!«, murmelte Martin leise. »Was würde nur aus mir werden ohne dich?«

Er begann schon ungestüm, ihr Mieder aufzuschnüren und mit den Lippen ihre Brüste zu liebkosen. Mitten in der Werkstatt. Golda sah sich ängstlich um und murmelte hilflos:

»Ach, Liebster, nicht, nicht hier. Jeden Moment kann doch jemand hier hereinkommen!«

Martin sprang behände zur Tür und legte den schweren Riegel vor.

»So, jetzt nicht mehr.«

Golda bestand darauf, dass Martin den ganzen nächsten Tag von seiner Werkstatt fernblieb, und zu jedermanns Erstaunen willigte er ein und hielt auch Wort. Er schlief fast bis zum Mittag und ließ sich von Johanne eine kräftige Fleischsuppe ans Bett bringen, bevor er aufstand und den Tag begann. Er ging zuerst zum Bader, der auch sein Haar zurechtschnitt und ihm den krausen Bart herunterschor, den er sich in den letzten Wochen aus Nachlässigkeit und Zeitnot hatte wachsen lassen. Als er nach Hause kam, sah er fast wieder so aus wie früher, wenngleich noch immer bleich und mager.

Golda war überglücklich, ihn mitten in der Woche einen ganzen Tag zu Hause zu haben, und Martin ging es nicht anders. Am Nachmittag spazierten sie vergnügt durch die Stadt und durch das Rufacher Tor nach Egisheim hinaus und liefen lange über die Wiesen und Felder. Es war ein herrlicher, klarer Herbsttag mit beinahe sommerlich warmem Sonnenschein. Die Vögel lärmten wie im Frühling, Wolken von Mücken standen in der Luft. In der Ferne standen die drei Burgen derer von Egisheim hoch oben auf dem Berg über der Stadt, die Dagsburg, die Wahlenburg und der Weckmund, die aber von jedermann nur in elsässischer Mundart die drei »Exen« genannt wurden. Den Bürgern von Egisheim und den Bauern ringsum dienten die hoch aufragenden Türme von Alters her als eine Art einfache Sonnenuhr, je nachdem, welche Schatten sie zu welcher Tageszeit warfen. Golda sprang ausgelassen herum wie ein Kind und pflückte Blumen in Mengen, die sie für Martin zu einem bunten Kranz wand und ihm wie eine Krone auf das dunkle Haar setzte. Martin unter seinem Blumenschmuck atmete wie befreit die frische Luft ein, den eigentümlichen, salzigen Duft der von Mauern umschlossenen Weingärten und den würzigen Geruch des bunten Laubes auf ihren Wegen. Er erzählte, dass er nicht mehr mit Blumen bekränzt worden war, seit er als junger Bursche zum Tanz gegangen sei, was er ohnehin nicht sehr oft getan hatte.

»Wie gut du es hattest!«, rief Golda aus. »Ich durfte nie zum Tanz, die Eltern waren sehr streng in diesen Dingen. Ich lag immer nur zu Hause im Bett und hörte von weitem die Pfeifen und Trommeln. Das kam mich mitunter hart an.«

»Was denn«, rief Martin übermütig, »du kannst noch gar nicht tanzen? Dann komm nur, ich bring's dir schon bei!«

Ehe Golda protestieren konnte, hatte Martin ihre Hand gefasst und sich verbeugt. Dann tanzte er auch schon munter ein paar Wechselschritte, die sie ungeschickt nachzumachen versuchte, worüber beide immer wieder sehr ins Lachen gerieten. Golda stolperte über die eigenen Füße und wäre beinahe hingefallen, hätte Martin sie nicht aufgefangen. Schließlich packte Martin sie mit seinen kräftigen Händen in der Taille und hob sie mit Schwung ein Stück in die Luft. Das kam so unerwartet, dass sie aufkreischte vor Schreck. Martin setzte sie wieder auf den Boden. »Eine große Begabung zum Tanz hast du nicht, meine Liebste. Du müsstest dich erst eine gute Weile darin üben, ehe du dich unter die Leute wagst.«

Golda entgegnete gutmütig: »Das werde ich lieber lassen. Ich will ja nicht, dass man über uns lacht. Ja, da fehlen mir wohl etliche Jahre an Übung. Aber Spaß macht es trotzdem, sehr sogar.«

Sie strebten stetig auf das Städtchen unter seinen drei Türmen zu, aber dann passierte es, dass ein Winzer vor Wettelsheim sie einlud, von seinem gerade vergorenen Most zu kosten, sie taten es und sprachen dem guten Tropfen munter zu und knackten dazu von den Walnüssen, die der Mann ihnen freundlich anbot.

»Nach Egisheim werden wir es wohl nicht mehr schaffen heute«, sprach sie, schon ein wenig betrunken.

»Wen kümmert das«, erwiderte Martin und knackte geschickt die letzten Nüsse aneinander auf.

»Es ist so schön hier, dass man nie wieder fort möchte. Ach, so wohl habe ich mich schon seit Wochen nicht mehr gefühlt.«

Martin entlohnte den Mann mit einer nicht zu kleinen Silbermünze. Noch lange sahen sie ihn dort vor seinem Haus stehen und ihnen dankbar nachwinken. Auf dem Weg durch die Weingärten zurück zur Stadt versank die Sonne still hinter den Bergen und färbte den weiten Himmel. Dann war sie am Horizont verschwunden, und zurück blieb nur ihr rosenfarbener Schimmer, der sich nach und nach in ein herrliches Purpurrot verwandelte, so dass der ganze Himmel in Flammen zu stehen schien. Obwohl es schon spät war, blieben sie immer wieder stehen und blickten staunend zurück auf die Pracht.

Als sie kurz nach Toresschluss endlich glücklich und erschöpft am Haus anlangten, hatte Johanne schon alle Lichter entzündet und die Tafel gedeckt.

Sie hatte sich mächtig ins Zeug gelegt für ihren erschöpften Herren, und so aßen sie mit Genuss gebratene Täubchen in Wein und eine schwere, süße Pastete mit Mandeln, kandierten Früchten und kräftigen Prisen Zimt, Nelken und Muskat. Golda sah zufrieden zu, wie auch Martin endlich wieder ordentlich zulangte.

»Ach, was war das für ein schöner Tag!«, rief Martin aus, als sie nach dem Mahl satt und zufrieden mit ihren Kelchen an der Tafel saßen und müßig zusahen, wie die Talglichter sich langsam aufzehrten. Er fegte mit der hohlen Hand die letzten Krümel vom Tisch, um sie sich in den Mund zu schütten.

»Du hattest recht. Was für ein Narr bin ich doch gewesen. Wir wollen von nun an sehen, dass ich des Öfteren einen ganzen Tag nur zusammen mit dir verbringe, mein Lieb.«

Golda runzelte zweifelnd die Stirn. »Nun, Liebster, das glaube ich erst, wenn ich es erlebe. Fleiß und Hingabe sind ja an und für sich etwas Gutes. Aber wenn du sie so im Übermaß betreibst ...«
Martin nickte.

»Ich weiß ja, ich weiß. Recht hast du. Ich war fast wie von Sinnen. Dieses elende Rasenstück, hätte ich's bloß nie angefangen.«
Golda setze sich auf seinen Schoß und Martin legte seufzend die Arme um sie. Sie legte ihre Stirn an seine und flüsterte: »Denk morgen wieder an dein Rasenstück, du Kindskopf.«

Rom, 1474

Der Krämerssohn aus Schlettstadt am Oberrhein, jetzt Bruder des Dominikanerordens, der sich *artium magister* und *theologia lector* nannte, trat aufatmend aus dem Portal der Kirche Santa Maria della Concezione hinaus auf den Campo Marzio. Das grelle Sonnenlicht auf der weiten Piazza tat ihm noch immer in den Augen weh. Seine Knie schmerzten ihn von dem harten Marmorboden, auf dem er die letzten Stunden zugebracht hatte. Er hatte in der stillen Kirche aus tiefstem Herzen ein Dankgebet an die Heilige Muttergottes gerichtet und während seiner langen Andacht mehr als einmal heiße Tränen der Erleichterung vergossen. Er war müde, aber dennoch seltsam erfrischt. Es war der fünfzehnte Juni und schon sehr heiß in der großen Stadt am Tiber, der Stadt, in der jede wichtige kirchliche Frage der Christenheit entschieden wurde seit Sankt Petrus' Zeiten. Heute hatte man sich endlich zu seinen Gunsten entschieden: Das Generalkapitel seines Ordens hatte getagt und nach einer mehrstündigen Sitzung beschlossen, den Bruder Henricus Institoris aus seiner im letzten Jahr verhängten Gefängnisstrafe zu erlösen.

Er ging langsam ein paar Schritte auf den lärmenden Platz hinaus, auf dem es von Menschen wimmelte, und blinzelte in die Mittagshelle. Diese ganze Posse war lächerlich genug gewesen. Eine Predigt hatte er im vorigen Jahr gehalten, in der er den Kaiser des Heiligen Römischen Reiches Deutscher Nation, diesen Habsburger, seine Majestät Kaiser Friedrich den Dritten beleidigt haben sollte. Diesen Kaiser, der glaubte, ein christlicher Herrscher zu sein und dennoch Juden in seinen Ländern duldete, bei jeder Gelegenheit verteidigte und in Schutz nahm. Seine Feinde hatten ihn deswegen sogar schon als den »König der Juden« verspottet, die Kühnsten wagten, dem noch obendrein ein »Kreuziget Ihn!« hinzuzufügen. Es hatte kaum Aufsehen erregt, dass Heinrich ihn deswegen anprangerte, das taten viele Prediger, es hätte noch hingehen mögen, aber leider war eine Abschrift des Sermons ohne sein Wissen verbreitet worden. Und prompt hatte irgendein übellauniger Pfaffe es daraufhin gewagt, ihn anzuzeigen. Wie sich nun herausstellte, hätte kaum etwas mehr zu seinem Vorteil gereichen können. Heinrich verschränkte die Hände und verzog sein blasses Gesicht zu einem zufriedenen Lächeln. Welche Torheit. Man hatte ihn unterschätzt. Wie immer. Durch die Zeugenschaft seiner Verbündeten im Orden der Dominikaner war er nun nicht nur befreit aus dem Kerker, nein, darüber hinaus hatte man ihn obendrein mit dem Ehrentitel des *praedicator generalis,* eines besonders hervorragenden Verkünders des Evangeliums bedacht. Und er hatte den ständigen Zugang zur päpstlichen Kurie erwirken können, zu seiner Heiligkeit persönlich, Papst Sixtus dem Vierten. Wenn er zurückgekehrt war an den heimatlichen Oberrhein, würde es endlich ein Leichtes sein, die Judenvertreibungen auf den Weg zu bringen. Die im Übrigen recht milde Kerkerhaft hatte er Stunde um Stunde in größter Ruhe und Abgeschiedenheit damit zugebracht, sein Werk über die höllischen Künste weiblicher Zauberinnen zu vollenden. Die beiden letzten und wichtigsten Kapitel hatte er dort im Schein zweier Öllampen geschrieben: *Die verschiedenen Arten und Wirkungen der Hexerei* und den *Kriminal-Kodex*.

Es war ihm dennoch gänzlich misslungen, die Erinnerung an den Funken auszulöschen, der seinerzeit dieses Feuer in ihm entfacht hatte, diese jüdische Dirne auf dem Esel, die ihm teuflisch die Erscheinung der Muttergottes vorgegaukelt hatte, die ihn beinahe hatte irr werden lassen an seinem Gelöbnis der Keuschheit, das ihm bis zu jenem verfluchten Tage, wo er ihr begegnet war, nie als Bürde erschienen war.

Zu Anfang war diese Schrift nur ein rasches, ungeordnetes Aufzeichnen seiner Gedanken, nicht mehr als ein ungeschickter Versuch gewesen, seiner Scham Herr zu werden. Was war aber letztlich Gewaltiges daraus entstanden! Es war ein umfangreicheres Kompendium geworden, als er selbst je vermutet hatte, über sechshundert sorgfältig geschriebene Seiten umfasste es nun in seiner Vollendung.

Fröhlich kreischende Kinder rannten an Heinrich vorbei und herum um ein paar Stände, wo Bauern eine Fülle von Kirschen, Beerenfrüchten und Gemüse anboten. Der Duft von geröstetem Lammgedärm mit Thymian zog ihm von irgendwoher in die Nase. Wie würde er das gute römische Klosteressen genießen können nach all diesen kargen Wochen! Heinrich seufzte zufrieden auf.

Ich werde mit Gottes Hilfe keine unnütze Zeit damit verschwenden, die Schrift durch jahrelange Arbeit von Kopisten von Hand verbreiten zu lassen. Ich gehe am besten zu Meister Johannes Mentelin, wenn ich wieder zurück bin, dachte er, während seine Augen träge zwei laut lachenden römischen Frauenzimmern folgten, die wiegenden Schrittes den Platz überquerten.

Heinrich hatte in Straßburg gesehen, wie dieser Mann, dieser *Buchdrucker* es verstand, mit großer Kunstfertigkeit mithilfe beweglicher eiserner Lettern und Metallplatten Schriften in einer schweren Presse zu vervielfältigen, so rasch, dass einem beim Zusehen schwindelte. Wofür man früher Monate und Jahre gebraucht hatte, das bewältigte man durch diese neue Kunst in wenigen Wochen. Sein Kompendium sollte eines nicht allzu fernen Tages in jeder Bibliothek der Christenheit, bei jedem weltlichen und kirchlichen Gericht verfügbar und einsehbar sein. Lange hatte er darüber nachgedacht, welchen Namen er seinem Werk geben sollte. Einprägsam musste der Titel sein, unverwechselbar und respektgebietend. Und dann, in einem Augenblick, als er sich gar nicht mit seinem Werk beschäftigte, als er an einem gewöhnlichen Morgen vom Kerkermeister geweckt worden war, der mit groben Stiefeln in sein Verließ stolperte und die Schüssel Brei brachte, die privilegierten Insassen wie ihm zustand, war die Erkenntnis wie ein Blitz in ihn gefahren: Malleus Maleficarum. *Hexenhammer.*

Ein glühendes Gefühl von Wonne und tiefer Zufriedenheit durchströmte Heinrich, ein Gefühl, das er wohl Glück genannt hätte, wenn er dazu in der Lage gewesen wäre. Denn nun war sein Ziel erreicht. Er hatte mit dem heutigen Tage endlich die Befugnis erlangt, als Inquisitor zu wirken.

Kolmar, 1474

Eines Abends, als Golda gerade aus der Küche trat, hörte sie oben in der Stube eine tief röhrende Männerstimme, die sie gut kannte: Es war ein Maler, den man Meister Wilhelm nannte. Er war ein dicklicher, ständig mit lauter Stimme krakeelender Mensch, der nicht selten bis tief in die Nacht im Haus blieb und an der reichlichen Tafel des Meisters Schongauer zulangte für drei. Nun war

Martin allerdings zu ritterlich, um ihn jemals aus dem Haus zu werfen, und so harrte er meist tapfer mit ihm aus, während die Stunden verrannen und Golda schon längst zu Bett gegangen war.

Abends waren Martin und Golda für gewöhnlich nur selten einmal allein. Es blieb ihnen wenig Zeit für sich, denn Martin war bis auf die wenigen Ausnahmen, die er sich jetzt ab und an erlaubte, und bis auf die Sonn- und Kirchenfeiertage, den ganzen Tag unten bei der Arbeit in seiner Werkstatt. Es waren oft Gäste im Haus, auch schaute ständig dieser oder jener aus Martins Familie herein, mal ein Bruder, bald wieder eine Base oder ein Neffe. Und natürlich seine Eltern, die noch immer am häufigsten erschienen, der würdige, ruhige Caspar Schongauer und sein zänkisches Weib, Gertrud Schongauerin. Golda hatte inzwischen gelernt, ihnen nur mit dem größten Respekt zu begegnen. Wann immer Martins Eltern im Hause waren, brachte sie Jakob eilig nach unten in die Küche, damit sein gelegentliches Geschrei niemanden störte. Martins Mutter hatte ja doch von Anbeginn vermutet, dass ihr Sohn sie zu seiner Geliebten machen würde. Nun war es auch so gekommen, und es war gut so. Sie sah keine Herabsetzung darin, denn sie wollte nichts anderes sein. Sie gab sich die größte Mühe, zusammen mit Johanne, die Golda nach und nach immer mehr im Haushalt selbst tun ließ, alles bestens in Ordnung zu halten, damit die Schongauerin keinen Grund fand, sich über die neue Magd zu beklagen.

Weit öfter noch kamen und gingen reiche Kaufleute, Edle und immer wieder Äbte und Priester, denn auch, wenn Kolmar nur eine kleine Stadt war, so gab es doch vier Kirchen und etliche Klöster für ihre gut siebentausend Bürger. Martin zeigte den interessierten Kunden seine Risse, Zeichnungen und Musterbücher, auch die fertig gestellten Gemälde unten in der Werkstatt, und die meisten nahmen liebend gern die Gastfreundschaft des Hauses in Anspruch, wenn sie erst einmal dort waren. So war die Nachfrage nach Heiligenbildern und Altartafeln allein in Kolmar schon groß genug und erstreckte sich weit über die Stadt hinaus, bis hin zu den Schwaben, Bayern und den Eidgenossen. War ein Werk erst einmal in Auftrag gegeben und sich über den Lohn geeinigt worden, dessen Höhe Golda von Mal zu Mal mehr in Erstaunen versetzte, dann wurde häufig mit einem Umtrunk mit bestem Wein und einer kräftigen Mahlzeit gefeiert, für die Johanne und Golda sich über Tage in Küche und Keller rührten. Sie bereiteten bei diesen Gelegenheiten Fischgerichte, gewaltige Braten und erlesene Früchte und Backwerk zu. Martin gab große Summen für Küche und Keller aus, und seine gut bestellte Tafel hatte bald Ruhm bis weit über die Stadt hinaus. Auch die vielen Handwerker aus den umliegenden Werkstätten der Schädelgasse, Maler und Gold- und Silberschmiede, kamen oft in die Werkstatt, begutachteten Bilder und Stiche und beratschlagten und stritten lauthals und blieben nicht selten bis zum Abendessen. So hatten sie und Johanne stets genügend zu tun. Golda machte das nicht das Geringste aus. Sie hatte ihr ganzes Leben von morgens bis abends gearbeitet, Müßiggang hatte es für sie nie gegeben, und wann immer sie einmal nichts anderes zu tun hatte, hatte sie gesponnen oder feine Bänder gestickt. Ihr Vater Jakob seligen Angedenkens hatte immer zu sagen gepflegt: Pferdezähne und Frauenhände dürfen niemals stillstehen.

»Es liegt in der alten Judengasse, sein neues Haus«, rief Meister Huter nun lauthals oben in der Stube. Golda zuckte zusammen. Sie legte rasch die Schürze ab und trat leise auf den Flur an der Treppe, die hoch zur Wohnstube führte, und horchte.
»Nun, soviel ich weiß, hat der Herr Bischof Rupert von Simmern den Bürgern von Rufach das Privileg verliehen, in ihrer Stadt keine Juden mehr in den Mauern dulden zu müssen. Die Glücklichen! Und nun ziehen sie fort, weiß der Henker, wohin, nach Polen oder nach Prag. Umso besser. Sollen die sich doch

dort drüben mit ihnen herumplagen«, brüllte er gerade in die Stube, als Golda grüßend eintrat. Martin lachte aufgeräumt mit Meister Wilhelm zusammen und nahm einen großen Schluck Wein.

Golda versuchte, sich ihren Schrecken nicht anmerken zu lassen. Aber sie spürte, wie ihr alles Blut aus dem Gesicht wich. Die Juden hatten Rufach verlassen müssen?

Wie schrecklich, dachte sie und musste an Simeon, den Wechsler denken, der seinerzeit ihren Vater gescholten hatte, weil er seine Tochter mit zu den Geschäften nahm. Soweit sie sich erinnern konnte, sollte er eine recht große Familie in seinem Haus gehabt haben, zwei seiner Söhne und deren Frauen und Kinder hatten bei ihm gewohnt. Sie alle mussten sich demnach auch auf den langen Weg nach Osten gemacht haben.

»Jedenfalls hat er jetzt das ehemalige Bethaus der Juden erworben, um drin zu wohnen«, sprach Meister Wilhelm weiter. »Für einen richtigen Spottpreis hat er's bekommen. Es soll sehr eigenartig sein darin, hat er erzählt. Man sieht gar nichts von Wert oder irgendeinen Schmuck in solch einer Judenkirche, kein Bild, kein Gerät und kein gar nichts, nur einen kahlen, leeren Betsaal.«

Golda hatte keine Ahnung, von wem Meister Wilhelm sprach und wer sich dort in Rufach an dem ehemaligen Besitz der Juden bereicherte. Sie kannte auch die Synagoge dort, sie war schon einmal dort gewesen, im oberen Stockwerk eines einfachen Eckhauses lag sie, einem Haus wie jedes andere, mit einem Fundament aus groben Feldsteinen und Fachwerk darüber, für Uneingeweihte nicht einmal zu erkennen. Aber Golda wusste, warum sie so schmucklos und kahl gewesen war, so wie die daheim in Bergheim. Die Juden gaben nur in den seltensten Fällen viel Geld für die Ausschmückung der Schul her. Ein großer Raum, der Platz für den Rabbiner, zehn betende Männer und die Torarollen ließ, genügte den Juden vollauf. Schließlich wusste kein Mensch, wie schnell sie unter Umständen ihren

Tempel den Christen überlassen mussten. Und mussten sie erst die Synagoge für immer verlassen, nahmen sie den Toraschrein und die Kerzenleuchter mit sich und nichts von Wert blieb zurück. Sie hoffte inständig, dass Simeon und die anderen Rufacher Juden die Stadt verlassen hatten, noch bevor man sie gewaltsam austrieb.

»Sag, was hast du, Gertrud? Ist dir nicht gut?«
Martin musterte sie besorgt. Auch Meister Wilhelm schaute kurz auf zu der Magd. »Nein, nein, es ist gar nichts!« Golda schaffte es gerade noch, Martin beruhigend zuzulächeln.

Sie nahm den leeren Weinkrug vom Tisch und lief hinunter in den Keller. Bloß schnell weg, bevor jemand bemerkte, wie sehr ihre Hände zitterten. Unten, in dem kalten, gemauerten Tonnengewölbe, wo gute Tropfen in Fässern unter einem dichten Netz von Staub und Spinnenweben im Dunkeln ruhten, ließ sie sich auf einen Schemel sinken.

Rufach war gerade einmal einen zweistündigen Fußmarsch von Kolmar entfernt. Was, wenn man nun auch damit begann, die Juden aus Kolmar zu vertreiben? Es gab noch eine Judengasse in Kolmar, nur zwei Straßenecken entfernt ging sie von der Großen Gasse ab, aber in den meisten Häusern wohnten inzwischen Christen. Zwei jüdische Familien sollte es hier noch geben, und beide trieben sie Geldverleih. Golda sah so gut wie nie einen von ihnen in der Stadt, und wenn, dann hasteten sie nur rasch und mit gesenktem Blick vorüber, so unauffällig wie irgend möglich.

Solange Golda sich erinnern konnte, war es immer so gewesen wie in diesem Augenblick. Jeder Jude hörte die Geschichten von den Vertreibungen und Gräueltaten, von den Hetzern und den Judenschlägern, von Totschlag, Raub und Vergewaltigung, die einem das kalte Grausen über den Rücken jagten, und doch konnte kaum ein Jude etwas anderes dagegen tun, als fortzuziehen, in der Hoffnung, dass es an einem anderen Flecken der Welt besser sein möge.

Seltsam, dachte sie verblüfft. Sonderbar, wie sie in den letzten Monaten in Kolmar beinahe ihre Jüdischkeit vergessen hatte. Sie betete nicht mehr, sie heiligte den Sabbat nicht, sie aß nicht mehr koscher. Sie ritzte mit Todesverachtung in jeden Brotlaib und jeden Kuchen, den sie buk, ein Kreuzeszeichen, so wie die alte Johanne es sie gelehrt hatte, damit auf dem Backwerk »nicht die Elfen und Feen herumtanzen«.

Würde sie so einfach aufhören können, Jüdin zu sein? Golda dachte an den alten Scherz, den man unter Juden immer wieder erzählte: Ein Blinder und ein getaufter Jude gehen an einer Synagoge vorbei. Und der Getaufte sagt zum Blinden: Da drüben steht die Schul! Weißt du, früher war ich auch mal Jude. Und der Blinde sagt darauf: Ja, und ich war früher auch mal blind.

Die sechshundertunddreizehn Mizwot, die bestimmten, wie ein Jude zu sein und zu leben hatte, galten sie denn überhaupt noch für sie? Wo sie doch im Haus eines Christen als dessen Geliebte, eines Malers von Heiligenbildern noch dazu, die kein gläubiger Jude ohne Abscheu betrachten konnte? Wo ihr Sohn nicht einmal beschnitten war, um den Bund mit seinem Gott zu beschließen, so wie sein Großvater und vor ihm sein Urgroßvater, Josua von Hagenau?

Mochte es sein, wie es wollte. Sie würde dadurch nicht aufhören, ihrem Volk anzugehören. So wie sie jetzt lebte, hatte sie ihre Herkunft schon beinahe vergessen. Das machte ihr nun doch ein wenig Angst. Aber mehr Sorge bereitete ihr etwas viel Ärgeres: Martins zufriedenes Gelächter, als sein Gast ihm erzählt hatte, dass man die Rufacher Juden ausgewiesen hatte.

Bergheim, im Untertor

Die Lider mit den fast farblosen Wimpern über den blauen Augen schlossen sich. Das Kinn des blonden Mädchens sackte auf seine Brust und Tränen fielen auf seine zusammengekrampften Hände wie plötzlicher Regen.

Heinrich Institoris sah zufrieden zu, wie sie zu dunklen Flecken auf ihrer Schürze wurden.

»Kind, es hat doch keinen Zweck, länger zu leugnen. Sag doch dem Herrn endlich, was er wissen will. Es ist ja nicht schlimm. Du hast doch nichts getan. Gar nichts! Sag's ihm doch, dann können wir gleich wieder nach Hause gehen!«

Heinrich wandte den Kopf über die Schulter zu dem Mann und gebot mit einer einzigen Handbewegung Stillschweigen. Er musste das Mädchen von seinem Vater trennen. Aus langjähriger Erfahrung wusste er gut genug, dass nichts Besseres passieren konnte, als dass ein Weib endlich in Tränen ausbrach. Von dort bis zum umfassenden Geständnis war es meist nur noch ein kurzer Weg.

»Glaubt mir, Herr, Euer Gnaden, ich habe meiner Tochter tausend Mal und öfter gesagt, sie soll den Umgang meiden. Sich mit einer Judendirne herumtreiben, dabei kann nichts Gutes herauskommen, habe ich ihr gesagt. Einmal habe ich sie erwischt, wie sie aus der Gasse kam, und bei Gott, das ist ihr übel genug bekommen. Einmal nur war sie da, und ich habe ihr eine Abreibung gegeben, nach der sie das nicht noch mal gewagt hätte ...«

»Schweigt!«

Johannes Freiburger verstummte erschrocken.

»Jungfer Klara. Ich weiß, dass Ihr nichts Böses im Schilde führt und bereit seid, mir das Herz zu öffnen. Ist es nicht so?«

Das Mädchen schluckte.

»So antworte doch endlich, zur Hölle! Oh, verzeiht mir, Euer Gnaden!«

Es reichte. Heinrich rief die Wachen.

»Ich halte es für klüger, wenn Ihr draußen auf eure Tochter wartet. Es wird nicht mehr lange dauern, das verspreche ich Euch.«

Die Turmwächter nahmen den gänzlich eingeschüchterten Kaufmann in ihre Mitte und führten ihn ab. Die eichene Tür schlug mit einem Knall hinter ihnen zu.

»Klara. Sieh mich an.«

Das Mädchen hob den Kopf. Seine Wangen waren bleich wie Wachs.

»Nun gut. Du hattest eine Freundin, die du liebgewonnen hast. Das ist verständlich. Und du willst sie schützen. Das ist tapfer und tugendhaft von dir. Aber bitte bedenke in deinem Herzen, was du tust. Du kannst dir sehr schaden mit deiner unsinnigen Verstocktheit, ist dir das bewusst?«

Klara schluchzte. »Bitte, Herr ...«

Heinrich setzte sich aufrecht hin und sagte: »Ja, mein Kind? Willst du mir etwas sagen?«

Er gab dem Schreiber an seinem Pult hinter ihm einen Wink. Dieser tunkte den Gänsekiel in das Tintenfass und sah abwartend hin zu dem Mädchen. Klara Freiburgerin schüttelte den Kopf.

Heinrich sank auf seinem Lehnstuhl zurück. So hatte es keinen Sinn mehr.

»Steh auf!«

Das Mädchen zuckte zusammen und riss erschrocken die Augen auf.

»Steh auf!«, sprach Heinrich noch einmal ein wenig freundlicher. »Glaub mir, ich meine es wirklich nur gut mit dir. Erlaube mir nur einmal, dir etwas zu zeigen. Nur zu zeigen. Danach kommen wir einfach wieder her, und du sagst mir, was ich wissen will. Abgemacht?«

Der Mönch stand auf und sein magerer Arm wies einladend zur Tür, als ob er sie zu einem kleinen Abendspaziergang einladen wollte. Klara erhob sich mühsam. Der Turmwächter legte sanft wie ein Kavalier die Hand auf Klaras Rücken und schob sie zur Stiege hin. Dann ging er voran, die Treppe hinunter, die sich wie eine Schnecke immer tiefer in die Erde zu bohren schien. Im Erdgeschoss ergriff er eine Pechfackel aus der Wandhalterung und stieg weiter. Klara folgte ihm wie im Traum.

Schließlich ging es nicht mehr weiter.

»Öffnet einen Moment die Tür! Nur einen kleinen Moment!«

Der Turmwächter ließ die Verliestür aufschwingen.

Klara Freiburgerin schlug die Hand vor den Mund, die immer noch feuchten Augen schreckgeweitet. Hinter der Tür, dort im unruhigen Flackern der Fackel, erblickte sie den zusammengesunkenen Leib der Hebamme Rivka. Der Kopf war der Ohnmächtigen auf die Brust gesunken, während ihr Oberkörper gleichzeitig eigenartig weit nach hinten zurückgefallen war, und man fragte sich, wie es sein konnte, dass der Leib der Frau nicht ganz nach hintenüberfiel. Es lag daran, das Rivkas Daumen in blutbesudelten eisernen Zwingen steckten, ihr Blut ergoss sich über die hölzerne Platte des Tisches, und was einmal ihre Daumen gewesen sein mussten, sah nur noch aus wie schwarzer Brei. Heinrich stellte sich dicht vor das Mädchen, so dicht, dass er den warmen Duft gesunden jungen Fleisches an ihr riechen konnte, und blickte ihr, wie es schien, eine Ewigkeit lang in die Augen, ohne auch nur einmal die Lider zu bewegen. Schließlich nickte er ein paar Mal ruckartig und wandte sich ohne ein Wort ab und begann die Treppe hinaufzusteigen. Dumpf hallte der Knall durch den Turm des Untertors, als der Wächter die Kerkertür zuschlug und Klara Freiburgerin die Treppe hoch zu stoßen begann.

Heinrich ließ die letzten Tropfen des Weines über seine Zunge rollen. Er hielt den Schluck einen Augenblick lang kostend auf seiner Zunge, bevor er ihn nicht ohne Bedauern herunterschluckte. Bei Gott, sie verstanden es, einen guten Weißen zu keltern, diese Bergheimer. Helles Brot und einen würzigen Käse hatte man ihm dazu serviert, und sogar zwei frische Feigen, denn der Bürgermeister von Bergheim besaß tatsächlich einen eigenen Feigenbaum in seinem großen Garten. Heinrich hatte ihn selbst gesehen. Fast bedauerlich, dass er morgen abreisen musste. Aber in Zabern erwartete ihn noch in dieser Woche der Bischof.

Er schob gemächlich Brotbrett und Zinnbecher mit dem Arm beiseite, dann stand er auf. Er reckte sich und gähnte. Dann trat er zum Fenster hinüber und warf einen Blick hinaus auf den abendlichen Platz dort unten. Ein paar Lindenbäume standen auf ihm und ein großer, runder Brunnen. Eine Magd hatte eben zwei Eimer dort gefüllt. Sie stellte sie ächzend zu Boden und reckte das Kreuz. Als sie den Mönch oben am Fenster stehen sah, hängte sie die Kübel mit einiger Hast an die Stricke ihres Tragegestells, hievte die Last hoch und verschwand beinahe im Laufschritt, wobei das Nass reichlich aus den Eimern auf den Boden herabplätscherte. Minutenlang lag die Stille wie Blei auf dem Pflaster, dann lief eine junge Frau vorbei, einen Knaben an der Hand. Sie waren beinahe außer Sicht, als das Kind hinfiel und zu brüllen begann. Das Weib warf sich das Kind rasch über die Schulter und verschwand. Heinrich seufzte zufrieden. Wie ruhig es war in diesem kleinen Städtchen, keine Krakeeler, keine Besoffenen, keine Huren. Wenn er es nicht besser gewusst hätte, hätte er befürchtet, eine todbringende Seuche hätte die stillen Gassen heimgesucht.

Er trat zum Tisch hinüber und entrollte das Protokoll des Schreibers. Seine Augen überflogen die hastige und ziemlich unsaubere Schrift. Der erste Abschnitt war von minderer Bedeutung, die Aussagen des Mädchens deckten sich im Wesentlichen mit denen des Judenmeisters und dieser jüdischen Hebamme: Der Viehhändler namens Jakob ben Josua und seine Tochter, Golda geheißen, hatten die Stadt Bergheim im November im Jahre des Herrn 1471 in der Frühe zu Fuß verlassen, um gen Freiburg zu ziehen und waren nicht von dort zurückgekehrt. Erkundigungen, die einige Nachbarn in den Judengemeinden im Umland eingezogen hatten, darunter der Mann der Hebamme, ein gewisser Abraham ben Gerschon, hatten keinerlei Ergebnisse gebracht. Der Händler und seine Tochter galten seitdem als verschollen. Möglicherweise waren beide längst nicht mehr am Leben. Das wäre eine saubere Lösung gewesen.

Heinrich blätterte in den Aufzeichnungen, bis er zum entscheidenden Passus stieß: »… habe ich selbst mit eigenen Augen gesehen, wie die Jüdin Golda von Bergheim, Tochter des Rosshändlers Jakob ben Josua und seines Eheweibes Rahel von Türkheim, mit einem Dolch mehrmals in die auf dem Tische vor ihr liegende Hostie stach, die sie zuvor des Nachts in der Kirche Der-Himmelfahrt-Unserer-Lieben-Frau entwendet hat, die daraufhin blutete, ebenso wie ein menschlicher Körperteil. Dies tat die Jüdin, um unseren Herrn Jesum Christum zu schmähen und zu schänden. Dies bezeugt Klara, die Tochter des Kaufmannes Johannes Freiburger, gegeben allhier den 13. September des Jahres 1474 zu Bergheim in der Diözese Straßburg.«

Und so hatte er auch noch eine weniger einfache Lösung für den Fall, dass die Hexe noch lebte.

In der Werkstatt Meister Martins, im Winter

Dort oben thronte sie nun, Golda Bath Jakob, in samtenen und seidenen Prachtgewändern in leuchtendem Rot gehüllt, auf einer einfachen Rasenbank, mit ihrem Sohn auf dem Arm, der sich trotzig ein wenig vom schlanken Hals der Mutter weg zu stemmen schien. Hinter ihr, an einem roh aus dünnen Ästen gebildeten Zaun, prunkten die Rosen und Pfingstrosen vor dem schimmernden Goldgrund. Erst auf den zweiten Blick wurde der Betrachter aufmerksam auf die bunten Vögelchen, die zur Rechten und zur Linken der Jungfrau zwischen den Blüten saßen. Über ihrem Kopf schwebte eine goldene, reich verzierte Krone, würdig der Königin aller Königinnen. Das Gemälde war beinahe fertig, nur hier und dort galt es noch, ein wenig zu »putzen«, wie Martin es ausdrückte. Golda stand mit offenem Munde vor der Herrlichkeit, und es war ihr beinahe, als ob sie in einen Spiegel blickte.

»Es ist so schön, Martin. Wunderschön. Aber ich glaube, du hast mich sogar absichtlich noch viel ansehnlicher gemacht, als ich wirklich bin.«

Martin betrachtete die Geliebte nachdenklich, dann glitten seine Augen zu ihrem Abbild hinüber.

Er war nie zufriedener mit irgendeinem seiner Werke gewesen als mit diesem. Er liebte das glühende Rot ihres Gewandes vor dem kühlen grünen Garten, die vollendete Wiedergabe des *complementums* Rot und Grün. Ihre Haarpracht floss wie schweres Gold, ihre Haut und die ihres Sohnes war zartes Elfenbein, und ihre Augen dort oben schauten so traurig herab, ganz so, als ahnte die Heilige Jungfrau das unerbittliche Verhängnis, das den Sohn erwarten sollte. Es packte ihn unwillkürlich das Verlangen, das Haar und die zarte Haut zu berühren, und zur gleichen Zeit überkam ihn ein Schauer der Ehrfurcht vor der Majestät der Muttergottes mit dem Erlöser auf dem Arm.

»Unsinn!«, sagte er dann entschieden, »du bist genauso schön wie dort oben auf dem Bild.«

Auch das Rasenstück zu ihren Füßen war nach langer und geduldiger Arbeit letztlich doch noch so geworden, wie Martin es sich erträumt hatte.

Es sah aus wie eine saftige Wiese im Mai irgendwo zwischen den Weinbergen, so dass man die größte Lust verspürt, sich gleich darauf auszustrecken. Nicht nur Gras und Gänseblümchen wuchsen auf ihr, auch gelbes Kreuzkraut und feine, rote Nelken und Schwertlilien fehlten nicht. Die vielen Vögel, die Rotkehlchen, Kohlmeisen, Buch- und Distelfinken, Grasmücken und Spatzen, sah und hörte man im Frühjahr überall hier im Kolmarer Land. Am Saum öffnete sich das rote Gewand wie zufällig und gab einen Blick auf das Futter frei, den feinen Marderpelz, und richtig, dort unter dem aufflauschenden Rock wuchs die kleine Erdbeerpflanze.

»Warum hast du eigentlich diese Rose hier weiß gemalt, Liebster? Und wieso nur eine einzige?«

»Nun, weil ich meine Jungfrauen immer mit einer einzelnen weißen Blume abbilde, wenn möglich. Bei den Verkündigungsszenen ist es immer die Lilie. Weiß ist die Farbe der Keuschheit und der Unschuld und symbolisiert die Jungfernschaft der Heiligen Muttergottes.«

Goldas Blick haftete nachdenklich an der Blütenpracht. Eigenartig, wie unbeirrbar die Christen an dieser Wunderlichkeit festhielten, dass es keinen Vater zu dem Kind gegeben haben sollte und die Jungfrau Maria durch die Begegnung mit einem Engel oder mit dem Heiligen Geist oder durch irgendeinen anderen sonderbaren Aberglauben geschwängert worden sei. Falls es dieses Kind je gegeben hatte, woran im Übrigen die Juden nicht einmal grundsätzlich zweifelten, dann war es sicherlich auf höchst irdische Weise entstanden, so wie andere Kinder auch. Was auch wäre daran so schlimm gewesen?

»Es ist so herrlich«, sagte Golda nach einer Weile. »Ich wünschte wirklich, es käme nie fort von hier.« Martin lachte.

»Aber an so was muss sich jeder Maler gewöhnen: Wenn die Arbeit erst vollbracht ist, muss man sich auch trennen können von ihr.«

Martin trat herüber an sein Musterbuch und blätterte, bis er an mehrere Abzüge eines Stiches kam, den er vor einigen Tagen fertiggestellt hatte und der vage nach der Muttergottes im Rosenhag gefertigt war: Auf einem schlanken Halbmond thronte Golda dort, ernst und schön, mit Jakob, der sich mit seinen Händchen an ihrem Ausschnitt festhielt, und genau wie auf dem großen Gemälde schwebte über ihrem Haupt eine herrliche Krone.

»Hier, Gertrud. Diesen Abzug wirst du behalten, so dass du es immer anschauen kannst, so oft du nur willst. Meine Madonna auf dem Halbmond der Schongauers. «

Vorsichtig fasste Golda das Blättchen mit den Fingerspitzen am Rand an, wie Martin es sie gelehrt hatte.

»Ich werde es in Ehren halten, Martin!«

Martin küsste sie auf ihr Haar, dann trat er hinter Golda, legte die Arme um sie und das Kinn auf ihre Schulter: »Verstehst du? So ein Bild in etwa hatte ich vor Augen, als ich dich zum ersten Mal gesehen habe, in Straßburg auf dem Marktplatz, wie du so entzückend schüchtern dort gestanden hast und die Skulpturen am Portal bewundertest. Ich habe dich eine halbe Ewigkeit beobachtet und mir gewünscht, ich könnte dich zeichnen.« Er küsste sanft ihren Hals.

Golda suchte seine Lippen, küsste ihn und flüsterte: »Nun, jetzt bin ich hier, bei dir. Und du kannst mich malen, so oft du nur willst.«

TEIL 3

Trient, am Gründonnerstag 1475

Enzo, der Stallknecht des Bischofs von Trient, blickte mit seinen hervorquellenden Augen, immer noch schwer atmend, an seinem klobigen Körper herab und suchte nach frischem Blut. Als er nirgendwo an seiner Kleidung oder an seinen spatengroßen Händen rote Flecken, auch keine Spuren von Gras oder Schmutz, entdecken konnte, ging sein Atem langsam ruhiger. Er betrachtete den Körper des Knaben mit den schmutzigen Füßen, der dort unten im hohen Gras lag, und er fühlte nichts. So weiß, so klein war der Knabe. Er war tot.

Es war nur ein Gassenjunge, der Sohn irgendeines Gerbers aus dem Armenviertel, der Simon hieß und der noch vor einer Stunde quicklebendig um die staubigen Häuserecken der kleinen Stadt in den Bergen gerannt war, um am nächsten Brunnen seinen Durst zu löschen und dann wieder lärmend davonzurennen.

Enzo stöhnte auf. Er hatte dem Knaben, der an diesem heißen Tag nur ein leinenes Hemd von ehemals weißer Farbe getragen hatte, einfach zu Boden geworfen wie einen Heuballen und mit der linken Hand seinen Kopf in das Gras gepresst. Prompt fing der Junge an, laut zu jammern und als er vor Schmerzen zu schreien begann, laut und lauter, hatte Enzo seine Pranken um den zarten Kinderhals gelegt und zugedrückt, bis nichts mehr zu hören gewesen war. Es hatte nur einen Wimpernschlag lang gedauert.

Simon war schon tot, als er den kurzen Dolch mit dem kostbaren Griff aus seinem Gürtel zog und auf den Körper einzustechen begann, etliche Male. Es sei eine gute Tat, hatte der Bischof zu ihm gesagt, dieser gefürchtete Mann, Johannes Hinderbach, der ihm vor drei Tagen die Beichte abgenommen hatte, und ihm, seinem Pferdeknecht, diese seltsame Sühne auferlegt hatte für die Todsünde, dass er gestohlen hatte. Und zwar schon zum zweiten Mal. Das erste Mal war es noch recht glimpflich abgegangen, es war auch keine Kostbarkeit gewesen, nur ein altes Zaumzeug, für das Enzo bei einem armen Bauern wohl noch ein oder zwei Soldi hätte bekommen können.

Der Bischof allerdings hatte keine Gnade gekannt, gestohlen sei gestohlen, und er hatte Enzo von einem ganzen Trupp seiner kräftigsten Knechte an den Birnbaum binden und auspeitschen lassen. Als Enzo anschließend noch lange winselte und heulte, hatte er gedroht, ihn das nächste Mal dem Magistrat zu übergeben, wenn er ihn noch einmal bei einer solchen Schandtat erwischen würde. Und das sollte ihm bei Gott noch ganz anders bekommen!

Und dennoch hatte Enzo es wieder getan. Und diesmal war es eine ernste Sache, denn ein altes Zaumzeug war nichts gegen den blitzenden Dolch mit dem silbernen Griff und den eingelegten Türkisen, demselben, dessen Klinge nun, von Blut gesäubert, in seinem eigenen Gürtel steckte. Der Dolch, den der Bischof verloren hatte und den er wochenlang vergeblich gesucht hatte, bis man ihn endlich unter Enzos schmutzigen Lumpen wiederentdeckt hatte.

Enzo wusste es. Er war verloren. Er hatte gestohlen wie eine Elster, er war ein gemeiner Dieb, und man würde ihn vor Gericht bringen und wie einen gemeinen Dieb bestrafen. Und in der Stadt Trient bestrafte man Diebe mit dem Tode auf dem Galgen. Und er würde zur Hölle fahren für diese Sünde, so gewiss wie die Nacht dunkel und der Morgen hell war. Aber als Enzo heulend vor seinem Herrn in die Knie gesunken war, seine Füße umklammerte, um sie mit zahllosen Küssen zu bedecken, war etwas Unvorhersehbares und gänzlich Ungeheuerliches geschehen.

»Ich will dieses eine Mal noch Gnade vor Recht ergehen lassen, Enzo«, hatte der Bischof zu ihm gesagt, »kann sein, dass du für diesmal um deine mehr als verdiente Strafe herumkommst. Kann sein, dass du meinen hübschen Dolch sogar behalten darfst. Aber du musst mir dafür einen Gefallen tun. Hörst du?«

Enzo sah wie ein geprügelter Hund zu seinem Herrn auf, die Augen voller Tränen.

»Vor Ostern werde ich dir einen Knaben zeigen«, fuhr der Bischof fort, »bring ihn vor die Mauern, irgendwohin, wo dich niemand sehen kann, und dann töte ihn, mit vielen Messerstichen, so dass viel Blut fließt, und wirf ihn in die Etsch. Verstanden? Ich werde dir die Stelle zeigen, die ich meine. Habe keine Bedenken und keine Furcht dabei. Es ist eine gute Tat, für die man dich dereinst im Himmel belohnen wird, dessen sei gewiss!«

Enzo hatte dazu geschwiegen. Er wurde ab und an von dieser elenden, krankhaften Lust zu stehlen übermannt, sündigster Lust, das war ihm wohl bewusst. Er war zwar einfältig, aber so dumm war er auch wieder nicht. Das, was ihm der Bischof dort vorschlug, klang ihm eher wie die schrecklichste Sünde als wie eine gute Tat, die ihm der Himmel lohnen würde.

»Aber, Herr«, wagte er denn auch schwachen Widerspruch, »wie kann das nur eine gute Tat sein? Wenn man mich entdeckt, und man wird mich gewiss entdecken, dann wird man mich auf dem Marktplatz tagelang mit glühenden Zangen zerreißen!«

»Nein, das wird man nicht, Enzo. Ich werde dafür sorgen. Vertrau mir nur. Es wird dir kein Leid geschehen.«

Und der Herr Bischof hatte ihm beruhigend zugenickt, genauso, wie er es immer tat, wenn er ihm seine täglichen Befehle erteilte, wenn er Dinge sagte, wie: »Du kannst die Stute gern noch eine Nacht im Stall stehen lassen, Enzo, denn vor morgen früh wird sie das Fohlen nicht zur Welt bringen, meine ich.« Dies war die Sprache, die Enzo verstand.

»Und ich komme nicht vor das Gericht, Herr? Und ich komme nicht ins Höllenfeuer?«

»Nein, Enzo. Dafür sorge ich. Vertrau mir. Aber eines musst du mir schwören: Versprich beim Namen deiner Mutter und deines Vaters, dass du keiner Menschenseele ein einziges Wort davon erzählst! Hörst du?«

Enzo schluchzte laut. Er griff nach dem Mantelsaum seines Herrn, drückte schmatzend einen Kuss darauf und murmelte: »Ich verspreche es, Herr. Beim Namen meiner Mutter, meines Vaters und des Heiligen Geistes!«

»Amen!« Der Bischof von Trient schlug das Kreuzeszeichen über Enzos grindigem Schädel.

Und so warf Enzo den toten Kinderleib mit Schwung in den Fluss, genau an den Platz, den Johannes ihm gezeigt hatte, nahe beim Ufer, dort, wo das flache Wasser ihn nicht wegspülen konnte. Dort, wo gleich hinter der Mauer die Judengasse lag.

Kolmar, im Frühjahr

Es war beinahe zwei Jahre her, dass Golda bath Jakob, die Tochter des Rosshändlers aus der Judengasse von Bergheim, angefangen hatte, im Hause des Martin Hübsch, des Ruhmes der Maler, als Magd zu dienen. Sie wirtschaftete von Tagesanbruch bis in die Dunkelheit hinein in den Stuben, in Küche und Keller, zwar immer noch unter der Oberaufsicht von Johanne, aber die alte Magd wurde langsam von Woche zu Woche gebrechlicher. Die Gicht plagte sie nun täglich, und das Heben und das Gehen wurden ihr immer schwerer. Martin hatte sie längst mit einem guten Säckel aufs Altenteil schicken wollen, aber Johanne weigerte sich Tag für

Tag hartnäckig, zu gehen. Sie wollte ihrem Herrn treu dienen und so lange für ihn arbeiten, wie es nur ging. Was ihr noch bliebe nach ihrem langen Leben, das ihren Rücken gebeugt und ihre Arme lahm gemacht hatte, wäre ja doch nur ein karges Eckchen irgendwo im Hause ihrer Tochter, ein Platz hinter dem Ofen, und diese Aussicht schien ihr wenig verlockend, solange sie im Haus des Schongauers wenigstens die eigene kleine Mägdekammer bewohnen konnte. Nein, an diesen Ort würde sie erst gehen, wenn sie gar nichts mehr schaffte, sagte sie täglich. So saß sie denn noch oft am Herd in der Küche und schälte Gemüse, verlas Bohnen oder ließ die Spindel zwischen den knotigen Händen herabschnurren und schwatzte mit Golda, die mehr und mehr von Johannes Tagewerk übernommen hatte. Auch hing die Alte sehr an dem kleinen Jakob, diesem munteren Knäblein, und nahm ihn gern in ihre Obhut, wann immer die Jüngere das Haus verlassen musste.

Und das war ein Segen für die junge Mutter, denn sie hatte Tag für Tag ihre liebe Not mit ihm. Jakob war von äußerst lebhafter Natur und wuchs schnell heran, auch rannte er bereits wie ein Wiesel durch die Stuben und erlernte die ersten Wörter. Er versuchte so oft wie möglich, sich hinunterzustehlen in den geheimnisvollen hohen Saal der Malerwerkstatt, von woher ihn so viele Farben, Düfte und Laute lockten. Nur wollte man ihn dort nie dulden, selbst Meister Martin nicht. Kindergeschrei und Getobe, klebrige, neugierige Pfötchen, die alles anfassten und durcheinanderwarfen, konnte man dort unten bei der ernsthaften Arbeit nicht gut gebrauchen. Und so passierte es hin und wieder, dass Martin oder einer seiner Schüler den wild strampelnden Jakob, der vor Wut rot angelaufen war und lauthals zornige Tränen heulte, oben bei der Mutter oder Johanne in der Küche abliefern musste. Martin ließ es sich noch immer nicht nehmen, ihn ab und an zu Bett zu bringen oder mit ihm zu spielen und zu scherzen. Golda war überglücklich, wenn sie täglich aufs Neue erleben durfte, wie sehr Martin an dem Jungen hing.

Noch viel mehr allerdings zog es den Maler hin zu Jakobs schöner Mutter. Ihr Begehren brannte noch immer so hell wie in der ersten Nacht, in der sie zueinander gefunden hatten. Es kam nicht selten vor, dass sie, wenn sie sich irgendwo im Haus, auf den Gassen oder in der Werkstatt über den Weg liefen, von einem heftigen und ungestümen Verlangen nacheinander ergriffen wurden, dessen sie sich nicht schämten und dessen Befriedigung keinerlei Aufschub duldete. Irgendein Winkel oder der nächste Stall war ihnen dann genau so recht wie abends Martins Schlafgemach. Ihre erste jungfräuliche Scham hatte sie inzwischen abgelegt, und was die Liebesfreuden anging, schien Martins Einfallsreichtum unerschöpflich zu sein. Wann immer Golda an diese heimlichen Begegnungen dachte, errötete sie sanft vor Wonne.

So war er erst neulich abends hoch zu ihr in die Kammer gestiegen, als sie gerade kurz vor dem zu Bett gehen am offenen Fenster gestanden hatte. Still hatte er den Riegel vorgelegt und sie wusste sofort: Er wollte ungestört mit ihr sein. So standen sie beide eine lange Weile eng umschlungen und lauschten dem Gesang der Drossel oben im Kirschbaum und lachten und tauschten Küsse. Dann hatte Martin begonnen, ihren Nacken und die empfindsame Haut ihres Halses zu küssen und ihre Brust zu liebkosen. Da hatte Golda plötzlich ohne jede Scheu ihr Mieder aufgenestelt und seine Hände an ihre warmen, nackten Brüste gelegt. Als er hörte, wie tief und erregt ihr Atem ging, hatte er nicht lange gezögert, ihr die Röcke hochgeschlagen und mit sanften Fingern ihre Schenkel berührt, ihre Hinterseite, und endlich auch dort, wo ihr Schoß am empfindlichsten war, und sie schließlich so, wie sie dort am Fenster stand, genommen. Bei einer anderen Gelegenheit hatte Martin sie im letzten Moment auf seinen Leib gehoben und sie mit heiserer Stimme angefleht, auf ihm zu reiten wie auf einem Pferd. Golda war zutiefst errötet. Was um alles in der Welt verlangte er da nur von ihr? Schließlich hatte sie sich sogar das Lachen verbeißen müssen, so komisch war ihr sein Vorschlag vorgekommen. Er aber hatte sie umarmt und sie geküsst und ihr Mut zugesprochen.

Als sie danach eng umschlungen und erlöst beieinander lagen, hatte Martin ihr ins Ohr geflüstert, dass die Männer solche Dinge für viel Geld in den Frauenhäusern von erfahrenen Huren lernten. Von Huren, die auch tollkühn genug waren, es so wüst zu treiben, die Pfaffen nämlich hatten all dies verboten; es sollte beim ohnehin so sündigen Akt der fleischlichen Vereinigung nicht auch noch möglich sein, dass das Weib sich über den Mann erhob oder der Mann das Weib gar von hinten bestieg wie ein Hengst. Dergleichen hatte Golda noch nie gehört. Je verbotener solch ein Tun war, desto verführerischer war es denn wohl auch. Und das war zweifellos der Grund, warum die Männer so wild danach verlangten. Sie waren eins geworden, Fleisch von einem Fleisch, und sie liebte alles an ihm, wenn sie sich vereinigten, seinen herben Männerduft, seinen Schweiß, seinen keuchenden Atem. Wann bin nur so schamlos geworden, dachte sie manches Mal verwundert. Solche Dinge jemals in den Armen eines anderen Mannes als Martin zu treiben, schien ihr indessen vollkommen unmöglich zu sein.

Die Familie der Schongauers und auch die Nachbarn in der Schädelgasse, die Schar der Gold- und Silberschmiede und Maler ringsumher, alle hatten sich längst daran gewöhnt, dass Meister Martin mit seinem bevorzugten Modell zusammenlebte wie Mann und Frau. Es war nicht sehr gern gesehen, aber auch nicht ungewöhnlich, denn es gab sogar etliche Ratsherren und Ministerialen in den stolzen Kolmarer Bürgerhäusern, die eine Geliebte, wenn nicht sogar zwei, neben ihrer ehrbaren Frau Gemahlin hielten und obendrein bei den Mägden in den Kammern die eigenen Bankerte duldeten. Und die Edelleute waren in diesen Dingen, wie jeder wusste, noch weit schamloser.

Die Pfaffen wetterten zwar in jeder Predigt gegen die herrschende Unmoral an – nur, das half wenig, und man wusste längst, dass es auch hinter den Kirchenwänden und selbst innerhalb der dicken Klostermauern, bei den schweigsamen und tugendhaften Mönchen und Nonnen auch nicht immer ganz makellos zuging. Ein stadtbekannter Tuchhändler, der aus der Toskana kam und den man den Pisano nannte, wollte Gerüchte gehört haben, nach denen die Töchter von Florentiner Edlen, die zu ihrem Verdruss und gänzlich gegen ihren Willen zu einem Leben hinter lombardischen und venezianischen Klostermauern verdammt waren, nicht selten gegen das Gelübde der Keuschheit verstießen, und dass es geschehen sein sollte, dass die Nonnen sich durch Ertränken oder Erwürgen ihrer Bastarde entledigt hätten, gleich, nachdem sie sie zur Welt gebracht hätten und ihre armen Seelchen durch die Taufe gerettet worden waren. Dies waren die Schauermärchen, von denen man hinter vorgehaltener Hand in den Küchen und Mägdekammern heimlich flüsterte. Golda begegnete diesen Geschichten mit Argwohn, denn was erzählte man nicht auch alles für erlogenen Unfug über die Gräuel, die die Juden zu allen Zeiten begangen haben sollten.

Bis auf Martins Mutter, die alte Schongauerin, die dem Sohn beinahe täglich damit in den Ohren lag, das lose Frauenzimmer nun endlich ziehen zu lassen und ein gottesfürchtiges und jungfräuliches Weib zu nehmen, wie es einem Mann wie ihm anstand, nahm niemand Anstoß an ihrem Verhältnis. Selbst sie hatte sich inzwischen insoweit mit Goldas Anwesenheit abgefunden, als sie Martin hin und wieder nahelegte, er könne doch durchaus heiraten und sein blondes Liebchen, in das er so vernarrt sei wie ein übermütiger junger Student, doch in Gottes Namen heimlich behalten. Wenn er es nur geschickt genug anstellte, und sein zukünftiges Weib nichts davon erfuhr, täte er wohl kaum jemandem weh damit.

Aber zu Goldas Stolz wollte Martin gar nichts von all den Jungfrauen wissen, die seine hartnäckige Mutter ihm wieder und wieder anempfahl, den Bürgerstöchtern, Kindern von reichen Kaufleuten und Ratsherren, die mit Caspar Schongauer zusammen seit Jahren in den Sitzungen des Stadtrates saßen. Martin pflegte sie mitunter abends, wenn sie miteinander im Bett lagen und vor dem Einschlafen noch leise miteinander flüsterten, mit viel Witz damit zu unterhalten, die herbeigeführten Begegnungen mit den von seiner Mutter ausgewählten Jungfrauen zu schildern, ob sie nun im Haus seiner Eltern auf ihn lauerten, wann immer er dort erschien, oder ob sie ihn, wenn sie ihn irgendwo in der Stadt allein antrafen, mit irgendeiner biederen Kolmarer, Mühlhausener oder Rufacher Bürgerstochter bekannt machten. So manches Mal lachten sie beide Tränen über diese Geschichten.

»Hab keine Angst, meine kleine Geliebte«, sagte Martin schließlich stets zu ihr, wenn sie wieder zu Atem gekommen waren, »das Weib, um dessentwillen ich dich im Stich lassen würde, ist noch nicht geboren.«

Golda gehörte nun ganz zu den Mägden und den Handwerkerfrauen in der Schädelgasse, in der man sich bei den täglichen Verrichtungen so oft über den Weg lief und sich fast nie die Gelegenheit zu einem kleinen Schwatz unter Weibern entgehen ließ. Mit großer Selbstverständlichkeit hatte sie gelernt, ihre Tage und Wochen in die Zeit vor und nach dem Osterfest, dem Pfingstfest und den Heiligentagen einzuteilen. So musste Golda notgedrungen auch die Festtage der Christen mit begehen, die sie bis dato nur vom Hörensagen kannte und deren Erwähnung sie, seit sie ein Kind gewesen war, immer mit Beklommenheit und Furcht vernommen hatte: die Karwoche, Ostern, Pfingsten und Christi Geburt.

Das waren die unheilvollen Zeiten im Jahr gewesen, an denen die Tore der Judengassen verschlossen geblieben waren und ihre Bewohner still und beklommen bei geschlossenen Fenstern und Türen und mit angelegten Läden in ihren Häusern saßen. Die Karwoche war am schlimmsten gewesen, denn keiner wusste jemals, was passieren würde an diesen Tagen. Wenn es nun den Christen wieder einfiele, die Juden des Mordes an ihrem Meschiach zu bezichtigen und in die Judengassen einzudringen um dort zu plündern und unschuldige Juden zu erschlagen?

Keine fröhlichen Spiele auf der Gasse waren den Kindern dann gestattet, und bei jedem Geräusch waren die Erwachsenen hochgefahren, hatten angstvolle Blicke getauscht und die Ohren gespitzt, ob es draußen in der Stadt Krawall und Geschrei gab. Am besten war es noch, wenn das Osterfest mit dem Passahfest der Juden zusammenfiel, an dem man die Überquerung des Roten Meers durch Moses feierte. Bei dem gemeinschaftlich begangenen Sederabend, mit dem von alters her der Teller mit Meerrettich, dem Lammknochen, einem Gemüse, dem süßen Haroset, einem Gemisch aus Äpfeln, Wein und Nüssen, und dem hartgekochten Ei auf den Tisch kam und sich die Bewohner der Gasse in ihrer kleinen Welt noch enger miteinander verbunden fühlten, konnte man am besten vergessen, was dort draußen vor dem Tor der Judengasse vor sich ging.

So hatte Golda nun auch zum ersten Mal die christliche Weihnacht mit all ihren Umtrieben erlebt, an der die Geburt des Joschua gefeiert wurde. Schon Wochen vorher musste sie nach Johannes Anweisungen einen ganzen Tag damit zubringen, Teig aus feinstem, weißem Mehl zu kneten, bis ihr die Arme lahm wurden, Teig für würzige Lebkuchen, die man in Kolmar Bredala nannte und für deren Herstellung Johanne und Golda mehrere teure Pfund Zucker, Mandeln und goldenen Sommerhonig, Gewürz und obendrein kostbares Rosenwasser vom Apotheker verbraucht hatten. Auf langen Brettern trug man dann mit Hilfe der Nachbarinnen, immer zu zweien, die glattgestrichenen und zugeschnittenen Kuchen zum Bäcker, und wenn man sie fertig gebacken wieder holte, lagen sie in der ganzen Küche duftend und hoch aufgestapelt, in dünnes Papier eingeschlagen, um dann über viele Wochen die Mahlzeiten zu bereichern.

Eine Mikwe dagegen, das rituelle Tauchbad der Jüdin in fließendem Wasser nach den unreinen Tagen, hatte sie tatsächlich noch nie in ihrem ganzen Leben besucht. Das erste Bad hätte Golda als Braut vor ihrer Vermählung mit Aaron ben Eliezer vollziehen müssen – wie dankbar war sie jetzt, dass es nie dazu gekommen war – und danach ihr ganzes Leben als Ehefrau hindurch nach jeder unreinen Zeit und nach jeder Geburt. Wenn Gott sie deshalb hätte strafen wollen, dachte Golda gelegentlich, dann hätte er es wohl schon lange getan.

Eine Mizwa hatte sie nie zu übertreten gewagt. Schweinefleisch, dessen übler Geruch allein Goldas heftigen Widerwillen erregte, dieses seltsam graue Fleisch, das bei den Christen beinahe täglich auf den Tisch kam, im Winter als fette Wurst, geräucherter Schinken und Pökelfleisch, war ihr vollständig zuwider. Aber die strenge Trennung von milchiger und fleischiger Speise, die gläubige Juden einhielten, hatte sie irgendwann doch noch fallengelassen. In jedem jüdischen Haus hatten die Frauen, selbst die Ärmsten, zwei verschiedene Geschirre besessen, die getrennt aufbewahrt und gesäubert wurden, Schüsseln, Platten und Messer, die nur mit Fleischspeisen in Berührung kamen, Näpfe, Becher und Teller, die für die mit Milch bereiteten Speisen bestimmt waren. Der Rabbi von Bergheim, Meir ben Mendel, hatte die Kinder damit geschreckt, dass es Feuer vom Himmel regnen würde, sollten sie jemals die Mizwot der kosheren Speisegesetze vernachlässigen. Nun, der Himmel hatte sich nicht aufgetan, kein Feuerregen hatte sie verbrannt. Aber es war gut, dass Rahel und Jakob nicht mehr erfahren mussten, wie sündhaft ihre einzige Tochter nun tagein, tagaus lebte.

Golda ließ immer seltener solche Gedanken zu. Es war ein zu gutes Leben, das sie führte. Die Arbeit in dem reich ausgestatteten Haus mit der geräumigen Küche, dem großen Herd und dem Brunnen gleich vor der Haustür war fast wie ein Spiel im Vergleich zu der elenden Plackerei in der heimischen Judengasse. In

Bergheim war den Juden auch nur ein einziger eigener Brunnen gestattet gewesen, und die Jüdinnen durften ihre Wäsche nicht zusammen mit den Christinnen mitten in der Stadt waschen, wo gleich vor dem Obertor ein künstlicher Kanal das Wasser in die Gassen führte, sondern nur an einer bestimmten Stelle am Bergenbach. Auch, dass Martin sämtliches Leinenzeug nur alle paar Wochen von bestellten und bezahlten Waschweibern abholen und sauber gewaschen und getrocknet wiederbringen ließ, befreite die Hausarbeit von einer gewaltigen Last.

Das Modellsitzen blieb ihre liebste Pflicht. Sie genoss die Stunden, in denen Martins Augen gebannt zwischen ihrem Körper und der grundierten Holztafel, ihrem Gesicht und den Strichzeichnungen auf der Kupferplatte hin und her wanderten, über lange Zeit, unermüdlich. Denn so gern Martin auch lachte und scherzte, bei seiner Arbeit verstand er nur in den seltensten Fällen Spaß. Martin hatte Golda noch viele Male in Öl gemalt, auf Papier gezeichnet und in Kupfer gestochen, am häufigsten als die Heilige Jungfrau, mal mit einer Weintraube in der Hand, von der sie gerade eine Frucht für den Knaben in ihrem Arm auswählte, mal mit einem zahmen Papagei, den Martin von einem Freund geborgt hatte, einem leuchtend grünen Tier mit einem hübschen roten Schnabel, dessen Flügel beschnitten waren, um ihn flugunfähig zu machen, und der auf Goldas Arm hinauf und wieder hinunter spaziert war, sanft an ihrem Ohrläppchen knabberte und auf das Vergnüglichste menschliche Worte nachplapperte. Sie hatte die ganze Sitzung über ihre liebe Not damit gehabt, den freudig juchzenden Jakob daran zu hindern, mit seinen Händen nach dem armen Vogel zu langen.

Auch der Ensisheimer Auftrag für den Hausaltar des Edlen Ritters Siegmund von Anspach war doch noch im letzten Herbst zustande gekommen, und Martin erhielt schon vor Beginn seiner Arbeit eine stattliche Summe Gold für die Ausführung eines winzigen Bildes.

Es war eine Geburtsszene, die den Stall zu Beit Lehem darstellte. Dort war Golda in einem einfachen blauen Mantel abgebildet, und im Hintergrund hatte Martins Vater als Darsteller des Joseph gedient, in helles Rot gekleidet, mit einem melancholischen Blick hinweg über das kniende schöne Mädchen auf die Hirten. Golda hatte Martins Wahl nicht sehr gefallen. Sie fand, dass sie und Caspar Schongauer wie Großvater und Enkelin aussahen, die sich und das Kind dort von den drei Hirten bewundern ließen.

Das stundenlange Knien auf dem harten Boden war so erschöpfend für sie gewesen, dass sie noch wochenlang danach grüne und blaue Knie gehabt hatte. Einmal schmerzten ihr die Knie beim Aufstehen so sehr, dass Golda in Tränen ausgebrochen war. Abends hatte Martin im Bett ihre armen, geschundenen Knie geküsst, gesalbt und sie anschließend mit in kaltes Wasser getauchten Tüchern gekühlt. Das aber hatte ihn am nächsten Tag nicht davon abhalten können, wieder eine Sitzung anzuberaumen, diesmal mit einem Polster unter ihren Knien, dessen Weichheit schon nach kurzer Zeit kaum mehr zu spüren gewesen war. Martins Vater, milde wie es seinem ausgeglichenen Wesen entsprach, hatte ihr Mut zugesprochen, und sie mit Scherzen und Geschichten abgelenkt, wie ein Vater, der ein ungeduldiges Kind zu bändigen versucht.

Als es fertiggestellt war, wurde Golda nicht müde, die feine Arbeit wieder und wieder zu bewundern. Den ledernen Geldsack, der Joseph vom Gürtel baumelte, Martins durchlöcherten, alten Strohhut, den einer der Hirten andachtsvoll in den Händen hielt, und auch die bunt gestreifte, zerrissene Decke, auf die der kleine Joschua gebettet war. Sogar einen fernen Blick in eine herrliche Landschaft mit Hügeln, Teichen und Schafherden hatte Martin noch im Hintergrund auf das Bild gezaubert.

Es sprach sich rasch herum in Kolmar, dass Meister Martin an einem Bild von der Geburt Jesu Christi arbeitete, so fein und klein, wie man es nie zuvor gesehen hatte. Es wurde zunächst von etlichen Handwerkern und Malern bewundert, bis Martin es endlich stolz wie ein Pfau nach Ensisheim zu seinem Auftraggeber brachte. Gegen Abend war er wieder da und warf der überraschten Geliebten, die neben der Wiege saß und spann, ein ledernes Beutelchen mit Silberstücken in den Schoß.

»Da, für dich! Mit den besten Grüßen vom Ritter von Anspach für die wunderschöne Heilige Jungfrau.«

Golda war stumm vor Staunen. Dann stotterte sie: »Aber, Liebster, was soll das? Es ist doch dein Lohn, den du hier wegwirfst? Und überhaupt, hattest du denn nicht die Summe schon im Voraus erhalten, wenn ich mich recht erinnere?«

Martin lachte zufrieden.

»Doch, das hatte ich. Aber der Ritter war so hell entzückt von meinem Werk, dass er freiwillig noch ein ganzes Säckel Silber drauflegte. Sollte ich da vielleicht Nein sagen?«

Martin hätte sie am liebsten nur so mit Geld und herrlichsten Prachtgewändern überhäuft, wenn sie sich nicht gelegentlich hartnäckig dagegen gesträubt hätte. Er war Anfang des letzten Winters mit ihr beim Kürschner in dessen Haus »Zum Einhorn« am Fluss gewesen, wo die Färber und die Lederer arbeiteten, damit sie dort das schönste Pelzwerk auswählen sollte, um sich einen warmen Mantel daraus fertigen zu lassen. Golda hatte verlegen unter all den glänzenden und so eigentümlich duftenden Luchs-, Wolfs- und Otterpelzen gewühlt und sich zu nichts so recht entschließen können. Sie war und blieb die Tochter eines einfachen Rosshändlers, die täglich selten mehr zu sich genommen hatte als Ziegenmilch, eine Suppe oder Brei, die ohne Murren die gewendeten, zurechtgeschnittenen und sorgfältig geflickten Kleider und Mäntel der Mutter, die Hauben- und Umschlagtücher der Großmutter getragen hatte. Verschwendung hatte im Haus Jakob ben Josuas als Todsünde gegolten und Genügsamkeit als die wichtigste Tugend lernten die Mädchen in der Judengasse, sobald sie laufen konnten. Ein Mantel aus silbrig schimmerndem Wolfspelz kostete so viel Gold, dass es gereicht hätte, eine oder zwei Familien viele Jahre nicht übel davon leben zu lassen. Golda brachte das einfach nicht über sich und überredete Martin schließlich dazu, ihr nur zwei Dutzend Marderfelle zu kaufen, die den öligen Glanz polierter Kastanien besaßen, und die ihr als Besatz für einen guten Wollmantel dienen sollten. Martin schien zwar enttäuscht zu sein, aber hatte letztlich gesagt, es sei ihm ganz recht, wenn sie nur damit glücklich sei und nicht frieren müsse.

Nachdenklich saß sie nun dort mit dem prallen Silbersack in ihrer Hand. Golda öffnete das Säckchen, griff hinein und ließ die Silberstücke klirrend wieder in den Beutel fallen. An den Geldjuden musste sie plötzlich denken, wie er steinern und den Juden zum Hohn auf so manchem Kirchendach saß. Sie erbleichte.

»Ach, Martin, das kann ich nicht annehmen, Lieber!«, rief Golda schließlich aus. »Und wozu auch. Du beschaffst mir und meinem Kind doch alles, was ich brauche, noch viel mehr als das, die schönsten Kleider aus teurem Tuch, und alles was wir nötig haben. Wozu brauche ich obendrein noch Silber? Und dann auch noch so viel?«

Aber Martin bestand darauf.

»Hier, nimm es nur. Es soll deins sein, das habe ich beschlossen. Du hast bei der Arbeit für dieses Bild, wie Gott weiß, genug gelitten. Wenn du es nicht verwenden willst, dann hebe es eben auf für den Jungen. Gold und Silber zu besitzen, für alle Fälle, hat noch keinem geschadet.«

Wann immer Martin sie verlassen musste, um Auftraggeber zu besuchen und zu Klöstern und Domherren zu reisen, um mit ihnen Preisverhandlungen zu führen, fühlte Golda sich elend und allein ohne den Geliebten an ihrer Seite. Sie wusste auch, dass manch vorteilhafter Abschluss von den Kunden nicht nur bei Wein und Spießbraten, sondern gelegentlich im Frauenhaus gefeiert wurde, wenn es hoch herging. Nun, es waren ja doch nur Huren, und diese waren ihr fast einerlei, so wie sie den Männern einerlei waren. Kein Mann mit einem Fünkchen Ehre im Leib machte sich Gedanken um Huren, man bezahlte sie, man nahm sie, und man ging weiter, als wäre nichts gewesen. Aber sie stand jeden Tag bis zu Martins glücklicher Heimkehr nur mit großer Mühe durch.

Wie nur hatte Rahel all die Jahre die tage- und wochenlange Abwesenheit ihres Gatten ertragen? Hatte sie nicht auch sehr gelitten darunter? Tagsüber vermisste sie Martins Lachen, seine Stimme und seine Zärtlichkeiten und nachts wälzte sie sich voller Unruhe in dem großen, leeren Bett. Mitunter fuhr sie keuchend aus dem Schlaf hoch, schwer atmend und den Körper schweißnass, weil ihr grässliche Dinge träumten, Bilder von zerfetzten, blutigen Leibern.

Dann sah sie wieder Vater Jakob mit durchgeschnittener Kehle im Wald, sah die Missgeburt, an der Rahel gestorben war, in einer großen Lache Blut auf dem Boden der Bergheimer Stube liegen und sah schließlich auch Martin mit eingeschlagenem Schädel am Wegesrand, irgendwo weit fort. Dann griff sie schluchzend nach seinem Kissen und sog gierig seinen Duft in ihre Nase, flüsterte seinen Namen und betete um seine Rückkehr. Sie hatte Martin eigentlich nie erzählen wollen, dass sie seine Abwesenheit so schwer ertrug, aber er erriet es doch eines Tages, als er nach einer zwanzigtägigen Reise von den Bayern zurückkehrte und sie ihm weinend um den Hals fiel und sich lange Zeit nicht beruhigen konnte. Martin war unglücklich darüber, dass er ihr so viel Kummer bereitete, und schlug ihr vor, ihn beim nächsten Male einfach zu begleiten.

Golda mit ihrem tränennassen Gesicht hatte darüber dann doch noch lachen müssen:

»Ach, Liebster, du bist ein Narr. Du weißt doch, dass das nicht gehen wird. Ich würde ja nur zu gern! Früher bin ich oft mit dem Vater gereist, über Land, und zu jeder Jahreszeit, bei jedem Wetter, und ich liebte es so sehr. Aber was soll inzwischen aus Jakob werden? Nein, das geht nicht, mein Sohn braucht mich hier, wie du weißt. Von deinem Haus und der Wirtschaft ganz abgesehen. Und ich werde mich eben daran gewöhnen müssen, dass du fort bist. Anderen Frauen geht es doch auch nicht anders. Ach, verzeih mir, in diesen Dingen bin ich noch wie ein Kind.«

Martin nahm ihren Kopf in beide Hände und küsste sie innig.

»Nein, das bist du nicht. Du bist kein Kind. Nur ein Waisenkind. Du hast Vater und Mutter und Geschwister verloren, wie solltest du da nicht Angst haben, auch mich zu verlieren? Aber sorge dich nicht. Ich werde von nun an auf weiten Wegen immer Anschluss an andere Reisende suchen, damit du beruhigt bist.«

So vergingen die Wochen und Monate und der nächste Sommer kam schon zeitig über das Land.

Die Sonne schien warm und freundlich, ließ nach einem regenreichen Frühjahr die vielfarbigen Blüten auf den Wiesen und in den lichten Wäldern am Fuße der Berge in Mengen sprießen, Äpfel und Kirschen sich runden und die guten Reben in den Weingärten schwer werden. Johanne hatte nun doch ihre Siebensachen gepackt, weit mehr als den üblichen Lohn erhalten und war in das Haus ihrer Familie an den Mauern hin zur Krautenau gezogen. Mehr als zwanzig Jahre hatte sie der Familie Schongauer gedient, davon die Hälfte allein in Martins Haus. Martin wollte sich sofort nach einem Ersatz für Johanne umsehen, aber Golda versicherte ihm immer wieder, dass sie mit der Arbeit vorerst noch gut allein zurechtkäme.

Aber Johanne erschien immer noch aus alter Gewohnheit an dem einen oder anderen Tag, wenn ihre Gicht sie nicht zu sehr plagte, um sich die Zeit mit einem Schwätzchen zu vertreiben oder Jakob zu hüten. Golda duldete aber nicht mehr, dass die Alte noch irgendeine Arbeit anrührte. Aber mit Ratschlägen durfte sie ihr, die nun die Herrscherin der Küchenregion geworden war, bei der Zubereitung der Speisen immer noch gern zur Seite stehen. Davon machte Johanne auch bei jeder sich bietenden Gelegenheit Gebrauch.

»Nimm nicht zu viel von der Muskatblüte, Kind. Immer nimmst du zu viel davon. Nicht, dass es zu kräftig wird. Und die Kirschen nur eine ganz kurze Zeit kochen für die Pastete, hörst du?«

Golda wischte sich unwillig den Schweiß von der Stirn.

»Ach Johanne, so eine Pastete mit Obst konnte ich schon zubereiten, als ich kaum zehn Jahre alt war. Warum sollte es mir heute nicht gelingen? Auch ohne deine Hilfe?«

Johanne wackelte missmutig mit dem Kopf und erwiderte: »Gut, schon gut, ich sage ja schon gar nichts mehr. Was hast du vorbereitet? Und was willst du heute als Hauptgang auftragen?«

»Nun, einen Hohlbraten mit einer Tunke aus getrockneten Pilzen, Kräutern und Weißwein, und gesottene Forellen. Das wird mir schon gelingen, ich habe beides oft gemacht.«

Als es zu dämmern begann, begrüßte Martin sie an der Haustür mit einem Kuss, hinter sich drei schwatzende Männer, die er freundlich in die Stube komplimentierte. Da saßen sie dann und aßen, tranken und redeten über Stunden, während Golda die Tafel besorgte und die Männer sehr ihre Kochkünste priesen.

Martin lächelte stolz, als er hörte, wie seine Liebste ein ums andere Mal gelobt wurde.

»Wie könnt Ihr Euch glücklich schätzen, Meister Martin Hübsch«, hörte Golda, als sie die leeren Weinkrüge geholt hatte und schon auf der Treppe stand, um hinunter in den Keller zu gehen, »Eure Magd, so ein schönes Mädchen, wie Milch und Blut, und dazu noch keck und flink, und dann so eine hervorragende Köchin. So was lässt man sich schon gefallen. Beneiden könnte man Euch. Wollte Gott, ich hätte auch so ein hübsches Ding im Haus.«

»Wer wollte das nicht!«, brüllte Meister Wilhelm dazwischen, »so ein schönes, schlankes Ding, zart und saftig wie ein junges Zicklein, hahaha! Na, außer meinem Weib, denke ich. Der würde es wohl kaum gefallen.«

Die Männer brachen in schallendes Gelächter aus. Golda stieg grinsend die Stiegen hinunter. Sie war sich bewusst, dass sich dieses Gespräch, nach Männerart, jeden Moment schlüpfrigeren Dingen zuwenden würde. Aber als Golda wieder mit dem gefüllten Krug in der Stube erschien, sprach man schon wieder über ganz anderes. Die vier Männer, allesamt Maler, wurden nicht müde, sich stundenlang über jede Neuigkeit auszutauschen. So war in diesem Frühjahr der Meister Bouts, Dierick Bouts, gestorben, dessen Werke auch Martin als junger Schüler in Flandern studiert hatte. Ein großer Verlust für die Kunst eines jeden Malers und all jene, die es noch werden wollten. Und in Florenz, so hörte man, sollte es einen jungen Meister geben, von dem jeder sprach, Alessandro Botticelli mit Namen, dessen Malereien, besonders seine Frauengestalten, Nymphen und Göttinnen, riesig und außergewöhnlich schön sein sollten. Etwas nur annähernd Vergleichbares gäbe es nirgendwo sonst, wie man mit einer Mischung aus Neid und Bewunderung feststellte.

Auch kam man, wie so oft, auf die Feldzüge des Herzogs Karl des Kühnen zu sprechen, die seit Jahren, von Burgund her, in das Elsass und den Breisgau im Osten und bis nach Brabant und Flandern im Norden reichten und für ständige Not und Verwüstung im Lande sorgten.

»Es soll noch in diesem Jahr in Bayern eine riesige Herzogliche Hochzeit gefeiert werden, mit Turnieren und Gauklern und zahllosen Lustbarkeiten, die mindestens eine ganze Woche andauern werden«, rief Meister Wilhelm. »Es heißt, der Sohn des Herzogs

Ludwig von Landshut heirate eine polnische Prinzessin, und es wird Tanz und Ritterspiel und öffentliche Brunnen geben, aus denen für das Volk Wein und Bier sprudeln soll.«

»Das gibt es hier doch auch am Pfeifertag in Rappoltsweiler!«, entgegnete Martin.

»Mag sein, aber dort in Landshut sorgt man sogar für Speisung und Tanz für jedermann. Er heißt ja nicht grundlos Georg der Reiche, sagt man.«

Golda setzte sich müßig neben Martin auf die Bank und füllte ihren Becher mit Wein, als Meister Huter unvermittelt sagte: »Es soll sich ja schon wieder so eine gräuliche Bluttat zugetragen haben. Juden haben in Trient ein Kind ermordet, einen Knaben. Habt ihr schon davon gehört?«

Sie ließ sich ihren Schrecken nicht anmerken.

»Eine grässliche Geschichte«, rief Meister Huter. »Simon hieß er, der arme Kleine, und man fand ihn im Fluss, ganz nah bei der Stadt, weiß wie ein Heringsbauch, ganz und gar verblutet, ein unschuldiges Kind von nicht mal zehn Jahren. Ich hab's gelesen und gesehen, auf einem gedruckten Papier, genauestens abgebildet, wie die Juden das Kind auf das Grausamste gequält haben.«

Martin räusperte sich bedächtig und wandte den Kopf vorsichtig nach Golda um. Dann sagte er: »Na, führe lieber nicht solche Reden in ihrer Gegenwart. Gertrud mag das nicht so gern haben …«

Meister Huter zog ungläubig die Brauen empor.

»So? Wie kann denn nur ein wahrer Christenmensch keinen Abscheu hegen gegen solche fürchterlichen Bluttaten? Kinder zu ermorden?«

Da Golda solche Reden nicht zum ersten Mal in Martins Haus hörte, gelang es ihr inzwischen recht gut, in solchen Fällen nach außen hin besonnen zu bleiben, auch wenn sie in ihrem tiefsten Inneren außer sich war vor Zorn.

»Nun, Meister Huter«, sagte sie also beherrscht, »einen

Kindermord, so wie diesen dort in Trient, muss jeder grausam finden, auch ich bin da keine Ausnahme. Und so ein Unhold verdient sicher einen noch viel grausameren Tod.«

»Allerdings«, trumpfte Meister Huter auf, »was für Tiere sind es nur, die so etwas tun? Ein Kind zu schächten wie eine Ziege, und das Blut aufzufangen in Krügen und silbernen Schalen, um dann anschließend Brote für ihr schmutziges jüdisches Passahfest daraus zu backen. Das allerschlimmste Teufelswerk ist das doch. Verflucht soll sie sein, diese elende Judenbrut!«

Golda konnte nun doch nicht verhindern, dass sie rot wurde vor lauter Unwillen. Diese Gojim mit ihren Märchen von der angeblichen Grausamkeit der Juden! All die erlogenen Geschichten von Bluttaten, die sie seit Jahrhunderten über ihr Volk verbreiteten, von vergiftetem Vieh, vergifteten Brunnen, ihrer Manneskraft beraubten Männern, geschächteten Kindern und entweihten Hostien. Beim Herrn der Welt, würde das denn niemals ein Ende haben?

»Soweit ich weiß, Meister Huter«, fing Golda wieder an, »seid Ihr ein gelehrter Mann, der sich in der Welt umgesehen hat, und wisst wohl daher so gut wie die meisten, dass die Juden, ebenso wie Christen und die Muselmanen, durch die Gesetze ihres Glaubens und ihres Gottes gebunden sind. Eines davon verbietet ihnen allerstrengstens den Genuss von Blut. Deswegen, wie Ihr wohl wisst, schächten die Juden auch ihr Schlachtvieh und lassen es vollkommen ausbluten, bevor sie es essen dürfen. Und deshalb gibt es bei Juden im Winter auch keine Schlachtfeste mit von Eicheln gemästeten Schweinen, mit Blutwürsten, Grütze und Schwarzsauer, so wie bei den Christen. Glaubt Ihr denn im Ernst, solche Menschen, denen der Genuss von Blut derartig zuwider ist, würden jemals einen solchen Unfug begehen?«

»Ich habe Euch gewarnt«, sagte Martin, »so leicht ist ihr nicht beizukommen.«

»Willst du damit sagen, Jungfer Vorlaut, dass die Ermordung

dieses Knaben in Trient nichts als eine Lüge ist? Mag doch verstehen, wer will, was in diesen Teufelsfratzen vor sich geht. Vielleicht ist Christenblut das einzige, was sie gerade nicht mit Abscheu erfüllt, wer kann das sagen? Du etwa? Verflucht noch mal, das wäre ja fast schon Ketzerei, wenn du das behauptest!«

Alle am Tisch verstummten vor Schreck. Meister Huter war hochrot geworden vor Zorn.

»Das habe ich nie gesagt«, entgegnete Golda mit Würde und genoss die eigene Beherrschung, während ihr Gegenüber offensichtlich schon vor Wut kochte.

»Es mag wohl ein toter Knabe bei Trient gefunden worden sein. Ich bezweifele das nicht im Geringsten. Aber wer beweist mir denn, dass es wirklich die Juden waren, die ihn töteten? Hat irgendwer sie dabei gesehen? Und wer beweist mir, dass sie wirklich sein Blut nahmen und es zu Hostien buken?«

»Der Herr Inquisitor beweist es dir!«, rief Meister Huter triumphierend, »wenn nicht der, wer dann wohl sonst? Der Inquisitor, Heinrich Institoris heißt er, vom Orden der Dominikaner. Er stammt sogar von hier, aus unserem Land, aus den Klöstern von Straßburg und Schlettstadt.

Er ist dort in Trient vom Magistrat mit der Untersuchung und dem peinlichen Verhör der Juden beauftragt worden, wie man hört. Und ich schwöre bei Gott und der heiligen Jungfrau, der wird seine Beweise schon zu finden wissen.«

Golda blieb das Wort in der Kehle stecken. Heinrich Institoris, der Hexenjäger von Schlettstadt. Seit er sie dort eine jüdische Hexe genannt hatte, war sie ihm glücklicherweise nie mehr über den Weg gelaufen. Wirklich und wahrhaftig, dieser Mann war nun Inquisitor, der seltsame Mönch, der sie seinerzeit mit wütender Lüsternheit angegafft hatte, als sie dort am Markt auf der Gasse ein Band vom Busen verloren hatte. Und dann war dort diese Schlettstädterin gewesen, die vornehme Frau, die sie gewarnt hatte vor ihm. Dieser also steckte hinter der Lügengeschichte!

Nun, die war ihm allerdings zuzutrauen. Und wenn die armen Trienter Juden erst durch sein Betreiben dem peinlichen Verhör ausgesetzt waren, wenn man ihnen erst einmal die Füße in spanischen Stiefeln zermalmte, sie auf grausamen Gerätschaften zu strecken begann oder sie an den zum Rücken gedrehten Armen aufhängte, dass die Gelenke brachen, würde es nicht lange dauern, bis sie alles zugaben. Golda erschauerte.

Früher oder später würde jede einzelne Lüge bestätigt werden. Alles gestand man den Folterknechten, nur damit sie von einem abließen, selbst die größten Unwahrheiten. Die Inquisition hatte ihr Urteil im selben Augenblick gesprochen, in dem sie die Juden des Kindermordes bezichtigt hatten. Sie würden einen Mord zugeben müssen, den sie nie begangen hatten. Ihr Schicksal war besiegelt. Ihr Ende konnte nur der Scheiterhaufen sein.

Meister Huter nahm an, das Golda verstummt war, weil ihr nach Frauenart die Argumente rasch ausgegangen waren und dass sie nun schmollend in dumpfes Brüten verfiel. Zufrieden lehnte er sich mit verschränkten Armen zurück. Mit den Weibern sollte man gar nicht erst einen Disput beginnen, das führte ja doch zu nichts.

Stumm saß Golda mit gesenktem Kopf da. Martin musterte sie besorgt.

»Gertrud, mein Lieb, du siehst ja plötzlich gar nicht mehr gut aus. Komm, trink noch einen Schluck von dem guten Wein. Und nimm es dir nicht so zu Herzen. Was gehen uns denn die Juden von Trient an?«

Er langte nach dem Krug, aber Golda schüttelte den Kopf. Schließlich stieß sie mühsam hervor: »Nein ... nein. Ich werde mich lieber ein wenig hinlegen. Ich bin sehr ermüdet, und die Beine tun mir weh. Und der Rücken erst! Es war ein langer Tag heute unten in der Küche. Verzeih mir, aber es ist besser, wenn ich hinauf und bald zu Bett gehe.«

Martin betrachtete sie nachdenklich. Aber Golda schaffte es

doch, ihm beruhigend zuzulächeln: »Sei unbesorgt, es ist nichts mit mir, mein Liebster. Es war ein anstrengender Tag. Ich bin erschöpft, das ist alles! Du erlaubst doch?«

»Aber sicher! Ich komme nachher noch nach dir schauen, wenn es dir recht ist.«

»Natürlich ist es mir recht. Verzeiht, Ihr Herren. Ich wünsche Euch eine gute Nacht und gute Heimkehr. Gehabt Euch wohl, auch Ihr, Meister Huter.«

Sie nickte dem Gast kühl zu und verließ rasch die Stube.

Erst als Golda sicher oben in der eigenen Kammer war, ließ sie ihren Tränen freien Lauf. Nach einer Weile fühlte sie sich ein wenig erleichtert. Sie hatte schon hundertmal die elende Feigheit verflucht, die sie daran hinderte, Martin zu gestehen, dass sie keine Christin war, so wie er fest glaubte. Dass Martin sie von sich stoßen könnte, wenn er erst wusste, wer sie wirklich war, war ihr ein so unheimlicher Gedanke, dass sie erst gar nicht vermochte, ihn zu Ende zu denken.

Nein, er würde es nicht tun, beruhigte sie nach einer Weile ihr Gewissen. Nie und nimmer.

Er würde mich nicht verstoßen. Er würde wohl darauf bestehen, dass ich mich taufen ließe, das gewiss. So, wie er Jakob hat taufen lassen. Und ihm zuliebe würde ich es vielleicht tun, wer weiß? Ich habe diese Christentaufe gesehen, es geschieht gar nichts dabei. Alles würde ich für ihn tun. Ich habe keine schwarze Seele, so wie er glaubt, dass alle Juden sie besitzen. Er weiß das. Er würde mich nicht hassen, für das, was ich bin. Er hat all diese Lügen gehört, seit er ein Knabe war. Sicher hat man auch ihm immer Angst vor der Judengasse gemacht. Ich könnte es ihm alles erklären, und, beim Beherrscher der Welt, er würde es verstehen.

Anfang Juni, am frühen Morgen und beinahe noch im Dunkeln

Golda eilte leise die Treppe zur Küche hinab. Morgens stand sie immer ein kleines Weilchen vor Martin auf. Meist huschte sie schnell über den Hof zum Abort, um sich anschließend in der geräumigen Küche zu waschen und das Haar hochzustecken, bevor sie den Tag damit begann, dem Liebsten zum Fastenbrechen einen kleinen Becher Wein, Bier oder eine kräftige Fleischbrühe ans Bett zu bringen. Das kalte Waschwasser ließ Golda schlagartig wach werden. Plötzlich hörte sie hinten in der Küche einen Laut. Sie fuhr erschrocken herum.

»Johanne! Hast du mich erschreckt. Du schon wieder hier? So früh? Du wolltest doch erst später kommen, gegen Mittag, sagtest du.«

»Jaja, Kindchen, aber hier bin ich nun schon. Konnte mal wieder nur drei, vier Stunden schlafen. Meine Nächte werden immer kürzer, je älter ich werde. Habe sogar schon angefeuert, wie du siehst, damit ihr's schön warm habt im Haus.«

Golda schüttelte tadelnd den Kopf: »Aber Johanne, was für ein Unsinn. Lass alle schwere Arbeit nur mir allein. Das habe ich dir schon tausend Mal gesagt. Aber du hörst ja nicht auf mich.«

Johanne lächelte gutmütig ihr zahnloses Lächeln und griff zum Feuerhaken, als Golda plötzlich auffuhr und mit blanken Augen in ihre Waschschüssel starrte.

Johanne musterte sie blinzelnd: »Nun, was hast du Gertrud? Du wirst ja ganz blass! Ist dir nicht gut?«

Golda rang mühsam nach Luft, dann begann sie zu würgen und erbrach sich plötzlich mit einem Schwall in ihr Waschwasser.

»Aha!«, rief Johanne triumphierend. Dann lachte sie herzhaft. »Na, ich ahnte es schon. Das blonde Mütterchen ist wohl wieder schwanger, was? Da möchte ich wetten. Na, wenn das keine Neuigkeit ist!«

Golda besann sich nicht lange, sondern trug die Schüssel gleich zur Tür, die auf den Hof hinausging, und leerte sie mit einem Schwung hinaus aus der Küchentür. Rasch nahm sie den Wasserkrug zur Hand und spülte den Mund aus. Sie atmete tief die gute Morgenluft ein und spürte dankbar, wie die heftige Übelkeit ebenso schnell vorüberging, wie sie gekommen war.

Wie war das gewesen? Was hatte Johanne da eben gesagt? Ihr stockte vor Schreck der Atem. Sie fasste unter ihr Kleid und befühlte ihren Bauch, der, weiß Gott, deutlich runder war, als sie ihn in Erinnerung hatte, und da ihre letzte Unreinheit schon etliche Wochen überfällig war, konnte das Ganze wirklich nur eines bedeuten. Was würde Martin nur sagen, wenn sie ihm gestand, dass sie sein Kind unter ihrem Herzen trug?

Sie hatte erst kürzlich eine schreckliche Sache gesehen, in einem stinkenden Hof an der Lauch, wo Tagelöhner und arme Kramhändler wohnten: Ein wutentbrannter Kerl dort hatte sein Eheweib an den langen braunen Haaren festgehalten und ihr nach Kräften ins Gesicht geschlagen, wobei er außer sich vor Wut brüllte: »Schon wieder ein Balg im Kommen, was? Und wie, glaubst du wohl, sollen wir es füttern, wo wir die anderen viere kaum satt kriegen, du Satansbraten? He?«

Die umstehenden Bürger hatten gelacht über die Possenszene, aber Golda hatte die arme Frau leidgetan. Sicher lag ihr dieser Grobian Nacht für Nacht bei und verlangte sein Vergnügen.

»Na, was ist, Mädchen? Willst du's dem Herrn nicht sagen? Das wird ein schönes Erwachen sein für ihn, da sei nur gewiss. Los, los, zier dich nicht und sag's ihm schon!«

Golda nickte und sagte entschieden: »Ja, Johanne, das werde ich. Komm, gib mir die Schüssel. Ich bringe sie ihm. Und ich werde es ihm sagen, gleich jetzt.«

Und während sie die Stiegen hinauf in Martins Schlafkammer stieg, dachte sie: Er liebt Jakob schon fast wie den eigenen Sohn. Wie wird er sich da erst über sein eigenes Kind freuen. Ach, er muss sich einfach freuen.

Als sie dann allerdings mit der dampfenden Suppenschale vor seinem Bett stand, zögerte sie doch. Wie jungenhaft er doch noch immer aussah! Nun sollte er selbst schon Vater werden.

Martins Kopf lag auf dem dicken Daunenkissen, die Augenlider mit den langen Wimpern fest geschlossen, die dunklen Locken wirr über seinen nackten Schultern ausgebreitet. Sein Atem ging leise schnarchend in regelmäßigen Zügen.

»Martin! Liebster, wach auf«, rief Golda leise.

Sie rief noch ein paar Male, bevor Martin die Augen aufschlug und sich zu ihr herumdrehte um dann gähnend die Arme auszustrecken nach ihr. Golda stellte die Schüssel auf den Schemel neben dem Bett: »Martin, denk dir, es gibt gute Neuigkeiten!«

Martin griff hungrig nach der Schüssel und schlürfte ein paar Schluck von der würzigen Brühe.

»Hm, gut. Schön heiß. Was für Neuigkeiten? Ich bin ja noch gar nicht richtig wach.«

»Sag, Liebster, kannst du dir das nicht denken?«

»Nein«, murmelte Martin, müde und unwirsch.

Golda musste offenbar deutlicher werden: »Ich bete nur, dass er oder sie deine Augen und dein Haar haben wird!«

»Wer wird meine Augen haben? Was?«

Golda spürte, wie ihr die Tränen kamen. »Unser Kind, Martin.«

Martin stellte die Schüssel zurück auf den Tisch und sah sie mit kugelrunden Augen so verblüfft an, das Golda lachen musste. Sie trat an sein Bett und zog seinen Kopf an ihren Busen.

»Freust du dich gar nicht, mein Liebster?«

Martin schüttelte ungläubig den Kopf. Dann sagte er leise: »Ist das wahr? Trägst du mein Kind?« »Ja«, flüsterte Golda.

Martin umschlang sie mit beiden Armen und zog sie mit einem kräftigen Ruck neben sich auf das Bett. Er strich ihr das Haar aus der Stirn und murmelte entzückt: »Du trägst mein Kind. Unser Kind!«

Er beugte sich zu ihr herunter und küsste sie, aber Golda drehte rasch den Kopf weg: »Nicht, nicht! Ich habe die Morgenübelkeit, ich habe gerade gespuckt, unten in der Küche, bei Johanne.«

»Ist mir gleich«, murmelte Martin und küsste sie leidenschaftlich.

Sie lagen eng umschlungen beieinander und Martin liebkoste zärtlich ihr sanft gerundetes Bäuchlein. »Ach, ich bin so froh! Und so stolz. Sag, geht es dir auch gut? Bestimmt?«

Golda lächelte. »Nun, besser könnte es mir doch gar nicht gehen, Martin. Oder sehe ich nicht gut aus?«

Martin betrachtete sie eingehend. Ihr elfenbeinweißes Gesicht unter der hastig geschlungenen Tuchhaube, mit den geröteten Wangen, den Augen, die funkelten wie dunkler Achat, dem feinen, rosenfarbenen Mund.

»Doch, du siehst bezaubernd aus, Mütterchen!« Plötzlich fuhr er auf und rannte, nackt wie er war, aus der Kammer. Golda gluckste vor Vergnügen. Sie selbst war, was die eigene Nacktheit anbetraf, noch immer schamhaft, aber an den Anblick von Martins bloßem Leib hatte sie sich inzwischen gewöhnt. Sie hörte ihn nebenan rumoren. Dann war er schon wieder da. Er trug in der Hand ein fein geschnitztes Holzkästchen und setzte es feierlich auf den Tisch.

»Komm her, Gertrud, und sieh dir das an!«

Golda stand vom Bett auf und setzte sich auf den Schemel an den Tisch. Sie nahm das Kästchen in die Hand und blickte fragend zu Martin auf. Er zog sich schnell sein Hemd über und rief ungeduldig: »Mach es auf. Ich will wissen, was du dazu sagst.«

Golda löst den Haken des Kästchens und starrte verwundert auf seinen Inhalt: Gold, Perlen, Edelsteine.

»Oh!«, konnte sie nur sagen, und noch einmal, »oh, wie herrlich! Wie schön!«

»Gefällt es dir?«, fragte Martin.

Golda war stumm vor Freude. Sie schüttelte nur ungläubig den Kopf und seufzte.

»Da, probiere doch einmal die Rubinringe.« Martin nahm zwei schmale, mit roten Steinen geschmückte Goldringe aus dem Kästchen und zog sie ihr über die Finger.

»Siehst du? Sie passen ganz genau. Wie für dich gemacht. Die Halskette dort war mein Gesellenstück in Vaters Werkstatt, und auf die Schließe bin ich heute noch stolz. Sie nur, wie fein mir die Arbeit gelungen ist.«

Golda nahm vorsichtig eine dicke Halskette aus feinen Saatperlen in die Hand. Die Schließe bestand aus zwei großen, kunstvoll geschmiedeten Perlen aus feinstem Goldfiligran. Solch kostbaren Schmuck hatte nicht einmal ihre Tante Lea besessen – er musste ein Vermögen wert sein. »Und da, die Perlenkette aus böhmischem Granat hat mir meine Mutter einmal geschenkt. Damit meine Braut sie tragen soll.« Martin zog sie an sich und küsste sie lange.

»Verstehst du mich, Gertrud, meine Süße? Du sollst sie haben. Und auch all das andere Geschmeide. Denn dich und keine sonst will ich zum Weib haben.«

Golda ließ die Hände auf den Tisch sinken, die eben noch all die Herrlichkeiten liebkost hatten. Sie tat ihr Äußerstes, aber schon quollen ihr die Augen über.

»Ach, Martin, mein Geliebter! Deine Mutter ... sie wird es niemals zulassen, dass du mich heiratest.«

»Ist mir gleich! Sag, willst du mich? Willst du mich?«

»Ja! Ja!«, rief Golda überwältigt. »Mehr als alles andere auf der Welt! Ja!«

Martin hob sie hoch und wirbelte sie lachend in der Stube herum. Ihr wurde ganz schwindelig davon, und auch schon wieder ein wenig übel, aber sie ließ sich herumwirbeln und stimmte ein in sein übermütiges Lachen.

»Dann ist es beschlossen«, rief Martin und setzte sie wieder ab. »Du wirst mein Eheweib. Meiner Mutter wird das gar nicht gefallen, wie du sagst, meinem Vater wohl auch nicht, aber er wird wenigstens keine Scherereien machen. Du wirst schon sehen, sie werden sich damit abfinden. Kommt Zeit, kommt Rat. Die Braut meines Bruders Caspar konnten sie anfangs auch nicht leiden, aber jetzt hält Mutter große Stücke auf sie, seit sie ihm einen Sohn geboren hat. Und genau das wirst du auch tun, da bin ich mir sicher.«

Golda runzelte die Stirn, so dass ihre Augenbrauen fast unter der Haube verschwanden.

»Was ihr Männer nur immer habt mit euren Söhnen. Es kann ja genau so gut ein Mädchen werden. Wie willst du es denn so genau wissen?«

»Recht hast du. Ein Mädchen ist mir auch recht, wenn es nur so hübsch und so klug ist wie du.

Und Gertrud soll es heißen, genau wie seine Mutter!« Golda schmunzelte.

»Ach je, das arme Kind. Nun, wenn du es wünschst, werde ich mich dir deswegen nicht in den Weg stellen. Aber wenn es doch ein Knabe wird ... dann fände ich Jonathan sehr schön.«

Martin rümpfte die Nase.

»Jonathan? Klingt hübsch. Aber sehr häufig ist er nicht, dieser Name.«

Golda lächelte geheimnisvoll. Sie hatte des Öfteren darüber nachgedacht, wie sie wohl einen Sohn nennen wollte, den sie Martin schenken würde. Wenn Gott ihr je dieses Glück zuteilwerden ließ, dann würde es »Jonathan« sein. Es war der Name eines Sohnes des Saul, der ein geliebter Freund von König David war, und sein hebräischer Name bedeutete: Gott hat ihn gegeben.

»Gefällt er dir nicht, Martin?«

»Doch, doch, ja, er gefällt mir ja. Jonathan soll er heißen, unser Sohn.«

»Du hast recht. Jonathan soll er heißen, unser Knabe. Komm her, mein Bräutigam!«

Golda warf ihre Arme um Martins Hals und küsste ihn. Dann machte sie sich daran, das viele Geschmeide wieder in dem Schmuckkästchen zu verstauen. Da plötzlich sagte Martin scharf: »Halt, warte noch. Nur einen Moment!«

Golda seufzte. Sie kannte die Vorzeichen inzwischen nur allzu gut. Schon rannte ihr Zukünftiger aus dem Schlafzimmer. Sie hörte, wie er die Treppe nach der Werkstatt hinunter polterte. Es dauerte eine ganze Weile, bis er wieder erschien, mit einem mit Kreide grundierten Holz und den Stiften, die er immer zum Skizzieren und Entwerfen benutzte.

»Ach Martin, gerade jetzt. Muss das denn wirklich sein? Du bist ja noch in deinem Hemd! Und ich muss gleich hinunter die die Küche und …«

»Scht! Gar nichts musst du. Bleib so, wie du eben warst. Sieh noch einmal nach der rechten Seite hinüber, den Schmuck in der Hand, genau wie eben, als ich nach nebenan ging. Und nicht zu starr lächeln. Ich will genau den Ausdruck, den du gerade hattest … ja, so meine ich es. Versuch nur einen Moment, dich nicht zu bewegen!«

Nur einen Moment, dachte Golda seufzend, von wegen.

Martin begann, sich in die Skizze zu vertiefen, und Golda wusste aus Erfahrung, dass er jetzt eine ganze Weile nicht ansprechbar sein würde. »Aber Liebster, wie sehe ich denn aus, in diesem einfachen Kleid, ganz ohne ein Mieder, und die Haube habe ich nicht einmal ordentlich gebunden.«

»Scht, halt still. Wunderschön siehst du aus, strahlend schön. Wer sieht bei einer Göttin schon darauf, was sie am Leib trägt?«

Golda rückte das grobe Wolltuch über dem Arm zurecht und hielt ergeben still. Ihr einfachstes Kleid trug sie heute, das Purpurrote, das man ihr bei ihrer Ankunft gegeben hatte. Sie war für gewöhnlich nicht eitel, aber sie wünschte doch in diesem Augenblick, sie trüge die goldgelbe und aufwendig gefältelte venezianische Seidenrobe, die die Martin ihr erst vor einigen Wochen hatte anfertigen lassen und um die sie so viele Nachbarinnen glühend beneidet hatten. Aber sie behielt dennoch ihr versonnenes Lächeln bei, das Martin so entzückt hatte und das er nun festzuhalten versuchte. Golda hatte inzwischen eine Menge Übung darin, nach Martins Anweisungen über lange Zeit mit flachem Atem in einer bestimmten Pose zu verharren.

Es war heller Tag, als Martin endlich sagte: »So, du darfst dich wieder rühren. Die Skizze ist fertig soweit. Ich werde es in Öl malen, damit die Farben richtig schön zur Geltung kommen, dein purpurnes Kleid und all das goldene Geschmeide.« Er beugte sich herunter zu ihr und küsste sie.

»Meine arme kleine Braut, du bist eine wahre Märtyrerin der Malerkunst.«

Golda reckte ihren steif gewordenen Hals und ließ ein paar Mal die Schultern in den Gelenken kreisen.

»Nun, wenn ich den Meister nicht so lieben würde wie mein Leben!«

Martin betrachtete sie ernst. »Tust du das? Tust du es wirklich? Du hast es mir noch nie gesagt.«

Golda nickte lächelnd. Oh ja, dachte sie, als er sie abermals küsste. Noch viel mehr als mein Leben.

Martin hatte darauf bestanden, noch am selben Tag seine Eltern zu benachrichtigen. Martins Vater freute sich so herzlich darüber, dass es selbst Martin in Erstaunen versetzte. Allein, das hatte nicht verhindern können, dass Gertrud Schongauerin fassungslos war vor Wut. Klein, bebend und zornrot stand sie vor ihrem Sohn und schüttelte ihre Faust vor seinem Gesicht, so dass Martin halb erschrocken, halb belustigt zurückwich.

»Sag, Junge, hast du den Verstand verloren? Du heiratest deine Magd? Ein armes Ding, noch dazu mit einem Kind von irgendeinem Kerl. Mit einem Bankert. Als dein Eheweib! Eine Magd!«

Martins Vater ging dazwischen und murmelte ein paar einlenkende Worte, aber Gertrud schrie den Gatten an wie eine Furie:

»Ach du, sei bloß still! Fällst mir hier in den Rücken und stellst dich gegen mich, gegen deine eigene Frau. Dass du dich nicht schämst! Dein Sohn hätte Katharina Baslerin haben können und Ursel, die Tochter deines besten Freundes dort im Senat. Und was macht er stattdessen, dein närrischer Herr Sohn? Heiratet seine Kebse, die er geschwängert hat, der er täglich beiwohnt, dieser läufigen Hündin, dass die ganze Gasse es hören kann …«

»Mutter!«, rief Martin peinlich berührt dazwischen.

Caspar Schongauer wurde rot vor Zorn: »Es reicht, Weib! Verschon uns mit deinem üblen Gekeife. Ja, ich hätte mir auch eine reiche Braut erträumt, aus einer guten, einflussreichen Familie, aber es hat nun mal nicht sein sollen. Was braucht er auch fremdes Geld. Er ist einer der reichsten Männer von Kolmar, und das in einem Alter, wo manch anderer erst beginnt. Unser Sohn verdient mit seiner Kunst mehr Gold, als er ausgeben kann. Und er leistet uns, seinen alten Eltern, ein großes Haus und Gesinde, ganz für uns allein. Vergiss das nicht. Sei lieber froh darüber, dass dein Sohn ein Ehrenmann ist und diejenige zum Weibe nimmt, die sein Kind trägt. Das ist unser Sohn, er ist ein guter Mensch mit guten Absichten, und so haben wir ihn erzogen. Wir sollten stolz auf ihn sein. Ich will nichts mehr davon hören, Frau!«

Die Schongauerin kniff die Lippen zusammen, drehte sich wütend um und verstummte.

Martin sagte beherrscht: »Mutter! Mutter, ich will nur, dass du dieser Heirat deinen Segen gibst, so wie Vater auch. Ich bitte dich herzlich. Ich kann keine andere zum Weib nehmen. Sie allein ist es, die ich haben will. Sie ist die Mutter meines Kindes. Und ich kann nicht ohne sie leben. Sie ist diejenige, die mich die schönsten Bilder schaffen lässt. Ich wüsste nicht, wie ich ohne sie noch arbeiten könnte. Und ich liebe sie von ganzem Herzen, Mutter, ich liebe sie so sehr.«

Die Schongauerin drehte sich um und starrte Martin an, als hätte ihr Jüngster seine fünf Sinne nicht mehr beisammen. Er wusste, dass ein Mann seines Standes nicht aus Liebe heiratete. Kein Schongauer vor ihm hatte so etwas je getan. Nun, was scherte ihn das? Dann würde er eben der erste sein.

Martin trat einen Schritt zur Mutter heran und sagte: »Du musst sie ja nicht auch lieben, Mutter, du musst sie nicht einmal hier in deinem Haus dulden, wenn du es nicht erträgst! Aber ich versichere dir, sie wird dir eine brave Schwiegertochter sein und dir stets gehorchen. Dein Segen ist das Einzige, was ich von dir begehre.«

Gertrud Schongauerin schüttelte unwillig den Kopf. Schließlich dreht sie sich um und musterte Martin mit funkelnden Augen.

»Nun, wenn dein Vater, mein kluger Herr Gemahl, sich dieser Heirat nicht in den Weg stellt, so wie's aussieht, was soll ich dann noch dagegen tun? Ich kann nichts tun. Ich werde mich fügen müssen. Ich werde dulden müssen, dass sie mit ihrem Bankert in deinem Haus wohnt und als deine rechtmäßige Gemahlin in der Stadt herumstolziert und uns alle der Lächerlichkeit preisgibt. Aber meinen Segen dazu bekommst du nicht. Nie und nimmer!«

Und krachend fiel hinter der Schongauerin die Tür ins Schloss.

Golda konnte in dieser Nacht kein Auge zutun vor Seligkeit. Sie war schwanger mit Martins Kind und sie sollte seine Frau werden, Martin Schongauerin, so wahr sie hier neben ihm lag und ihn tief und ruhig atmen hörte, denn er hatte wie gewöhnlich einen gesegneten Nachtschlaf.

Golda hatte den ganzen Tag über ihr Äußerstes getan, um Martins Verdruss über den Zorn seiner Mutter zu beruhigen und ihn zuversichtlich zu stimmen. Hatte er denn nicht gleich gesagt, dass seine Mutter über diese Verbindung entsetzt sein würde? Sie beschwor ihn, sich lieber daran zu erfreuen, dass sein Vater dieser Ehe zustimmte. Und schließlich wischte auch Martin alle seine

Bedenken beiseite und freute sich von ganzem Herzen. Er wollte gleich am nächsten Morgen mit ihr zum besten Tucher der Stadt gehen und ihr für die Hochzeit Stoff für ein Brautgewand anmessen lassen, aber Golda hatte nur abgewinkt.

»Ach Martin, was für ein Unsinn! Ich habe doch so viele schöne Kleider, ich brauche nicht schon wieder etwas Neues. Und wenn überhaupt, dann will ich dich in dem roten Madonnenkleid heiraten. Etwas Prachtvolleres kannst du mir in Kolmar ohnehin nicht beschaffen. Und dazu werde ich einen Kranz aus weißen Rosenblüten für mich flechten, das ist mir festlich genug, um mich als deine Braut zu schmücken, Liebster. Du wirst dich meiner nicht schämen müssen.«

»Also gut! Was habe ich nur für eine bescheidene und genügsame Braut. Ich werde mich wohl nie darüber sorgen müssen, dass du mir den Hausstand zu verschwenderisch führst.«

Die Hochzeit wurde rasch angesetzt, schon für den nächsten Monat, denn es gab bereits Gerede genug in der Stadt über diesen Schongauer, der vorhatte, sein Liebchen zu ehelichen, das ihm bislang als seine Magd gedient hatte. Es musste nicht sein, fand Martin, dass die Leute sich auch noch das Maul darüber zerrissen, das die Braut des Martin Schön schon guter Hoffnung war. Eine große Menge an Gästen waren geladen worden, Martins weit verzweigte Familie sowie etliche Bürger und Nachbarn, Maler und Goldschmiede. Auch sein Bruder aus Ulm, Ludwig Schongauer, sollte mit seiner Frau und den beiden Kindern angereist kommen. Nach seinem Fortgang hatte Martin ihn nicht wieder zu Gesicht bekommen.

Golda war nicht ganz wohl bei der Aussicht, dass Martins Mutter dem Hochzeitsfest vielleicht aus Trotz fernbleiben könnte. Aber Martin beruhigte sie: Sie mochte wohl engstirnig und sturer als ein Esel sein, aber dazu sei sie nun doch zu stolz. Sie hasste Gerede mehr als alles andere. Nein, sie würde sehr wohl erscheinen, möglicherweise aber kein Wort mit der neuen Schwiegertochter wechseln. Darauf sollte die junge Braut sich lieber gefasst machen. Das war auch damals bei Jörgs Vermählung vorgekommen, und es war doch klug, schon von vornherein damit zu rechnen. Umso besser, dachte Golda grimmig. Mir ist lieber, sie spricht nicht mit mir, als dass sie mich vor aller Welt bloßstellt. Denn sie kann mich nicht leiden und hält mich für ein loses Frauenzimmer, ganz einerlei, was ich tue.

Golda hatte bald vier tüchtige Mägde aus der Nachbarschaft angeheuert, die sich um die Vorbereitungen für das große Hochzeitsmahl kümmern sollten. Zwei von ihnen, so wurde beschlossen, würden ihr auch in Zukunft zur Hand gehen, wenn sie hochschwanger war und später dann, in der Zeit, wenn sie erst einmal zwei Kinder statt einem zu versorgen hätte. Als Martin Schongauerin sollte sie eigene Mägde haben, so wie ihr es zustand. Des Weiteren hatte der Bräutigam einen ehemaligen herzoglichen Mundkoch für die Zubereitung eines üppigen Gelages gefunden. Martin schwelgte in blumigen Vorstellungen und hatte in tagelanger Arbeit eine lange Liste von erlesenen Speisen zusammengestellt, die er zu seinem Hochzeitsfest auf seiner Tafel sehen wollte: Ochsenfleisch vom Spieß sollte es sein, Kalbfleisch und Lammfleisch sollte es reichlich gesotten und gebraten geben, Kapaune, Täubchen und Krammetsvögel; vielerlei Flussfische, aber auch Krebse für die Mäuler der Verwöhntesten, dazu noch an Zutaten mehrere Pfund Butter und viele Schock Eier, feines Olivenöl von Genua und verschiedene gute Essige, dann noch Mandeln, Rosenwasser und feinen Zucker für das Marzipan, das seine Braut sich so sehr zu ihrer Hochzeit gewünscht hatte, etliche Käse, mehrere Lot Muskatblüte, Zimt, Safran und Ingwer für Kuchen und Süßspeisen und was nicht alles noch mehr. Von den erlesensten Weinen, dem besten Straßburger Bier und dazu den vielen goldenen Bienenwachslichten gar nicht erst zu reden.

Golda hatte nachher einen genauen Überschlag über die Kosten gemacht und war auf eine ungeheure Summe gekommen. Aber da Martin bei ihren peinlichen Kalkulationen nur gleichgültig mit den Schultern zuckte und sagte, er könne sich's doch leisten und man heirate doch ohnehin nur einmal im Leben, hatte sie nicht weiter zu protestieren gewagt.

Golda war nicht mehr im Geringsten bang vor ihrer Niederkunft und den damit verbundenen Gefahren, so wie beim ersten Mal. Einmal, als sie noch ein dünnes Kind von kaum zehn Jahren war, hatte Rahel sie trotz ihres heftigen Widerstandes zum Bader gezerrt, damit er ihr einen abgebrochenen Kinderzahn herauszog, und bei Gott, wie die Mutter sie mit eisernem Griff festgehalten und der Bader mit der grausamen Zange in ihrem Kiefer herumgefuhrwerkt hatte, bis endlich, nach einer Zeit so lang wie die Ewigkeit, knirschend der schmerzende Zahn herausgebrochen war, dass Golda glaubte, der Schädel müsste ihr bersten, das war doch noch tausendfach schlimmer gewesen als Jakobs Geburt.

Es war Martins Kind, das sie gebären würde, das Kind des geliebten Mannes und nicht die unerwartete Frucht einer grausamen Schändung. Nun wusste sie ja, wie es zuging beim Kinderkriegen, es dauerte zwar Stunden und war voller Schmerz, Blut und Geschrei, aber die Schmerzen waren meist noch erstaunlich gut erträglich für sie gewesen. Und dazu hatte sie während der Wehen nie das stolze Gefühl verlassen, dass sie selbst es war, die dort mutig und mit all der unverbrauchten Kraft ihres jungen Körpers ein neues Menschenwesen in diese Welt brachte.

Morgens weckte der künftige Vater sie mit leidenschaftlichen Küssen, danach stand sie glücklich und ausgeruht auf, summte den ganzen Tag über vor sich hin und barst schier vor Kraft. Sie legte die tägliche Spinnarbeit nun ganz beiseite und nähte stattdessen Kinderhemden aus feinem Linnen und wirkte aus dünnem Wollgarn warme Häubchen und Hemdchen für das

Neugeborene. Sie tat zwar ihr Äußerstes, um Jakob zu erklären, dass er bald ein Brüderchen oder Schwesterchen haben würde, aber Johanne machte sich dann immer schrecklich lustig über sie und tat ihre Bemühungen damit ab, dass ihr Sohn ja noch viel zu klein und unverständig sei, um das zu begreifen.

Golda erwachte, als eine Drossel auf dem Dachfirst ihren lauten Morgenjubel auszustoßen begann. Es war ein warmer Julitag. Sie drehte sich vorsichtig um zu ihrem Zukünftigen, der, gänzlich ungestört von dem Vogelgesang über seinem Kopf, mit regelmäßigen Atemzügen weiterschlief. Golda betrachte einen Moment lang sein vertrautes Gesicht mit den langen seidigen Wimpern, den vollen Lippen und den dunklen Bartstoppeln drum herum, die er jeden Morgen ihr zuliebe sauber abrasierte.

Martin, dachte sie. Mein Bräutigam, mein hübscher Mann. Mein Ehemann.

Eigentlich hätte sie längst aufstehen müssen, aber sie brachte es einfach noch nicht fertig, ihn zu verlassen und schmiegte sich wieder an seinen vom Schlaf erhitzten Körper. Golda schloss die Augen und war tatsächlich kurz wieder eingenickt, als sie spürte, wie Martins Hände von ihren Schultern hinunter zu ihrem Bauch wanderten, dorthin, wo sie sein ungeborenes Kind trug. Seine Hand strich sanft über ihre Schenkel. Golda drehte ihm lächelnd ihr Gesicht zu und murmelte »Guten Morgen, mein Liebster!« Martin küsste sie auf die Lippen und seine Hand stahl sich unter ihr Hemd hinauf zu ihren Brüsten, die schon wieder ein wenig voller geworden waren. »Meine Süße …« murmelte Martin sehnsüchtig zwischen den Küssen, »meine kleine Braut.«

Er schob die blonden Haarfluten von ihren Schulterblättern und küsste ihren Nacken und ihren Hals. Golda begann zu schnurren wie ein Kätzchen, und während sie deutlich spürte, wie sehr ihr Körper den geliebten Mann erregte, fragte sie sich, ob ihr künftiger Ehemann sie noch immer beinahe täglich begehren würde, wenn sie ihm erst fünf Kinder geschenkt und ihr Körper seine jugendliche Straffheit eingebüßt haben würde, wenn ihre Brüste ausgelaugt herabbaumelten und ihr Bauch der einer Matrone geworden war. So war es jedenfalls schon bei der rothaarigen Bärbel, einer Nachbarin, die gerade fünfundzwanzig Lenze zählte, und die ihr neulich flüsternd verraten hatte, dass ihr Ehemann seit einigen Wochen eine Geliebte hatte und sie deswegen nicht etwa unglücklich, sondern im Gegenteil heilfroh war, auf diese Weise seinen lästigen Annäherungen zu entkommen. Aber während Martins Finger zwischen ihre Schenkel glitten und sie bald darauf vor Lust zu seufzen begann, wusste sie plötzlich, dass sie ihn immer begehren würde.

»Wenn du dir je ein Liebchen außer mir nimmst, dann ist das das Ende meines Lebens«, flüsterte sie Martin ins Ohr und er blickte sie erstaunt an.

»Wie kommst du nur auf so was? Wieso um alles in der Welt sollte ich mir eine Geliebte nehmen?«

»Weil ich es nicht ertragen könnte, wenn du jemals eine andere Frau so begehrst, wie du es gerade tust«, flüsterte Golda leidenschaftlich. Martin küsste sie voller Verlangen und seine Finger drangen tief in ihre feuchte Mitte. Bald fand ihre Hand sein hartes Glied, ihre Schenkel öffneten sich für ihn und er hob ihr Knie über seinen Körper und nahm sie. Kurz darauf begann sie zu schreien vor Wonne, und ihre übergroße Erregung riss ihn mit sich fort.

»Du weinst ja«, murmelte Martin, als sie wieder zu Atem gekommen waren. Eine Tränenspur zog sich von ihrem Augenwinkel hinab bis zu ihrem Ohr.

Golda wischte sich die Tränen aus dem Gesicht und lächelte. »Nur, weil ich so glücklich bin. Und weil ich dich so sehr liebe.«

Martin küsste sie lange, und sie spürte seinen kitzelnden Atem an ihrem Ohr als er flüsterte: »Und ich liebe dich auch so sehr, mein Kätzchen.«

Er zog sie fest an sich und sie gaben sich ganz der seligen Ermattung hin, die sie immer gefangen hielt, wenn sie sich gerade geliebt hatten. Bald hörte sie, dass Martin schon wieder eingeschlafen war. Er brummte unwillig, als sie sich aus seinem Bärengriff befreite, aber sie entzog sich ihm mit einem kräftigen Ruck und sagte bestimmt: »Mein Bräutigam, wenn ich jetzt nicht bald aufstehe, wird Johanne sich am Ende noch die Stiege hinaufquälen, weil sie sich wundern wird, wo ich bleibe!«

Golda warf Martin eine Kusshand zu und zog die Kammertür hinter sich zu.

Im Dominikanerkloster zu Kolmar

Heinrich Institoris lehnte den Kopf zurück und schloss die Augen. Während er geduldig darauf wartete, bis der junge Novize das Scheren seines Bartes und das Glätten seiner Tonsur beendet hatte, war genug Muße, die vor ihm liegenden Aufgaben zu überdenken.

In zwei Tagen würde er weiterreisen können nach Freiburg, um dann in Richtung Bodensee aufzubrechen. Er war in einer äußerst wichtigen Mission unterwegs, und wenn er erfolgreich war, hatte er einen wahren Meilenstein auf seinem Weg bezwungen.

Die Hände des Jungen auf seinen Wangen waren so sanft wie der Hauch eines leichten Sommerwinds. Der Bischof von Trient, Johannes Hinderbach, hatte ihn damit beauftragt, sämtliche Protokolle zu besorgen, die sich in den Archiven befanden und die bei ganz ähnlichen Prozessen entstanden waren, wie derjenige, der nun schon bald in Trient stattfinden sollte. Und Bernhardin von Feltre, ein Franziskanerbruder und besonders leidenschaftlicher Prediger wider die Schändlichkeit der Juden, hatte ihn kurz vor der Abreise darauf aufmerksam gemacht, dass es in den Städten Ravensburg, Lindau und Überlingen vor einigen Jahren ähnliche

Vorfälle gegeben habe. Die unter der Folter hervorgebrachten Aussagen ähnelten sich zwar alle auf die eine oder andere Weise, aber es konnte keineswegs schaden, so viel Beweismaterial wie möglich zu sammeln. Häufig geschahen die jüdischen Morde an christlichen Kindern um die Ostertage herum, und sie waren samt und sonders von viehischer Brutalität. Die Martern des Herrn Jesu wussten die Juden nachzustellen mit den unglücklichen Kindern, sie wurden gekreuzigt und erstochen, ausgeblutet und an Kreuze gebunden und anschließend heimlich verscharrt. Aber Unrecht Gut gedeihet nicht, die Morde kamen stets früher oder später zutage, sei es, dass mitten im kalten Winter Frühlingsblumen wuchsen, um so das Grab des kindlichen Märtyrers wundersam zu kennzeichnen, sei es, dass das so zu Tode gemarterte Kind sich noch aus seinem heimlichen Grabe durch Gesang bemerkbar zu machen wusste.

Heinrich war vor kurzem in den glücklichen Besitz einer Abschrift des Prozesses gegen einen Juden aus Endingen beim Kaiserstuhl gelangt, einem Dokument von außerordentlicher Beweiskraft. Vor fünf Jahren hatte der Jude Merklin dort vor Gericht zugegeben, es sei nichts als die lauterste Wahrheit, dass die Juden das Blut christlicher Kinder benötigten, um damit Arznei und Salböl herzustellen, wie sie es bei ihrem widerwärtigen Beschneidungsritus verwandten. Außerdem könnte nur ein spezielles Aroma, bereitet mit dem Blut unschuldiger geschächteter Christenkinder, den widerwärtigen Gestank jüdischer Körper überdecken. Man hatte diesen Juden und seine ganze Familie auf dem Scheiterhaufen verbrannt, und nur Kaiser Friedrich, diesem Judenknecht, der sich einen christlichen Herrscher nannte, war es zu verdanken, dass weitere Verfahren bei ähnlich gelagerten Anklagen einfach fallen gelassen werden mussten.

In Heinrich zog sich alles zusammen vor Ekel.

Und jetzt also Trient. Ein unschuldiges Knäblein, der Sohn eines einfachen, gottesfürchtigen Gerbers, geschächtet und hinter der Judengasse über die Mauer hinweg in den Fluss geworfen. Ein Jude namens Samuel behauptete frech, ihn leblos vorgefunden zu haben. Natürlich wurde er sofort als der Hauptverdächtige festgesetzt. Er leugnete alles, wie nicht anders zu erwarten, er beteuerte seine Unschuld. Auch mit dem toten Pferdeknecht, den man anderntags ein Stück weiter flussauf gefunden hatte, mit durchgeschnittener Kehle, wollte er nichts zu schaffen haben. Natürlich hatte man begonnen, ihn peinlich zu verhören, auch wenn der Herzog von Tyrol, ja selbst der Doge von Venedig dagegen Einspruch erhoben hatten. Aber diese beiden waren weit fort vom Ort des Geschehens. Bernhardin von Feltre hingegen war in Trient. Der Tag würde kommen, an dem der Jude gestehen sollte.

Der Novize, der elfjährige, blonde Sohn eines Landgrafen, nahm das Tuch von Heinrichs Schultern und sagte mit bisher ungebrochener Knabenstimme: »Fertig, Bruder Institoris. Wieder ganz und gar glatt, so wie Ihr befohlen habt!«

Heinrich dankte dem jungen Bruder mit einem kurzen Nicken und stand auf. Als er den Zellentrakt des Klosters verließ und in den sonnenhellen Kreuzgang trat, wunderte er sich einen Augenblick lang über das Getriebe und die Düfte, die vom nahen Platz vor der Kirche über die Klostermauern zu ihm drangen. Richtig, es war heute Markttag in Kolmar.

In der Schädelgasse

Eine Stunde später, nachdem Golda ihren Sohn versorgt, ihre Morgenwäsche vollbracht und Martin seinen Becher Wein ans Bett gebracht hatte, führte sie Jakob hinunter zu Johanne in die Küche und bat sie wie üblich, sich seiner anzunehmen, solange sie auf den Markt ging.

Johanne nickte kurz und erwiderte: »Jaja, schon gut, bring ihn mir nur her, den schönen, blonden Knaben. Meinen kleinen

Sonnenschein! Sag ›Johanne‹, Jakob! Kannst du's noch immer nicht sagen? ›Johanne‹!«

Jakob lachte breit über das ganze Gesicht, rang die Hände und rief schließlich strahlend: »Hanne!«

Golda und Johanne sahen sich überrascht an und klatschten in die Hände vor Freude.

»Fein!«, rief die alte Magd aus. Das hast du fein gemacht, Jakob. Siehst du, Gertrud, dein Sohn gewinnt bald täglich mehr an Verstand.« Golda betrachtete ihren blonden Sohn, mit dem ganzen überfließenden Stolz der Mutter, deren Kind soeben ein kleines Wunder vollbracht hatte. »Was bist du nur schon klug, Jakob. Fein! Sag's noch einmal! Johanne!«

Jakob grinste und rief laut: »Hanne! Hanne!«

Beide lachten zufrieden.

»Gut«, fuhr Johanne fort und wandte sich wieder seiner Mutter zu, »sei aber zum Mittag wieder hier. Ich muss meine Schwester besuchen, sie ist nun im Armenspital, Gott sei ihr gnädig.«

Golda nickte: »Sei unbesorgt, Johanne, bis zum Mittag bin ich längst wieder hier. Sei immer hübsch brav bei Johanne, Jakob! Lebt wohl, ihr beide.«

Golda trat bald, den Korb über dem Arm, auf die lärmende Schädelgasse hinaus. Sie ließ eine eilige Gruppe berittener Stadtwächter vorüberziehen und wollte gerade den Weg zum Dominikanermarkt einschlagen, als eine Nachbarin, die Frau des Goldschmiedes Theobald Mundt, sie freundlich begrüßte und ein paar Worte mit ihr wegen des bevorstehenden Festes wechselte. Die ganze Schädelgasse sprach ja schon seit Tagen kaum noch von etwas anderem. Beinahe jeder war geladen, und es sollte hoch hergehen auf dieser Schongauer Hochzeit, so hatte man überall schon reden gehört.

Bald eilte Golda weiter, von den Segenswünschen der Mundtin begleitet. Frauen und Mädchen steckten hinter ihr die Köpfe zusammen und tuschelten, als Golda grüßend an ihnen vorüberging. So manche neidete ihr wohl sehr, dass sie, die Waise, die Magd mit dem Bankert, ausgerechnet einen der reichsten Männer der Stadt nahm. Hatte man so etwas je gehört? War denn dieser Meister Schongauer von allen guten Geistern verlassen? Sie lachte in sich hinein. Jetzt wurde sie doch noch von allen und jedem mit großer Ehrerbietung behandelt. Wenn sie erst die Martin Schongauerin war, dann zählte sie zu den am meisten geachteten Bürgerinnen der Stadt. Und wenn sie ihm dann noch einen Sohn schenkte, einen Erben? Warum sollte ihr das nicht gelingen, wo sie doch schon einmal einem prächtigen Knaben das Leben geschenkt hatte? Golda legte die flache Hand auf die Wölbung in ihrer Leibesmitte und lächelte stolz.

Auf dem Markt vor der alten Dominikanerkirche wimmelte es in den Stunden kurz vor Mittag nur so von Frauen, Mägden, Knechten, auch von umherstreifenden Katzen, mit denen die Händler zwar ihre liebe Not hatten, aber die man auch immer halb und halb duldete, weil sie unermüdlich Jagd auf die allgegenwärtigen Nager, die Mäuse und Ratten, machten. Golda schlenderte bald darauf mit selbstvergessenem Lächeln zwischen den Ständen herum, probierte hier und kostete dort, wählte müßig unter den Waren und genoss das lärmende Markttreiben.

Vor dem Stand eines Jägers blieb sie endlich stehen: Er bot den Städtern, denen es am Recht und Geschick zur Jagd mangelte, Wildbret an, das den gemeinen Ständen verkauft werden durfte. Kaninchen und Hasen, an den Hinterläufen aufgehängt und mit blutigen Schnauzen, Rebhühner aus den Vogesen, Ringeltauben, Eichelhäher und Waldschnepfen. In einem niedrigen hölzernen Käfig wimmelte es durcheinander von Wachteln, in einem anderen von Krammetsvögeln, sogar zwei tote Fasanen hingen dort zu Schau gestellt, prächtig anzusehen in ihrem kupferfarbenen Federkleid und mit den bunt schillernden Köpfen. Das wäre etwas für Martin, dachte Golda. Dieses Federkleid würde er sofort malen wollen.

»Nun, schöne Jungfer!«, rief der Händler munter aus, »Ihr überlegt wohl, sehe ich, ob Ihr heute Wildvögel auf die Tafel bringen wollt? Wir wäre es mit ein paar Rebhühnern? Ein paar Wachteln? Sie sind sehr zart und schmackhaft, auch wenn nicht viel Fleisch daran ist. Ich rate Euch, nehmt darum mindestens ein halbes Dutzend.«

Golda wiegte nachdenklich den Kopf.

»Oder sagt mir, habt ihr schon einmal Fasan gekostet, gute Frau? Der Bursche hier ist gerade richtig abgehangen. Das ist wirklich ein feiner Leckerbissen, würdig der Tafel eines Königs. Weil Ihr es seid, nur drei Schillinge für das schöne Tier!«

Golda zog die Brauen hoch.

»Drei Schillinge! Das ist ein stolzer Preis für so einen kleinen Braten. Ich habe noch nie einen Fasan gekostet, geschweige denn zubereitet. Ich wüsste auch gar nicht, wie ich das anstellen soll.«

Von diesen Dingen verstand der Jäger mehr als der beste Mundkoch. Er pumpte seine breite Brust auf und rief: »Oh, wenn's weiter nichts ist! Einen Fasan bratet Ihr ganz wie ein Huhn, am besten im Ofen, und mit Speck umwickelt, dass er Euch nicht austrocknet. Füllt ihn mit gewürztem, geriebenem Weizenbrot und Petersilie, rate ich Euch. Und wenn ihr keine Kosten scheut, dann nehmt auch ruhig einmal Trüffel dazu, am besten die schwarzen.«

»Trüffel!«, rief Golda staunend aus. »Auch noch Trüffel als Füllung. Nun, dann könnte ich ja gleich Goldklumpen dazu nehmen.«

Der Jäger ließ sich nicht aus der Ruhe bringen: »Und dann macht eine feine Tunke dazu, aus Kirschen, Essig und Pfeffer. Und Zimt. Und wenn Ihr ihn auf die Tafel stellt, dann solltet ihr ihn ringsum mit seinen hübschen, goldenen Federn bestecken. Ich sage Euch, etwas Besseres kann es kaum geben.«

Bald ruhte der goldbraun gefiederte Leichnam in ihrem Korb. Sie würde beim Spezereiwarenhändler noch Zimtstangen kaufen müssen. Und Martin hatte sie am Morgen obendrein gefragt, ob sie ihm auch Himbeeren besorgen könnte, es verlange ihn so sehr danach. Und Kirschen brauchte sie auch noch, für den Fasan.

Golda seufzte tief und zufrieden auf. Sie wechselte schwungvoll den Korb mit dem Fasanen in die andere Hand und sann darüber nach, ob sie von den Himbeeren und den schwarzen, wilden Kirschen kaufen sollte, die ein mageres Bauernmädchen feilbot. Das blasse Ding betrachtete sie aus starren, hervorquellenden Augen, es trug ein oft geflicktes Kleid von verwaschener brauner Farbe und hatte den vortretenden Bauch derer, die sich den Hunger nur zu oft durch das Trinken großer Mengen Wassers zu vertreiben versuchten.

Golda lächelte das Mädchen freundlich an und fragte, ob sie eine Himbeere kosten dürfe. Das Mädchen machte eine knappe Geste mit seiner mageren Hand, und Golda langte in die Körbe und steckte sich eine der kleinen Früchte in den Mund. Sie schmeckte süß und pelzig, ganz, wie eine Himbeere schmecken sollte.

»Ich nehme zwei Körbe. Und einen von den Kirschen hier«, sagte Golda und schob dem Mädchen eine große Münze zu. Golda schüttelte nur verlegen den Kopf, als das Mädchen ihr das Wechselgeld geben wollte und wandte sich rasch zum Gehen. Sie wusste sehr gut, wie lange es dauerte, bis man im Wald und in den Knicks ein paar Körbe voller Früchte zusammengesucht hatte – von der Hitze, den Mücken und den Dornen, an denen man sich die Hände aufriss, ganz zu schweigen. Das hätte genauso gut ich sein können. So hätte ich mir wohl auch ein paar Pfennige verdienen müssen, wenn mir das Schicksal nicht so gnädig gewesen wäre, dachte Golda, als sie sich zwischen den Ständen hindurchzwängte. Sie verließ den Marktplatz vor der Barfüßerkirche und wollte sich auf den Heimweg machen.

Und da stand er. Der magere Mönch in der schwarzen Kutte der Dominikaner versperrte den Weg. Er strömte starken Schweißgeruch aus, seine Stirn glänzte nass und gerötet. Seine Hände waren von Tinte schwarz wie die eines Stallknechtes. Er brummte unwillig, schob sie mit schmerzhaftem Griff beiseite und wollte rasch an ihr vorbeirennen. Doch dann blieb er wie angewurzelt stehen, wandte sich um und starrte sie nachdenklich an. Sein Kopf näherte sich ihr langsam, die blassblauen Augen zu Schlitzen verzogen. Sein Blick wanderte an ihrem Körper herunter.

»Also bist du doch noch am Leben, Jüdin?«

Golda erstarrte. »Nun, du bist wohl zu Reichtum gekommen, was? Wen hast du inzwischen verhext, dass du so herumlaufen darfst?«

Golda zögerte keine Sekunde. Sie drehte auf dem Absatz um und rannte im Zickzack zwischen den Marktständen davon, irgendwohin, nur schnell weg von hier.

»He, bleib gefälligst stehen!«, rief der Mönch hinter ihr her. Golda war alles Blut aus dem Gesicht gewichen. Es war ihr, als täte sich der Boden auf unter ihren Füßen, um sie zu verschlingen. Auch sie hatte den Mönch erkannt. Es war der Dominikanermönch – Heinrich Institoris. Der unheimliche Mensch, der sie vor Jahren dort in den Gassen als jüdische Hexe beschimpft hatte. Der Hexenjäger. Der Inquisitor. Sie konnte seine Stimme hören, die hinter ihr her brüllte:

»Warte nur! Diesmal entwischst du mir nicht!«

In der Schädelgasse, kurz vor Mittag

Golda schlug die Tür hinter sich zu und lauschte. Sie zitterte an allen Gliedern. Nein, er konnte sie unmöglich bis hierher verfolgt haben, ein älterer Mann, und durch alle Gassen noch dazu. Aber was, wenn er jemanden geschickt hatte, ihr nachzujagen? Wenn sie nun kamen, um sie zu holen? Die Leute hatten doch alle gegafft, als er dort nach ihr schrie! Mit rasendem Herzen drückte Golda das Ohr an die Tür und lauschte. Nein, es war niemand dort draußen vor der Tür. Oben im Haus hörte sie ihren Sohn fröhlich lachen, dort in der Küche, bei Johanne, der alten Magd.

Sie lehnte sich gegen die Wand und wartete vergeblich darauf, dass das Seitenstechen von ihrem schnellen Lauf aufhörte. Golda griff sich an die Brust, um das enge Mieder ein wenig aufzuschnüren, und zuckte zusammen, als ihre Finger die nackte Haut berührten: Sie waren eiskalt. Sie versuchte mit aller Mühe, einen klaren Gedanken zu fassen, aber alles, woran sie denken konnte, war: Er ist hier in Kolmar, und nicht in Tyrol, der Hexenjäger, der Judenschlächter von Trient, er ist hier und hat mich sofort erkannt. Er allein weiß, dass ich Jüdin bin. Wenn er mich findet, dann ist das mein Tod. Ein Inquisitor, der fähig ist, eine ganze jüdische Gemeinde zu foltern, anzuklagen und der Reihe nach auf dem Scheiterhaufen zu verbrennen, wird mit einer einzelnen Jüdin, die es wagt, sich als Christin auszugeben, nicht viel Federlesens machen. Und Jakob. Mein unschuldiges Kind. Und das kleine Leben, das in mir heranwächst! Und Martin.

Golda schmerzte die Brust vor Schreck. Martin würde alles erfahren. Wie sollte sie ihm jetzt nur auf vernünftige Art erklären, was sie ihm bislang verschwiegen hatte? Würde er am Ende glauben, sie hätte ihn mit Lügen und Heimtücke zu dieser Ehe verführt? Ach, würde sie ihm nicht alles erklären können? Er würde ihr doch verzeihen? Oder vielleicht nicht? Und am Ende würde man auch ihn noch anklagen, eine Jüdin in seinem Haus beherbergt zu haben und obendrein wie Mann und Weib mit ihr zusammenzuleben. Das war ein sehr schweres Vergehen. Umgang, gar fleischlicher Umgang zwischen Juden und Christen war durch die Gesetze des Judenregals verboten. Martin vor den Schranken der Inquisition? Das durfte nicht geschehen. Niemals, solange sie es irgendwie verhindern konnte.

»Adonai, oh großer Bewahrer, hilf mir!«, flüsterte Golda verzweifelt.

»Gertrud, bist du das? Bist du endlich zurück vom Markt?«, erklang Johannes meckernde Greisinnenstimme aus dem oberen Stockwerk. Golda erschrak so sehr, dass ihr die Knie weich wurden. Sie lehnte sich gegen die Wand, nahm ihre ganze Kraft zusammen und rief mit versagender Stimme zurück: »Ja, ich bin hier. Ich komme gleich zu dir, Johanne!«

Sie warf einen raschen Blick in den polierten Silberteller, der dort über der Truhe auf dem Flur hing, und erschrak vor dem unbekannten Gesicht, das ihr dort entgegenblickte, die Augen schreckgeweitet, die Lippen blutleer, die Wangen leichenblass. Golda schluckte. Sie war immer jung gewesen, hatte nie anderes gekannt als ihre Jugend, und auf einmal wusste sie, wie sie als alte Frau aussehen würde. Golda kniff sich mit den Fingern in die Wangen, um sie ein wenig zum Erröten zu bringen. Sie musste alles tun, um Johannes scharfer Aufmerksamkeit zu entgehen, die so wach war wie eh und je. Schließlich stieg sie langsam die Stiege zur Küche hinauf, wo Jakob friedlich in seinem Wollhemdchen auf dem Boden neben einem Stapel von Holzscheiten saß, die er, zufrieden brummend, mal hierhin, mal dorthin schob.

Die alte Magd stand über den Herd gebeugt und rief: »Sei gesegnet, dass du endlich kommst, Gertrud. Was in drei Teufels Namen kann wohl so lange gedauert haben?«

Golda nahm ihren Sohn vom Boden hoch und legte ihn sich über die Schulter, damit die Magd ihr blasses Gesicht nicht sehen konnte. Mit Mühe unterdrückte sie das Zittern ihrer Stimme: »Ach, nichts, Johanne. Du weißt doch, wie lange man zuweilen auf dem Markt zubringen kann. Und es war viel voller heute als gewöhnlich.«

»Gleichviel«, brummte die alte Magd ungeduldig, »Hauptsache, du bist und bleibst jetzt im Haus, bis der Herr zurückkommt.«

Der Herr, dachte Golda und schloss zitternd die Augen.

»Ich muss nun wirklich aufbrechen, sonst schaffe ich es nicht mehr. Ich habe meiner Schwester fest versprochen, sie heute noch zu besuchen, und das werde ich auch tun. Schlimm genug hat sie's doch jetzt, wo sie mit der Blindheit geschlagen ist und im Spital unterkommen muss, unter den Bresthaften … «

Richtig, heute Morgen, vor tausend Jahren, als alles noch gut war; als sie noch keine andere Sorge hatte, als was sie wohl heute Abend ihrem Meister und Geliebten für Herrlichkeiten auf der Tafel vorsetzen sollte, hatte Johanne sie gebeten, rechtzeitig zum Mittag wieder zurück zu sein, damit sie für ein paar Stunden das Haus verlassen konnte.

»Gut. Sei nur unbesorgt, Johanne, du kannst jetzt gehen!«

Die alte Magd ergriff den Gehstock und schritt langsam die Treppe hinab. Golda wartete, bis sie die Haustür zuschlagen hörte. Dann zögerte sie keinen Augenblick mehr. Sie nahm ihren Sohn auf und lief die Treppe hinauf in ihre Mägdekammer, die sie seit Wochen schon nicht mehr zum Schlafen benutzt hatte, da sie nun jede Nacht bei Martin lag, und öffnete mit einem Ruck die Eichentruhe, in der sich alles befand, was sie auf Erden besaß.

Ganz oben, um es zu schonen, lag das rote Madonnenkleid, die Herrlichkeit aus Seide, Samt und Pelzwerk. Golda brauchte beide Hände. Sie setzte den Knaben auf den Boden und hob die schwere Kostbarkeit heraus und legte sie beiseite. Sie suchte das alte, honigfarbene Kleid hervor, das von der vielen Hausarbeit schon recht verschlissen war. Vorne hatte es sogar einen sorgfältig ausgebesserten Riss. Umso besser. Rasch zerrte sie sich ihr Seidenkleid herunter und schlüpfte in das alte Gewand. Sie zog ihren großen Tragesack hervor und füllte ihn hastig mit einem Hemd zum Wechseln, einigen Windeln, den Hemdchen und dem Gewirkten für das Neugeborene und schließlich auch dem dicken, himmlisch warmen Frauenmantel aus Florentiner Wolltuch, den Martin ihr im letzten Winter hatte zuschneiden und mit dem Marderpelz verbrämen lassen, den sie beim Kürschner ausgewählt hatte.

Ganz unten lagen der lederne Beutel mit den Silbermünzen und ihr Schreibzeug. Auch der feine Stich war dazwischen in den Papieren zu finden, ihr Bildnis auf dem Halbmond. Sie stopfte alles hastig in den Sack.

Sie nahm auch das geschnitzte Holzkästchen heraus, den kleinen Schmuckschrein. Sie öffnete es und sah kurz hinein. Sie kippte den Inhalt des Kästchens auf den Boden und zog hastig an dem ledernen Band, das ihr stets um dem Hals hing und an dem sich ein Beutelchen befand, in dem sie etwas Wichtiges, was sie nicht verlieren durfte, bei sich tragen konnte. Sie verstaute den goldenen Schatz mit zitternden Fingern in dem Beutelchen und ließ es wieder in ihrem Ausschnitt verschwinden.

Ein gehöriger Abscheu ergriff sie da plötzlich vor sich selbst. Sie stopfte das Geschmeide hastig wieder in das Kästchen und schob es beiseite. Dann nahm Golda ihr größtes Haubentuch und wickelte es so um Kopf und Schultern, dass ihr Gesicht fast völlig darin verschwand. Sie riss die Tür auf und blieb dann doch stehen.

Sie musste ihm irgendein Vermächtnis hinterlassen, irgendeine Erklärung, und sei sie noch so töricht und ungenügend! Sie wühlte ihr Schreibzeug hervor, entrollte ein Stück Papier und schrieb schnell und ganz ohne Nachdenken ein paar Zeilen. Schmerzhaftes Schluchzen stieg nun hoch in ihrer Brust, ohne dass sie es zu verhindern vermochte. Sie legte das Papier auf ihr Kopfkissen, nahm schluckend den Knaben in sein Tragetuch auf ihren Rücken, wo er so seelenruhig war, als wollte die Mutter nur zu einem kleinen Spaziergang mit ihm aufbrechen, schulterte das Bündel und polterte die vier Stiegen hinunter. Die schwere Haustür schlug hinter ihr ins Schloss. Sie lief mit hastigen Schritten die Schädelgasse hinauf, auf den schnellsten Weg zum Theinheimer Tor. Schwer bepackt, in alten Kleidern und mit dem Tuch, das ihr Gesicht verbarg, hoffte sie, dass jeder sie für eine Bäuerin aus dem

Umland halten würde. Bald schon kam sie nur noch schleppend voran. Es herrschte ein gewaltiges Gedränge vor den Stadttoren, wie immer an den Markttagen.

Und da, als sie es beinahe schon geschafft hatte, sah sie ihn wieder: den Mönch.

Er stand bei den Stadtwächtern und redete lebhaft auf sie ein, seine mageren Hände schlugen dabei durch die Luft wie die Fänge eines Bussards. In diesem Moment schien sich alles zu verlangsamen. Golda wurde wunderbarerweise vollkommen ruhig. Sie wusste mit einem Mal ganz klar, was sie zu tun hatte. Sie zog ihr Haubentuch noch ein Stück tiefer ins Gesicht und drückte sich rasch mit abgewandtem Gesicht an ihnen vorbei. »Eine Jüdin, blond, großgewachsen und reich gekleidet«, hörte sie ihn sagen, »Sagt mir augenblicklich Bescheid, falls ihr sie sehen solltet, hört ihr?«

Vor ihr in der Menge bewegte sich langsam eine ärmliche Bauernfamilie, die Frau auf einem schäbigen Gaul, hinter sich einen laut jammernden Knaben. Der Mann, der das Pferd am Zügel hielt, ging, obwohl er noch nicht sehr alt war, gebückt wie ein Greis und hatte einen schlaffen Rübensack über der Schulter hängen. Golda schloss sich ihnen unauffällig an. Sie durfte auf keinen Fall anfangen zu rennen. Das würde nur die Aufmerksamkeit auf sie lenken. Die Frau auf dem Pferd musterte sie einen Augenblick lang misstrauisch. Golda lächelte ihr beruhigend zu, und der Knabe hinter der Frau hörte auf zu greinen und starrte die junge Frau mit dem Kind und dem Bündel auf ihrem Rücken neugierig an. So kam man nach einer Weile zu dem kleinen Steg, den man über den Bach auf dem Weg nach Theinheim passieren musste. Sie wagte keinen Blick zurück auf Kolmar. Golda bath Jakob begann zu laufen.

TEIL 4

Im Rathaus von Kolmar, vor dem Kollegium, 1476

Die Bürger im Rathaussaal wandten die Gesichter nach vorn, wo ein Mann in mittleren Jahren mit schulterlangem, braunem Haar und verschmitzt dreinblickenden Augen, Bernd Zeller, ein überaus geschickter Silberschmied und der Zunftmeister der Zunft »Zum Holderbaum«, die nicht nur sein Handwerk und das der Goldschmiede vertrat, sondern auch die Zimmerleute, Waffenschmiede, Steinmetze und Maurer, aufstand und verkündete:

»Das Wort in dieser Angelegenheit soll daher nunmehr Meister Caspar Schongauer haben, ehrwürdiger und unbescholtener Goldschmied und Bürger zu Kolmar, seit langem verdientes Mitglied unserer Zunft und unseres Stadtrates und uns allen als ehrlicher und rechtschaffener Mann bestens bekannt und empfohlen. Sagt dem Rat von Kolmar, Meister Schongauer, was Ihr zu sagen habt!«

Caspar Schongauer erhob sich umständlich von seinem Lehnstuhl. Seine Miene drückte zwar Entschlossenheit aus, doch er war eine Spur blasser als gewöhnlich und die untadelige Haltung, zu der der alte Mann sich zwang, hätte wohl jeden, der ihn nicht sehr gut kannte, zu täuschen vermocht. Unter seinem sorgfältig angemessenen schwarzen Tuchmantel schwitzte er in diesem Augenblick Blut und Wasser.

Caspar Schongauer räusperte sich ein-, zweimal nachdrücklich und sprach dann mit fester Stimme: »Euch Herren Ministerialen und Mitgliedern des Bürgerrates zu Kolmar, die Ihr heute hier anwesend seid und mir die Ehre antut, meinen Fall anzuhören und zu verhandeln, sei zunächst gedankt, dass Ihr mir einfachem Handwerker diese große Gnade erweist.«

Die Männer ringsum nickten zustimmend, und auch wenn manch einer den Alten mit misstrauischer Miene musterte, so blickten die meisten doch sehr wohlwollend auf ihn.

»Ich will die Taten meines Sohnes nicht verleugnen oder entschuldigen, denn das ist nicht der Grund, aus dem ich heute hier vor Euch stehe. Entschuldigen wird mein Sohn sich selbst, und selbstverständlich auch den nicht unbeträchtlichen Schaden bereinigen, den er der Hurenwirtin Katharina Löfflerin angerichtet hat. Es mag in diesem Zusammenhang seltsam klingen, aber bisher hat er sich immer noch als Ehrenmann erwiesen.«

Vor etlichen Wochen war Caspar Schongauers Jüngster, sein Sohn Martin, im Haus zum Rothen Käthchen mit einem anderen Freier wegen einer Hure in einen schlimmen Streit geraten. Er hatte sich in eine zornige Raserei hineingesteigert, sich mit seinen Kumpanen und den Freiern geprügelt und dabei etliches Geschirr und Gestühl zu Bruch geschlagen. Man hatte ihn schließlich mit Gewalt hinauswerfen und einsperren müssen. Das war die Sachlage.

Von hinten im Saal tönte eine herrische Stimme auf, sie gehörte dem Brauherrn Gottfried Katzer, einem als streitbar bekanntem Mann, der nun auch prompt als einziger lauthals aufbegehrte: »Nun, und warum soll Euer Sohn, wenn er ein Ehrenmann ist, auf dem Markt an den Pranger gestellt werden, Meister Schongauer? Man sollte meinen, dass ein Mann von Ehre und Gewissen sich bessere Aufenthalte suchen wird als Hurenhäuser und Halseisen!«

Katzer plumpste auf seinen Stuhl und blickte stolz um sich. Aber das erwartete zustimmende Gelächter blieb aus, statt dessen erntete er unwilliges Brummen und mürrische Blicke.

»Ruhig, Meister Katzer!«, gebot Meister Zeller, »Ihr werdet Euch an die Redeordnung halten müssen, so wie jeder hier.«

Caspar hatte der ungeschickte Einwurf einen guten Teil seines Mutes zurückgegeben und als er nun weitersprach, spürte er mit Erleichterung, dass das verräterische Zittern seiner Hände zur Ruhe gekommen war.

»Wie ich gerade sagte, bevor man mich unterbrach: Der entstandene Schaden wird selbstverständlich beglichen werden. Und was die vorgesehene Strafe angeht, die mein Sohn nach geltendem Recht und Gerichtsbarkeit unserer Stadt verbüßen müsste, so bitte ich die Herren dieses Rates, meinen Vergleichsvorschlag wohl zu erwägen.«

Caspar holte tief Luft und fuhr fort: »Ich biete Euch die Summe von sechsunddreißig Goldstücken an, wenn ihr meinem Sohn diese Schmach erlasst, und mich selbst als Bürgen dafür, dass er dergleichen Schandtaten nie wieder begehen wird. Ihr habt das Wort von Caspar Schongauer.«

Der Rathaussaal war augenblicklich von aufgeregtem Gemurmel erfüllt. Man hatte schon vermutet, dass Caspar versuchen würde, seinen Sohn auszulösen, aber hinter der ungeheuren Summe, die man nun nennen gehört hatte, blieben denn doch alle Erwartungen zurück.

Man sah die Ratsvorsitzenden dort an ihrem Tisch einen kurzen Disput führen, dann erhob sich ihr Sprecher und sagte: »Wir schreiten nun zur Abstimmung. Ihr Herren des Rates, seid ihr damit einverstanden, die Strafe auszusetzen unter der Voraussetzung, dass der Beklagte angemessenen Schadenersatz leistet, Besserung gelobt und zeigt und zugleich sein hier anwesender Herr Vater die genannte Vergleichszahlung von drei Dutzend Rheinischen Gulden, zum Wohle der Stadt einsetzbar zu gleichen Teilen im städtischen Waisenhaus sowie im Spital zum Heiligen Geist am Oberhof, leisten wird, so hebt die rechte Hand!«

Augenblicklich flogen fünfundzwanzig Hände in die Luft. Alle, bis auf die des Gottfried Katzer. Meister Bernd Zeller nickte voller Genugtuung.

»Caspar Schongauer, Euer Vergleichsvorschlag ist mit großer Mehrheit von den Mitgliedern des Stadtrates zu Kolmar angenommen worden. Ihr dürft Euch setzen!«

Kolmar, in der Schädelgasse, im Winter 1476

Gertrud Schongauerin stand am Fenster und blickte in den Winternachmittag hinaus. Seit einer Woche ging es nun schon wieder so. Dabei hatte es ganz harmlos angefangen, mit zarten, kaum sichtbaren Schneeflöckchen, fast wie Nebel so fein, und dann lag der Schnee plötzlich kniehoch in Kolmars Gassen, und es schneite unablässig weiter. Es war ein Winter zum Gotterbarmen, wie man ihn wohl seit einem Menschenalter nicht mehr am Oberrhein erlebt hatte. Grimmigster Frost herrschte, der nun schon zwei Monate Eiseskälte gebracht hatte und in dessen Lauf die zu Eis erstarrten Leichname von Erfrorenen auf den Äckern gefunden wurden und vor den Dörfern zeigten sich immer häufiger grässlich heulende Wolfsrudel, die, wild vor Hunger, aus den Bergen herabgekommen waren.

Die Schongauerin zog fröstelnd die Schultern zusammen und sagte endlich: »Also, wirst du es nun tun oder nicht?«

»Was tun?«, fragte Caspar, um Zeit zu gewinnen, obwohl er genau wusste, was seine Frau meinte.

Gertrud geriet prompt in Wut. »Was tun? In Gottes Namen, Caspar, du weißt doch, wovon ich rede! Ich rede von deinem Sohn. Und ich sage dir, so geht's nicht mehr weiter mit ihm. Keinen Tag werde ich das länger dulden. Wenn du es nicht tust, dann werde ich wohl oder übel …«

»Schon gut, schon gut. Beruhige dich, ich werde ihn nachher noch sehen, ich muss ihm Modell sitzen, da wird sich *sine ira et studio* eine Gelegenheit finden lassen, ihm ins Gewissen zu reden.«

Die Schongauerin setzte sich und griff nach der Spinnarbeit. Wie recht sie doch gehabt hatte mit ihren Bedenken gegen dieses verderbte Weib, diese ruchlose kleine Dirne, von Gott weiß woher.

»Ein Gutes hat es ja zweifellos – die blonde Hure mit ihrem Bankert ist endlich aus seinem Haus.«

Triumphierend blickte Gertrud Schongauerin auf den Gatten, ein hässliches Funkeln in den Augen. Der alte Schongauer sah mit trüber Miene zurück zu seinem Weib und seufzte. Es war nicht zu leugnen, dass das unerklärliche Verschwinden von Martins Braut im vergangenen Sommer einer der besten Momente ihres Lebens gewesen war.

»Nun lass es sein, Frau. Lass es endlich gut sein. Er hat sie sehr geliebt, und, wenn ich es beurteilen kann, auch aus gutem Grund. Sie war ein gutes Mädchen, eine göttliche Köchin, fleißig und still, und so voller Schönheit und Anmut, dass es wohl jedes Männerherz erfreut hätte.«

Die Schongauerin blies verächtlich die Wangen auf und wollte gerade die nächste gehässige Bemerkung von sich geben, als Caspar ihr das Wort abschnitt: »Nun schweig endlich von dieser Geschichte, Weib! Sie ist fort, sie hat ihn verlassen, was also willst du noch mehr? Und ja, unser Sohn leidet, er leidet schrecklich. Hab doch wenigstens ein bisschen Mitleid mit ihm und seiner Seelenpein.«

»Seelenpein«, murmelte die Schongauerin, »nun, die mag er dann wohl haben. Ich sage ja gar nicht, dass es mich nicht bedrückt, wenn er sich so quält. Aber er muss wieder ganz zu seiner Arbeit finden, so wie früher, sonst bleiben ihm irgendwann die Aufträge aus und die Kundschaft weg.«

Caspar zuckte die Schultern. Dann erwiderte er: »Unser Sohn ist immer noch Martin Schön, seine Bildnisse kennt die ganze Christenheit. Bel Martino nennt man ihn schon in Florenz, in Rom und in Spanien. Dem gehen so schnell nicht die Aufträge aus, da sei nur gewiss. Und außerdem arbeitet er doch auch zur Genüge, Tag für Tag.«

Caspar brach ab. Sein Sohn arbeitete noch jeden Tag, das entsprach der Wahrheit, aber mitunter selten mehr als eine oder zwei Stunden, wie er sehr gut wusste. Die Befürchtung, dass er die Lust und die Freude an seiner Arbeit verloren haben könnte, war leider Gottes nicht von der Hand zu weisen. Gertrud Schongauerin drehte sich um und starrte hinaus auf die Gasse, wo schreiende Knaben sich mit schmutzig-weißen Schneeklumpen bewarfen. Schließlich trat Caspar an seine Frau heran und murmelte: »Ich werde mit ihm reden. Vertrau einmal ganz auf mich. Er wird über seine verschwundene Geliebte hinwegkommen. Bei dem einen dauert es eben ein wenig länger als bei dem anderen.«

Er klopfte seiner Frau beruhigend auf die Schulter, setzte die Pelzkappe auf, legte den schweren Mantel um die Schultern und wappnete sich innerlich gegen die Januarkälte draußen. Dann riss er entschlossen die Haustür auf und trippelte vorsichtigen Schritts, weil der Boden überall schon wieder hart gefroren war, die Schädelgasse hinunter zu Martins Werkstatt. Ein Schüler öffnete ihm und entschuldigte sich für den Meister; er sei noch unterwegs, aber er habe versprochen, beizeiten für die Skizzen zurück zu sein. Er erbot sich gleich respektvoll, ihm einen heißen Gewürzwein zuzubereiten. Caspar nahm nur zu bereitwillig an.

Er trat an den großen Arbeitstisch und schlug, wie immer, als erstes Martins Musterbuch auf. Seine zusammengekniffenen, weitsichtigen Augen musterten die Stiche, als der Geselle, der von irgendwoher aus dem Norden stammte und den am Rhein gänzlich unüblichen Namen Olaf trug, ihm den heißen Wein brachte. Caspar dankte und begann, vorsichtig zu schlürfen. Der Trank war glühend heiß, gut gewürzt, mit Honig gesüßt und so kräftig, dass Caspars Augenbrauen in die Höhe schossen. Er nickte anerkennend und murmelte zufrieden: »Hm, gut, sehr gut, sehr gut. Ich danke dir, mein Junge!«

Der Knabe verbeugte sich und zog sich wieder in seine Kammer zurück.

Der alte Mann blätterte langsam in der Sammlung von Stichen, bis er endlich zu dem großen Blatt der *Dormitio Mariae* kam, der gelungensten Arbeit, seit sein Sohn von seiner Gertrud verlassen worden war. Es war die Darstellung vom Tod Mariens, in die Martin sich vergraben hatte, nachdem sie ihm fortgelaufen war, an der er wochenlang täglich gearbeitet hatte, bis ihm der Rücken krumm war und die Finger steif.

Auf einem Himmelbett mit gerafften Vorhängen in einer einfachen Kammer lag sie, seine Braut. Als die sterbende Heilige Jungfrau, umgeben von den zwölf Jüngern des Herrn. Und Martin hatte sich selbst abkonterfeit als den Heiligen Johannes, der der Sterbenden ein lebensverlängerndes Licht reicht, nach dem sie noch versuchte zu greifen. Allein, die Kraft dazu fehlte ihr schon.

Im Vordergrund, vor der Bettstatt, war kunstvoll ein schwerer Kandelaber abgebildet, der aus Caspars Werkstatt stammte und der damals gerade vollendet worden war. Er bildete den Anfang und das Ende einer Raumschräge, die den Blick des Betrachters mit Geschick über das Bett mit der Sterbenden hinweg trug. Staunend betrachtet Caspar die Ornamente des Standleuchters, die feine Zeichnung seines schweren Fußes, auf dem sein Sohn auf winzigstem Raum noch eine Fülle von menschlichen Figuren und von allerlei schmückendem Getier, Löwen und Hunden, dargestellt hatte. Schließlich schüttelte er den Kopf und seufzte. Für ihn war es, als sei sie gestorben, dachte er. Bei meiner Seele, was für ein Wunderwerk.

Caspar blätterte zerstreut weiter, und einzelne Abzüge von den klugen und den törichten Jungfrauen tauchten vor seinen Augen auf. Da war sie wieder, seine Muse, köstlich schön als törichte Jungfrau dargestellt. Im hilflosen Zorn des verlassenen Bräutigams hatte er seine Gertrud erst in dem Zirkel der klugen

Jungfrauen abbilden wollen. Dann aber hatte er sich doch noch anders besonnen. Man bildete seit langem die törichten Jungfrauen besonders reizvoll, die klugen hingegen eher reizlos ab, so wie die Tochter des Meisters Huter, ein spitzgesichtiges Mädchen namens Adelheid, die das Modell für die klugen Jungfrauen gegeben hatte.

Caspar schob das Öllämpchen näher an das Blatt heran und stutzte. Wie merkwürdig. Mit zusammengezogenen Augenbrauen saß er da und dachte nach. Warum hatte der Junge das getan? Nun, er würde ihn fragen.

Bald bemerkte Caspar Schongauer, dass bereits die Dämmerung hereingebrochen war. Wo zur Hölle mochte nur sein Sohn wieder stecken? Er hätte längst da sein müssen.

Da endlich öffnete sich die Tür und Martin trat herein. Es hatte wieder begonnen zu schneien, Schneeflocken bedeckten die Schultern seines dicken, gewalkten Wollmantels, sein Kopf war gänzlich unbedeckt. Caspar ahnte auch bald, warum: Sein Sohn war angetrunken, schon am Nachmittag, und hatte seine Kopfbedeckung vergessen oder weiß der Teufel wo verloren. Caspar richtete sich entschlossen zu seiner vollen Größe auf und sagte laut: »Ah, mein Sohn, da bist du ja endlich. Ich warte bald schon seit einer halben Stunde auf dich.«

Martin legte seinen Mantel ab und warf ihn achtlos über einen Stuhl.

»Es tut mir leid, dass du warten musstest, Vater.«

Caspar vermied es, ihn zu fragen, wo er sich so lange herumgetrieben hatte. Martins unsteter Gang und der benommene Ausdruck in seinen Augen, der starke Weindunst, der von ihm ausging, sprachen eine allzu deutliche Sprache. Als Martin nach seinem Schüler rief, dass er die Lichter bereit machen sollte, sah Caspar zu seinem Entsetzen, dass sein Sohn, seit er ihn zum letzten Male gesehen hatte, wahrhaftig schon aufgedunsene Wangen bekommen hatte.

Als Martin damit begonnen hatte, ihn zu porträtieren, wartete Caspar auf den geeigneten Moment, um zu reden, aber es wollte ihm zunächst kein Wort über die Lippen kommen. Schließlich gab er sich doch einen Ruck und sagte entschieden:

»Martin, es tut mir weh, zu sehen, wie du dich quälst. Ich kann es nicht ertragen, meinen liebsten und begabtesten Sohn so vor mir zu sehen – betrunken am helllichten Tage. Bisher habe ich ja geschwiegen. Ich habe gedacht, du würdest die Geschichte mit diesem Weib wohl irgendwann einmal überwinden können.«

Martin schwieg. Seine Augen waren konzentriert auf seine Arbeit gerichtet, die er mit erstaunlich sicherer Hand führte, die Stirn in Falten gezogen, seine Miene völlig undurchdringlich. Er tunkte die Gänsefeder erneut in die Tinte, ganz so, als hätte niemand zu ihm gesprochen, und setzte sie wieder an. Caspar wurde zornig.

»Wieso antwortest du mir nicht? Bei Gott, du treibst es zu weit, Martin! Nun, solange du dich nur lächerlich machst, dein Geld im Hurenhaus verlotterst und die Zeit mit deinen Freunden in den Wirtshäusern verzechst, meinetwegen. Auch wenn es ein bisschen reichlich wird in letzter Zeit. Und sei gewiss, dass ich mich nicht noch einmal vor dem Stadtrat zum Narren machen werde!«

Caspar sah, wie sein Sohn dort drüben den Kopf senkte.

»Du kannst dir früher oder später die Franzosen holen, hast du daran mal gedacht? Ja, ich weiß, die meisten Männer lachen nur darüber, und Gott sei's gedankt, dass wir sie in den letzten Jahren kaum hatten, hier in Kolmar, aber diejenigen, die diese widerwärtige Seuche kriegen, die sehen bald aus wie lebende Leichname, den ganzen Körper bedeckt mit Schwären und faulenden Wunden. Ein grausamer Anblick, und ein Gestank, glaube mir, wie er im Aussätzigenhaus nicht schlimmer sein könnte. Aber eines sage ich dir obendrein: Es hilft dir auf die Dauer auch nicht dabei, sie zu vergessen.«

Martin antwortete nicht.

Schließlich legte er die Feder beiseite und stand auf. Er ging zum Fenster und sah in das Schneetreiben hinaus. Dann sagte er mühsam: »Ich weiß. Ich weiß das alles, Vater. Bitte, ich flehe dich an, vergib mir.«

Als Martin weitersprach, klang seine Stimme rau und fremd: »Ich weiß einfach nicht mehr, was ich tun soll, Vater. Ich weiß es nicht. So fürchterlich wie jetzt war mir noch niemals im Leben zumute. Ich kann nicht ohne sie leben. Ich habe es ja versucht. Ich kann es nicht! Und wenn ich an das Kind denken muss, unser beider Kind ...«

Caspar wollte etwas erwidern, aber Martin schnitt ihm das Wort ab.

»Nein, höre mich an! Ich weiß nicht, Vater, ob du je geliebt hast. Und wenn du geliebt hast, dann hast du keine so geliebt, wie ich sie geliebt habe. Wenn ich doch nur wenigstens wüsste, warum sie mich verlassen hat.«

Caspar schwieg einen Moment nachdenklich. Dann sagte er entschieden: »Glaub mir Junge, das würde dir auch nicht weiterhelfen. Das denkst du nur. Was würde es dir denn am Ende nützen? Sie wird schon irgendeinen Grund gehabt haben. Vielleicht war sie auch schon verheiratet, lange vor dir. Was hast du denn schon gewusst von ihr? Kaum etwas. Vielleicht hat sie's auch hinter deinem Rücken mit einem anderen getrieben. Vielleicht war sie von Dämonen besessen. Wir wissen es nicht.«

Martin fuhr herum und starrte seinen Vater fassungslos an. Dann aber konnte er sich nur noch mit Mühe beherrschen. Der Schmerz übermannte ihn mit aller Macht. Er schluckte so heftig, dass es wie ein trockenes Schluchzen klang, so sehr er es auch zu unterdrücken versuchte. Caspar legte ihm die Hand auf die Schulter. Nein, zu seiner Erleichterung sah er, dass sein Sohn nicht in Tränen ausbrach, aber blass und elend genug sah er dennoch aus.

»Komm, ist ja gut, Junge. Es tut mir leid. Das hätte ich wohl besser nicht gesagt. Ich weiß, was du durchmachst. Oder ich glaube jedenfalls, es zu wissen. Ich habe auch einmal geliebt, damals noch in Augsburg, als ich jung und töricht war, und bevor ich deine Mutter zur Frau nahm. Ich habe seinerzeit auch gedacht, dass der Tod noch besser sein müsste, als unglücklich zu lieben!«

Martin sah erstaunt, mit geröteten und feuchten Augen zu seinem Vater auf.

»Du hast geliebt? Du, Vater? Und wer war sie?«

Caspar zögerte. Dann trank er den letzten Rest Wein mit einem Zug aus und sprach:

»Das errätst du nie. Anna! Anna Rösslin, die erste Frau meines Bruders. Kannst du dich noch an sie erinnern?«

Martin schien wie vom Donner gerührt. Dann sagte er mühsam: »Anna? Meine Tante Anna? Du liebtest die Frau deines Bruders? Im Ernst?«

Caspar seufzte verlegen.

»Da war sie noch nicht die Frau meines Bruders. Nur seine Braut. Ja, ich war bis zum Wahnwitz in sie verliebt. Herrgott, sie war fünfzehn Jahre alt, hatte ebenholzfarbenes Haar bis zu den Knien und Augen so blau wie der Sommerhimmel. Singen konnte sie, sag ich dir, singen wie eine Nachtigall. Sie saß immer hinter dem offenen Fenster zur Gasse hinaus, und von draußen konnte man sie hören, wenn sie spann und dabei die herrlichsten Lieder sang. Es gab etliche Burschen, die sich nur durch den Klang ihrer Stimme in sie vernarrten, noch bevor sie sie überhaupt zu Gesicht bekommen hatten. Weit und breit gab es kein Mädchen wie sie!«

Martin blickte den Vater an wie einen Fremden.

»Sie war für mich die schönste Frau, die ich je gesehen habe, das süßeste Weib auf Gottes Erden. Ich musste nur des Morgens ihr Lachen hören oder ein paar Worte von ihren Lippen, einen kleinen Gruß nur, und dann war ich den ganzen Tag lang froh.

Einmal habe ich den Mut gefasst und es gewagt, sie zu küssen. Und bei Gott, sie hat den Kuss erwidert, mit einer Leidenschaft! Ich war so glücklich, ich hätte schreien können!«

Caspar Schongauers Stimme war kräftig geworden, und fast schien es Martin, als verjünge sich sein Vater vor seinen Augen.

»Ich liebte alles an ihr, selbst ihren Gang und ihre herrliche Stimme. Als sie dann meinen Bruder nahm, dachte ich, ich müsste sterben vor Verzweiflung.«

»Und was hast du getan, Vater?«, fragte Martin.

»Getan? Ich lag in meiner Kammer auf meinem Bett und schlug mir den Kopf an der Wand blutig, weil ich irgendetwas fühlen wollte, was mich stärker schmerzte als mein zerrissenes Herz. Ich wollte sie töten in meinem Wahn. Und ihn dazu, wenn du es genau wissen willst. Meinen eigenen Bruder. Ich war einfach von Sinnen vor Eifersucht und verletztem Stolz. Nun, wie du wohl weißt, habe ich es nicht getan, weder das eine, noch das andere. Ich bin fort von dort, hierher, nach Kolmar gegangen, und das war die richtige Entscheidung. Ich habe das nie bereut.«

Martin war einen Moment lang stumm vor Staunen. Dann brach es aus ihm heraus: »Aber wie hast du … weiß Mutter denn davon?«

Caspar zuckte mit den Schultern.

»Nein, sie weiß es nicht, mein Sohn. Warum auch? Ich habe deine Mutter erst in Kolmar kennengelernt und ich habe sie gern geheiratet. Weißt du, es hat mir meine Ruhe zurückgegeben und meinen Seelenfrieden. Und ja, auf gewisse Weise liebe ich sie auch – wenn es auch eine vollkommen andere Sache ist als damals mit Anna. Und eine weitaus bessere, sage ich dir!«

Martin schwieg nachdenklich.

»Aber wie hast du es geschafft, nicht mehr zu leiden? Wie hast du sie vergessen können?«

Sein Vater betrachtete seine knotigen Finger. Dann hoben sich seine Schultern und er seufzte.

»Glaub mir, Junge, ganz vergessen kann man so was einfach nicht. Und wenn ich ehrlich bin, dann glaube ich auch, dass ich nie wirklich aufgehört habe, sie zu lieben. Als sie dann im Kindbett starb, als sie deinem Vetter Richard das Leben schenkte, brach es mir fast das Herz, obwohl die Sache so lange Jahre zurücklag.«

Martin betrachtete seinen Vater, als sehe er ihn zum ersten Mal. Das waren Geschichten, die er nicht kannte, Dinge von denen er nie gehört hatte und die ihm seinen Vater gänzlich fremd erscheinen ließen.

»Danke, Vater«, murmelte Martin nach einer Weile bewegt, »ich danke dir.«

Caspar betrachtete seinen Jüngsten neugierig. Hatte er ihm mit diesem Geständnis wirklich etwas Erleichterung verschaffen können? Wer wusste das schon. Aber der Panzer aus Trauer und hilfloser Wut, den Martin vor Monaten um sich aufgerichtet hatte und den bisher niemand zu durchdringen vermocht hatte, schien doch einen kleinen Riss bekommen zu haben.

»Glaub mir, mein Junge, das Beste wäre, wenn auch du dir endlich ein braves Weib nimmst. Auswahl genug hast du ja«, sagte Caspar, nunmehr guten Mutes und mit erheblicher Erleichterung, »eine Rosskur zwar, aber sie hilft!« Martin schüttelte unwillig den Kopf.

»Nein, Vater. Unmöglich. Für mich völlig unvorstellbar. Nun, ich sage ja nicht, dass ich es nicht vielleicht doch noch tue, eines Tages. Es ist ja nicht völlig ausgeschlossen. Aber jetzt kann ich es noch nicht.«

Caspar stand ächzend auf und nickte.

»Gut. Gut, mein Sohn. Lass dir nur Zeit mit solchen Überlegungen. Du musst schließlich nichts überstürzen. Ohnehin, als ich deine Mutter ehelichte, war ich sogar schon drei Jahre älter als du. Du hast also noch genügend Zeit.«

Caspar griff nach seinem Mantel. Martin sprang auf und half

dem Alten, das schwere, vom Schnee feuchte Tuch über die Schultern zu legen.

Sein Vater dankte ihm. Auf dem Wege zur Tür hielt Caspar plötzlich inne.

»Ach, Martin! Eine Frage noch.«

»Ja, Vater?«

Caspar trat zurück an den Tisch und schlug erneut das Musterbuch auf. Eine Weile blätterte der alte Mann schweigend, dann hielt er den Stich mit der törichten Jungfrau hoch und sah seinen Sohn fragend an.

»Was ist das, Martin?«

»Was denn, Vater? Was meinst du?«

»Na, das hier! Da. Dein Malerzeichen. Das M hat früher anders ausgesehen, meine ich. Wieso in aller Welt hast du es geändert? Seine Signatur sollte man nicht ändern, glaub mir. Jeder wird doch ein Werk von Martin Schongauer augenblicklich daran erkennen können.«

Martin schwieg verlegen. Er nahm dem Vater das kleine Blättchen mit dem Stich aus der Hand und ordnete es wieder in sein Musterbuch ein. Er errötete ein wenig, als er an den Tag zurückdachte, an dem er zwei der Kupferplatten signiert hatte, die den Zyklus der klugen und der törichten Jungfrauen darstellten. Seine Signatur pflegte er stets als letztes auf dem Werk anzubringen. Er war spät heimgekehrt, und er war sehr betrunken gewesen, wie gewöhnlich, aber für sein Namenszeichen, so war er sicher, würde es schon noch reichen. Er hatte geirrt. Er war stattdessen ungeschickt mit dem Stichel abgerutscht wie ein nichtsnutziger Anfänger.

»Glaub mir Vater, das hat gar nichts zu bedeuten. Ich habe mich einfach entschieden, es einmal anders aussehen zu lassen.«

Caspar Schongauer musterte seinen Sohn einen Augenblick mit undurchdringlicher Miene. Dann wandte er sich um und öffnete die Tür. Der Schneefall hatte aufgehört.

»Gehab dich wohl, mein Sohn. Ich wünsche dir eine gute Nacht.«

»Gehab dich wohl, Vater. Grüße Mutter von mir, und sei vorsichtig auf dem Nachhauseweg!«

Martin schloss die Tür hinter dem alten Mann. Schon als Kind habe ich ihn nicht anlügen können, dachte er. Er weiß es, warum das M auf einmal krumm und schief ist, natürlich weiß er es.

In der Judengasse von Bergheim, 1477

Menachem, der Schächter, erwartete Abraham ben Gerschon mit gesenktem Kopf. Es war nicht ganz unerwartet gewesen, als plötzlich, vor drei Tagen, der Ruf durch die Bergheimer Judengasse erschollen war, den alle kannten und jeder, gleich ob Mann, Frau oder Kind, fürchtete: »Gewalt! Gewalt, Juden! Schnell, schließt das Tor! Das Tor zu!«

Aber es war schon zu spät gewesen.

Gegen den Ansturm der Banden, die angeheuert waren, um für den nach Schlachten dürstenden burgundischen König, der den Namen Karl der Kühne führte, bei seinem Feldzug gegen René, den Herzog von Lothringen, zu dienen, hatten die Bewohner der Judengasse nichts ausrichten können.

Es waren seit etlichen Tagen wieder burgundische Söldnertruppen auf dem Durchmarsch im Land, und jeder war auf der Hut, das Vieh, die Ernten und die Töchter vor den marodierenden Kriegern zu schützen. Bergheim war bisher zum Glück noch nicht behelligt worden.

Aber als ruchbar wurde, dass in dem Städtchen eine Judengemeinde ansässig sein sollte, hatten die schwer bewaffneten, angetrunkenen Horden die Bergheimer Torwächter einfach niedergerannt und waren, gierig nach Frauen und leichter Beute, zur Judengasse gezogen.

»Wie geht es deiner Frau, Menachem?«
Der Schächter zuckte müde die Schultern.
»Nun, es geht ihr leidlich gut. Dank der Pflege deiner Frau, Bram. Gesegnet soll sie sein!«

In der Nacht nach dem Unglückstag war Rivka gezwungen gewesen, nach nebenan zum Haus des Schächters zu rennen, um der Hochschwangeren Hilfe zu leisten. Sie waltete unverdrossen ihres Amtes, obgleich sie bei der peinlichen Befragung durch die Inquisition einen ihrer Daumen eingebüßt hatte. Die ganze Nacht über hatte sie der halb verbluteten jungen Mutter beigestanden. Es war der Schreck gewesen. Denn als die blonde Gelle mit aufgelöstem Haar schreiend vor dem Haus erschien, versuchten zwei oder drei der Söldner sie noch auf der Gasse, vor den Augen aller, auf abscheulichste und roheste Weise zu schänden. Zum Glück waren die Männer der Judengasse dazwischengefahren und hatten das Schlimmste verhindern können.

Aber ihr Kind war nicht mehr zu retten gewesen. Das dritte Kind von Gelle und Menachem sollte tot zur Welt kommen. Es war nicht das einzige Opfer, das die kleine Gemeinde zu beklagen hatte. Als die Söldner die Tür zum Häuschen der alten Sarah, der Witwe des Parnass, eintraten und ihr den Säbel an die Kehle setzen, war sie vor Schreck gestorben. Und doch konnte man noch von Glück sagen, denn von den Gemeinden in Kolmar, Kaisersberg und Ammersweier, die gleichfalls von den durchziehenden Truppen aufgestört und bedrängt worden waren, war schon Nachricht nach Bergheim gedrungen, dass es nicht überall so glimpflich abgegangen war.

Die Krieger hatten nach dem *magister judeorum*, dem alten Rabbi Meir ben Mendel geschrien und ihn aufgefordert, alles an Gold und Silber, was die Bewohner der Judengasse besaßen, herauszugeben, sofern ihnen das Leben und die Unversehrtheit ihrer Frauen lieb sei. Und so hatten er und Abraham wohl oder übel mit einem großen Sack von Haus zu Haus gehen müssen und schweren Herzens jeden gebeten, alles an Schmuck, Gold, Geld und Hausgerät, was von Wert war, herauszugeben. So war der Sack schwerer und schwerer geworden, gefüllt mit jedem dünnen Silberling, jeder Menora, jeder Besomim-Büchse, jedem Kerzenhalter und jedem goldenen Ring, den die Frauen sich heulend von den Fingern zogen. Und so war man noch einmal davongekommen.

»Der Stadtrat von Kolmar soll sich nun schon wiederholt an den Kaiser gewandt haben mit der Bitte um die Erlaubnis, endlich die Juden aus der Stadt weisen zu dürfen«, fuhr Menachem fort. »Und wenn sie die Juden von Kolmar vertreiben, dann wird es uns hier erst recht an den Kragen gehen, verlass dich drauf!«

Im Augustinergässlein

Martin trat zwei Schritte zurück und musterte mit erwachendem Besitzerstolz sein neues Haus. Er hatte es für die ungeheure Summe von hundertundsechzig Gulden erworben und zahlte obendrein in jedem Jahr acht Gulden an Zinsen an die Bauverwaltung des Stiftes zu St. Martin. Das war ein Vermögen, aber wozu arbeitete er denn von früh bis spät unermüdlich? Was gäbe es wohl Besseres, als mitten in seinem Reichtum hausen zu dürfen und so täglich das Beste davon zu haben, antwortete er also, wann immer man ihn ansprach auf seinen neuesten Erwerb.

Es war das größte Gebäude, das irgendein Schongauer je besessen hatte, mitsamt einem großen Hinterhaus und mit einem reich gearbeiteten, steinernen Erker und ebensolchem Portal zum Gässchen hin geschmückt, wie es jeder wohlhabende Bürger neuerdings am Haus anbringen ließ, herrlich anzusehen mit den funkelnden Fensterscheiben und den schön geschnitzten Balken. Seit er die ersten Nächte wie ein Stein durchgeschlafen hatte in diesem Gebäude, das den Namen »Haus zum Schwanen« führte, wusste er, dass er die richtige Wahl getroffen hatte. Etwas abseits von der umtriebigen Schädelgasse und näher hin zum Kloster der Augustinermönche gelegen, war es sehr viel stiller in diesen neuen vier Wänden als in seinem alten Wohnhaus. Denn Martin mochte nicht mehr sämtliche Arbeiten in der Werkstatt ausführen, sondern verblieb lieber ab und an oben in seiner Stube, weil die größere Ruhe ohne das Gelächter und Gezänke der Schüler im Hintergrund ihm guttat.

Martin schlug die Haustür hinter sich zu und erklomm, immer zwei Stiegen auf einmal nehmend, die Treppe hinauf in die behagliche Wohnstube, die beinahe doppelt so groß war wie seine frühere. Er rief laut nach seinen Mägden. Als eine ganze Weile lang keine Antwort kam, wurde Martin stutzig. Da hörte er plötzlich aus dem Stockwerk über ihm Mädchengelächter und Geplapper aus dem Fenster zur Gasse hin. Er riss das Fenster auf und steckte den Kopf hinaus, wo oben die beiden Schwestern feixend hinüber zur nahen Schädelgasse hinaussahen.

»Was zum ... Liesele, ich habe gerade nach dir gerufen! Hörst du denn nicht?«

Die Magd kicherte zu ihm hinunter und rief: »Verzeiht, Herr, aber Rosele rief mich, ich sollte mir ansehen, wie sie die Juden forttreiben!«

Sie holte schwungvoll mit dem Arm aus, und schon zerplatzte ein faules Ei am Rücken einer alten Frau, die ein kleines Mädchen an der Hand führte und sich kaum umsah nach der Werferin. Der Jüdin folgte ein beladener Karren, von zwei Eseln gezogen und von einem jungen Burschen mit spitzem Hut geführt, vorangetrieben von berittenen Lanzenträgern und grölenden Gassenjungen. Martin schüttelte tadelnd den Kopf und rief: »Lass den Unfug sein und bring mir frisches Wasser herunter. Rasch, beeil dich!«

Martin schloss das Fenster mit einem Knall und ließ sich in seinem neuen Lehnstuhl nieder.

Mit wachsendem Wohlbehagen sah er sich um in der hellen Stube, deren Einrichtung hier und dort noch der Ergänzung bedurfte, für die er aber bereits die großartigsten Pläne hatte.

Schwere silberne Kandelaber aus der Werkstatt seines Vaters, von ihm selbst entworfen und ganz nach seinen Wünschen gefertigt, sollten abends die Stube erhellen, die neuen, behaglichen Lehnstühle aus Eichenholz und mit ledernen Sitzpolstern waren solide genug, um Generationen als Mußeplatz zu dienen und umstanden eine gewaltige Tafel, an der bequem zwölf Menschen Platz hatten, eine Tafel, die die Zimmerleute erst oben zusammengesetzt hatten, da keine einzige Tür im Schongauerschen Hause breit genug gewesen wäre, sie im Ganzen herein transportieren zu lassen.

Die Zahl seiner Schüler war in den letzten Jahren stattlich angewachsen, je größer sein Ruhm und sein Ruf geworden waren, denn es gab viele, die ohne weiteres für hübsche Summen bereit waren, ihre Söhne das Malerhandwerk erlernen zu lassen, solange es nur die Werkstatt von Martin Hübsch war, in dessen Unterweisung sie kamen.

Er war nie den städtischen Zünften beigetreten, wie es die meisten Handwerker taten, der Kolmarer Zunft »Zur Treue«, die nicht nur die Maler, sondern auch Glaser, Schneider und Posamentierer in sich vereinigte. Aber er war kein offizieller Bürger der Stadt und hatte somit selbst keine Befugnis, Gesellen nach den Regeln der Zünfte auszubilden. Aber das bereitete ihm kein Kopfzerbrechen, denn er hatte auf Jahre hinaus Anwärter genug, die auf einen Platz als Schüler in seiner Werkstatt warteten. Martin Hübsch, der Schongauer, Martin Schön oder Bel Martino war mehr als je zuvor der Ruhm aller Maler im Lande.

Mit seinem neuen Wohnhaus besaß er nun im Ganzen drei Häuser, dasjenige, in dem seine Eltern ihren ruhigen und von Sorgen gänzlich freien Lebensabend genossen, und ein drittes, das er gegen gutes Geld dauerhaft verpachtet hatte. Er war einer der wohlhabendsten Bürger der Stadt geworden, und er hätte lügen müssen, wenn er nicht gern zugegeben hätte, dass ihn sein Reichtum und seine Berühmtheit mit der größten Genugtuung erfüllten. Schon mehrfach war man an ihn herangetreten, so wie an seinen Vater Caspar vor ihm, endlich das Kolmarer Bürgergeld zu entrichten und Mitglied des Stadtrates zu werden, um damit in den Genuss zahlreicher neuer Ehren und Möglichkeiten zu gelangen, aber Martin hatte dies stets dankend abgelehnt. Er war ein Mann, der frei über seine Zeit verfügen wollte, wie es ihm beliebte, und die Aussicht, dort im Rathaus Stunde um Stunde seiner kostbaren Zeit abzusitzen, sich dabei nach seiner Arbeit zu sehnen und Debatten zu lauschen, die ihn nicht interessierten, um Belange, die ihm gleichgültig waren, erfüllte ihn mit zu großem Verdruss.

Für seinen neuen Hausstand hatte er die beiden Töchter eines Schreiners angeheuert, beide schlank und von jenem flachshaarigen Blond, das er bei Frauen stets bevorzugte. Rose und Elisabeth hießen die siebzehn- und achtzehnjährigen Schwestern, meist allerdings Rosele und Liesele genannt. Martin hatte zunächst daran gezweifelt, dass die jungen Mägde so zu kochen verstehen würden, wie es ihm zusagte, und war schon drauf und dran gewesen, für viel Geld eine ehemalige gräfliche Köchin zu engagieren. Aber es hatte sich herausgestellt, dass die Schwestern beide durchaus sehr anständige Gerichte zubereiteten, die man auch besseren Gästen vorsetzen konnte.

Die jüngere von beiden, Rosele, hatte ein drolliges, breitflächiges Kindergesicht, ein leicht hervorquellendes Auge und für ein Mädchen von siebzehn Jahren unfrauliche und unentwickelte Körperformen. Er hatte sie schon einige Male porträtiert, weil sie von anrührender Hässlichkeit war, wie ein aus dem Nest gefallenes Vogeljunges. Auch folgte sie ihm gelegentlich willig in sein

Bett, wenn ihm gerade danach war. Dort lag sie fast bewegungslos in seiner Umarmung, während Martin sich ebenso redlich wie fruchtlos darum bemühte, ihr so etwas wie ein wenig Leidenschaft zu entlocken. Sie war dabei nicht einmal unerfahren, einer ihrer Vettern, so hatte sie ihm kichernd gestanden, sei bei ihr im zwölften Jahr der Erste gewesen – und beileibe nicht der Letzte ... Manches Mal nach einer solchen freudlosen Begegnung fragte er sich, ob es am Ende nicht vielleicht machbar wäre, sich auch noch Liesele, ihre ein wenig reizvollere Schwester dazuzuholen. Er stellte es sich gern doppelt so vergnüglich vor wie mit der einen allein – und doch wäre es am Ende wohl nur doppelt so anstrengend und dreimal so enttäuschend gewesen.

So sehr er auch gegenüber jedermann sein neues Heim pries und die vielen Vorteile aufzählte, die es im Gegensatz zu seinem alten Aufenthalt bot, so wusste Martin doch in seinem Innersten genau, wie sehr er sich selbst betrog. Vor jedem Balken, jeder Stiege, jeder Kammer in seinem alten Haus in der Schädelgasse grauste ihm, seit sie fortgelaufen war.

Martin Schongauer hütete sich, seine Gedanken an den Tag zurückkehren zu lassen, an dem seine Braut verschwand. Die Erinnerung folgte ihm nach wie sein Schatten, er stand mit ihr auf, er ging mit ihr zu Bett, und sie sah ihm mit ihrer hässlichen Fratze über die Schulter, wenn er arbeitete.

Im Bewusstsein, etwas gänzlich Unsinniges und Nutzloses zu tun, war Martin damals noch am gleichen Tag aufgebrochen, um nach ihr suchen. Sein Pferd ließ er auf der Römerstraße, wann immer es die Menge der Reisenden zuließ, in einen scharfen Trab fallen, dennoch war er fast drei endlos lange Tage unterwegs.

Am Vormittag des dritten Tages war Martin an den Toren von Weißenburg an der Lauter angelangt. Er hatte gleich bei der Entrichtung des Torgeldes die Wächter befragt, wo im Städtchen die Viehhändler wohnten, und sie hatten ihm den Weg durch die Stadt beschrieben.

In zwei kärglichen, an die östlichen Mauern Weißenburgs gedrückten Häuschen wohnten Familien, die, wie man ihm gesagt hatte, die einzigen hier befindlichen Rosshändler waren. Aber auf seine Fragen, ob hier wohl ein Mädchen namens Gertrud jemals ansässig oder bekannt gewesen sei, hatten die Leute ihn nur verständnislos angeblickt und schließlich gesagt, davon wüssten sie nichts. Niemand dort hatte je etwas von solch einem Mädchen gehört, das die Tochter eines verstorbenen Rosshändlers sein sollte.

Der lange Weg zurück nach Kolmar war in Martins Erinnerung wie ausgelöscht. Manchmal kam es ihm so vor, als hätte er seine verzweifelte Suche nach ihr nur geträumt.

Sie hatte ihn belogen, sie war nie in Weißenburg aufgewachsen, nichts von dem, was sie ihm jemals erzählt hatte, entsprach der Wahrheit. Wer war sie gewesen, und woher war sie gekommen? Ach, warum hatte er sie nur nie gründlicher befragt? Und warum nur hatte sie ihn Hals über Kopf verlassen? Hatte sie sich denn nur an ihm bereichern wollen? Dann wäre sie wohl bestimmt seine Frau geworden, denn etwas Besseres hätte einem goldgierigen, losen Weibsstück gar nicht passieren können. Nicht einmal seine Brautgabe hatte sie mitgenommen, das kostbare Geschmeide, das er ihr geschenkt hatte und das ein kleines Vermögen wert war.

So ein Goldschatz hätte, nach und nach verkauft, sie und den Knaben viele Jahre lang gut ernähren können. Warum hatte sie das nur getan? Hatte sie ihn denn nie geliebt? Hatte sie ihm, wie eine geschickte Gauklerin auf dem Jahrmarkt, in all den Jahren nur ein Possenspiel aufgeführt? War das wirklich möglich? Und so hatten sich seine Gedanken immerzu im Kreis gedreht, tage- und wochenlang, bis er fürchtete, an ihnen irr zu werden.

Er hatte alles, was ihm noch von ihr geblieben war, ihre Kleider, ihren Waschkrug, ja selbst das Bettzeug und ihren Nachttopf aus ihrer Dachkammer geholt und fortgeworfen. Das kostbare rote Madonnengewand und das geschnitzte Holzkästchen mit dem

Geschmeide hatte er ohne Zögern dem Stift von Sankt Martin als Schenkung für die Armen überreicht. Dort sollte es wohl am besten aufgehoben sein. Einzig ihren kurzen Brief hatte er behalten. Er hatte ihn so oft gelesen, dass er ihn längst auswendig hersagen konnte, was ihn aber nicht davon abhielt, ihn gelegentlich wieder hervorzuholen, zu entrollen und tonlos vorzulesen:

Mein über alles Geliebter,
wenn du diese Botschaft findest, bin ich schon weit fort von dir. Ich flehe dich an: Versuche nur nie, mich wieder zu finden. Auch wenn du dies nicht verstehen wirst: Bliebe ich bei dir, so würde ich uns alle, Jakob, dich und zuletzt unser ungeborenes Kind, in das größte Unglück stürzen. Dein Leben wäre in Gefahr, und nichts könnte ich weniger ertragen. Ich werde dich auf ewig, mit ganzem Herzen und von ganzer Seele lieben und nie, nie einem anderen gehören.
Leb wohl, leb wohl, mein Geliebter!

Längst hatte er aufgehört, darüber zu grübeln, was sie ihm hatte sagen wollen, vor wem sie hatte fliehen müssen, was wohl mit dem großen Unglück gemeint sei, das sie prophezeit hatte. Er würde es nie herausfinden. Und dann kam der schreckliche Abend, wo es ihn nicht mehr hielt in seiner leeren Stube, wo es ihm plötzlich unerträglich war, allein an der Tafel zu sitzen und die Einsamkeit ihn zu ersticken drohte, der Abend, an dem er doch wieder nach oben unter das Dach in ihre Kammer gestiegen war, wie, um sich selbst zu quälen. Ihr Duft war ganz verflogen, ihr eigentümliches, zartes Aroma von Lavendelblüten und Thymian, das ihr stets angehaftet hatte, weil sie diese Kräuter in getrockneten Bündeln zwischen ihre Hemden und Kleidern legte, um die Motten zu vertreiben. Er stand eine Weile herum und der Geruch von Staub und Mäusedreck stieg ihm in die Nase. Da war er plötzlich mit dem Fuß auf etwas Weiches getreten, ein winziges, kaum spürbares Etwas. Martin hielt das Licht dicht über den Fußboden und blickte auf einen dunklen Flecken, den er zunächst für einen vergessenen Lumpen hielt.

Es war eine tote Fledermaus.

Er hob den vertrockneten Leichnam vom Boden auf. Er fasste vorsichtig die Flügelspitze und betrachtete eine Weile die ledrigen Schwingen mit den in Bögen verlaufenden Unterseiten und den langen, dünnen Knöchelchen darin. Oben waren sie schwarz, fast bläulich. Eine Fledermaus habe ich noch niemals abgebildet, fuhr es ihm plötzlich durch den Sinn. Ein Schauer erfasste ihn, eine Kälte, die ihm den Rücken herunterlief wie ein plötzlicher Wasserguss. Martin drehte sich abrupt um und verließ die kleine Kammer. Er warf krachend die Tür hinter sich zu und polterte die Treppe hinab bis ins Erdgeschoss. In der Werkstatt angelangt, zog er das Tuch von dem gewaltigen Bildnis der Madonna im Rosengarten und starrte eine Zeitlang lang unverwandt auf die Frau in dem roten Mantel vor ihm, die er noch vor kurzem mit so viel Genugtuung und Stolz betrachtet hatte, deren Anblick ihm seit ihrem Verschwinden in tiefster Seele verhasst war, so verhasst, dass er das große Bildnis mit Tüchern verhängt und zur Wand gedreht hatte.

Eine Weile stand er unbeweglich vor ihr und wartete darauf, dass sich wieder der Schmerz in ihm zu regen begann. Aber sein Herz war wie erfroren, nichts rührte sich dort drinnen. Er legte die tote Fledermaus behutsam auf seinen Arbeitstisch, öffnete das hölzerne Kabinett und suchte Gläser mit Pigmenten, Pinsel und Tontöpfe hervor. Er langte auch nach dem Leinöl und begann rasch und geübt damit, die Farben anzumischen. Ein abgrundtiefes Schwarz, ein stählernes Blau. Ohne zu zögern, setzte er die ersten Pinselstriche an, und sie gelangen ihm über alle Erwartungen gut. So sahen sie aus, die Flügel der kleinen, toten Kreatur. Zwei flatternde Figuren sollten die goldene Krone halten über diesem bösen Weib, das ihn so schmählich verlassen hatte, zwei

Dämonen, ein doppelter Luzifer mit den schwarzen Fledermausflügeln Satans, des Leibhaftigen, des Unaussprechlichen, des Zerstörers und Beherrschers der Hölle, aus der sie gekommen sein musste, um ihn zu vernichten, und in die sie zurückgeschleudert werden würde am Jüngsten Tag.

Und da hatte Matthias plötzlich wie aus dem Boden aufgeschossen vor ihm gestanden und mit ungläubigen Augen auf das Werk gestarrt, das er gerade begonnen hatte. Martin erschrak fast zu Tode, denn er hatte ihn nicht eintreten hören. Es war ihm gewesen, als würde er jäh aus einem bösen Traum in das Erwachen gestoßen. Er folgte dem Blick des Jünglings hin zu seinem Bild und das Entsetzen packte ihn. Dort, wo noch vor einer Stunde nichts gewesen war, als der schimmernde goldene Hintergrund, flatterten zur rechten und zur linken Seite der schönen Krone zwei kopflose Dämonen mit menschlichen Füßen und Fledermausflügeln!

Großer Gott, was hatte er da getan?

Martin betrachtete das Bild und seufzte erleichtert. Der Schaden, den er angerichtet hatte, war nicht allzu groß. Mit ein wenig Arbeit und Geschick ließen sich die Dämonenschwingen mit Sicherheit noch in die Flügel zweier Cherubim verwandeln, zweier leichter Himmelsboten in tiefblauen Gewändern, mit blonden Knabenlocken und keuschen, unschuldigen Gesichtern.

Ab und an, wenn Martin sich irgendwo im Rheintal durch das bunte Treiben der Märkte bewegte, ließ er den Blick über sämtliche Frauenköpfe, über Mädchengesichter schweifen. Doch sein suchender Blick wurde mit den Jahren immer mutloser. Wann immer er an seine entschwundene Braut dachte, und das war tatsächlich mit der Zeit durch hartnäckige Übung immer seltener der Fall, verspürte er statt Unglück und Trauer stetig mehr Verdruss. Und je mehr Verdruss er empfand, desto milder wurde der Schmerz. Er dachte oft an die klugen Worte seines Vaters, die ihm doch mehr Trost gespendet hatten, als er anfangs vermutet hätte. Martin redete sich seither selbst gut zu wie einem lahmen Esel, dass diese Dirne, die ihn vor Jahren am helllichten Tag Hals über Kopf verlassen hatte, ihn ohnehin nicht verdient gehabt hätte. Nun, dann sollte sie doch zum Teufel gehen! An das Kind, das sie unter dem Herzen getragen hatte, als sie von ihm fort ging, sein Kind, sein eigen Fleisch und Blut, wagte er hingegen so gut wie nie zu denken.

Am westlichen Rheinufer bei Breisach, zehn Jahre später

Die vier Reiter, ein in einen schweren blauen Tuchmantel und eine pelzbesetzte Kappe gekleideter Mann, zwei junge Burschen und dahinter ihr Knecht, ließen ihre Tiere in den Schritt fallen und näherten sich langsam dem Ufer des Flusses. Es war fast windstill, blau spiegelte sich der Abendhimmel auf dem ruhig dahinfließenden Wasser.

Martin Schongauer gab seinen Reisegefährten den Wink abzusitzen und stieg schwer atmend von seinem Reittier, einem hellbraunen, lebhaften Wallach, den er sich vor einem halben Jahr angeschafft hatte und dessen ungewohntes Temperament ihn dann und wann ziemlich anstrengte. Das Tier warf schnaubend den schönen Kopf zurück und blickte Martin, so schien es ihm fast, herausfordernd an. Martin tätschelte dem Pferd die Flanke und rieb sich verstohlen den schmerzenden Oberschenkel. Dieses Tier ist zu heiß für mich, dachte er. Ich werde ihn auf dem Rückweg von einem der Jünglinge reiten lassen und lieber die alte Mähre von Gotthelf nehmen, bevor mir noch einmal dermaßen der Arsch wehtun soll.

Martin wandte sich um nach seinem Pferdeknecht und den beiden jungen Schülern, die ihn auf seiner Reise nach Breisach begleiteten.

»Hier, nimm die Zügel! Das wird eine Weile dauern, bis man uns vier zur gleichen Zeit hinüberbringen kann. Wir warten auf den nächsten Fährmann mit einem größeren Floß.«

Er nahm seine Wasserflasche heraus und trank in tiefen Zügen. Drüben, am anderen Rheinufer, thronte auf dem burgenartigen, kegelförmigen Stadthügel das Stephansmünster. Ihm gegenüber ragte der hohe Bergfried der Breisacher Reichsburg in den Himmel. Martins behandschuhte Rechte zeigte über den Fluss hinüber zu dem eindrucksvollen Anblick und er sagte zu den jungen Burschen, die mit ihm abgesessen waren:

»Seht ihr? Das dort oben, das ist das Stephansmünster. Der künftige Ort unseres herrlichen Wirkens, wenn alles so geschieht wie vorgesehen. Der Bischof hat die Unternehmung schon abgesegnet, soweit ich weiß. Alles, was wir jetzt noch brauchen, sind Gottes Hilfe, unsere Kraft und eine Handvoll fähige Gerüstbauer dazu. Könnt ihr euch das vorstellen, ihr Burschen?«

Der ältere von beiden, ein lang aufgeschossener Vierzehnjähriger namens Urs vom Vierwaldstätter See, schüttelte ungläubig den rotblonden Schopf unter der ledernen Kappe und sprach in seiner weich gefärbten heimischen Mundart: »Unmöglech! S'Münschter isch reesig, Meischter! Lueget nur egal d'Fassade-na, zum Fluss überein. Was für ne Wandflächi muess das si? Die isch alles Schof es par Motze Feses höch. Für die bruchet er sicher zäh Johr!«

Martin warf den Kopf in den Nacken und lachte.

»Nein, das glaube ich nun doch nicht. Aber einige Jahre könnten es schon werden, schätze ich. Von weitem beschaut, sehen die Dinge immer ganz anders aus. Und viel ärger. Wenn wir übergesetzt haben, gehen wir zur Herberge, und in der Frühe wird uns der Bauhüttenmeister erwarten. Morgen werden wir mehr wissen. Bis dahin werden wir uns wohl oder übel gedulden müssen. Mir knurrt seit Sundhofen schändlich der Magen, gebe Gott, dass man uns dort drüben ein anständiges Mahl zu bereiten weiß. Sind eure Wasserflaschen noch gefüllt?«

»Ja, mehr als genug, Meister Martin!«

Der ältere der beiden, der Gotthelf hieß, ein etwas dicklicher Junge aus Straßburg, dessen Begabung nur mäßig zu nennen war und der sich bei seinen Studien auch nicht durch allzu großen Eifer hervorzutun pflegte, winkte beschwichtigend ab. Der Jüngling tat stets so, als wüsste er alles und als gäbe es nichts auf der Welt, was er nicht bezwingen könnte, was aber nur seiner nicht unbeträchtlichen Einbildungskraft zu verdanken war. Nun, solange sein Herr Vater, ein wohlhabender Seidenhändler, weiterhin für das üppige Lehrgeld aufkam, sollte es Martin recht sein.

»Meischter!«, rief Urs nun laut, und Martin fuhr hoch aus seinen Gedanken, »De Fährimaa isch do!!«

Am nächsten Vormittag trat Martin gemächlich aus dem Portal der Vorhalle des Münsters. Die Baugerüste waren noch nicht einmal ganz abgebaut, der neue Anbau, dessen Wände er ausgestalten sollte, roch noch immer kühl nach Kalk und Mörtel. Martin trat nahe heran an die Mauer, die den Kirchhof einfriedete. Es war ein frischer, klarer Oktobermorgen.

Er ließ den Blick voller Zufriedenheit über das Rheintal schweifen, hinüber zu den heimatlichen Bergen der Vogesen. Dort drüben ragte der große Belchen, und rechts davon, unten im weiten Tal, dort ungefähr musste auch Kolmar liegen.

Martin atmete tief auf. Dieses Werk würde es in sich haben wie keines all derer, die er in seinem Leben schon bezwungen hatte. Drei Kirchenwände würden sein Malgrund sein, drei ganze, schwindelnd hohe und breite Wände. Die Hauptwand, die Fassade mit dem Kirchenportal, war allein bald vierzig Fuß hoch. Ein monumentales Wandbild sollte es werden, das in der Christenheit seinesgleichen suchen würde. Und da er mit beträchtlichen Dimensionen zu arbeiten hatte, würden die menschlichen und göttlichen Figuren auch entsprechend riesenhaft in ihrer Größe ausfallen müssen. So etwas hatte er noch nie gemacht.

Und er hatte keine Ahnung, wie er es anstellen sollte. Wie immer, wenn er eine neue Aufgabe vor sich hatte, arbeitete sein Geist ununterbrochen. Das Jüngste Gericht, das würde es werden, genau wie auf den herrlichen Altartafeln des Meisters Rogier von der Weyden im Hospital zu Beaune, wo er viele Monate seiner Jugend zugebracht hatte, um das Malerhandwerk zu vervollkommnen. Wenn ich das damals geahnt hätte, als junger Springinsfeld, dass man einmal ein solches Werk an mich herantragen würde, dachte Martin und schüttelte ungläubig den Kopf. Froh war ich über jede Kupferplatte, die ich nicht verdorben habe, und Meister Bouts hat mich so oft gescholten, dass ich mehr als einmal kurz davor war, alles hinzuwerfen. Bis ich von den anderen Burschen erfahren habe, dass er milde immer nur gegen die mittelmäßig Begabten war.

Wo und wie sollte er beginnen? Bei einer solch großen Fläche wäre es nicht so einfach und bequem, wie vor den hölzernen Tafeln auf ihren Staffeleien, wo man stets sein Werk im Ganzen überblicken konnte. Und alle drei Wände trugen obendrein bereits Fenster und Türen, die es einzubeziehen galt. Die Nord- und die Südwand hatten jeweils ein schmales, hohes Spitzbogenfenster in ihrer Mitte, und die Wand zum Fluss hin wurde nicht nur unten durch das große Portal geteilt, zehn Fuß in der Höhe, sondern auch oben, unterm Dach, durch eine leichte Rosette aus fein gehauenem Maßwerk.

»Nun, Ihr werdet wohl einfach drum herum malen müssen, Meister Martin Schön!«, hatte der Bauhüttenmeister gerufen und sich zu seinen Gesellen umgedreht, die dort im Hintergrund schadenfroh gegrinst hatten. Vielleicht war es Martin auch nur so vorgekommen.

»Seid unbesorgt«, hatte dieser Mensch anschließend gebrüllt und Martin begütigend die Hand auf die Schulter gelegt, »wir haben Euch aus gutem Grund für dieses Werk vorgeschlagen. Ihr seid unsere allererste Wahl. Wenn wir nicht überzeugt davon wären, dass Ihr derjenige seid, der eine solche schwierige Aufgabe vollenden kann, hätten wir uns nicht an Euch gewandt.«

Nun, unter dieser Fensterrosette würde das zentrale Motiv, nämlich Christus, thronen müssen, der Erlöser als Weltenrichter. Ihm zur Seite gegeben würden die Heilige Jungfrau und der Apostel Johannes stehen, wie sie den Herrn Jesus Christus auf seinem Regenbogen um Milde und Gnade für die auferstandenen Seelen der Menschheit baten. Wahrlich, die Stunde der Barmherzigkeit ist verronnen und diejenige der Gerechtigkeit angebrochen.

Die südliche Wand der Vorhalle, in der Mitte mit einem hohen Fenster versehen, sollte die Fläche für den Zug der Seligen zur Paradiesespforte werden. Und auf der Wand ihr gegenüber würde er die Verdammten in die Abgründe der finstersten Höllenqualen stürzen lassen.

Martin kannte im weiten Umkreis keinen Maler, der bisher eine derartige Arbeit vollendet hatte, und so war niemand zur Hand, der ihm mit Rat und Tat hätte dienen können. Er würde ganz auf sich selbst gestellt sein. Aber genau das war es, was ihn allmählich an dieser Herausforderung reizte. Und er würde nun auf seine vielen Skizzen und Studien aus Beaune zurückgreifen müssen. Als Schüler waren diese Zeichnungen die erste Begegnung mit seiner tagelangen Besessenheit von einem Malwerk gewesen, die ihm im Laufe seines Lebens von Zeit zu Zeit überkommen sollte. Die Mühen sollten nicht vergeudet gewesen sein.

Er war einigermaßen erleichtert über die Tatsache, dass er nicht auf frischem Putz zu arbeiten hatte, denn in dieser Kunst hatte er sich nie geübt. Niemals hatte er während seiner Wanderjahre die Alpen überquert, um die Malerei *al fresco* zu studieren, wie sie sich so herrlich im Dom zu Florenz zu erkennen geben sollte, von der Hand des großen Meisters Giotto di Bondone.

Martin hatte schon oft bedauert, dass er keine Zeit gehabt hatte, dies nachzuholen. In der toskanischen Stadt am Arno gab es außergewöhnliche Herrscher, die Medici, die mit ihrer Macht, ihrem Einfluss und ihrem Gold dafür gesorgt hatten, dass die Künste in nie gesehener Blüte standen. Filippo Lippi, Sandro Botticelli, Antonio Pollaiuolo, die Namen dieser Meister sprach man auch hier im Norden mit Ehrfurcht aus. Ihre Werke nicht zu Gesicht bekommen zu haben war etwas, was Martin oft bedauerte. Malerei auf feuchtem Putz musste rasch und mit großem Geschick gearbeitet werden, denn war der Putz erst trocken und sah man dann Fehler und Ungenauigkeiten aufscheinen, dann war es zu spät, um diese noch zu bereinigen. Er würde auf dem bereits vorhandenen, fein geglätteten und trockenen Putz arbeiten dürfen. Martin nahm Platz auf der niedrigen Mauer. Seine Augen ruhten eine ganze Weile nachdenklich auf dem Fluss, der weit unten träge vorüberzog.

Herr im Himmel, fuhr es ihm durch den Sinn, was für eine ungeheure Menge Farben ich brauchen werde! Und diese werde ich zunächst einmal beschaffen müssen, weiß der Teufel woher. Gute Pigmente aus Steinen waren stets rar und teuer, aber würden sich am allerbesten für diesen steinernen Untergrund eignen, farbige Erden in allen Schatten: Weiß, Gelb, Ocker, Umbra, Seneserbraun und auch Zinnober für die Gesichter der Heiligen und der Engel und der vielen aus ihren Gräbern Auferstandenen, Blau- und Grüntöne würden von Nöten sein, aus zu feinstem Pulver zermahlenen halbedlen Gesteinen, aus Malachit, Azurit und Lapislazuli.

Mindestens ein halbes Dutzend Gesellen würde er brauchen, die die Vorarbeiten machen und die großen Flächen gestalten würden. An Schülern in seiner Werkstatt herrschte zum Glück kein Mangel. Philipp würde aus Kolmar auch noch hierherkommen müssen, und dieser begabte Knabe aus Augsburg, den ihm seine Brüder ans Herz gelegt hatte, ein Jüngling, der Hans Burgkmair hieß und auf den Martin große Stücke hielt. Mit noch zwei weiteren sollte er schon zurechtkommen.

Martin stand auf und setzte sich in Bewegung, hinunter in die steilen Gässchen von Breisach. Bei Gott, er würde alle Hilfe brauchen, die er nur irgend kriegen konnte. Es würde eine Arbeit von etlichen Jahren werden, fraglos. Umso mehr ein Grund, nach Breisach zu ziehen, so, wie der Herr Bischof es sich ausbedungen hatte. Warum auch nicht, dachte Martin. Ich werde eben hier ansässig werden müssen. Ein freier Bürger von Breisach sein. Ein Bürger von Kolmar bin ich ja ohnehin nie gewesen. Ich kann mal einen Wechsel über den Rhein hinüber in eine andere Stadt gebrauchen. Ein anderer Ort, andere Menschen, das hat noch keinem je geschadet. Ich werde schließlich auch nicht jünger. Über das vierzigste Jahr bin ich nun schon hinweg. Was brauche ich Kolmar, ich kann doch ebenso gut hier leben. Irgendwie gefällt es mir hier in diesem ruhigen Flecken. Jörg könnte solange in meinem Haus beim Augustinerkloster wohnen, mit Apollonia und seiner Familie, er wird sich freuen darüber.

Kolmar, 1488

Martin sah sich noch einmal gründlich um im Haus zum Schwanen, in dem er mehr als zehn Jahre gelebt hatte, und das nun gänzlich leer erschien. Es war still in der großen Stube, nur seine Schritte gaben ungewohnten Hall, und gelegentlich wehte ein Lufthauch von unten den Gesang der Magd Liesele aus der Küche heran.

In mehreren Wochen Arbeit, die zu Martins Ungeduld kein Ende zu nehmen schienen, waren Schreine und Betten, Tische und Gestühl, Geschirre und Teppiche auf den Weg den Rhein hinüber nach Breisach transportiert worden. Die letzten Tage über hatte Martin selbst sorgfältig die Leerung seiner Werkstatt überwacht. Das, was sich dort befunden hatte, kannte er durch den täglichen Gebrauch weit besser als alles, was sich je in seinem Wohnhaus angehäuft hatte.

Er hatte sehr gestaunt, mit wie viel Gerät, Geschirren, Hausrat und Plunder er sich in seinem arbeitsreichen Leben nach und ausgestattet hatte. Da waren Dinge in Mengen zum Vorschein gekommen, an deren Kauf er sich nicht einmal mehr erinnern konnte, und so hatte er vieles mit vollen Händen unter den Verwandten verteilen können. Bei Gott, nie wieder würde er in seinem Leben noch einmal einen Umzug wagen.

Er betrachtete seine geräumige Stube mit den bunten Glasfenstern hin zur Gasse, in der er abends so gern müßige Stunden verbracht hatte. Drüben, an der gekalkten Wand, prangte ein großer, rechteckiger Staubfleck, dort, wo sein prachtvollster Wandteppich lange seinen Platz gehabt hatte, ein Paradiesgärtlein darstellend, in vielfarbigem Seidengarn in einem Kloster am Bodensee gearbeitet und ein Vermögen wert. Zu Füßen der abgebildeten Figuren, Adam und Eva, deren Blöße von keuschen Feigenblättern verdeckt war, blühten zwischen zarten Gräsern Gänseblümchen, Erdbeeren und Veilchen. Das war der Grund gewesen, aus dem er sich den Teppich angeschafft hatte: Die Genugtuung darüber, dass seine Jungfrau im Rosengarten sogar in weit entfernten Klöstern ihre Nachahmer gefunden hatte. Er war von den Mägden sorgfältig abgelöst, entstaubt und, mit Lorbeer und Lavendel gegen die Motten eingerollt, verstaut worden. Martin sah sich um und nickte zufrieden: Das war es also. Er schied ohne Bedauern aus seinem Hause, dessen Erwerb ihn seinerzeit mit solchem Stolz erfüllt hatte.

Er trat hinaus zur Stiege und rief laut hinunter: »Jörg? Jörg? Wo bist du?«

Und schon trat sein älterer Bruder durch die offene Haustür und lief, zwei Stufen auf einmal nehmend, die Stiegen hinauf. »Da bin ich doch. Hast du alles, Bruder? Sieh dich ruhig noch einmal um hier.«

Martin winkte ab. »Das habe ich weiß Gott nun schon reichlich getan. Ich sage dir, einmal umziehen ist schlimmer als zweimal abbrennen.«

Jörg lachte herzhaft.

»Wenn du noch etwas entdecken solltest, was mir abgehen könnte, dann kannst du es mir jederzeit nachschicken.«

Jörg sah an dem Jüngeren herab und schüttelte ungläubig den Kopf. Martin war nun auch allmählich in die Jahre gekommen, sein Bart, und auch sein noch immer volles Haupthaar hatten hier und dort begonnen, sich zu versilbern. Auch ließ sich nicht verleugnen, dass die guten und reichlichen Mahlzeiten, die Martin so schätzte, langsam begannen, ihren Tribut zu fordern. Seine Glieder waren noch immer schlank, die Arme ausgesprochen muskulös, aber dort über seinem breiten Ledergurt mit dem Dolch und der Geldbörse, der sich über das schwarzsamtene, gut geschnittene Wams zog, begann sich fraglos ein Wanst zu wölben. Jörg knuffte spielerisch mit der Faust hinein.

»Du fängst an, Fett anzusetzen, Bruderherz. Sei auf der Hut! Du arbeitest zu viel, kommst weniger vor die Tür, fürchte ich. Früher bist du doch immer so viel herumgelaufen, in den Gassen, über die Felder und in den Wald.«

»Ja, ich weiß, ich bin schon lange nicht mehr dazu gekommen, mal eben alles im Stich zu lassen und hinaus zu gehen. Früher musste ich mich nie dazu überwinden, ich tat es einfach.

Aber das wird sich schon noch ändern. In Breisach werde ich tagein, tagaus auf dem Gerüst im Münster herumklettern müssen wie ein Äffchen. Das wird mich schon in Bewegung halten.«

Sie mussten grinsen.

»Wie wäre es, wenn du mal wieder Ludwig besuchen würdest?«, fragte Jörg unvermittelt.

»Du hast ihn seit etlichen Jahren nicht mehr gesehen. Und du kennst sein Haus und seine Werkstatt in Augsburg noch gar nicht. Überlege es dir. Vier oder fünf Tage ist man wohl unterwegs von Breisach.«

Martin runzelte die Stirn.

Jörg musste lachen. »Ach, komm schon, Bruder. Was gewesen

ist, ist gewesen. Er wird dich schon nicht auffressen. Oder du ihn. Seine Kinder sind inzwischen erwachsen. Du hast ja bisher noch nicht einmal seine Enkel kennengelernt, soweit ich weiß.«

»Also gut«, lenkte Martin ein, »ich bekam vor kurzem eine Anfrage von Biberach, einen Auftrag für die dortige Kirche St. Martinus und Maria. Ein Hochaltar. Weiß der Himmel, wie und wann ich das alles noch schaffen soll. Das liegt ungefähr auf dem halben Weg.«

»Recht so«, sagte Jörg zufrieden. Er drückte Martin an sich und klopfte ihm herzhaft auf den Rücken.

»Ach, mein reicher und berühmter Bruder, Hübsch Martin, der Bel Martino genannt wird! Und jetzt auch noch ein mit Ehren aufgenommener Bürger von Breisach. Ich kann es kaum erwarten, dich bald zu besuchen, sagen wir, in ein paar Monaten, wenn du schon sichtliche Fortschritte dort im Münster gemacht hast. Ich bin jetzt schon neugierig, wie du es anfangen wirst.«

Martin hatte vor einer Woche im Breisacher Kaufhaus beim Radbrunnen sein Bürgergeld entrichtet und war damit ordentlicher Breisacher geworden. Auch hatte er in Kolmar die eine oder andere Vorkehrung im Hinblick auf seinen Umzug und sein, wie er selbst meinte, fortgeschrittenes Alter getroffen, auch wenn die Brüder dies alles für übertriebenen Eifer hielt. War er denn nicht schließlich der Jüngste der fünf Brüder Schongauer? Woher, fragte man sich, rührten Martins Bedenken? Aber Martin hatte darauf bestanden. Er hatte seinen Brüdern für alle Fälle einige geschäftliche Vollmachten erteilt und auch für das Seelenheil seines Vaters vorgesorgt: Die Jahrzeitstiftung seines Vaters Caspar, der schon vor sieben Jahren von ihnen gegangen war, hatte er auf neunzehn Solidos und sieben Dinare erhöht. Und weil er gerade dabei war, hatte er schließlich auch für sich selbst ein Seelgerät von fünf Solidos gestiftet.

Wer weiß es schon, hatte er gedacht. Ich gehe fort, in die Fremde sozusagen, und das in nicht mehr jungen Jahren. Wie schnell kann mir ein Unheil oder eine Krankheit zustoßen? Da wäre ich schließlich nicht der Erste. Es hatte in den letzten Wochen wiederholt Gerüchte gegeben, dass vereinzelt Menschen in Dörfern im Schwarzwald an einer grässlichen Seuche gestorben sein sollten. Manche munkelten sogar, es könnte die Pest gewesen sein, aber Martin gehörte nicht zu den Zeitgenossen, die abergläubisch jedem Weibergeschwätz Gehör schenkten. Es erfüllte sein Gemüt mit tiefer Ruhe, zu wissen, dass von nun an nach seinem Tode auch für seine Seele im Fegefeuer einmal im Jahr gebetet werden würde. Und so wurde sein Name sorgsam notiert im Jahrzeitbuch des Münsters St. Martin und er konnte in Frieden ziehen.

*Tübingen, auf dem Markt vor dem Rathaus,
im darauffolgenden Jahr*

Die Gasse den Tübinger Klosterberg hinauf war kurz vor dem Mittag voller Geschrei und drängelnder, schiebender Marktbesucher. Martin stieg von seinem Pferd und bewegte sich durch die Menge im Gewirr, bis er endlich vor dem neuen Rathaus am Markt stand.

Ein Händler neben ihm rief lauthals seine frischen Forellen aus und gleich daneben versuchte ein anderer ihn mächtig zu überschreien, ein Mensch vor einem Rost über offenem Feuer mit frisch gebratenen Würsten. Ihr fetter, würziger Dunst stieg Martin verführerisch genug in die Nase. Augenblicklich begann ihm der Magen zu knurren.

Nun, vielleicht später, dachte er. Vorerst habe ich weiß Gott Wichtigeres zu tun.

Langsam bewegte Martin sich auf das Rathaus zu. Viel hatte er schon davon gehört, wie dieses kleine Nest am Neckar dort unten aufgeblüht sein sollte, seit es die eigene Universität gegründet hatte, in zwei geräumigen Bauwerken in der Münzgasse nahe beim Fluss. In den Arkaden des Rathauses, zwischen den starken, hölzernen Säulen, boten die Metzger heute am Markttag blutige Schweinehälften und Bäcker ihre duftenden Brotlaibe feil, auch sollte sich hinter seinen Pforten das große Salzlager der Stadt verbergen. Prachtvoll geschmückte Bürgerhäuser umgaben den weitläufigen Platz. Studenten waren von überallher in die Stadt gezogen und mit ihnen das Geld. Kein Gasthaus, kein Zimmerwirt, kein Kaufmann und kein Hurenhaus, das nicht von ihnen profitierte.

Martin hatte für einige Wochen seinen Bruder Ludwig besucht, ganz so, wie er es Jörg versprochen hatte. Er tat es mit gemischten Gefühlen, und je näher er nach Augsburg gekommen war, desto größer wurden seine Zweifel darüber, ob Ludwig sich wirklich über das Wiedersehen freuen würde. Aber als er, von der Magd geführt, überraschend in seiner Werkstatt aufgetaucht war, kam sein älterer Bruder mit einem Freudenschrei auf ihn zugestürzt und hatte ihn mit feuchten Augen an sich gedrückt, als wolle er ihn nie wieder loslassen. Martin war nicht weniger bewegt, ließ sich seine große Erleichterung aber nicht anmerken.

Ludwig hatte eine Frau geheiratet, die einer großen Familie von Ulmer Malermeistern entstammte. Er hatte sich zwar immer viele Kinder gewünscht, aber nur zwei waren ihm zu seiner Enttäuschung am Leben geblieben, ein Knabe und ein Mädchen. Den Sohn hatte er zu jedermanns Erstaunen Martin getauft, das Mädchen Zusanna. Dafür hatten seine Kinder die Familie mittlerweile mit vielen Enkeln bedacht, und Zusanna hatte nun selbst schon eine hübsche Tochter und war tatsächlich schon wieder guter Hoffnung.

Tagelang hatten sie abends nach dem Essen bis tief in die Nacht beim Feuer zusammengesessen und von der Arbeit geschwatzt, von der nicht enden wollenden Nachfrage für Altäre und

Heiligenbildnisse und die üppigen Einnahmen, die sich mit ihnen erzielen ließen. Die Tagesstunden hatte Martin mit dem Bruder in dessen Werkstatt verbracht, die zwischen Barfüßerkirche und Frauenkloster gelegen war und die auch mehrere Gesellen beschäftigen durfte, da Ludwig der Augsburger Malerbruderschaft beigetreten war. Je länger Martins Aufenthalt in Augsburg dauerte, desto mehr gewann er an Überzeugung, dass die vor etlichen Jahren getroffene Entscheidung seines Bruders, unabhängig von ihm zu arbeiten, für beide von ihnen das Richtige gewesen war.

Martin hatte sich klug mit Ratschlägen zurückgehalten und auch nirgendwo Hand angelegt, ohne dass Ludwig ihn dazu aufgefordert hätte. Ludwig hatte sich nur allzu gut daran gewöhnen können, dass er auch die eigenen Arbeiten deswegen so zahlreich gegen gutes Geld anbieten konnte, weil der Name Schongauer durch Martins Ruhm solch einen hervorragenden Klang bekommen hatte. Vielen Auftraggebern war es sogar herzlich gleichgültig, ob ein Bildnis nun von Ludwig oder Martin stammte, sofern es nur ein echter Schongauer war.

Als Martin ihm kaum nach seinem Eintreffen, vor Begeisterung übersprudelnd wie ein Jüngling, sein Werk im Münster zu Breisach zu schildern begann, stöhnte Ludwig auf, ließ sich schwer auf seinen Lehnstuhl fallen und rief schließlich scherzhaft klagend in die Stube: »Jaja, und das, obwohl ich dir Schlingel als Knaben erst einmal beibringen musste, wie man den Grabstichel hält und das Feuer richtig anfacht. Dass du es in deinem Leben jemals so weit bringen würdest, das hätte kein Mensch für möglich gehalten.«

Martin war noch drei Wochen länger in Augsburg geblieben als ursprünglich geplant, denn das Maiwetter war schauerlich und nasskalt und er fühlte sich in Ludwigs Haus und bei seiner fröhlichen Familie so wohl, dass er am liebsten gar nicht weitergezogen wäre. Aber schließlich hatte er doch die Reise nach Biberach an der Riss angetreten, wo er die Verhandlungen wegen des Altars für den Chor der St. Martins Kirche geführt hatte. Einen gewaltigen Doppelaltar mit nicht weniger als acht gemalten Tafeln sollte er schaffen, sobald sein Werk in Breisach beendet war.

In Augsburg schon hatte er sich bei Apothekern und auch auf dem Markt auf dem Rathausplatz vergebens bemüht, bei jedem welschen oder ungarischen Händler und einem Muselmanen einige der selteneren steinernen Pigmente zu erstehen, die ihm für das Werk des Jüngsten Gerichts im Münster zu Breisach zur Neige gingen. Aber bisher hatte er nicht viel Glück dabei gehabt. Die Proben von Steinen, die man ihm angeboten hatte, waren von schlechter Qualität und nur in kläglichen Mengen vorhanden gewesen. Ludwig, der für seine Ölmalerei mit anderen Rohstoffen arbeitete, hatte ihm schließlich den Rat gegeben, es noch einmal in Tübingen zu versuchen, auch wenn dies seine Rückreise verzögerte, denn hier am Markt sollte Martin einen Händler finden, der mit einer Auswahl an seltenen Steinen, Erden und Substanzen handelte, wie sonst keiner weit und breit.

»Wenn man ihn denn antrifft. Er ist nicht immer dort, aber wenn, dann wirst du ihn ohne Zweifel an seinem leuchtend roten Schopf erkennen«, hatte Ludwig ihm erzählt »und an seiner Größe. Er wird jeden anderen Mann in der Menge überragen, sei gewiss.«

Martin sah sich so gut es ging um, konnte jedoch nichts entdecken im Gewühl und fragte schließlich einen Bauern nach dem Markt der jüdischen Händler, und richtig, dort hinten, etwas abseits zur Hirschengasse hin gelegen, sah er endlich die Juden ihre Geschäfte treiben: Schächter mit nach jüdischen Riten geschlachtetem, gänzlich ausgeblutetem Fleisch, Jüdinnen mit Käse, Eiern und Gebäck, auch die Bänke der Geldwechsler und Pfandleiher mit ihren Rechenbrettern und wirklich, dort stand ein Jude von stattlicher Körpergröße mit Haaren, so rot wie reines Kupfer. Martin atmete erleichtert auf.

Er führte vorsichtig seinen Wallach am Zügel hinter sich her und trat an die Auslage des Juden, auf dessen Stand es von Kistchen und Kästchen, geschliffenen Gläsern, Phiolen, Schnüren, Stundengläsern, Pinzetten, Zangen, feinen Scheren, Hämmern und Meißeln, Waagen und Gewichten nur so wimmelte.

Der Rotschopf neigte mit Würde sein Haupt und sagte: »Seid gegrüßt, Herr! Nun, was sucht Ihr? Womit kann ich Euch dienlich sein? Sucht Ihr etwas ganz Besonderes, was man nicht alle Tage findet? Seht her, hier findet Ihr es.«

Der Mann öffnete ein Kästchen und hielt Martin ein seltsames Gerät entgegen, eine silberne Gabel, in deren zwei ovalen Ösen sich gewölbte Gläser befanden.

»Was ist das?«

»Das sind Augengläser, Herr, zur Schärfung des Augenlichts. Etwas ganz Erstaunliches. Man nennt sie auch Berylle. Hier, schaut einmal hindurch und sagt mir, ob Ihr noch Euren Augen traut.«

Der Jude klappte die Gabel auseinander und hielt sie Martin vor die Augen.

»So. Nicht bewegen!«

Er nahm ein Büchlein aus der Tasche, schlug irgendeine Seite auf und hielt es so, dass Martin es sehen konnte. Martin blieb der Mund offenstehen. Auch, wenn er es nicht gern zugab: Seine Sehkraft hatte schon nicht unerheblich nachgelassen. Durch diese Gläser jedoch sah er die seltsame Schrift der Juden wieder scharf wie ein Jüngling.

»Allmächtiger! Das ist ja wie Zauberei.«

Der Jude lachte. »Nein, Herr, Zauberei ist das keine, sondern simple Wissenschaft. Man nennt sie *optike*.«

Martin schüttelte grinsend den Kopf. Als junger Student in Leipzig hatte er die Lehren dieser neuen Disziplin aufgesogen wie ein Schwamm, immer in dem Bewusstsein, dass ihm als einem der wenigen ganz besonderes Wissen zuteil wurde. Und nun sprachen sogar schon einfache jüdische Händler davon! Vorsichtig nahm der Jude die kostbaren Gläser von Martins Nase.

»Hab Dank für diese erstaunliche Demonstration. Aber vorderhand suche ich etwas anderes. Man sagte mir, dass du mit Farbsteinen handelst, den besten weit und breit. Nun, ich hoffe, dass man mir nicht zu viel von dir versprochen hat, denn lange genug suche ich schon. Sag, hast du vielleicht grüne Erde?«

Der Jude hob bedeutsam die buschigen roten Brauen, dann den Zeigefinger und fing an, in seinen Kistchen zu suchen, bis er das Gewünschte in der Hand hielt. Er öffnete den Deckel und zeigte Martin den Inhalt, einen beinahe faustgroßen grünen Klumpen.

»Seht her. Grüne Erde, von bester Qualität, aus der Veroneser Gegend. Bessere werdet ihr wohl nirgendwo mehr bekommen.«

Martin nahm den Brocken heraus und betrachtete ihn von allen Seiten.

»Ja, sehr gut!«, sagte er erleichtert. »Aber ich werde noch mehr brauchen als nur das hier. Wie viel hast du davon?«

Der Jude begann wieder seine Suche unter den Kisten und förderte einen weiteren Brocken Grünerde zutage, sogar noch größer als der erste.

»Hier habe ich noch mehr, wie Ihr seht.« Martin rieb sich höchst zufrieden die Hände.

»Sehr schön. Man hat mir nicht zu viel von dir erzählt. Und hast du vielleicht auch Azurit? Und wenn irgend möglich, Zinnober? Schönen, leuchtend roten Zinnober?«

Der Jude nickte zufrieden. Das hier würde ein so gutes Geschäft für ihn werden, dass er, wenn ihm danach war, schon einige Stunden eher den Markt verlassen konnte, als er am Morgen geplant hatte. Er holte mehrere herrlich blaue Steinbrocken hervor, in verschiedenen Schattierungen von grünblau, himmelblau und nachtblau, und legte sie auf seinem Tisch aus.

»Bester Azurit, in verschiedenen Tönen, von Ungarn. Und hier haben wir auch noch den Zinnober.«

Und schon stand dort ein Kistchen mit vielen kleineren, leuchtend roten Gesteinsbröckchen.

»Wenn ihr diesen mahlt und zubereitet, Meister, wird er hellrot, wie das reinste Feuer oder, gestattet mir die Bemerkung, wie das Haar, das meinen armen Kopf ziert.«

Er begann, die Brocken in ein Leinentuch zu wickeln und fest zu verschnüren.

»Ein Dutzend Schillinge, sagtet Ihr?«

Martin nickte eilig und zählte ihm die Münzen in die Hand. Er war froh, dass er inzwischen reich genug war, um so großzügig zu sein, wie er nur wollte. Der Jude verbeugte sich und entbot seinem Kunden höflich einen Gruß.

Martin hatte die Brocken gerade in seinen Satteltaschen verstaut und sich schon zum Gehen gewandt, als plötzlich ein jüdischer Jüngling angerannt kam und ein schweres Bündel auf die Bretter des Tisches wuchtete, ohne einen Blick auf den Händler oder seinen Kunden zu werfen. Martin erstarrte. Der Jude hinter seinem Tisch blickte ihn verwundert an: »Wünscht Ihr noch etwas, Herr?«

»Nein, nein!«, murmelte Martin abwesend. Er starrte unverwandt auf den Knaben, der von seinem schnellen Lauf immer noch keuchte. Martin glaubte zu träumen. Es ist doch nicht möglich, dachte Martin. Kein Zweifel. Er sah seiner seit langem entschwundenen Braut so ähnlich wie nur irgend möglich. Der Jüngling war groß für sein Alter, gertenschlank und hatte eine hohe Stirn, seine glänzenden Locken, die ihm bis über die Schultern fielen, waren golden wie flüssiger Honig und seine Augen schwarz wie reife Kirschen am Baum. Der Jüngling nahm einen anderen Packen vom Stand und begann, zurück in die Richtung über den Markt zu laufen, aus der er gekommen war. Martin ging ihm rasch nach, das Pferd am Halfter. Dann gab er sich einen Ruck und rief hinter ihm her:

»Heda, du! Warte!«

Der Jüngling blieb verwundert stehen. Er musterte Martin misstrauisch, jedoch ohne Furcht.

Martin starrte ungläubig auf den gelben Judenfleck, der dem Jungen an der Schulter seines weißen Leinenhemdes befestigt war. Er schluckte und suchte nach Worten.

»Nun Herr? Was wünscht Ihr denn?«, fragte der Jüngling ungeduldig.

Schließlich brachte Martin heiser hervor: »Sag ... Jude ... wie heißt du?«

»Nun, und wer will das wissen?«

Martin räusperte sich und sagte: »Ich bin Martin Schongauer. Von Kolmar.«

»Mein Name ist Jakob. Jakob Bergheimer. Und, Herr? Was wünscht Ihr von mir?«

Der lang verborgene Schmerz fuhr Martin wie ein blankes Messer in die Brust.

Er rang mühsam nach Luft. Kalter Schweiß bedeckte plötzlich seine Stirn, rann ihm in die Augen und dennoch war ihm kalt wie an einem Wintertag. Er begann, am ganzen Leibe zu beben. Ich sterbe, dachte Martin, und eine seltsame Ruhe kam über ihn, jetzt sterbe ich. Oh Herr, sei mir armen Sünder gnädig.

Da stand schon der Jüngling vor ihm und reichte ihm eine Lederflasche mit erdig schmeckendem Brunnenwasser. Martin nahm sie und trank gierig. Schwindelig wurde ihm dabei, und tief in seiner Brust, über dem Herzen, fühlte er einen stechenden Schmerz.

»He, Bruder, wo bleibst du denn?« rief plötzlich eine helle Knabenstimme nahebei.

Martin und der Jüngling, der sich Jakob nannte, drehten sich um. Dort stand ein stämmiger Junge von vielleicht zwölf oder dreizehn Jahren. Er hatte für sein Alter eine kräftige Statur, braune Augen und dickes, kastanienfarbenes Haar. Sein hübsches Knabengesicht war hier und dort von den Hautunreinheiten geplagt, die sich häufig in seinem Alter einstellten.

»Und wer bist du?«, fragte Martin schwach.

Der Kleine zog unbehaglich die Schultern hoch und blickte fragend auf den großen Bruder.

»Kannst ruhig mit dem Herrn sprechen, Jonathan!«, rief dieser ermunternd.

»Jonathan«, murmelte Martin wie im Traum.

Es war Martin, als erblickte er im Antlitz des Jungen das eigene, als er in jenem undankbaren, halbwüchsigen Alter gewesen war. Ich bin der Vater eines Juden, schoss es ihm in den Sinn. Seine Hände begannen zu zittern.

»Und eure Mutter? Sagt, ist sie denn nicht bei euch? Kann ich sie wohl sprechen?«

Jakob schien einen winzigen Moment zu zögern, dann sagte er »Gewiss, Herr. Sie steht dort drüben!« Er zeigte auf eine zierliche, dunkelhaarige Frau, deren schwarze Augen schon seit einer Weile misstrauisch herübergesehen hatten.

Martin ging langsam auf sie zu. Er räusperte sich und murmelte: »Ihr seid die Mutter dieser beiden Knaben? Ihr?«

Die Frau hob die Schultern und presste entschlossen ihre Lippen aufeinander, bevor sie antwortete: »Ja, Herr, das bin ich!«

»Und wie lautet Euer Name, wenn ich fragen darf?«

»Sie heißt Anna von Sessenheim, und sie ...«, unterbrach Jonathan, der mit seinem Bruder herangetreten war.

»Jakob. Jonathan! Rasch, lauft zurück zum Onkel und geht ihm helfen, habt ihr gehört?«

»Aber Mutter, wir wollen doch ...«

»Du hast mich gehört, Jakob.« Die Frau schob den Älteren energisch auf die Marktstände zu. »Na, geht schon. Ich erzähle euch nachher alles, ihr neugierigen Schlingel. Na los!«

Sie wandte sich Martin zu und erstarrte. Direkt vor ihrer Nase sah sie das kleine Bild, den Kupferstich von Gertrud als Madonna, auf dem Schongauerschen Halbmond. Verblasst, befleckt und durch die Falten schon recht beschädigt.

Die Frau wurde leichenblass.

»Diese hier. Diese Frau ist die Mutter der beiden Knaben. Ich weiß es genau, besser als irgendein anderer. Wie kommt Ihr dazu, Weib, sich als ihre Mutter auszugeben?«

Die Frau fuhr sich mit der Hand über die Stirn und stammelte leise: »Ich habe immer gewusst, dass es eines Tages dazu kommen würde. Ihr seid es, Martin. Martin Schongauer!«

Ein Jahr später, beim St. Martins-Münster in Kolmar

Ludwig Schongauer verließ das Haus seines Bruders im Augustinergässel, blickte noch einmal prüfend zum Himmel und schlug dann rasch den Kragen hoch. Ein Blitz zuckte, dann hallte der Donner zwischen den Häusern wider. Dichter Regen setzte ein in diesem Moment. Er zögerte noch kurz, aber dann hielt er seinen Mantel mit beiden Händen zusammen und hastete hinüber zum Münster. Blitze erhellten das enge Gässchen, schon polterte der nächste Donnerschlag los. Eine Magd, die unter einem vorragenden Dach Schutz vor dem Regen suchte, schrie grell auf. In großen Sätzen sprang Ludwig über die Pfützen auf dem Münsterplatz und riss das Tor auf. Aufatmend betrat er die Kirche. Er zog den Mantel von seinen Schultern und schüttelte, so gut es ging, das Wasser von ihm ab.

Jörg bewohnte seit dem Umzug Martins nach Breisach noch immer das neue Haus in der Gasse beim Augustinerkloster und ging nur noch dann und wann hinunter in die Werkstatt, in der inzwischen das Goldschmiedehandwerk eingezogen war und in der nicht weniger als ein Meister und fünf Gesellen beschäftigt waren. Ludwig erschrak ein wenig darüber, dass sein Bruder Jörg inzwischen ein alter Mann geworden war. Und, um der Wahrheit die Ehre zu geben, ein wenig wunderlich wirkte er dann und wann auch schon. Seine Aufmerksamkeit galt seit einigen Jahren fast nur noch den feinen Vorlagenzeichnungen für die Schmiedearbeiten, in deren Anfertigung er sich stundenlang erging und in der er es zu beachtlicher Meisterschaft gebracht hatte. Jörg hatte Ludwig etliche Stiche gezeigt, die von Martins Hand stammten und die Jörg nun als Muster für die eigenen Zeichnungen dienen sollten, Abbildungen von verschlungenen Rankenornamenten, von einem Bischofstab mit einem feinen Marienbildnis in einem Medaillon in seiner Mitte, einem Rauchgefäß an einer langen Kette. Ihre Exaktheit, die Feinheit ihrer Ausführung mochte jeden Betrachter verblüffen.

Wie hätte mich die Vollkommenheit dieser Arbeiten früher geschmerzt. Wie sehr hätte ich wieder an mir zu zweifeln begonnen, dachte Ludwig, während er sich mit dem Bruder über die Blätter beugte. Nun, da er selbst genug Höhen und Tiefen, Zweifel und Triumphe in seinem Malerleben durchgestanden hatte, erfüllte ihn das Können seines Bruders nur noch mit Genugtuung. Er selbst war ein Meister in seiner Art, sein Bruder war ein anderer. Es war die überragende Kunst der Familie Schongauer, und er hatte daran seinen gerechten Anteil. Er lehnte sich zurück und sagte zu Jörg: »Ich weiß, dass die Eitelkeit eine Sünde ist, aber, glaube mir Bruder, wenn ich diese Risse sehe, dann glühe ich vor Stolz darüber, ein Schongauer zu sein und dieser Familie von hervorragenden Meistern anzugehören, sage ich dir!«

Sein älterer Bruder lachte.

»Wo du schon einmal wieder hier in Kolmar bist, sieh dir auch Martins Madonnenaltar an«, war seine Antwort, »drüben im Münster. Es ist eine seltsame Sache damit. Egal, wie oft man ihn betrachtet, und egal, wie lange, man ermüdet nicht dabei. Einmal saß ich davor, nur um ein kurzes Gebet zu sprechen, und dann, als ich das Münster verließ, waren fast zwei Stunden vergangen. Du wirst nicht glauben, wie sehr ihn jedermann preist und bewundert. Die Leute kommen oft von weit her, um ihn nur einmal zu sehen. Neulich zog sogar eine Schar von irischen Pilgern hier ein, auf dem Wege nach Santiago de Compostela, und sie fragten kaum verständlich nach einer Mary Of The Rose Garden. Es dauerte eine ganze Weile, bevor man begriff, dass sie hier waren, nur um dieses Bildnis zu sehen und Gebete an die Heilige Mutter Gottes zu richten. Auch ich gehe oft hin. Mehr braucht es gar nicht. Wenn irgendeiner fragen sollte, warum die Kunst unseres Bruders so weithin gerühmt wird, dann gehe ich in das Münster und zeige ihm seine Jungfrau im Rosenhag.«

Ludwig trat durch den hohen Spitzbogen in das Mittelschiff und beugte kurz das Knie. Er bekreuzigte sich und ging leise nach vorn, dort, wo das Bildnis golden aus dem Dunkel hervorschimmerte. Ein paar Schritte davor blieb er stehen und nahm die nasse Kappe vom Kopf.

Lange betrachtete er das Bild, ohne sich zu rühren.

Die verschwundene Braut seines Bruders. Gertrud, die Magd. Wie köstlich schön sie doch gewesen war. Als junger Mann hatte er einmal versucht, sie zu verführen, wenn ihn nichts alles trog. Nicht sehr gut gelungen war ihm das, sturzbetrunken, wie er damals gewesen war. Wie lange war das nun schon her? Allmächtiger, dachte Ludwig, schon bald zwanzig Jahre. Martin war ihm in die Quere gekommen an jenem Abend. Bestimmt war sein Bruder damals schon bis über beide Ohren in sie verliebt gewesen. Und Ludwig hatte ihn deshalb für einen Narren vor dem Herrn gehalten. Was waren hübsche Mädchen denn schon für ihn als Jüngling gewesen? Ein Spielzeug, Trophäen, mit denen man vor den anderen Burschen prahlen konnte, wenn man sich in den Schenken wüste Geschichten über die vielen Blüten erzählte, die man gebrochen hatte.

Gar nichts hatte er von der Liebe gewusst. Nun liebte Ludwig selbst sein Eheweib heiß und innig und dankte seinem Schöpfer jeden Tag, den er werden ließ, dass er sie besaß und sie ihm diese beiden prachtvollen Kinder geschenkt hatte. Ludwig musste schmunzeln. Lange ruhte sein Blick auf dem Mädchen in dem roten Mantel, mit ihrem Söhnchen auf den Knien, inmitten all der herrlichen Rosenblüten. Jörg hatte Recht gehabt. Hier fand sich die Antwort.

Das Unwetter war beinahe vorüber, als die eiserne Pforte des Dominikanerklosters zu Kolmar sich quietschend öffnete und Heinrich Institoris mit schwerfälligen Schritten die Schmiedegasse hinunterging zum Münster von Sankt Martin. Er hatte sich beinahe eine Stunde lang vom Bruder Medicus ausfragen, abhorchen und abklopfen lassen, hatte gehustet und geatmet, sich mit feinen Nadeln stechen lassen.

Denn seit neuerem ging Sonderbares mit Heinrich vor: Ihm schwindelte plötzlich heftig, er fuhr des Nachts schreiend aus dem Schlaf und nichts brachte ihn dazu, wieder einzuschlummern, und in den schlimmsten Momenten ward die Brust ihm eng, schmerzte ihm das Herz, wurden seine Beine nach und nach von einem Kribbeln wie von tausend Läusen überzogen, ja, mitunter wurden sie plötzlich und krampfartig hart wie Holz, ohne dabei auch nur im geringsten weh zu tun. Und dann war es ihm, als packten ihn Hände an der Kehle und schnürten ihm unerbittlich die Luft ab. Aber auch dieser Bruder hatte nach der Konsultation nur ratlos mit den Schultern gezuckt und gemeint, es ließe sich nichts an ihm finden, was auf irgendeine schwere Krankheit hindeute.

Er betrat das Münster durch das westliche Portal, dessen Tympanon eine ungeschlachte Darstellung der Anbetung der Könige darstellte, und ging mit raschen Schritten in das Mittelschiff. Der große Raum war so gut wie leer. Es war ihm ganz recht. Er suchte Ruhe. Er schlug das Kreuz über seiner Brust und nahm bescheiden in einer der hintersten Bänke Platz. Er faltete die Hände. Leise murmelte er ein Ave-Maria. Dann sank sein Kopf auf seine betenden Hände und er schloss die Augen, von denen eines durch den Star schon so gut wie blind geworden war. Auch hörte er nicht mehr besonders gut; immer öfter erschrak er fürchterlich, wenn er sich arglos umdrehte und wie auf dem Boden geschossen jemand hinter ihm auftauchte, dessen Kommen er gar nicht wahrgenommen hatte. Sein Kopf tat ihm weh. In der vergangenen Nacht hatte er wieder keinen erquickenden Schlaf gefunden. Jeden Morgen sagte er sich, jetzt wird es besser, warte nur, in der nächsten Nacht wirst du schlafen wie ein Stein. Aber er schlief dennoch immer schlechter.

Heinrich betete lautlos. Er beichtete in der letzten Zeit öfter als nötig, er erging sich in stundenlangen Kontemplationen. Wenn er wieder eine unruhige Nacht durchwacht hatte, fiel er nicht selten erst gegen Morgen in einen kurzen, unruhigen Schlaf, in dem die fürchterlichsten Albträume ihn zu plagen pflegten. Einer davon kehrte immer wieder: Man verfolgte ihn, eine Menschenmenge schrie blutrünstig und verlangte seinen Tod, die trampelnden, stampfenden Schritte von hunderten von Füßen kamen näher, dann spürte er Peitschenhiebe, Knüppel sausten auf ihn herab, er spürte rohe Fäuste, die nach ihm griffen und ihn zu Boden zerrten und auf ihn einschlugen. Aber immer, wenn er in panischem Schrecken schreiend die Arme schützend vor sein Gesicht hielt, zerfielen seine Verfolger zu Staub. Nichts blieb mehr zurück von ihnen.

Heinrich Institoris bekreuzigte sich und stand auf. Er ging mit hallenden Schritten durch das Kirchenschiff nach vorn, wo es dunkel hinter dem bunten Spitzbogenfenster der Apsis blieb. Undeutlich sah er da vorn in der Nähe des Altars einen Mann mit langer Haartracht und sauber gestutztem Bart in einem kurzen, pelzverbrämten Mantel stehen. Er schien der einzige Mensch hier außer ihm selbst zu sein.

Ich habe nie Unrecht getan, dachte Heinrich. Ich habe stets nur nach der Wahrheit getrachtet. Ich habe die Hexen, Ketzer und Zauberer von dieser Erde getilgt. Sie haben es verdient, das und nichts anderes. Wenn jeder Christ ruhig schlafen kann in der

Nacht, dann hat er dies mir zu verdanken. Für eines wird man mir ewig besonders dankbar sein können, dachte er. Ich habe bewirkt, dass unsere schönen Städte rein geworden sind vom Judenpack. Überall hat man sie ausgewiesen, und ich habe erheblich dazu beigetragen. Keine Juden mehr in Straßburg, in Rufach, in Kolmar, keine in Schlettstadt.

Heinrich Institoris sank in die Knie und bekreuzigte sich vor dem rotgoldenen Madonnenaltar. Langsam trat er näher heran. Da erhellte ein greller Blitz das Seitenfenster der Apsis. Der Glanz des Goldes auf dem Gemälde leuchtete jäh auf und erlosch. Als er dicht davorstand, begannen sich seine Augen zu weiten, das blinde und das gute, und seine Miene wurde starr vor Entsetzen. Ein Donnerschlag wie aus dem tiefsten Schlund der Hölle ließ die Fenster klirren. Alles Blut wich aus Heinrichs Gesicht. Sein Herz stach ihn wie mit einem Messer, Beklemmungen schnürten ihm die Luft ab. Plötzlich gaben die Knie nach unter ihm und er taumelte. Schon lag er schwer auf dem kalten Steinfußboden. Der Mann in dem kurzen Mantel drehte sich erschrocken um und kam herbeigeeilt. Heinrich wies mit seiner weißen Hand hilflos auf den Altar vor ihm und wollte etwas sagen, aber stattdessen verschluckte er sich und begann, heftig zu husten. Der Fremde trat auf ihn zu und fragte: »Was ist mit Euch passiert? Seid Ihr hingefallen?« Er drehte sich suchend um und winkte irgendwen herbei, der sich im rechten Seitenschiff aufhalten musste und rief: »Schnell! Zu Hilfe! Dieser Mann ist plötzlich zusammengebrochen.«

»Der Herr stehe mir bei. Du bist es wieder!«, keuchte Heinrich kaum hörbar.

»Wer ist es? Wovon redet Ihr?«

»Du bist es, du jüdische Hexe! Durch welches Teufelswerk kommst du auf dieses Bildnis ...«, stammelte er halblaut vor sich hin. Da kamen auch schon zwei Männer und eine Frau herbeigelaufen. »Kommt, lasst Euch aufhelfen ...« Aber Heinrich verscheuchte die ihm dargebotene Hand wie eine lästige Fliege, erhob sich stöhnend vom harten Kirchenboden und eilte hinkend davon.

Im Dominikanerkloster zu Kolmar

»Ich kann Euch nicht hören, Meister Schongauer!«

»Nun, ich habe auch nichts gesprochen, Meister Institoris!«

Aus dem Hintergrund des düsteren, nur durch zwei hohe eiserne Kandelaber erleuchteten, von Spitzbogen gebildeten Gewölbes erklang Gemurmel, sogar unterdrücktes Gelächter.

»Ruhe! Ich bitte mir Ruhe aus!«

Der vorsitzende Richter, ein kräftiger und lebhafter Mann in den Vierzigern, der neue Bischof von Straßburg, ein Sohn des Mosbacher Grafengeschlechts und der Wittelsbacher Herzöge, dessen schlanke Hände von zahlreichen goldenen Ringen geschmückt waren und dessen Soutane untadelig an seinem großgewachsenen Leib saß, warf einen Blick hinüber zu dem greisen Mönch in der schwarzgrauen Kutte und bedeutete ihm mit einem Wink, fortzufahren.

»Meister Martin, seid Ihr es gewesen, der im Jahre 1473 im Auftrage des Stiftes Sankt Martin zu Kolmar das Bildnis der Muttergottes im Rosenhag erschaffen habt, unter Verwendung feinen Goldes und der besten Ölfarben und mit einer festgeschriebenen Entlohnung von 120 Gulden Rheinisch?«

Martin blickte direkt in die kalten Augen des Inquisitors und nickte.

»Ja, das ist richtig!«

Heinrich Institoris lehnte sich zufrieden zurück. Triumph machte seine Stimme höhnisch, ohne dass er es verhindern konnte: »Ist Euch bewusst, HERR Schongauer, dass die Frau, die ihr als Modell für das Bild gewählt habt, die gesuchte Hexe und Jüdin Golda bath

Jakob von Bergheim, Tochter des Viehjuden Jakob von Bergheim war, und dass sie durch Erlass der Heiligen Römischen Inquisition, gegeben in der Diözese Straßburg, seit langem gesucht wird?«

Um Martins Lippen spielte ein leichtes Schmunzeln. Er hob die Schultern, ließ sie wieder fallen und entgegnete:

»Dies kann nur eine Verwechslung sein, Herr. Es handelte sich bei der Abgebildeten um meine liebe Braut, Gertrud von Weissenburg mit Namen, deren Sohn eine christliche Taufe empfing und die ich zu ehelichen beabsichtigte.«

»Ist Euch bewusst«, fuhr Institoris' dünne Greisenstimme fort, »dass jene Golda von Bergheim der Hexerei für zweifelsfrei überführt galt, dass sie bei beeidigter Augenzeugenschaft gottesfürchtiger Bergheimer Bürger heilige Hostien gestohlen und mit ihnen satanische Rituale durchgeführt hat?«

»Wie ich bereits sagte, es war meine Braut Gertrud, ein frommes, christliches Mädchen und meine Magd.«

Man sah, wie hinter dem Tisch Bischof Albrecht seinem linken Beisitzer etwas ins Ohr flüsterte, der daraufhin den Kopf schüttelte.

»Und leugnet Ihr weiterhin, nicht gewusst zu haben, dass Ihr der schändlichsten Jüdischen Gaukelei und Betrügerei aufgesessen seid, als Ihr die Dirne in Euer Haus und, wie es aussieht, in Euer Bett aufgenommen habt. Ist das nicht so?«

»Natürlich ist das so! Mein Bruder sagt die Wahrheit, so wahr, wie er hier …«

Heinrich drehte sich wütend um, wo Jörg Schongauer sich erhoben hatte und keineswegs so aussah, als würde er sobald wieder verstummen.

»Wie könnt Ihr es wagen …,« begann Heinrich, aber der Bischof hob die Hand und sagte: »Ich bitte Euch, bewahrt Ruhe. Das gilt für alle hier im Saal. Wenn ihr Zeugnis abzulegen habt, dann tut es, wenn nicht, gebiete ich Euch, zu schweigen. Wer seid Ihr?«

Jörg deutete eine knappe Verbeugung an.

»Jörg Schongauer, Goldschmied zu Kolmar, zu Euren Diensten, Eure Gnaden.«

Albrecht musterte interessiert den aufrecht vor ihm stehenden Bürger in seinem blauen Tuchmantel und dem rotsamtenen Barett und fragte: »Ihr seid also der Bruder des hier Vernommenen?«

»Ganz recht, Eure Gnaden.«

»Und seid Ihr bereit, zu bekräftigen, was Euer Bruder soeben ausgesagt hat?«

Jörg wechselte einen Blick mit Martin und antwortete: »Mein Bruder spricht die Wahrheit, Herr. Er nahm das Mädchen als Magd in sein Haus auf, hoch schwanger. Kurz darauf gebar sie einen Knaben und er ließ diesen in ihrem Beisein eine christliche Taufe empfangen, im Münster Sankt Martin. Und er warb um sie, als sie sein Kind trug, sehr zum Ärger unserer Mutter. Die Hochzeit war sogar schon anberaumt, zum 20. August Anno 1475. Aber es kam nicht dazu. In der Woche vor dem Fest verschwand sie spurlos, und nie fand man sie wieder!«

»Nun, Meister Schongauer, es hat den Anschein, dass Euch mitnichten bewusst war, wen Ihr in Eurem Hause geborgen habt …«, ließ der Bischof sich vernehmen.

»Wofür ist das von Belang?«, meckerte Institoris dazwischen, »ob er das gewusst hat oder nicht? Er hat eine Jüdin beherbergt und mit ihr Unzucht getrieben, und damit nicht genug, er hat sie obendrein gemalt als die Heilige Mutter unseres Herrn Jesus Christus und das nicht nur einmal, sondern etliche Male. Immer wieder war sie das Abbild, immer wieder …« Heinrich brach unvermittelt ab. Ein Hustenanfall schüttelte ihn.

Bischof Albrecht hatte Mühe, seinen Unmut zu verbergen. Heinrich Kramer, der sich den hochtrabenden latinisierten Namen »Institoris« gegeben hatte, dieser Inquisitor, der sich mit der Rückendeckung Roms dabei aufrieb, am Oberrhein liederliche

Frauenzimmer zu verbrennen, war nicht nur ihm schon seit langem ein Dorn im Auge.

Dieser halbgewaschene Emporkömmling war abstoßend und lästig, noch schlimmer allerdings. Er war gefährlich. Albrecht von Mosbach war ein philosophisch gebildeter und durchaus kritischer Mann. Er war glühender Anhänger von Predigern wie dem humanistisch gesinnten Jakob Wimpfeling, noch mehr von Johann Geiler von Kaisersberg. Aber auch Kirchenmännern, die auf Deutsch predigten und die Verweltlichung des Klerus geißelten, und die die unter Folter von »Hexen« erpressten Geständnisse im Wesentlichen für Phantasiegespinste und Wahnideen hielten, drohte im mildesten Fall die Exkommunikation. Selbst ein Bischof von Straßburg wie er selbst, der aus einer reichen und mächtigen Familie stammte, musste vor ihm auf der Hut sein.

Albrecht senkte einen Moment den Kopf und ordnete im Voraus seine Rede. Dann blickte er hoch und sprach entschlossen: »Bruder Heinrich, ich wünsche keine weitere Unterbrechung. Ich bin nach den letzten Stunden dieser Beweisaufnahme überzeugt davon, dass in der Familie Schongauer vollständige Unwissenheit darüber herrschte, dass diese Magd aus keinem christlichen Haus stammte. Ebenso wenig war bekannt, dass sie unter Anklage der Ausübung schwarzer Künste stand, niemand hat in all der Zeit ihres Wirkens im Hause Schongauer auch nur den Ruch irgendeines Verdachtes geschöpft. Wir haben seit dem heutigen Morgen genug Zeugen dazu vernommen, Nachbarn, Familie, allesamt brave Handwerker, und niemand hat davon gewusst. Meister Martin Schongauer, Ihr bleibt dabei, dass Euch nichts über die wahre Herkunft Eurer Magd bekannt war?«

Martin nickte.

»Eure Gnaden, ich bleibe dabei!«

Institoris schüttelte unwirsch den Kopf und rief: »Und selbst, wenn Ihr dabei bleibt! Ich begehre dennoch zu wissen, ob Ihr sie zur Frau genommen hättet, hättet Ihr vor ihrer Flucht von ihrer Abkunft erfahren!«

»Was spielt das noch für eine Rolle, Bruder Heinrich? Dass Meister Schön – unwissentlich! – mehrmals eine Jüdin als Modell abgebildet hat, ist noch kein Verbrechen. Dass er als junger Mensch den Fallstricken eines schönen Mädchens erlegen ist, ebenfalls nicht. Niemandem ist dabei Schaden entstanden. Die Frau ist seit mehr als zwölf Jahren verschwunden, niemand weiß, ob sie noch am Leben ist, und der Angeklagte hat sie nicht geehelicht. Die Beweisaufnahme ist damit abgeschlossen und ich sehe beim besten Willen keinen Bedarf, diesen Fall weiter zu untersuchen.«

Heinrich bebte vor Zorn. Er begann, rot anzulaufen: »Und ich frage Euch nur dieses eine Mal, Meister Schongauer! Hättet Ihr gewusst, dass die Gesuchte Jüdin ist, darüber hinaus unter Anklage der Hexerei stand, hättet Ihr sie dann auch als Magd beschäftigt? Hättet Ihr sie bereitwilligt gemalt, wie Ihr es getan habet, und hättet Ihr, nachdem Ihr schandbare Unzucht mit ihr getrieben und sie geschwängert habt, obendrein noch geheiratet? Ich will dies jetzt von Euch wissen. Antwortet!«

Martin erhob sich langsam. Er blickte allein den Bischof an und sagte, ohne auch nur einmal zu stocken: »Eure Gnaden, hochwürdigster Herr Bischof, ich schöre auf die Bibel, auf den Namen von Vater und Mutter und alles, was mir heilig ist: Nein, ich wusste nichts davon. Und selbstverständlich hätte ich nie und nimmer gewagt, eine Jüdin zur Frau zu nehmen.«

Als er sich setzte, waren seine Knie so weich wie Butter.

Im selben Monat, in Breisach

Der Priester hob segnend die Hände über die Menge der Betenden und sprach »Ite, missa est!« Die beiden Männer erhoben sich und bekreuzigten sich ein letztes Mal, so wie alle Besucher des

Stephans-Münsters, die an diesem stürmischen Novembertag erschienen waren. Aber während die Menschen es eilig hatten, das Kirchenschiff zu verlassen, traten die Männer zurück und warteten darauf, dass das Volk sich endlich verlief.

Seit Martin Schongauer Bürger von Breisach geworden war, genoss er es beinahe jeden Tag, sein größtes Werk aus nächster Nähe anschauen zu können, wann immer ihm danach war. Zum Beten und zum Empfang der Hostie stieg er ohnehin täglich die engen Gassen hinauf zum Münster, wo ihn Priester und Messdiener ehrerbietig grüßten als einen alten Bekannten und wo er längst seinen eigenen Kirchenstuhl besaß.

»Komm, Ludwig«, sagte Martin schließlich, »lass uns nach vorn gehen, zum Portal. Es wird gleich ruhig werden hier drinnen.«

Hinter den hohen Fenstern brach schon die Dämmerung herein, und mit den Menschen wich allmählich die Wärme aus der Kirche. Schließlich traten die Brüder aus dem Mittelschiff in den Portikus, in Betrachtung der großen Figur in der Mitte der Portalwand versunken: der Heiland Jesus Christus auf seinem Regenbogen, mit der Lilie in seiner Hand den Seligen den Weg zum Himmel weisend, mit dem Schwert die Verdammten in den Höllenrachen werfend. Zum hundertsten Mal überlegte Martin, ob er dort nicht doch zu viele Leiber geschaffen hatte.

»Herrlich!«, unterbrach Ludwig Martins Gedankenfluss, »einfach vollendet, Martin! Bei meiner Seele, wie sehr wünsche ich, ich hätte auch einmal ein solches Werk ausführen dürfen. Aber was nützt es. Ich hätte es doch nicht gekonnt, nicht so wie du. Ich weiß das sehr gut.«

Martin war geschmeichelt.

»Ach, Unsinn, was redest du nur, Ludwig? Gekonnt hättest du es sicherlich auch.«

»Nun ja, gekonnt hätte ich es wohl schon. Aber eben doch nur auf meine Art. Da kannst du reden, was du willst. Allein die kleinen Streiche, die du dort gespielt hast über dem Portal, die wären mir nie eingefallen.«

Ludwig wies mit seiner Linken auf die große Kirchentür, über der die Posaunen der Engel zugleich verspielt ihren Rahmen schmückten. »Und dann dort oben, wo Gott, der Herr, sich beinahe müßig auf die Fensterrose stützt; wie du über dem Aufstieg der Seligen zur Himmelspforte eine Galerie mit Maßwerk geschaffen hast, die das Muster des Fensters aufnimmt. Siehst du, über ein solches Geschick verfüge ich einfach nicht. Nicht einmal auf diesen Gedanken wäre ich jemals gekommen.«

Sie schlenderten müßig zur Höllenwand hinüber, als Ludwig plötzlich stolperte und ein ärgerliches Zischen ausstieß: »Eine tote Katze, sieh dir das an! Nein, Gott stehe mir bei, eine Ratte ist es. Ein riesenhaftes Vieh. Fast wäre ich über sie gefallen.« Ärgerlich schickte er den Kadaver mit einem Tritt beiseite. »Man sollte wirklich meinen, dass die Pfaffen hier genügend Mittel haben, um ihr Gotteshaus täglich von Ungeziefer befreien zu lassen.«

Endlich wies Ludwig zur Heiligen Jungfrau hinauf und sprach zögerlich: »Da ... das ist sie wieder, nicht wahr? Deine Gertrud?«

Dort oben war sie abgebildet. Als die Muttergottes einmal mehr, den Kopf züchtig bedeckt mit einem weißen Schleier, wie eine Klosterfrau, mit einem alterslosen, beinahe durchsichtigen Antlitz.

»Du hast sie ja doch immer wieder gemalt, auch hier. Nun, wer könnte es dir verdenken. Sie war wirklich von seltener Schönheit«, sagte Ludwig.

Martin tastete nach dem Beutel an seinem Gürtel, in dem er immer ein paar Münzen, einen Stichel und einen kurzen Silberstift bei sich führte, und fühlte das vertraute Rascheln mehr, als er es hören konnte. Ja, da war er, wohlverwahrt, das einzige, was ihm geblieben war: Ihr Brief. Bliebe sie bei ihm, hatte sie geschrieben, so würden sie alle ins Unglück gestürzt. Bliebe sie bei ihm, so wäre sein Leben in Gefahr. Der Mönch hatte sie, die beste aller Frauen, für eine Hexe gehalten. Eine jüdische Hexe. Aber ihre tapfere Seele sollte auf keinem Scheiterhaufen brennen. Sie war dem Inquisitor durch die Finger geschlüpft. Und durch die selbstlose Hilfe der Anna von Sessenheim war sie nun am sichersten Ort geborgen, der auf der Welt für sie existieren konnte: Im Kloster Unter Den Linden zu Kolmar.

»Du liebst sie tatsächlich noch immer, nicht wahr?«, schnitt Ludwigs Stimme in Martins Gedanken, »eine Frau, die Jüdin war?«

Martin sah dem Bruder in die Augen. Er hatte so viel über all dies nachgegrübelt: Bestimmt war ja doch etwas daran gewesen, an all dem, was sie immer so tapfer behauptet hatte? Dass die Juden nie ein Christenkind erschlagen und dessen Blut auffangen würden, um daraus Brote für ihr Passahfest zu backen? Man sagte doch schließlich auch, dass die Juden die Brunnen vergiftet hätten und so die Pest über das Land brachten, um die Christen um sich herum zu töten und sich so die Welt untertan zu machen. Wenn die Juden doch über solche ungeheure Macht verfügen, warum hatten sie es dann nicht schon längst getan? Warum fristen sie statt dessen ihr Leben in den engen Judengassen und Höfen, waren beinahe vogelfrei und jedem Angriff schutzlos ausgeliefert? Alles, was man den Juden an Üblem nachsagte, Geiz, Hass, Habgier, Heimtücke, war seiner Braut fremder gewesen als jedem, den er je gekannt hatte. Einen Spross aus der Wurzel Isaias, gleich der Jungfrau Maria, so hatte Anna von Sessenheim seine Geliebte voller Liebe und Wertschätzung genannt.

»Ja. Ich liebe sie noch immer. Ich habe nie damit aufgehört.«

Breisach in der Kettengasse, 1491

Es war ein klarer, sehr kalter Tag Ende Januar. Die gelbe Wintersonne tauchte das Städtchen über dem Rhein in gleißendes Licht. Die Eisschollen auf dem breiten, mit jedem Tag träger werdenden Strom hatten sich mehr und mehr ineinandergeschoben und endlich zu einer funkelnden, dichten Decke gebildet. Kinder rutschten schon hier und dort kreischend vor Freude auf dem Eis umher, aber den Fluss mit Pferd und Karren zu überqueren, hatte bis jetzt noch keiner gewagt. Nun, wenn es weiterhin so bitterkalt war, dann würde es erst in ein paar Tagen vollkommen gefahrlos sein, den Rhein zu Fuß auf dem Eis zu überqueren.

Martin Schongauer, in einen schweren Mantel aus Biberpelz gehüllt, bog vorsichtig um die glatte Ecke der Pfarrgasse in die Kettengasse ein. Das Gehen fiel ihm keineswegs mehr so leicht, jetzt, wo es so eisig kalt war, dass morgens das Waschwasser in seinem Krug hart gefroren war und er geraume Zeit vor dem Aufstehen damit zubringen musste, die schmerzenden, kalten Muskeln seiner Waden zu massieren, die ihn in der Nacht wieder mit fürchterlichen Krämpfen aus dem Schlaf gerissen hatten. Auch sein Rücken und die Kniegelenke machten ihm tagtäglich mehr zu schaffen.

Von hier aus, dachte er erleichtert, sind es gottlob nur noch ein paar Schritte zum Haus von Veit Brunner.

Er war auf dem Weg, sich nach dem Wohlergehen der Brunnerin zu erkundigen, denn Martin war bei dem Breisacher Handwerker, der ihm während der Arbeit im Münster als fähiger Zimmermann und Stellmacher gedient hatte, erst vor drei Tagen zu Gast gewesen, zu einem ausgiebigen Mahl und langem Gespräch.

Der Zimmermann war ihm in den Breisacher Jahren ein guter Freund geworden, und so hatten sie nach dem knusprigen, fetten Gänsebraten, der dem Gast zu Ehren auf den Tisch gekommen war, noch lange beisammengesessen und geplaudert. Ein leises Bedauern nur hatte es gegeben, weil die Gemahlin des Zimmermannes über ihnen krank zu Bett gelegen hatte, da sie am frühen Morgen aus heiterem Himmel mit Fieber und starkem Kopfweh erwacht war. So hatte an ihrer Stelle die fünfzehnjährige Tochter Elsbeth die Aufwartung machen müssen, und gar nicht einmal schlecht hatte sie ihre Sache gemacht.

»Von allen Monaten im Jahr heißt der schlimmste Januar«, murmelte er vor sich hin und wandte sein Gesicht der Sonne zu, die indessen kaum spürbare Wärme von sich gab.

Im März, allerspätestens im April würde er aufbrechen, das stand fest. Lange genug hatte er nun schon gewartet. Jakob und Jonathan, sein leiblicher Sohn, sie gehörten zu ihm, in sein Haus, unter sein Dach, und nicht zu ihrer Ziehmutter in Tübingen. So gütig und verständig die ehemalige Klosterfrau Anna von Sessenheim auch war, als sie den kühnen Entschluss gefasst hatte, Gertrud im Kloster Unter Den Linden zu Kolmar in Sicherheit zu bringen – es war ihm nicht recht, dass er sich nicht selbst um die Knaben kümmerte. Als Ziehmutter und Haushälterin unter dem Dach eines entfernten jüdischen Verwandten lebte sie mit ihnen, und spielte jeden Tag mit ihrem Leben, denn kein Christenmensch durfte gegen Lohn bei Juden arbeiten. Nein, dies musste aufhören!

In einen christlichen Haushalt gehörten sie, und auch, wenn er sie niemals zwingen würde, ihrem Glauben abzuschwören, sie würden doch sicherer bei ihm leben als in jeder Judengasse. Und es gab doch auch so viele spanische und portugiesische Juden, die sich Conversos nannten, wie er inzwischen erfahren hatte, die, nach außen hin für alle Welt Christen, ihren wahren Glauben nur heimlich im stillen Kämmerlein praktizierten, unerkannt für alle Fremden. Warum also sollte er nicht Manns genug sein, ihnen auch diesen Schutz zu bieten? Niemand hier in Breisach kannte sein Vorleben, niemand wusste von der verschwundenen Braut und seinem Sohn.

Und dieser Inquisitor Heinrich Institoris war mittlerweile als Prediger nach Augsburg gegangen. Ludwig hatte seinem Bruder in die Hand versprechen müssen, ihn sofort zu benachrichtigen, sobald in der Stadt ruchbar werden sollte, dass der Gesundheitszustand des alten Mannes eine Wendung zum schlechteren einschlagen würde. Martin wusste, dass er eine große Sünde beging, aber er hoffte bei Gott, dass dieser Unhold bald den Schlagfluss erleiden würde. Und dann konnte er seine Gertrud, seine Golda Bergheimerin endlich zu sich holen, wo sie hingehörte, und bei Gott, nie wieder würde er sie von seiner Seite lassen!

Nach wenigen Schritten stand Martin vor dem Haus des Handwerkers. Er hatte schon den Arm ausgestreckt, um den schweren Türklopfer zu betätigen, als er zu Tode erschrocken zurückfuhr. Die Tür war mit einem dicken Balken vernagelt. Auf ihr prangte, tiefschwarz und mannshoch, das Pestkreuz.

Im Augustinergässchen zu Kolmar, im Frühsommer 1492

Ludwig Schongauer blickte die Treppe hinunter zur Haustür, die noch immer offenstand. In ihrem Rahmen stand ein außerordentlich hübscher Jüngling mit sehr langen und blonden Locken, die aus einer kecken Zipfelmütze herauslugten. Er neigte respektvoll Kopf und Schultern und sagte mit überraschend tiefer Stimme: »Seid mir gegrüßt.«

»Seid ebenfalls gegrüßt! Kommt nur herauf zu mir. Wie kann ich Euch dienlich sein?«

Der junge Mann kam die Stiege empor, nahm die Mütze ab und sagte: »Sagt mir, könnte ich wohl den Meister Schongauer sprechen? Martin Schön? Ich wollte fragen, ob ich bei ihm Schüler werden darf.«

Ludwig zögerte einen Moment, bevor er antwortete: »Kommt herein, kommt erst einmal in die Stube.« Dann rief er in Richtung

Küche: »Liesele? Bring uns Wein und Brot und von dem Räucherfleisch, aber gleich!«

Der Jüngling wuchtete seinen schweren Beutel von der Schulter und stellte ihn auf dem Hausflur ab. Oben, in der geräumigen Stube mit dem schönen Erker zum Gässchen hinaus, standen alle Fenster offen und ließen von draußen die warme Sommerluft herein.

Kurz darauf trat auch schon die Magd ein und brachte Becher und Weißwein.

»Der Imbiss kommt gleich«, sagte sie, lächelte freundlich und polterte wieder die Treppe hinab.

Er füllte die Becher und schob einen dem Gast hin: »Es ist besser, wenn Ihr einen Schluck zu Euch nehmt, Herr. Denn leider habe ich traurige Neuigkeiten für Euch. Mein Bruder Martin ist im vorigen Jahr verstorben. In Breisach, an der Pest. Viele dort sind ihr im letzten Jahr zum Opfer gefallen. Wir wissen nur, dass er innerhalb weniger Tage von uns gegangen sein soll.«

Der Gast starrte Ludwig offenen Mundes an. Er presste die Lippen aufeinander und wurde noch ein wenig blasser. Schließlich stieß er mühsam hervor: »Tot ... aber ... wie denn? Martin Hübsch ist tot? Warum habe ich gar nichts davon gehört?«

»Es tut mir sehr leid für Euch!«, murmelte nun auch Ludwig. »Da habt Ihr wohl einen langen Weg umsonst gemacht. Ihr seid gleichfalls Maler?«

Der junge Mann gab sich mühsam einen Ruck. Er richtete sich ein wenig auf und sagte: »Ja, Herr, und Zeichner und Kupferstecher. Zumindest will ich es werden. Ich hatte so gehofft ... Euren Bruder zu treffen und bei ihm lernen zu dürfen.«

Ludwig antwortete: »Ich werde Euch nach besten Kräften helfen. Was das Kupferreißen angeht, kann auch ich Euch durchaus dienlich sein. Sagt, könntet Ihr mir wohl eine Probe Eurer Arbeit zeigen? Ich würde mir gern ein Bild von Eurem Können machen.«

Endlich trat wieder etwas Farbe in die Wangen des Jünglings.

»Ja, nur zu gern! Wenn Ihr erlaubt, hole ich nur rasch mein Musterbuch.«

Und schon sprang er auf und lief so schnell die Stufen hinunter, dass man fürchten musste, er könnte sich den Hals brechen. Aber er war im Nu wieder da, mit einem verschnürten Musterbuch unter dem Arm.

»Hier«, sagte er schüchtern und nahm eine kleine Zeichnung heraus, »nun ja, es ist eigentlich nicht weit her damit. Ich habe einige Zeichnungen. Das hier war meine erste wirklich gelungene.«

Ludwig starrte ungläubig auf ein zart gearbeitetes Porträt des jungen Mannes, der vor ihm stand, ein Porträt, das unverkennbar ihn selbst als Knaben zeigte.

»Was denn!«, rief Ludwig ungläubig, »das habt Ihr gezeichnet? Ein Selbstporträt? Wie alt wart Ihr denn damals?«

»Gerade dreizehn«, sagte der Jüngling und lächelte vage. »Es ist mit dem Silberstift gearbeitet, wie Ihr wohl seht.« Ludwig schwieg einen Moment verblüfft, dann brach er in Gelächter aus.

»Was ... was ist denn?«, fragte sein Gast. »Gefällt es Euch nicht, das Bild?«

Ludwig sagte entschieden: »Mein lieber junger Freund, Ihr habt offenbar eine Hand, die von einem Engel Gottes geführt wird. Mehr ist dazu nicht zu sagen. Eure Reise soll nicht umsonst gewesen sein. Wartet nur einen Augenblick ...«

Ludwig erhob sich und begann, sich an dem großen Schrank an der hinteren Wand zu schaffen zu machen. Schließlich trug er ein Musterbuch herbei und löste die ledernen Spangen, die es zusammenhielten.

»Seht her. Das hier hat Martin gezeichnet, als er nur wenige Jahre älter war als Ihr damals.«

Er legte ein Blatt mit einer feinen Tintenzeichnung auf den Tisch, die den segnenden Heiland darstellte. Der Jüngling schob sie vorsichtig mit den Fingerspitzen näher zu sich heran und murmelte, indem er einige Male den Kopf schüttelte: »Nein, dass es möglich sein kann, solche Abbilder zu schaffen, mit solch großer Empfindsamkeit ...« Er verstummte und blickte Ludwig ganz ratlos an.

»Ihr solltet es behalten. Auch an diesem allein werdet Ihr schon eine Menge studieren können, was die Darstellung von Figuren und Gesichtern in Kupferstichen angeht.«

Der blonde Jüngling errötete sanft, doch dann wich seine schüchterne Miene einem strahlenden Lächeln und er griff überschwänglich nach Ludwigs Hand.

»Ach, ich weiß wirklich nicht, wie ich Euch danken soll, Herr! Ich versichere Euch, diese Mühe wird nicht umsonst sein. Ich werde hart arbeiten, härter als jeder andere, um auch eines Tages eine solche Vollkommenheit zu erlangen, wenn Gott es so will!«

Kurz darauf standen die beiden Männer in der Tür zur Werkstatt.

»Jörg, hier ist ein junger Mann aus Nürnberg, der hier Unterweisung sucht. Sein Name lautet Dürer, Albrecht Dürer.«

EPILOG

Colmar, Eglise des Dominicaines, 2019

Behnrath blinzelte ein wenig, um sich an das gedämpfte Licht zu gewöhnen, denn draußen war es hell, heiß und voll gewesen, voll von badischen und saarländischen Rentnern, die in riesigen Bussen herangekarrt wurden und die Gässchen der Altstadt Colmars verstopften.

Er trat langsam heran an die rotgoldene Pracht der »Madonna im Rosenhag«. Er lehnte die gefalteten Arme bequem auf die hölzerne Absperrung. Wie immer blieb sein Blick an dem Stieglitzpaar hängen, das dort rechts neben der Jungfrau zwischen den Rosenzweigen saß. Nach einer Weile ertappte sich Behnrath dabei, dass er den Atem angehalten hatte und zur Bewegungslosigkeit erstarrt war, ganz so, als ob er in seinem Garten im Bremer Blockland Vögel beobachtete. Es hätte nicht viel gefehlt und er hätte sich weiter vorgelehnt, um den Blumenduft zu erschnuppern. Er schmunzelte und wechselte das Standbein.

Da wehte von der Seite ein frischer Duft heran an Michael Behnraths Nase, ein Duft wie von Zitrusfrüchten. Er blickte über die rechte Schulter, dorthin, von wo der Duft gekommen war, und sah eine junge Frau neben sich stehen, in einem kurzen, geblümten Sommerkleid und einem Paar dieser grauenhaften Klettverschlusssandalen. Schließlich gab er sich einen Ruck und drehte sich hin zu ihr. Behnrath zeigte auf seine Ohren, um sie zu bitten, die Stöpsel ihres Headsets herauszunehmen und sagte: »Excusez-moi, Madame?«

Die Frau kniff irritiert das linke Auge zu, zog die Stöpsel aus ihren Ohren und sah ihn mit großen Augen an.

»Interessieren Sie sich für das Bild?« Die Frau legte den Kopf schief.

»Wissen Sie, ich könnte Ihnen eine Menge darüber erzählen.«

Die Frau hob unschlüssig die Schultern und murmelte: »Nein, danke, wissen Sie, meine Mutter hat mir geraten, ich soll mir unbedingt dieses Bild ansehen ... aber, also, ehrlich gesagt, diese hässlichen alten Heiligenbilder, die sind nicht so meins.«

Behnrath klappte die Kinnlade herunter.

»Aber ... ich meine, wie können Sie nur ... Sie müssen dieses Werk natürlich im Zusammenhang mit der Zeit seiner Entstehung betrachten. Damals war das Schönheitsideal eben noch ein vollkommen anderes. Das Modell für diese Madonna, das war sozusagen das Topmodel seiner Zeit!«

»Topmodel!«, schmetterte die junge Frau zurück. »Ich wette, das Mädel war die Geliebte des Malers, oder sogar seine Putzfrau oder sowas, und ich wette sie hat dafür nie eine anständige Bezahlung gesehen!«

Großer Gott, diese jungen Frauen! Dumm wie Dosenbrot, dachte Behnrath und starrte der schmalen Gestalt hinterher, die mit raschen, nachhallenden Schritten die Kirche verließ.

NACHBEMERKUNG

Die Gasse in Straßburg, in der man am Valentinstag 1349 mehr als zweitausend jüdische Bürger in einem extra dafür gebauten Holzhaus bei lebendigem Leibe verbrannte, heißt bis zum heutigen Tag *Rue brulée* oder *Brandgass*. Zahlreiche weitere Stätten von Judenmassakern infolge der Pest oder der Armlederverfolgungen tauchen bis heute in Straßen und Flurnamen auf, so wie die *Brandstatt* in Ribeauvillé, das *Judenloch* in Colmar oder die *Judenmatt* bei Rouffach.

Bewohner der Judengasse von Bergheim bei Schlettstadt werden in Folge der Wirren in den Bauernkriegen immer wieder aufgestört, verfolgt und geplündert. Mit dem relativ ruhigen Leben, das die kleine Bergheimer jüdische Gemeinde über zwei Jahrhunderte zusammenhielt, ist es vorbei. Im Jahre 1568 werden die letzten Juden auch aus Bergheim vertrieben. Nur einige Jahre nach der letzten Austreibung der jüdischen Gemeinde werden in Bergheim aber doch wieder nach und nach Juden ansässig. In der kleinen Winzerstadt, die im Laufe der Jahrhunderte immer wieder mal zu Deutschland, mal zu Frankreich gehören wird, ist beinahe ununterbrochen eine jüdische Gemeinde nachgewiesen.

Am 5. Juni 1940 marschieren die deutschen Truppen in Frankreich ein. Die Besatzung während des Zweiten Weltkriegs und die sofort einsetzende Judenverfolgung bedeuten für Jahre das Ende jeglichen jüdischen Lebens in Bergheim. Die letzten Mitglieder der jüdischen Gemeinde werden 1940 nach Südfrankreich und von dort aus in das Vernichtungslager Auschwitz deportiert.

Heute zählen wieder einige wenige jüdische Bürger zu den Einwohnern Bergheims. Die Bergheimer Synagoge aber steht noch heute in der *Rue des Juifs* Nummer 19. Als jüdischer Betsaal wird sie nicht mehr verwendet.

Glossar

Adonai: hebr.: Herr; ein jüdischer Name Gottes
Abrecht von Pfalz-Mosbach: 1478 – 1506 Bischof von Straßburg
Al Hazen: 965 – 1040, musl. Mathematiker, Astronom und Optiker
Aschkenas: hebr.: Deutschland
»As der Potz stajt, ...«: jidd.: Wenn der Schwanz steht, geht der Verstand zum Teufel
Doctor Mirabilis Roger Bacon: 1214 – 1292/1294; engl. Mönch des Franziskanerordens, Philosoph und einer der Begründer der Lehre vom Licht
Bar Kochba: hebr.: Sternensohn; Simon bar Kochba leitete den jüdischen Aufstand gegen die Römer 132 n. Chr.
Bar-Mizwa: hebr.: Sohn des Gebots; erste Lesung eines Toraabschnitts in der Synagoge; findet im zwölften Lebensjahr statt. Danach gilt der jüdische Junge nach dem Religionsgesetz als Mann
Baruch atah adonai, melekh ha olam: Gesegnet seiest du, Herr, unser Gott, Beherrscher der Welt, der uns geheiligt hat mit seinen Geboten und uns befahl, die Schabbatlichter zu zünden
Baruchim haba'im: hebr.: Seid willkommen
Baruch Ha Schem: hebr.: Gesegnet sei der Name
Be'er Sheva: Stadt im Süden Israels
Belchen, kleiner: heute Petit Ballon, 1.272 Meter hoher Berg in den französischen Vogesen
bentschen: jidd.: segnen
Besomim-Büchse: Gewürzbehälter; Bestandteil des Rituals zum Schabbatende
Blattern: die Pocken; durch Viren verbreitete Infektionskrankheit

Botticelli, Alessandro: ital. Renaissancemaler; 1445 – 1510
Bouts, Dierick: 1410/20 – 1475; niederl. Maler
Broche: jidd.: Segensspruch
Burgkmair, Hans: 1473 – 1531; Maler; Schüler von M. Schongauer
Byzanz: das heutige Istanbul

Chaya: hebr.: Leben; Frauenname
Cherubim: hebr.: Engelswesen
Chuppa: Traubaldachin bei der jüdischen Hochzeitszeremonie

Der Eine Wahre Richter: einer der jüd. Namen Gottes

Graf Eberhard im Barte: 1445 – 1496, Erster Herzog von Württemberg und Teck
Egisheim: heute Eguisheim, Stadt im franz. Département Haut-Rhin
Etsch: Fluss in Tirol, ital. Adige
Euklid: bedeutender griech. Mathematiker im 3. Jahrhundert v. Chr.

Färberwaid: Isatis tinctoria; pflanzliches Blaufärbemittel
Franzosen: altertümlicher Name für die Syphilis
Friedrich III. von Habsburg: 1415 – 1493, Kaiser des heiligen römischen Reiches Deutscher Nation

Gebersweiler: heute Guebwiller, frz. Stadt im Département **Haut-Rhin**
Geiler von Kaysersberg, Johann, 1445 – 1510, Prediger und deutscher Humanist
Giotto di Bondone: 1266 – 1337, ital. Maler und Architekt
Goy: hebr.: Heide, Nichtjude
Goyim naches: Jidd., Belustigung für Nichtjuden

Goliath: riesenhafter Philisterkrieger aus dem A. T.; von David besiegt

Grüselhorn: nach den Pogromen von 1349 wurde das Grüselhorn vom Straßburger Münster zu der Stunde geblasen, zu der die Juden die Stadt verlassen mussten

G'tt: Der Name Gottes darf unter frommen Juden nicht genannt werden

Gugenheim: heute Gougenheim, Stadt im frz. Département Bas-Rhin

Henricus Institoris: Heinrich Kramer; 1430 – 1505, Dominikanermönch, Inquisitor und Verfasser des Malleus Maleficarum oder »Hexenhammers«

Hiob: Frommer Mann aus dem A. T, der von Gott mit zahlreichen Verlusten geschlagen wurde, um seinen Glauben unter Beweis zu stellen

Hohlbraten: Art eines mittelalterlichen Hackbratens aus gegartem, zerkleinertem und gewürztem Fleisch

Hübschlerin: Hure

Impasto: Maltechnik mit dickem Farbauftrag

Isenmann, Caspar: ca. 1430 – 1480, Colmarer Maler und Kupferstecher

Jahrzeitstiftung, Seelgerät: Gedächtnismesse für die Seele eines Verstorbenen

Jean d'Orlier: 1425 – 1490, Präzeptor des Antoniterklosters zu Isenheim

Johannes Chrysostomus: 344/349 – 407, Erzbischof von Konstantinopel

Jom Kippur: höchster jüdischer Feiertag; Versöhnungstag nach dem jüd. Neujahrsfest

Joschua: hebr.: Jesus

Josua und Kaleb: von Moses ausgesandte Kundschafter, die eine riesige Traube aus dem gelobten Land zurückbrachten
Juda ben Samuel Hachassid: 1140/50 – 1217, jüd. Rabbi und Gelehrter, bedeutendstes Werk das Sefer Chassidim, das »Buch der Frommen«
Judenfleck: auch Judenzeichen oder Judenring; seit dem 13. Jahrhundert vorgeschriebener gelber Ring auf der Kleidung der Juden
Juda Makkabi: jüd. Freiheitskämpfer im 2. Jahrhundert v. Christus
Judenregal: königliches Recht im Mittelalter, das die Juden als »Schutzjuden« gegen die Zahlung hoher Steuern unter den Schutz des Kaisers stellte

Kaddisch: jüd. Totengebet
Kaisersberg: heute Kaysersberg, französische Stadt im Département Haut-Rhin
Karl der Kühne: 1433 – 1477; Herzog aus dem Haus Valois-Burgund
Kebse: Geliebte
Kempf, Elisabeth: 1415 – 1485, Priorin des Klosters Sub Tilia in Colmar
Kloster Sub Tilia: 1232 »Unter Den Linden« gegründetes Frauenkloster in Colmar, heute das Musée D'Unterlinden; beherbergt den Isenheimer Altar und zahlreiche Werke Martin Schongauers
König David: um 1000 v. Chr. König von Juda, Verfasser zahlreicher Psalmen
Königin von Saba: bibl. Frauengestalt, die Salomon besucht haben soll
Koscher: jidd.: gemäß den jüd. Speisegesetzen zum Verzehr geeignet
Krösus: ca. 590 – 541 v. Chr.; sagenhaft reicher König von Lydien
Ludwig von Landshut: 1417 – 1479; Herzog von Bayern-Landshut

Landshuter Hochzeit: Georg der Reiche heiratete 1475 Hedwig von Polen im Rahmen einer prachtvollen mehrtägigen Feier, die bis heute in Landshut nachgespielt wird

Matthias von Rammung: 1417 – 1478; Bischof von Speyer
Meister Huter, Meister Wilhelm: zur Zeit Schongauers in Colmar ansässige Maler
Mejdele: jidd.: Mädchen
Menora: neunarmiger Kerzenleuchter für das Chanukka-Fest
Mentelin, Johannes: 1410 – 1478, elsässischer Buchdrucker
Meschuggener: jidd.: Verrückter
Milchiges und Fleischiges: nach den jüdischen Speisegesetzen ist der gleichzeitige Genuss von Fleisch und Milchprodukten untersagt
Moses: biblischer Prophet, der das Volk Israel auf einer vierzig Jahre dauernden Wanderung aus der ägyptischen Sklaverei nach Israel führte

Nissen: Eier der Kopflaus

Oberehnheim: heute Obernai, Stadt im franz. Département Bas-Rhin
Ordo Praedicatorum: Dominikanerorden

Parnassim: jüdische Gemeindevorsteher
Peter und Paul: Saintes-Pierre-et-Paul, romanische Kirche aus dem XII. Jahrhundert in Rosheim
Pfeifertag: auch Pfifferdaj; seit dem fünfzehnten Jahrhundert in Ribeauvillé gefeiertes Gauklerfest
Polyptychon: mehrtafeliger Klappaltar
Ptolemäos: ca. 100 – 169; griech. Mathematiker, Physiker, Optiker

Rabbi Mosche Ben Maimon: Maimonides, 1138 – 1204; jüd. Philosoph und Astronom
Rabbi Schlomo ben Jizchak: 1040 – 1105, auch Raschi, Bibel- und Talmud-Interpret
Rappoltsweiler: heute Ribeauvillé, Stadt im frz. Département Haut-Rhin
René, Herzog von Lothringen: 1451 – 1508
Reichenweiher: heute Riquewihr, Stadt im frz. Département Haut-Rhin
Rosch Ha-Schana: jüd. Neujahr
Rufach: heute Rouffach, Stadt im frz. Département Haut-Rhin
Rupert von Simmern: 1420 – 1478, Bischof von Straßburg

Sankt Apollonien-Ketten: Ketten aus Päoniensamen, denen man den Namen der Schutzheiligen der Zahnleidenden gab
Schächter: jüdischer Fleischer, der das Schlachtvieh gemäß der jüdischen Speisegesetze tötet
Schiwa sitzen: von hebr.: shiva: sieben, siebentägiges jüd. Trauerritual
Schlagfluss: Schlaganfall
Schlettstadt: heute Sélèstat, Stadt im frz. Departement Bas-Rhin
Sch'ma jisroel ...: hebr. Höre, Israel. Jüd. Glaubensbekenntnis
Schmonzes: jidd.: Unsinn, Narrheit
Schock: altes Maß, fünf Dutzend oder sechzig Stück
Schofar: Horn eines Widders, auf dem zum jüdischen Neujahr geblasen wird
Schongauer, Martin: 1445/50 – 1491, dt. Maler und Kupferstecher
Schongauer, Ludwig: vor 1450 – 1494, dt. Maler und Kupferstecher
Schrangen: alte Bezeichnung für Marktstand
Septem artes liberales: die sieben freien Künste Grammatik, Rhetorik, Logik, Arithmetik, Geometrie, Musik und Astronomie; galten im Mittelalter als Grundlage des Studiums

Simon von Trient: 1475 in Trient ermordeter Junge, dessen Mord den Juden in die Schuhe geschoben wurde und der bis 1965 als Märtyrer der katholischen Kirche galt
Sine ira et studio: lat.: ohne Zorn und Eifer
Siwan: Monat des jüdischen Kalenders, beginnt Mitte Mai
Sodomie: hier: Homosexualität
Spitzhut, Judenhut: wahrscheinlich im Mittelalter übliches Kleidungsstück zur Kennzeichnung jüd. Männer
Stock: brettartiges hölzernes Fesselgerät für Körper- und Ehrenstrafen
Susanna im Bade: Figur aus einer bibl. Erzählung

Talmud: bedeutendstes Schriftwerk des Judentums, bestehend aus Mischna und Gemara
Tate: jidd.: Vater
Tinctura opii: Opiumtropfen
Toches: jidd.: Hintern
Tora: die ersten fünf Bücher Mose in der Bibel
Trippen: hohe, hölzerne Sandalen
Tucher: Tuchmacher, Stoffhändler

Weißenburg: heute Wissembourg, Stadt im frz. Département Bas-Rhin
Welsch: hier: italienisch
Wettelsheim: heute Wettelsheim, Stadt im franz. Département Haut-Rhin
Wimpfeling, Jakob, 1450 – 1528, deutscher Humanist
Wolgemut: Michael, 1434 – 1519, Nürnberger Maler
Ve'hi erev ve'hi boker yom haschischi: hebr.: Und da war es der Abend und der Morgen am sechsten Tag ...

Yam Kinneret: hebr.: Harfenmeer, See Genezareth
Zores: jidd.: Ärger, Unannehmlichkeit

Textquellen der Zitate:

»**Man nehme 4 Pfund** …«: Elisabeth Clémentz, Vom Balsam der Antoniter, in: Antoniter-Forum 2/1994 (München 1994)

»**Zum Zeichen, dass Ihr all seid blind** …«: Zitat aus dem Donaueschinger Passionsspiel; II. Hälfte des fünfzehnten Jahrhunderts (Quelle: N.T. Gidal, Die Juden in Deutschland, 1988)

»**Alles geschieht aus fleischlicher Begierde** …«: Zitat aus H. Institoris: »Malleus Malleficarum«, deutsche Ausgabe von J.W.R. Schmidt, 1923

»**Denn dies war die erste allgemeingültige Wahrheit**«: Zitat aus Opusculum de Satis maleficis, Martini Plantsch concionatoris Tubingensis, Heilbronn 1507; herausgegeben von Heinrich Bebel

»**Es wird auch von Gulielmus/ Was ist denn das Weib** …«: Zitate aus H. Institoris: »Malleus Malleficarum«, deutsche Ausgabe von J. W. R. Schmidt, 1923

»**Etliche die kestgeten sich** …«: Auszug aus dem Schwesternbuch des Unterlindenklosters; entstanden um 1300, Zitat aus L. Clarus, 1863

»**Wir Rupert von Simmern** …«: Zitat frei nach H. Institoris: »Malleus Malleficarum«, deutsche Ausgabe von J. W. R. Schmidt, 1923

»**wie die Zwillinge einer Gazelle** … «: Das Hohelied Salomonis

»**die Juden leben für ihre Bäuche** …«: Johannes Chrysostomus, Gerhard Czermak / »Antisemitismus«

DANK

Mein Dank zur Entstehung dieses Romans
gilt den folgenden Personen:

Dem Satiriker und Karikaturisten *Bernd Zeller* für sein
geduldiges Schreibcoaching und seine vielen
brillanten Einfälle.

Der Schriftstellerin und ehemaligen Lektorin *Dr. Cora Stephan*
für den ganz wichtigen Schubs in die richtige Richtung.

Der Schauspielerin *Inès Naves* für die Idee mit dem wesentlich
positiveren Ausgang der Geschichte.

Dem Bundesbuchtitelgeber *Henryk R. Chrucsiel*
für den wunderbaren Titel.

Historic-Emigration-Researcher *Elizabeth Sroka*
for calling me a writer.

Meinem Ehemann *Frank Gruhdmann*
für die Begeisterung bei der ersten Lesung, die viele
Rückenstärkung und all seine Geduld.

Holger Höcke
Der Mönch von Eberbach

Historischer Roman
402 Seiten, ISBN 978-3-941657-31-1, 16,90 €

1525, zur Zeit der Bauernaufstände. Bruder Clemens aus der Zisterzienserabtei Eberbach wacht in einer Kerkerzelle auf, ohne zu wissen, wie er dorthin gekommen ist. Langsam stellt sich die Erinnerung wieder ein, und er erzählt seinem Zellengenossen Peter von den Ereignissen: Eine Reise nach Köln ist von schlimmen Vorzeichen geprägt. Als er zurückkehrt, lagern vor der Abtei aufständische Bauern und attackieren das Kloster. Clemens verstrickt sich immer tiefer in die Intrigen rund um Reformation und Bauernkriege, die auch vor dem Kloster nicht Halt machen und seine ihm vertraute Lebens- und Glaubenswelt in Frage stellen ...

Das großartige und seinerzeit einflussreiche Kloster Eberbach, zwischen Wiesbaden und Rüdesheim am Rhein gelegen, das als Filmkulisse für *Der Name der Rose* diente, bietet den Schauplatz für einen spannenden und zeithistorisch verbrieften Roman um den Infirmar Clemens.

www.conte-verlag.de

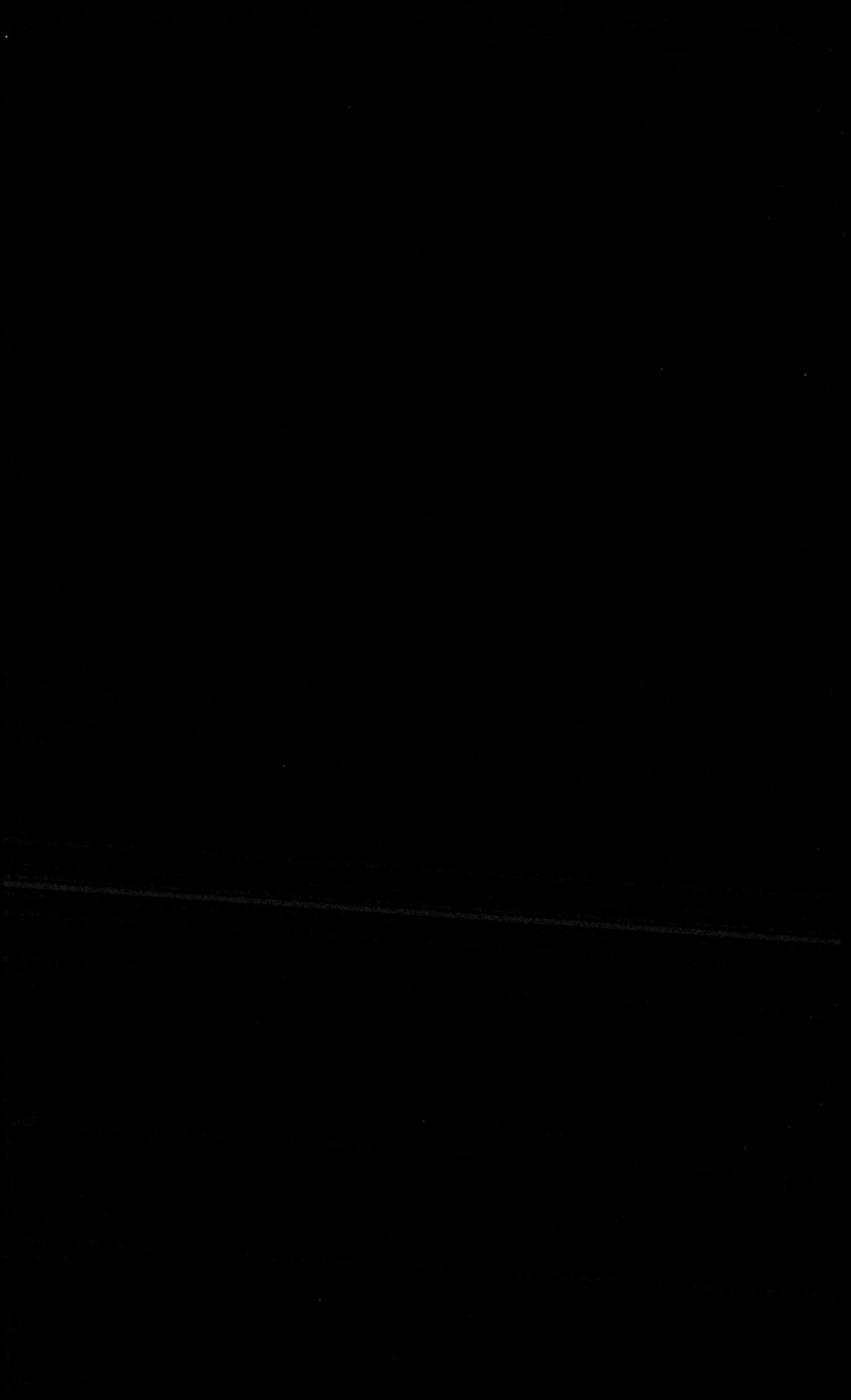